影を呑んだ少女

フランシス・ハーディング

メイクピースはずっと母とふたりで暮らしていた。悪夢にうなされるたび、母は怒った。メイクピースは幽霊を憑依させる体質だから、抵抗しなければいけないというのだ。そんなある日、ロンドンで暴動に巻きこまれ、母が命を落としてしまう。残されたメイクピースのもとへ会ったこともない亡き父親の一族から迎えが来た。父は死者の霊を取り込む能力をもつ旧家の次男だったのだ。父の一族の屋敷で暮らし始めたメイクピースだったが、屋敷の人々の不気味さに嫌気がさし、逃げだす決心をする。『嘘の木』の著者が17世紀英国を舞台に描く歴史大作。

登場人物

メイクピース……………………主人公の少女
マーガレット・ライトフット……メイクピースの母
ジェイムズ・ウィナーシュ………メイクピースの腹違いの兄
サー・ピーター・フェルモット……メイクピースの父、故人
サー・オバディア・フェルモット…フェルモット家の家長、フェルモット卿
サー・トーマス・フェルモット……サー・オバディアの後継者、ピーターの兄
シモンド……………………………サー・トーマスの長男
レディ・エイプリル………………フェルモット家の年長の婦人
サー・マーマデューク……………サー・オバディアのまたいとこ
ゴートリー夫人……………………フェルモット家の料理人の助手
老クロウ……………………………フェルモット家の執事
白クロウ……………………………フェルモット家の使用人、老クロウの弟
若クロウ……………………………フェルモット家の従僕、老クロウの息子
ヘレン・ファヴェンダー…………国王派の女性
ベンジャミン・クイック…………医師

リヴウェル・タイラー……………ピューリタンの兵士
レディ・モーガン……………フェルモット家の先祖のひとり
レディ・エレノア……………議会派の女予言者

影を呑んだ少女

フランシス・ハーディング
児 玉 敦 子 訳

創元推理文庫

A SKINFUL OF SHADOWS

by

Frances Hardinge

First published 2017 by Macmillan Children's Books
an imprint of Pan Macmillan.
This book is published in Japan
by TOKYO SOGENSHA Co., Ltd.
Japanese translation published by arrangement
with Pan Macmillan Publishers International Limited
through The English Agency(Japan) Ltd.

目次

影を呑んだ少女

本への欲求とありそうもない冒険を分かちあってくれた、
名づけ子のハリエットへ

第一部　子グマをなめる

1

メイクピースが悪夢にうなされて三度目に目を覚ましたとき、母は怒った。

「二度とそういう夢は見るなといったでしょ！」きつくいってから、家の人たちを起こさないように声を落とす。「もし見ても、叫ばないの！」

「どうしようもないんだもん！」メイクピースは母の険しい声音に怯えながらささやいた。

母はメイクピースの手をとったが、早朝の光のなかに浮かんだ顔はひきつっていて、笑みはない。

「あんたはこの家がきらいなんだね。母さんといっしょに暮らすのがいやなんだ」

「そんなことない！」メイクピースは大きな声をあげた。足もとの世界がぐらりと揺れたような気がした。

「だったら、それをどうにかしないと。そうやって毎晩悲鳴をあげてたら、恐ろしいことになる。この家から追いだされるかもしれないからね」

壁のむこうには、メイクピースのおばとおじが眠っている。階下のパイの店をやっている夫婦だ。おばはにぎやかで正直者だが、おじは怒りっぽくて気難しい人だった。メイクピースは六歳のときから、小さな四人のいとこの世話をさせられてきた。四六時中食事をさせ、体を洗ってやり、繕い物をして、着替えをさせ、近所の木からおろしてやった。その合間には、お使いや台所の手伝いもした。それでも母とメイクピースは、ほかの家族の部屋から離れた、すきま風の入る小部屋の長枕の上で寝かされていた。この家のなかでの居場所は借り物にしか思えず、いつなんどき前触れもなくとりあげられるかわからなかった。

「それよりもっとひどいことになって、だれかが牧師さまを呼んでくるかもしれない」母はつづけた。「でなきゃ……ほかの人たちが聞きつけるかもしれない」

メイクピースには「ほかの人たち」がだれを指すのかわからなかったが、聞くたびに恐ろしくなった。母と十年暮らすあいだに学んだのは、だれも信じられないということだった。

「がんばったのに」夜な夜な、メイクピースは真剣に祈りを捧げ、暗闇に横たわり、夢を見ませんようにと自分にいい聞かせた。けれども、なにをしても悪夢はやってきた。月明かりと、ささやきと、できそこないのものとで満ち満ちた夢が。「どうすればいいの？　あたしだってやめたいのに！」

母は長いあいだ黙っていたが、やがてメイクピースの手をぎゅっと握った。

「お話をしてあげる」母は語りはじめた。ときどき、だいじな話があると、こうして語りだすのだ。「森のなかで、小さな女の子が迷子になりました。その子はオオカミに追いかけられていました。走って走って、足が傷だらけになるまで走ったけれど、オオカミはにおいをかぎつけて、まだついてきていました。とうとう、女の子はどうするか選ばなければならなくなりました。走って走って、隠れて、また走るか。それとも、立ちどまって、棒をとがらせてわが身を守るか。どっちを選ぶのが正しいと思う、メイクピース？」

これはただのお話ではない。そして、答えがとても重要な意味をもつ。メイクピースにはわかっていた。

「棒でオオカミと戦えるの？」メイクピースは不思議に思ってきいた。

「棒があれば、なんとかなるかもしれない」母はさびしげにふっとほほえんだ。「はかない希望だけどね。でも、走りつづけるのをやめるのは危険だよ」

メイクピースは長いあいだ考えこんだ。

「オオカミは人間より足が速い」とうとう声に出していった。「その子がどんなに走っても、オオカミは捕まえて食べてしまう。だから、とがった棒があったほうがいい」

母はゆっくりとうなずいた。それ以上なにもいわなかったので、お話はおしまいにならなかった。メイクピースはぞっとした。母さんはときどきこういうときがある。会話が、あちこち罠をしかけられたなぞなぞみたいになっていて、答えによってそのあとが変わるのだ。


物心がついたころからずっと、メイクピースは母とふたりで、ポプラというせわしない、町というには小さな町に暮らしていた。騒々しい大きな造船所と、そこから漂ってくる石炭や石炭かすのいやなにおい。町の名の由来になったぱたぱたと揺れるポプラの木々。家畜が草を食(は)む緑豊かな湿地。そうした景色のない世界など、メイクピースには想像がつかなかった。二、三マイル離れたロンドンは、危険と希望に満ちた恐ろしい煙の塊に見えた。メイクピースにとってはこうしたなにもかもがあたりまえで、息をするように自然だった。それでも、自分がこの町の人間だとはどうしても思えなかった。

母は一度も、「ここはあたしたちのふるさとじゃない」とはいわなかった。でも、いつだって、その目がそう語っていた。

ポプラにはじめてやってきたとき、母は町の人々に受け入れてもらえるようにと、まだ赤ん坊だった娘の名前をメイクピースに変えた。メイクピースは自分のもともとの名前がなんだったのか知らなくて、そのことを考えるとちょっと不思議な気持ちになる。「メイクピース（わへい）」なんて、まったく名前という感じがしない。それは、神と、ポプラの信心深い人々と「和平」を結ぶための捧げものだった。メイクピースの父親がいないことへの謝罪でもあった。

親子の知り合いはだれもが信心深かった。住民がそう自称するのは自負からではなく、先に地獄の入り口が待ちうける薄暗い道を歩む人々とは一線を画すためだった。風変わりな、敬虔そうな名前なのは、メイクピースひとりではない。ほかにも、ヴェリティ（真実）、ホワット・ゴッド・ウィル（神の意志）、フォアセイクン（見捨てられた者）、デリヴァランス（救済）、キルシン（罪滅ぼし）などの名前があった。

ひと晩おきにおばの部屋で祈祷集会や聖書を読む会が開かれ、日曜日にはみなでそろって、そびえたつ灰色の石灰岩づくりの教会に歩いていった。

牧師は通りで会ったときにはやさしいのに、説教壇では恐ろしかった。メイクピースはほかの信徒たちの恍惚（こうこつ）とした表情を見て、牧師さまのことばには偉大な真実と、冴え冴えとした白いすい星のごとき愛が光り輝いているのだろうと察した。牧師は、誘惑に負けて安息日に飲酒、賭博（とばく）、舞踏、芝居、そのほかの怠惰（たいだ）な浮かれ騒ぎをしないよう、心を強くもてと説いた。そうしたものはすべて、悪魔がしかけた罠だという。ロンドンやさらに広い世界で起きていること——最近あった宮廷での裏切り行為や、邪悪なカトリック教徒の企みについて語った。説教は恐ろしかったが、同時にわくわくするものでもあった。ときおりメイクピースは教会を出ていきながら、信徒団が闇の軍団と戦う光り輝く戦士に思えてうずうずし、少しのあいだだけ、自分と母も近所の人たちといっしょに、大いなるなにか、すばらしいなにかの一員なのだと信じることができた。けれども、その感覚は長くはつづかなかった。すぐにまた、ふたりきりの孤独な部隊にもどってしまうのだった。

　母は一度も、「この人たちはあたしたちの友だちじゃない」とはいわなかった。でも、教会に入るとき、市場に入るとき、立ちどまって挨拶するときには、メイクピースの手をぎゅっと握った。まるで、母とメイクピースのまわりに目に見えない塀が張りめぐらされていて、ほかのすべての人から切り離されているかのようだった。だからメイクピースも、よその母親たちに対する母の態度にならって、よその子どもたちに心からの笑みは見せなかった。ほかはみな、父親がいる子どもたちだった。

　子どもは親を信心する小さな聖職者のようなもので、親のあらゆるしぐさや表情を見て、その神聖な意志を読みとろうとする。メイクピースはごく幼いころから、母と自分はけっして安全ではなく、いつほかの人々に裏切られるかわからないと察していた。

　かわりに、ことばをもたないものに慰めと親近感を覚えるようになった。ぶんぶん飛びまわる危険なアブ、怯えて吠える犬、がまん強い牛のことが理解できた。

そのために面倒に巻きこまれることもあった。鳥の巣に石を投げていた男の子たちをどなりつけたせいで、唇を切り鼻血を出したのだ。料理のために鳥を殺したり、朝食のために卵を盗むのはいい。でも、意味のない、愚かな残酷さに、メイクピースは説明のつかない怒りをかきたてられた。男の子たちはびっくりしてメイクピースを見ていたが、やがて手にした石をこんどは彼女にぶつけてきた。当然のことだった。残酷なのはふつうのことで、花や雨のように生活と結びついている。子どもたちはグラマースクールでの鞭打ちや、闘鶏（とうけい）場のおがくずに飛び散った血にも慣れっこだった。小さな羽のはえた生き物をいたぶるのは、水たまりで水しぶきを散らすのと同じ、ごく自然な遊びだったのだ。

目立てば、殴られる。生き延びるために、母とメイクピースは溶けこむしかなかった。けれども、ふたりともうまくはできていなかった。


オオカミの話をしたつぎの晩、母はなんの説明もなく、メイクピースを古い墓地に連れていった。

夜の教会は数百倍も大きく、塔は真っ黒で恐ろしげな四角い影に見えた。足もとの草は星明かりを受けて、灰色のやぶのようだ。墓地の一角に、長いあいだ使われていない、レンガづくりの礼拝堂があった。母はメイクピースをそのなかに連れていき、暗い建物の片隅にひと抱えの毛布をどさりと落とした。

「もう帰ろうよ」メイクピースは肌がぞわぞわした。なにかが迫ってくる、なにかにとり囲まれている。なにかがすぐ近くにいて、くすぐられているような奇妙な感じがする。クモの足で頭のなかをこすられているみたいだ。

「だめよ」母が答えた。

「ここ、なにかいるよ！」メイクピースはわきあがってくる恐怖を押しかえそうとした。「感じるの！」その感覚を意識してぞっとする。いつもの悪夢もこんなふうにはじまるのだ。同じようなちくちくする恐怖と、敵が入りこんできた感覚とともに。「夢のなかの悪魔が――」

「わかってる」

「なんなの？」メイクピースはささやいた。「あれ……死んでるの？」心のなかでは、とうに答えを知っていた。

「そうよ」母が、相変わらずのひややかで抑揚のない声で答えた。「よく聞いて。死んだ人は溺れてるみたいなものなの。暗闇のなかで腕を振りまわして、なんでもいいからつかもうとする。あんたを傷つけるつもりはないけれど、油断してたら、傷つけられてしまう。

あんたは今夜ここで眠るの。あの人たちは頭のなかに入りこもうとする。でも、なにがあっても、入れてはだめ」

「え？」メイクピースは声をあげた。愕然として、一瞬、人目を忍んでいるのも忘れかけた。

「やだ！　こんなとこいられないよ！」

「いなきゃならないの」母はいった。星の光を受けて銀色に刻まれた顔には、わずかなやさしさも妥協もない。「ここに残って、棒をとがらすの」

だいじなことを話すときの母は、いつもまったく別人のようになる。まるで、たんすのなかのよそいきの下に、もしものときのために、このべつの姿をしまいこんでいるかのようだ。強情でわけがわからない、異世界の人のような姿を。こんなときは母さんではなくて、マーガレットになる。目の色が深みを増し、帽子の下の髪がふくらんで魔女のよう。その目は、メイクピースには見えないなにかをじっと見つめている。

ふだんは母がこうなると、メイクピースはうつむいていいかえさない。でもこんどばかりは、恐怖がまさった。いままで一度もしたことがなかったのに、母にすがりついて頼みこんだのだ。反論し、抵抗し、泣いて、必死に母の腕にしがみついた。母さんがあたしをここにおきざりにするはずがない、そんなことできっこない、できっこない……

腕を振りほどかれ、鋭く押しかえされて、メイクピースはうしろによろけた。母はそのままあとずさり、外に出て戸をばたんと閉めた。とたんに室内は闇に沈んだ。かんぬきがはめられるゴツンという音がした。

「母さん！」メイクピースは叫んだ。もう見つかったってかまわない。戸を揺らしたが、ぴくりともしない。「母さん！」

返事はなく、遠ざかっていく母の足音だけが聞こえた。メイクピースは死者とともに暗闇にとり残されてしまった。遠くでわびしげに鳴くフクロウの声だけが聞こえる。

メイクピースは何時間も眠れないまま、毛布の山のなかでちぢこまり、寒さと、キツネの遠吠えに震えていた。頭の片隅にあの者たちがいて、こちらが眠りに落ちる瞬間を待ちうけているのがわかる。

「お願い」両手で耳をふさいで懇願する。ささやき声を耳に入れまいと必死だった。「お願い、やめて、やめて……」

けれどもとうとう、意に反して眠気で頭がもうろうとしはじめて、あの悪夢がやってきた。

前の夢と同じく、そこは土間と焦げた黒い石壁の、暗くて狭い部屋だった。メイクピースは月明かりがさしこんでくるのをとめるために、よろい戸を閉めようとしている。月明かりを入れてはならない――ささやきかけてくるからだ。だが、よろい戸はぴったり閉まらず、掛け金が壊れていた。すきまのむこうに、青白い夜が口をあけていて、ばらばらのボタンのように星がまたたいている。

メイクピースは力いっぱいよろい戸に体を押しつけたが、夜は死を部屋のなかに吹きこんでくる。それも、たくさん。それらはうめき声をあげながら、ぼうっと溶けあった顔で襲いかかってくる。メイクピースは耳をふさぎ目と口をきつく閉じた。それらが頭のなかに入りたがっている、入りこもうとしているのはわかっていた。

耳もとでうなったり泣いたりするので、メイクピースはことばを聞きとるまいと、かすかな気持ちの悪い音がことばにならないようにと抵抗した。青白い光がまぶたをこじあけ、ささやき声がしのびこんできて耳をなめ、空気がその声で重くなって、息を吸いこまずにはいられなくなり……

メイクピースははっとして目を覚ました。心臓が激しく鳴って、いまにも吐きそうだ。眠っている母のぬくもりと安心がほしくて、とっさに手をのばす。

けれども、そこに母はいない。メイクピースは自分がどこにいるかを思いだして、絶望した。いまは安全な家にいるのではない。死者に囲まれて、墓地に閉じこめられている。

急に聞こえた物音に、メイクピースは凍りついた。床をこするかすかな音が、ぴりっと冷えこんだ夜にびっくりするほど大きく響く。

突然、小さくて軽い物が足の上を走り抜けた。思わず悲鳴をあげたが、つぎの瞬間、脈は鎮まりはじめた。かすかに触れたのは、毛と小さな前足の先だった。

ネズミ。この部屋のどこかで、ネズミが目を光らせてこちらを見ている。ここにいるのは死者だけではないのだ。もちろん、ネズミは友だちではない。もし死者がメイクピースを殺したり、狂わせたりしても、ネズミは気にもとめないだろう。それでも、フクロウや闇を徘徊する獣から身を潜めているネズミのことを思うと、気持ちが落ちついてきた。ネズミは、泣き叫んで命乞いもしなければ、愛されていないといって悩みもしない。あてにできるのは自分だけだとわかっている。どこかで、そのアカスグリの実ほどの大きさの心臓を動かして、必死に生きようとしている。

じきに、メイクピースの心臓も同じように動きだした。

死者の声や姿は見えないが、頭の際をこじあけてこようとしているのが感じられる。メイクピースが疲れて、あわてて、油断するのを待って、攻撃するつもりなのだ。だがメイクピースは、負けるものかという気持ちになっていた。

　起きているのは楽ではなかったけれど、体をつねったり、歩きまわったりして、暗くて長い時間をやりすごし、とうとう夜が早朝の灰色の光に屈するときを迎えた。体が震えて吐きそうで、頭のなかをむきだしにされてこそげられたようだったが、少なくとも生き延びたのだ。

　夜が明ける少し前に母が迎えにきた。メイクピースはうなだれて、黙ったまま母について家に帰った。母さんがすることにはすべて理由がある。ずっとそう思ってきたけれど、はじめて母を許せないと思ったし、その後はもとどおりにはならなかった。


　毎月のように、母はメイクピースを墓地に連れていった。ときどき五週間か六週間あいだがあくと、メイクピースは母がもうあきらめたのではないかと期待した。けれどもそのうちに、母が「今夜はあたたかくなりそうね」といいだして、メイクピースは落胆した。それがなにを意味するか、わかったからだ。

　メイクピースは抵抗する気にもなれなかった。最初の晩に必死にすがったことを思いだすと吐き気がした。

　恥も外聞も捨てて捨て身で頼みこんだあげく、それが失敗に終わったら、その人間はもはや前と同じ人間ではありえない。心のなかでなにかが死んで、なにかべつのものが生を受けるのだ。最初の晩のあとには、メイクピースの魂に世の中の現実が冬の露のごとくしみこんでいた。前のように、守られていて愛されているとは思えなくなった。そして、もう二度と、ぜったいに、あんなふうに懇願することもないとわかっていた。

　だから毎回メイクピースは、顔色ひとつ変えずに母について墓地に行った。礼拝堂にいた小さなネズミから学んだのだ。幽霊は、説得でどうにかなるような、残忍ないじめっことはちがう。連中はメイクピースを狙う捕食者だ。だから自分をしっかりと保って、必死に生き延びなければならない。だれも助けてはくれない。

　苦しみながらも、メイクピースは少しずつ自らの守りをかためていった。ぽたぽたと落ちてくる雨音を聞きながら、冷気に息を白くして、自分でつくった祈りのことばを唱え、撃退の呪文を編みだした。ひっかいたり殴ったりしてくる死者の魂たちに抗おうと身構え、触れられて気持ち悪くなっても反撃する術を身につけなければならなかった。自分が聖書のなかのユディト（旧約聖書で語られるユダヤの英雄的女性）になって、将軍の血が光る借り物の剣を携えて敵陣のただなかに立っているような気がした。近づいてごらん。メイクピースは夜にささやく者たちに語りかけた。めった切りにしてやる。

　いっぽうで、墓地の命あるものたちのおかげで正気を保つことができた。やぶを走りまわるもの、不気味な笛のような声、コウモリの羽のひらめき——いまやそうしたものが慰めになっていた。かぎ爪や歯ですら、正直に思えた。人間は生者も死者もいつ襲いかかってくるかわからないが、野生の生き物はそれぞれの残忍で野蛮な生きかたにしたがっているだけで、人のことなど気にもかけない。死んでも、幽霊にはならない。ネズミがネコに殺されても、鶏が首を絞められても、魚が川から釣りあげられても、その魂はたちまち淡いかすみとなって朝もやに消えていく。

煮えたぎるメイクピースの怒りは、はけ口を求めていた。夜の外出について文句をいうかわりに、ほかのことで口ごたえをするようになり、それまではしなかった禁断の質問をするようになった。

とりわけ、父について尋ねるようになった。それまでは、そういうことをきいても一瞥だけで一蹴されてきたので、母が口を滑らせたわずかな断片をかき集めるしかなかった。父は遠方の古い家に住んでいた、母やメイクピースといっしょにはいたがらなかった、というようなことだ。けれども急に、それだけでは足りなくなった。メイクピースは、怖がって前にもっと聞けなかった自分に腹を立てた。

「どうして父さんの名前を教えてくれないの？　どこに住んでるの？　あたしたちがどこにいるか知ってるの？　どうして父さんがあたしたちといっしょにいたくないってわかったの？　だいたい、父さんはあたしのことを知ってるの？」

母はそうした質問には答えてくれなかったが、激しい目つきでにらまれても、メイクピースはもうひるまなかった。母もメイクピースも、おたがいにどうしていいかわからなくなっていた。娘の誕生以来、母はすべてを自分で決めてきて、娘はそれにしたがってきた。娘は、いまになってどうしてもうおとなしくしていられないのか、自分でもわからない。母は母で、一度たりとも譲った経験がなくて、いまさらどうしていいかわからない。全力で娘を攻撃すれば、すべてはもとにもどるのだろうか？　いや、そうはならない。なにもかもが変わってしまったのだ。

最初の「棒とがらし」訓練から二年が過ぎたある日のこと、メイクピースは礼拝堂でぶるぶる震えながらひどくつらい眠れぬ夜を過ごして帰宅した。数日後、高熱が出て、筋肉が痛くなった。二週間のうちに、舌に斑点(はんてん)ができ、まぎれもない天然痘(てんねんとう)の丘疹(きゅうしん)が顔じゅうに広がった。しばらくは世界が熱く暗く恐ろしく、メイクピースは喉がつまりそうな底知れぬ恐怖に溺れかけた。死ぬかもしれないと覚悟し、死者がどんなものかを知った。意識がもうろうとして、もう死んだのではないかと思うときもあった。けれども、病の黒い波がゆっくりと引いていったあとも、メイクピースはまだ生きていた。片頬にふたつあばたを残しただけで。桶の水に映ったあばたを見るたびに、胃の底が恐怖にひきつる。骨ばった二本の指先をのばして顔に触れようとしていた死の骸骨(がいこつ)が、ゆっくりと手を引きはじめた姿が目に浮かんだ。

回復後、母が墓地のことをいいださないまま三か月が過ぎ、メイクピースはさすがの母も天然痘に怖気づいて計画をあきらめたのではないかと思いはじめた。

残念ながら、その予想はあたらなかった。

2

　穏やかに晴れた五月のある日、メイクピースと母は、母が編んだレースを売りにロンドンに出むいた。うららかな春なのに、街は嵐雲のようにぴりぴりしている。来なければよかった、とメイクピースは思った。

　メイクピースが怒りっぽく変わったように、ポプラの町もロンドンも変わりつつあった。年若い徒弟たちの噂話によると、国じゅうがそうだという。

　祈りの集会では、赤い鼻をした子守のスーザンがずっと前からこの世の終わりを示す幻ばかり見ていた。海に血があふれ、聖書で語られた太陽を着た女（ヨハネの黙示録）がポプラの目抜き通りを歩いてくる幻だ。ところがいまでは、だれもかれもが同じようなことをいう。ふた夏前、ひどい嵐のただなかに巨大な雲がふたつの大軍の形になったといわれた。いま現実に、そんな二大勢力が地上で形を成しそうな不穏な空気が漂っている。

　つねに熱心に祈りを捧げてきたポプラの民は、いまや囚われ人のように祈っていた。国じゅうが危険にさらされている気配がした。

　メイクピースには細かいことのなりゆきまではわかっていなかったが、要点は理解していた。悪魔のようなカトリック教徒が国王チャールズを誘惑し、民を裏切らせようと画策しているのだ。議会の善良な人々が国王を説得しようと試みたが、王は耳を傾けなくなってしまった。

王を直接非難しようとする者はいなかった。そんなことをしたら反逆罪に問われて、耳を切り落とされるか、顔に焼き印を押されるかだ。だから人々は、すべてを王の邪(よこしま)な顧問官たちのせいにした。ロード大主教、「暴君ブラック・トム」(またの名をストラフォード伯)(初代ストラフォード伯トマス・ウェントワース)、それからもちろん邪悪な王妃メアリがフランス仕込みの策を弄(ろう)して、王の頭に謀略を吹きこみその目を曇らせたというのだ。

やつらを阻止しなければ、王を説得して血なまぐさい専制君主にしてしまう。王は誤った信仰を奉じるようになり、配下の軍をさしむけて、神を畏れる忠実な清教徒(ピューリタン)を殺そうとするだろう。悪魔そのものが飛びまわり、人々の耳にささやきかけ、人の心を壊し、こそこそといやらしく人の行いを形づくろうとする。通りに焼きつけられた悪魔のひづめの足跡が見えるようだ。

ポプラでも人々は本気で恐れ怒りくるっていたが、メイクピースはその底に潜む激しい高揚感を感じた。たとえすべてが崩壊しても、審判のときが訪れても、世界が終わっても、信心深いポプラは覚悟ができている。ポプラの民はキリスト教徒の兵として、抵抗し、教えを説き、行軍するつもりでいるのだ。

いまロンドンの通りを歩いていても、同じような高揚感を、同じような脅威を感じる。

「においがする」メイクピースはいった。自分の半身のような母に、まだかたまらない思いを語りかけるのはごく自然なことだった。

「煙でしょ」母がぴしゃりという。

「ちがう」メイクピースはいいかえした。正確にいえばにおいですらなく、母もわかっている。警告するようなぞくぞくする感じ、嵐の前の気配のようなものだ。「金属みたいなにおいがする。家に帰ろうよ」

「わかった。帰って石を食べよう。あんたがパンを買わせてくれないんならね」母はひややかにいっただけで、少しも歩調をゆるめない。

メイクピースはロンドンに来るたびに苦しくなる。人や建物が多すぎて、においにあふれているのだ。今日はことさらに、いままでになかった活気と激しさが空中にたれこめている。どうしていつもより緊張するのだろう？　なにがちがうの？　メイクピースは右左を見まわして、家々の戸や柱に新しい貼り紙が何十枚もあるのに気がついた。

「あれはなに？」ささやき声でいう。意味のない問いかけだった。母もメイクピースと同じで、字が読めないのだから。黒くて太い文字は、なにかを叫んでいるみたいだ。

「インクのライオンが吠えてる」母がいった。ロンドンには、怒りに満ちた冊子、印刷された説教や予言、王や議会への告発文があふれていた。母はそうしたものをいつもふざけて「インクのライオン」と呼ぶ。吠えるばかりで、かぎ爪はないというのだ。

この二日間は、いつも以上に静かなる吠え声が多かった。三週間前、王が久しぶりに議会を召集したので、メイクピースの知る人々はみな、ほっとして喜びに酔いしれた。ところが二日前、王はまたしても怒りにまかせて国王の権限で議会を解散したのだ。いまや噂話が不吉なうなりとなり、空では色あせた太陽が揺れているようで、だれもがなにかが起きるのを覚悟した。

急に大きな物音や声がするたびに、人々ははっとして顔をあげる。はじまったのか？　顔がそう問いかけている。それがなんなのか、だれもわかってはいないのだが、たしかになにかがやってこようとしていた。

「母さん……なんであんなにたくさん徒弟さんが通りに出てるの？」メイクピースは小声でつぶやいた。

数十人はいそうな徒弟たちが、ふたり三人とかたまって戸口や路地にたむろしている。手に機や旋盤でできたたこのある、髪を刈りあげた徒弟たちが、落ちつかないようすで立っているのだ。年少の者たちは十四歳くらい、年長者は二十代前半だろう。ほんとうなら、親方にいわれた仕事にせっせと励んでいるべきときなのに、みんな外に出ている。

徒弟たちは、ロンドンの風見鶏のような存在だ。都会の空気に流されやすい。ロンドンが穏やかなときには、ただの若者で、ぶらついたりふざけたり、辛辣で気の利いた冗談で世の中を語ったりする。けれどもロンドンが嵐になると、ようすが変わる。目に見えない暗い怒りの稲妻が飛びかい、ときには荒々しく情熱的な暴徒となって爆発し、ブーツやこん棒で戸や頭蓋骨を割る。

母は数人ずつかたまっている集団をちらりと見て、不安そうな顔になった。

「ずいぶんいるね」静かにうなずく。「家に帰ろう。どっちにしても、日が沈みかけてるし。それに……あんたには力が必要だね。今夜はあたたかくなりそうだから」

一瞬メイクピースは安心しかけて、それから母の最後のことばの意味を悟った。信じられない思いと怒りに、はっと立ちどまる。

「やだ！」ぴしゃりといって、自分の激しい口調に驚いた。「行かない！　もう二度と墓場には行かないから！」

母はあたりをうかがってから、メイクピースの腕をぎゅっとつかんで路地の入り口に引っぱった。

「行くのよ！」母はメイクピースの両肩に手をかけて、じっと目をのぞきこんだ。

「このあいだは死にかけたんだよ！」メイクピースは抵抗する。

「アーチャーの家の娘から天然痘をうつされただけ」母はためらわずにいいかえす。「墓地とはなんの関係もない。いつかこのことで母さんに感謝する日が来るから。いったでしょ――棒をとがらす手伝いをしてるって」

「わかってる、わかってるよ！」メイクピースは怒りを抑えきれずに大声をあげた。「『オオカミ』は幽霊で、あいつらを追い払えるようにあたしに強くなってほしいんだよね。だけど、どうして墓地に行かなきゃならないの？　幽霊から離れてたほうが、安全じゃないの！　母さんはあたしをオオカミの群れに投げこんでるんだよ。何度も何度も！」

「そうじゃないの」母はやさしくいった。「そのへんの幽霊はオオカミじゃない。あれはただの飢えたかすみみたいなもので、とるに足らない。オオカミはべつのところにいるんだよ、メイクピース。あんたを探してて、いつか見つける。やつらに見つかるまでに、あんたがじゅうぶんに成長して強くなってることを祈りなさい」

「脅かしてるだけでしょ」メイクピースはいった。声が震えているのは、怒っているせいで、怖いからではない。

「そのとおりよ！　自分が哀れな殉教者にでもなったつもり？　夜あそこにすわって、ちっぽけな幻に頬をなめられて？　そんなのなんでもない。あっちのほうがよっぽどたいへんなんだから。怖がらなきゃいけないの」

「じゃあ、どうして父さんに守ってって頼めないの？」危うい攻めかただったが、メイクピースはもう引きかえせなかった。「父さんだったら、あたしを墓場にひとりにしたりしない」

「あの人に助けを求めるなんて、もってのほかよ」母は、聞いたこともないほど苦々しそうな口調でいった。「忘れなさい」

「どうして？」メイクピースは急に、自分の人生でことばにされていないことの数々に耐えられなくなった。いったりきいたりしてはいけないすべてのことに。「どうしてなんにも話してくれないの？　もう母さんなんか信じられない！　ずっとずっとあたしがそばにいればいいと思ってるんだ！　自分だけで独り占めにしようって。父さんがあたしをほしがったら困るから、会わせてくれないんだ」

「あんたにわかるもんですか。母さんがどんなことからあんたを救ったか」母は爆発した。

「もしあたしがグライズヘイズにとどまっていたら――」

「グライズヘイズ」メイクピースがくりかえすと、母は真っ青になった。「父さんはそこにいるの？　前に話してた古い家のこと？」名前がわかった。ようやく名前がわかった。名前がわかれば、探すことができる。どこかのだれかが、その場所を知っているだろう。

古めかしく聞こえる名だ。それだけ聞いても、どんな家かは思い描けない。まるで、自分と屋敷の古い小塔とのあいだに、銀色のもやが重くたれこめているかのようだ。

「墓地にはもう行かない」メイクピースはいった。意志の力で大地に槍を突きたて、攻撃に身構える。「行かない。行かない。もし行かせようとしたら、逃げてやる。逃げてやるから。あたしはグライズヘイズを見つけるんだ。父さんを見つけるんだ。そしたら、ぜったいにもどってこない」

驚きと怒りに母の目は生気を失った。いままでにない抵抗を受けてどうしていいかわからないのだ。その表情からぬくもりが漏れだし、冷たさとよそよそしさだけになった。

「じゃあ、お逃げ」母は冷たくいい放った。「そうしたいなら、厄介払いできてちょうどいい。だけど、あの人たちの手に落ちたときに、母さんがなにもいってくれなかったとはいうんじゃないよ」

母はけっして譲らず、折れなかった。メイクピースが抵抗するたびに、さらに難題を吹きかけ、できもしないくせに、やれるものならやってみろとさらに追いこんできた。メイクピースが逃げるといったのは、たしかにはったりだった。けれども母の険しい目をのぞきこんでいるうちに、はじめてほんとうに逃げられるかもしれないと思った。そう考えると、息が苦しくなって、力が入らなくなった。

ちょうどそのとき、母はメイクピースの背後の大通りのほうをちらりと見て、はっとして身をかたくした。ふたこと三言ささやいたが、かすかな声でほとんど聞きとれない。

「……噂をすれば……」

　メイクピースが振りかえると、仕立てのいい紺色のコートを着た背の高い男が通りすぎていくところだった。年のころはまだ中年なのに、髪は白く輝いている。

「噂をすれば」は、噂をしているとその人が現れる、という意味なのは知っている。母は「あの人たち」――グライズヘイズの人たち――の話をしていたときに、その男の姿を見つけた。ならば、あの人はグライズヘイズの人？　もしかしたら、父さんだったりして？

　メイクピースは勝ち誇ったようにらんらんと目を光らせて、母の目を見つめた。それから身を翻（ひるがえ）し、通りにむかって駆けだした。

「だめ！」母は声をあげて、両手でメイクピースの腕をつかんだ。「メイクピース！」

　メイクピースの耳に、自分の名前が不快な音に響く。もう、説明もないまま厄介なことと「折り合って（メイクピース）」いくのはうんざりだ。身をよじって母の手を逃れ、大通りに駆けこんだ。

「母さんを苦しめないで」母の声が追いすがる。「メイクピース、やめて！」

　メイクピースはとまらなかった。遠くのほうで、見知らぬ男の紺色のコートと白い髪が角を曲がっていくのが見える。自分と過去とのつながりが遠ざかっていく。

　角まで行くと、ちょうど男が人ごみにまぎれるところだったので、メイクピースはあとを追った。うしろのほうから母の呼ぶ声が聞こえていたが、振りかえらずに、通りから通りへと渡っていく人影を追いつづける。もう見失ったと何度も何度も思うたびに、遠くのほうにふさふさした白い髪を見つけた。

ふと気がつくとロンドンの大きな橋を渡ってサザークに入っていたが、あきらめるわけにはいかない。通りの両側に立ち並ぶ建物は薄汚くなり、においもきつくなった。水際の居酒屋から笑い声が漂ってきて、川からののしる声やオールがきしむ音が聞こえる。あたりは暗くなってきていた。太陽が沈んで見えなくなり、空は錫に染まったような鈍い色に変わっている。それにもかかわらず、通りにはふだんは見られないほど人があふれている。行く手をつぎつぎと人にはばまれ、メイクピースは白い髪の男を見失いかけていた。

通りから吐きだされるようにして広く開けた空間に出たところで、ふと恐ろしくなって足をとめた。足の下は芝生だ。いつしかセント・ジョージズ・フィールズの端に立っていた。まわりはざわざわと落ちつかない不穏な群衆でごったがえし、その頭の影が暗くなりかけた空を背景に浮かんでいる。人の波がどこまでのびているのか見当もつかないが、声からすると何百人もいるようだ。それも男ばかりだ。白い髪の男の姿は見あたらない。

メイクピースは息をはずませながらあたりをじっと見まわして、自分がやたらと人目を集めているのに気がついた。地味な安物の毛織物と亜麻布の服をまとっていたが、スカーフと帽子は清潔できちんとしたものだ。ここではそれだけで、じゅうぶんに人目をひくのだ。それにメイクピース以外女性はいなかったし、十三歳より年が下の子どもも珍しい。

「やあ、きみ」暗がりから、ひとりが呼びかけてきた。「おれたちを気持ちよくしてくれるのか?」

「ちがうよな」べつの声がした。「おいらたちと行進するんだろ、お嬢ちゃん? あのろくでなしどもに腰かけを投げつけてやれよ。スコットランドのご婦人がたみたいにさ（一六三七年、エジンバラの大聖堂で、スコットランドの女性が祈禱書のあつかいをめぐって司祭に反発し、腰かけを投げつけたことから暴動がはじまった）！　こん棒の腕を見せてくれ！」五、六人の男がどっと笑ったので、メイクピースは意地悪くからかわれているのに気がついた。

「マーガレット・ライトフットの娘じゃないか？」突然、若い男の声がした。暗がりをのぞきこむと、見覚えのある顔が見てとれた。隣に住む織工のところの十四歳の徒弟だ。「ここでなにしてるんだ？」

「迷っちゃったの」メイクピースはあわてて答えた。「なにが起きてるの？」

「狩りだよ」徒弟の目が荒々しくぎらついた。「古ギツネのウィリアム――老いぼれのロード大主教を追ってるんだ」その名前なら、何百回も耳にしてきた。王の邪な顧問として呪われている名だ。「ただ出かけていって、やつの屋敷の扉をたたいて挨拶するだけさ。よき隣人のようにね」徒弟はこん棒をもちあげて、それでもう片方のてのひらをぴしゃりとたたいた。興奮して、いてもたってもいられないようすだ。

　このときになってようやくメイクピースは、貼り紙に書かれた文字の意味を察した。セント・ジョージズ・フィールズで大規模な怒りの集会を行うと宣言していたのだ。目が慣れてくると、群衆のほとんどが徒弟たちだということがわかった。みんな、本気でやってやるぞとばかりに浮かれさわぎ、金づちやほうきの柄、火かき棒やら板やら、まにあわせの武器を掲げている。悪者を宮殿から引っぱりだしてぶちのめしてやろうと意気ごんでいるのだ。けれども、彼らのらんらんとした目を見ながら、メイクピースはこれもまた遊びなのだと思った。クマいじめと同じ、血なまぐさい遊びだ。

「家に帰らないと！」口にしたことばは苦い味がした。自分の過去についてくわしく知る機会を失ってしまっただけでなく、わが家までなくしてしまったとしたら？　母は、逃げられるものなら逃げてみろ、と挑んできた。そして、メイクピースは逃げたのだ。

　徒弟は眉をひそめ、つま先立ちになって、群衆のむこうを見ようと首をのばした。メイクピースも目いっぱい背のびをしてみた。たったいま走ってきた通りは、セント・ジョージズ・フィールズになだれこんできた人だかりにふさがれてしまっている。

「離れるなよ」徒弟は心配そうにいった。群衆が前へ前へと流れてきて、ふたりを運びさろうとする。「いっしょにいれば安全だからな」

　押し寄せてくる背の高い人たちのむこうはよく見えないが、人の波に流されながらも、叫び声やふざけた笑い声がどんどん大きくなっていくのがわかる。徒弟の群れがいまや大軍団になっている。これだけいれば、彼らが強気になって、目的を果たそうとやっきになるのもむりはない。

「メイクピース！　どこ？」

　どんどん大きくなる叫びやどなり声にかき消されそうなその声を、メイクピースは聞きつけた。母さんだ。まちがいない。母さんが追ってきて、うしろで人ごみにのみこまれそうになっている。

「母さん！」メイクピースは呼びかけたが、人の群れが容赦なく前へ前へと押してくる。

「ランベス宮殿だ」前方から声があがった。「窓に明かりが見えるぞ！」ふたたび川のにおいがして、水際に大きな建物が見えた。角ばった塔が高くそびえ、黄昏(たそがれ)の空を背景に銃眼を備えた胸壁の影がくっきりと浮かんでいる。

先頭のほうから激しいいい争いが聞こえてきて、群衆全体が熱を帯び、緊迫した空気が揺らぎはじめた。

「まわれ右！」だれかがわめいている。「家に帰れ！」

「前にいるのはだれだ？」群衆のなかからいくつもの声があがり、いくつものちがった答えがかえってくる。軍隊だという者もいれば、王党派だという者も、大主教自身だという者もいる。

「おい、黙れよ！」とうとうひとりの徒弟が叫んだ。「キツネのウィリアムを出せ。でないと押しいって、おまえら全員に襲いかかってやる」

ほかの徒弟たちが耳をつんざくばかりの叫び声で応じ、いきりたってじりじりと前に進んでいく。背の高い人たちに押しつぶされかけて、メイクピースの頭の上の空が小さくなった。前方で雄たけびがあがり、男たちが争いあうわめき声や悲鳴がつづく。

「扉を破れ！」だれかが叫んだ。「金てこを使え」

「明かりをたたき落とせ！」べつの声が叫ぶ。

最初の銃声が響きわたったとき、石だたみになにか重い物が落ちたのだと思った。それから、二発目、三発目が鳴り響いた。引きかえそうとする者もいれば、前に進もうとする者もいて、群衆は大混乱に陥った。メイクピースは腹部に膝を入れられ、不用意に振りまわされたこん棒が目にあたった。

「メイクピース！」また、母さんの声がする。せっぱつまって甲高くなった声が、前よりも近く聞こえる。

「母さん！」メイクピースは暴れまわる人々をかきわけて、声のするほうにむかった。「こっち！」

目の前で、だれかが悲鳴をあげた。

耳障りな短い音で、最初メイクピースはなんだかわからなかった。これまで、母が悲鳴をあげるのを聞いたことはなかったのだ。だが、人ごみを押しわけるようにして前に出ると、壁の下の地面に女の人がひとり倒れていて、やみくもに突進する群衆に踏みつけられていた。

「母さん！」

メイクピースが手を貸すと、母はよろよろと立ちあがった。顔は真っ青で、暗がりでも顔面の左側から黒っぽい血が流れているのがわかる。動きかたもおかしくて、片方のまぶたは閉じたままで、右腕は妙な具合にひきつっている。

「家に帰ろう」メイクピースはからからの口でささやいた。「ごめんなさい、母さん。ごめんね……」

母は一瞬ぼんやりとメイクピースを見つめた。まるで知らない人でも見るように。それから急にはっとして顔をしかめた。

「だめ！」かすれた声で叫ぶと、メイクピースに殴りかかり、顔を平手打ちにして押しのけた。

「近寄らないで！　あっちにお行き！　あっちに！」

　メイクピースはバランスを崩してころんだ。最後にちらりと見えた母は、まだ険しい必死の形相だったが、だれかに顔を蹴られた拍子に目から涙が流れでた。ほかのだれかがふくらはぎを踏みつけていく。

「覚悟しろ！」何者かが叫んだ。「やつらがやってくる！」星々が爆発するように、ふたたび銃声が鳴り響いた。

　そのとき、たくましい手がわきの下にかけられて、メイクピースは引っぱりあげられた。背の高い徒弟がひょいと彼女を肩の上にかつぎあげ、前線から遠ざかるほうへと運んでいく。メイクピースは必死に抵抗して母を呼びつづけたが、路地の入り口におろされた。

「家まで走れ！」徒弟は真っ赤な顔でメイクピースをどなりつけると、自分は金づちを高く振りあげて、喧騒（けんそう）のただなかへともどっていった。

　メイクピースにはそれがだれだったのか、その後どうなったのか、知る由もなかった。生きた母にふたたび会えるのかすらも。


　母の遺体が見つかったのは、流血騒ぎがおさまり、暴徒が施設に収容されたあとのことだった。母の頭になにがあたって死を招いたのか、はっきりしたことはだれにもわからなかった。もしかしたら、激しく振りまわされた火かき棒にあたったのかもしれないし、鋲釘のついたブーツで頭を蹴られたか、流れ弾が貫通したのかもしれなかった。

メイクピースにはわからないことで、どうでもよかった。暴動が母さんを殺した。そこに連れていったのはあたしだ。ぜんぶあたしのせいなんだ。

教区の人たちは、都合のいいときには母からレースや刺繍(ししゅう)を買っていたくせに、非嫡出子を産んだ女に貴重な教会の墓地を与えることはできないと判断した。通りでいつもやさしく声をかけてくれていた牧師が説教壇に立ち、マーガレット・ライトフットは救われし者ではなかったと語った。

母はポプラの湿地のへりにある、聖別されていない土地に埋葬された。イバラが広がり、迎えてくれるものといえば風と鳥だけ。マーガレット・ライトフット自身のように秘密めいた場所だった。

母さんを苦しめないで。

メイクピースは母のことばが忘れられなかった。毎日毎日、昼も夜も、そのことばがつきまとう。そういっている母の姿が目に浮かぶようだったが、いま、その口調は落ちついてひややかだ。

3

あたしが母さんを殺した。メイクピースは思った。あたしが逃げたせいで、母さんは危険なところまで追ってきた。あたしのせいだ、だから母さんは最後まであたしを憎んでいたんだ。

これからは小さないとこたちと同じベッドに寝かされるとばかり思っていたが、いまだに母と寝ていた長枕をひとりで使っていた。もしかしたらみんな、あたしが人殺しだと感づいているのかも。でなきゃ、おじさんとおばさんも、あたしをどうしていいか困っているのかも。もう母さんのレースを売って生活費を稼げなくなったから。

メイクピースはひとりぼっちだった。母とふたりのまわりに張りめぐらされていた塀が、いまはメイクピースだけを囲んでいて、世界から切り離している。

家のみなはいつもどおりに祈っていたが、そこに母のための祈りが加わった。メイクピースはもう、正しいと教えられたとおりに祈ることができなくなっていた。神の御前に魂をさらけだすことができないのだ。やってはみたが、胸のうちに荒々しい、十月の空のような白い空間がぽっかりとあいていて、なにひとつことばにならない。魂が完全に消えてしまったのではないかと思うほどだ。

部屋にひとりきりになった二日目の晩、メイクピースは感情にかぶせてあった蓋をむりやりはずそうとした。どうにかして許しを請い、母と自分自身の魂のために祈ろうとした。けれども、試みただけで体が震えだした。寒さのせいではない。神が冷酷な怒りとともに耳を傾け、彼女の魂の腐った裂け目をのぞきこんでいるようで恐ろしくなった。同時に、神がまったく聞いてくれていないのではないか、これまでも一度だって耳を傾けてくれていなかったのではないか、これからもそうなのではないか、と恐ろしくなった。

祈ろうとして疲れきり、メイクピースは眠りについた。

トン、トン、トン。

メイクピースは目を開いた。寝床にひとりきりで寒くて、かたわらに母の背中の曲線は感じられない。真っ暗闇では、喪失感がいっそう大きかった。

トン、トン、トン。

よろい戸のほうから音が聞こえてくる。戸がゆるんでいるのだろう。だとすると、ひと晩じゅうガタガタ揺れて、眠れなくなるかもしれない。メイクピースはしぶしぶ寝床を出ると、手探りで窓辺に近づいた。この部屋のことは明かりがなくても手にとるようにわかる。掛け金に触れてみたが、しっかりかかっていた。そのとき、またなにかがよろい戸の外側をたたく音がして、指の先にかすかな動きを感じた。

戸のむこうから、べつの物音も聞こえる。くぐもったかすかな音なので、耳をくすぐられたくらいにしか感じられないが、人の声のようだ。ひどくなつかしい響きの声音に、うなじが総毛立つ。

また音がした。すすり泣きを押し殺したような声が、よろい戸のすぐむこう側に聞こえる。たったひとことだけ。

メイクピース。

何百回となく見てきた悪夢のなかで、メイクピースは夢の扉を閉じて頭のおかしな幽霊の攻撃を押しとどめようと、虚しい戦いをつづけてきた。その記憶に両手を震わせながらも、指はまだ掛け金を押さえている。

死んだ人は溺れているみたいなもの。母さんはそういった。

メイクピースは母が夜気のなかで溺れているさまを思い浮かべた。黒い髪を振りみだし、スローモーションで手足をばたつかせている。たったひとりで為す術もなく、必死になにかにしがみつこうとしているのだ。

「ここだよ」メイクピースは声に出してささやいた。「あたし——メイクピースだよ」よろい戸に耳を押しつけると、こんどは押し殺した答えが聞きとれた気がした。

入れて。

ぞっとしたが、怖がるまいと自分にいい聞かせた。母さんはほかの死んだ人のようにはならない。ちがうんだ。外にいるのが何者であれ、母さんであることは変わらない。母さんを見捨てることはできない。二度までもは。

掛け金をはずして、よろい戸をあける。

外では、濃灰色の空にぼんやりとした星がふたつ、三つとまたたいている。吹きこんできたねっとりとした風に、鳥肌が立つ。風とともになにかべつのものが室内に入ってきたという確信に、胸が締めつけられた。暗闇が新たな質感を帯びている。ここにいるのはもう自分ひとりではない。

突然、とりかえしのつかないことをしてしまったという恐怖でいっぱいになった。肌がぞわぞわする。また、クモの足が頭のなかを横切っていく、あの感じがする。ためらいがちにのびてくる、死者の手だ。

さっと窓から飛びのき、心の防御をかためようとした。けれども、母を思うと、秘密の呪文も子守歌のように役に立たなくなってしまう。ぎゅっと目をつぶっても、気がつくと母の顔を思いだしていた。礼拝堂にはじめて行った晩にろうそくの明かりで見た顔を。なにを考えているのか読みとれない表情で、どこにもやさしさのない、見慣れぬ人の姿だった。

首筋に、息なきものの吐息のような冬のすきま風があたる。顔や耳をくすぐるのは――自分のほつれた髪だ、そうにちがいない。メイクピースは身をかたくして、浅く息をついた。

「母さん?」風にかき消されそうなほどひそかなささやき声で呼びかけた。

返事がかえってきた。声にも似た、混じりあった音、愚かしい泣き声、卵の黄身のように割れて飛び散った子音。耳のすぐそばで、うなるような音がする。

目をぱっとあける。ほら、ほら！　視界をふさいでいるのは、ぐるぐるまわる蛾のような灰色のゆがんだ顔だけだ。その目は穴で、口は泣き叫んでだらりと垂れさがっている。メイクピースは逃げるようにあとずさり、壁にぶつかった。ひたすら見つめて、まちがいであってほしいと願っているあいだも、それは煙のような指先で貪欲に目を狙ってくる。

間一髪のところで目をつぶると、まぶたにひんやりとしたものが触れた。これは悪い夢、ずっと見てきた悪夢だ。でもいまは、目が覚める望みはない。両手で耳をふさいだが、動きが遅すぎて、かすかな恐ろしい物音を聞きとってしまった。

入れて……入れて……メイクピース、入れてよ……

それは手探りでメイクピースの防御を破り、頭のなかに入りこもうとしている。悲しみや愛や記憶でできた裂け目を見つけ、残忍で貪欲な指で攻めてくる。心と頭を引き裂いて、もぐりこんでくる。それは、どうすれば防御を抜けて彼女のもっともやわらかな核の部分にたどりつけるかを知っている。

メイクピースは恐怖に襲われて、激しく抵抗した。

意志の力で煙のようにやわらかなものに殴りかかり、ずたずたに引きちぎると、それが悲鳴をあげるのを感じた。ばらばらになったかけらは、切断された虫のようにあてどなく動いて、彼女の魂にもぐりこもうとする。暴れて、しがみついて、ひっかく。もうことばはなく、泣き叫ぶ声だけだ。

メイクピースはもう一度目をあけるつもりはなかった。なのに、最後の最後になって、ほんの一瞬だけ目をあけてしまった。それがいなくなったのをたしかめたかったのだ。

そして、さっきの顔がどうなったか、自分がなにをしたかを目のあたりにした。ねじれて消えていく顔に、恐怖と、憎しみかなにかにひきつった表情が見えたのだ。

もう顔ですらない。それでも、まだどういうわけか母だった。

その後、メイクピースは悲鳴をあげつづけていたが、覚えていない。気がついたときには、床にすわりこみ、おばが手にした細いろうそくの明かりに目をぱちぱちさせながら、問いかけに答えようとしていた。よろい戸はあけ放たれ、風にかすかに揺れてパタパタと音をたてている。

おばは、悪い夢を見て寝床から落ちたのだろうといった。メイクピースも、そうであってほしいと思った。けれども、心から安心はできない。夢のなかで戦っている幽霊たちが現実に現れるとわかっているのだ。でも、お願いです、神さま、あの幽霊だけはやめてください。あの幽霊があたしを攻撃してくるわけがないし、あたしもばらばらに引き裂いたりはできなかったはず。そんなこと、考えるのも耐えられない。

夢だったんだ。メイクピースは必死にその考えにしがみついた。

それからわずか一週間後に、湿地に幽霊が出るという噂が広まった。とくにさびしげな一帯に出没するという。家畜が草を食（は）むにも湿気が強すぎて、足場が危うい横道が何本か筋状にのびているだけの場所だ。

なにも見えないのにアシのあいだで衝突するような音がして、通りかかった行商人があわてふためいて逃げだしたという。土地のミヤマガラスがひなどりを捨てていなくなり、渡り鳥も湿地のべつの場所に移動した。それから、町とアシの湿原のあいだにひっそりと建つ〈天使亭（エンゼル・イン）〉に、船乗り以外の客が集まるようになった。

「恨みをもった霊だとさ」おばがいった。「日暮れどきに来るって話だよ。なんだかわからないけど、ドアをたたいてぶち壊したり、強い男たちをたたきのめしたりしてるとか」

こうした噂を聞いて、恐ろしさと同時に希望で胸が痛くなったのはメイクピースだけだった。母さんの墓は湿地のはずれにあって、〈エンゼル・イン〉からそう遠くない。母の幽霊が狂ったように暴れまわっているなんて、想像するだけで恐ろしい。でも、自由に動きまわっているのだとしたら、あたしがばらばらにしなかったということになる。少なくとも、もう一度母さんを殺したわけではなかったのだ。

母さんを見つけないと。メイクピースは自分にいい聞かせた。そう思っただけで気分が悪くなった。母さんと話をしないと。母さんを助けないと。

メイクピースの通う教会に〈エンゼル・イン〉の常連はいなかったが、ウィリアムじいさんだけがときどき過ちを犯して訪れていた。じいさんが酔って千鳥足で帰ってくるたびに、牧師は説教でとりあげて、じいさんが強くなるように祈りなさいと信徒たちに訴えた。酒場までのでこぼこ道をたどりながら、メイクピースは恥ずかしくなり、つぎの日曜に酔っ払いだといって責められるのかしらと考えた。

〈エンゼル・イン〉の石づくりの建物は腕のように曲がっていて、馬屋のある中庭をかき抱いていた。がっしりしたあごの女がしみのついた綿の帽子をかぶって階段の掃き掃除をしていたが、メイクピースが近づいていくと、顔をあげた。

「こんにちは、お嬢ちゃん！」女は声をかけてきた。「父さんを迎えにきたの？　どれが父さん？」

「ううん、あたし……幽霊の話を聞きたくて」

女は驚いたふうでもなく、そっけなくてきぱきとうなずいた。

「なかを見たいなら、なにか一杯買ってもらわないとね」

メイクピースは女について暗い酒場に入り、やましさに胸を痛めながら、おばの買い物用の小銭を使って小さなコップのビールを一杯買った。それから、裏口へと案内された。

酒場の裏には、おがくずに覆われただけの、なにもない地面が広がっていた。客がたくさんいてもうかりそうなときに、余興に使われる場所なのだろう。頭を剃った拳闘家(けんとうか)が素手で戦ったり、闘鶏(とうけい)やアナグマいじめが行われたり、かと思えば、縄輪投げや九柱戯(スキトルズ)、ローンボウルズのようなたわいない遊びがくりひろげられることもある。あちこちに、エールや血がこぼれた古いしみが点々とついている。そのむこうには踏み台のついた低い壁があり、その先に湿地が何マイルにもわたってつづいていて、風にざわめくアシの森が遅い午後の日ざしを受けてやわらかに光っていた。

「おいで――これを見てごらん」女は得意げに壊れた箇所を指し示した。裏口の横木が粉々に砕け、戸の一部が割れている。窓は壊れ、窓枠は曲がり、小さな窓ガラスの何枚かはひび割れて霜がついたように白くなっていた。布の看板はびりびりに破け、わずかな断片に、パイプ、太鼓、黒い獣(けもの)のような姿が見てとれる。テーブルはひっくりかえり、二脚の椅子の背もたれも壊れていた。

話を聞くうちに、メイクピースの心は沈みはじめた。いまごろになって、これまでに遭遇した幽霊はどれも目に見える損害は残さなかったことに思いいたったのだ。やつらはメイクピースの頭を攻めてくるだけで、コップひとつだって割りはしなかった。

もしかしたら、ただのけんか騒ぎだったのかも。メイクピースはそう思って、女主人のやつれた、抜け目なさそうな顔を盗み見た。もしかしたらこの人がめちゃくちゃに壊して、幽霊のせいにしているのかも。そうすれば、野次馬が集まってきて飲み物が売れるから。

メイクピースは、不機嫌そうなふたりの男のところに連れていかれた。外で夕暮れどきに、ジョッキでビールを飲んでいる。ふたりともやせぎすで、肌は日に焼けてざらざらしている。このへんの人ではない、足もとの荷物からすると旅の人なのだろう。

「幽霊のことを聞きにきたって」女がメイクピースのほうに頭をむけた。「あの話をしてやってよ」

男たちはちらりと目を見かわして、顔をしかめた。彼らにとって楽しい話ではないらしい。

「おごってくれるのか?」背の高いほうの男がきいた。

女主人はメイクピースを見て両眉をあげた。吐き気がして、だまされているという確信が強くなったが、メイクピースはもう一枚硬貨をさしだした。女主人は急いでエールをとりにいった。

「そいつは闇のなかからおれたちに襲いかかってきたんだ。これが見えるか?」背の高い男が片手をあげてみせた。血のしみで黒くなった汚らしいハンカチーフを巻いている。「こいつのコートを破いて、おれの頭を壁にたたきつけようとした。フィドルもつぶしたんだ!」男が振りまわしてみせたフィドルは、だれかに上から踏みつけられたようなありさまだった。「おかみさんのベルさんは幽霊だっていうけど、おれは悪魔だと思うんだ。目に見えない悪魔だ」

男は本気で怒りくるっているようだったが、まだ信じていいかわからない。めちゃくちゃに酔ってたら、なんにも見えないでしょうよ。メイクピースは思った。

「そいつはなにかいった?」メイクピースは悪夢で耳にした、混じりあった声を思いだして身を震わせた。

「おれたちにはなんにも」背の低いほうがいいながら、エールのつぼを手にもどってきた女主人にジョッキをさしだし、なみなみと注いでもらった。「やつはおれたちをすりこぎみたいにたたきつけたあと、あっちのほうに行ったんだ」湿地のほうを指さした。「途中で、柱を倒しながらね」

メイクピースはコップのビールを飲み干すと、勇気をかき集めた。

「足もとに気をつけてよ、お嬢ちゃん！」女主人は、メイクピースが湿地につづく踏み台に足をかけたのを見て、大声を出した。「だいじょうぶそうに見える道も、滑るからね。幽霊になってもどってきたりしないどくれよ」

湿地を歩きだすと、地面を踏みつける自分の足音ばかりが耳についた。鳥の声は聞こえない。ほかに聞こえるのは、アシの茎がこすれあって奏でる乾いた音と、ときおりそよ風に揺れて灰緑色や銀色にひらめく若いポプラの葉音だけだ。静けさとともに、自分がとんでもないまちがいを犯したという恐怖が、骨にしみこんできた。

メイクピースはそわそわと振りかえり、酒場がすでにはるかかなたにあるのを見て凍りついた。これではまるで、ふらふらと岸から離れてしまった錨（いかり）のない小舟のようだ。

その場にたたずんでいると、突如として目に見えない波に襲われてのみこまれた。

感覚。いや、においだ。血のような、秋の森や濡れて時間がたった毛織物のようないやなにおい。強いにおいだ。それが吐息のように、メイクピースの脳内をひっかきくすぐる。五官をふさぎ、視界を曇らせ、吐き気を招く。

幽霊だ。それしか考えられない。幽霊。

けれども、メイクピースの記憶にある、冷たくしのびよってくるような幽霊ではない。これは、彼女のなかに入りこもうとはしていない——彼女がここにいるのすらわかっていない。熱くて恐ろしい幽霊が、なにもわからずにうっかりぶつかったのだ。

世界が揺れて、自分がどこにいるのか、だれなのかもわからなくなった。自分自身のものではない記憶にのみこまれていく。

刺すような日ざし。息がつまりそうなおがくずのにおい。唇がひどく痛くて、ことばを発することができない。ブンブンというううなりと、規則正しく響く残酷なドスンという音だけが聞こえる。音が鳴るたびに、口が乱暴に引っぱられる。身をかわそうとしたとたん、焼けつくような痛みが肩に走った。苦痛のあまり、怒りが燃えあがる。

波が過ぎると、前かがみに体を折り曲げた。周囲の世界はまだ日の光に燃え、頭のなかでは太鼓が鳴り響いていて、気分が悪くなる。半ば目が見えないままで、体をささえようとしてぎこちなく一歩を踏みだした。ところが逆に、湿ったでこぼこの地面に足をとられた。小道をずるずると滑り落ち、アシのあいだに這いつくばるように着地した。アシが腕や顔をひっかくのはほとんど感じなかった。それから身をのりだして吐いた。何度も何度も吐いた。

しだいに頭がはっきりしてきた。奇妙な苦痛は消えていた。けれどもまだ、なにかのにおいがする。腐った、喉がつまりそうなにおいだ。それに、ブンブンいう音も聞こえる。

だが、さっきとはちがう音だ。さっきまではむかつくような、心をきしませるような調べだったのが、いまは虫の羽音のような音に落ちついている。何十もの小さな羽がはばたいている音だ。

メイクピースはよろよろと立ちあがると、アシをかきわけて、小道からつづく坂をおりはじめた。一歩進むごとに、地面がやわらかく沈みこむ。ここにやってきた生き物がほかにもいる。

茎が折れて、泥に溝ができている……

そのむこうの、生い茂ったアシに半ば覆われた水路に、なにかがぶざまに倒れていた。黒くて、人ひとりくらいの大きさがある。

胃がひっくりかえりそうになった。なにもかもまちがっていたのだ。あれが死体なら、幽霊は母さんじゃなかったことになる。殺された犠牲者を見つけただけなのかもしれない。もしかしたら、いまこのときにも、人殺しが見張っているかもしれない。

それとも、あれはただの旅人で、残忍な幽霊に襲われて助けを必要としているのかも。そうだ、逃げだすわけにはいかない。たとえ全身の神経がそうしろと命じていたとしても。

メイクピースは、一歩一歩足もとの泥を踏みしめながら近づいていった。倒れていたのは、こげ茶色の大きな小山のようなもので、緑と黒のハエがせわしなくたかっていた。

毛皮のコートを着た男の人？

ちがう。

形がはっきり見えてきた。ようやく、それがなにで、なにでないかがわかってきて、メイクピースは一瞬ほっとした。

それから大きな悲しみの波に襲われた。恐怖や反感よりも強く、悪臭よりも強烈な悲しみだ。メイクピースは滑り落ちるようにして、そのかたわらにしゃがみこむと、ハンカチーフで口を覆った。それから、濡れたこげ茶色の体をうんとやさしくなでてやった。

生きている気配はない。すぐそばの泥に、それが溝から這いあがろうとして地面を削った弱弱しい跡がついている。出血して縁が黄色くうんでいるところは、鎖と足枷でできた傷跡らしい。切れた口、まだ血がにじむ深い傷、どくどくと流れる黒い血は、とても見ていられるものではない。

　メイクピースは、自分にまだ魂が残っていたのに気がついた。しかもそれは、燃えさかっていた。


〈エンゼル・イン〉の裏庭にたどりついたときには、泥とイバラのひっかき傷だらけになっていたが、どうでもよかった。手近なところに小さな木の腰かけを見つけると、怒りにまかせて、重さも気にせず拾いあげた。

　ふたりの旅芸人は隅で激しくいい争っていて、メイクピースには気づいていなかった。少なくとも、彼女が腰かけをもちあげて、背の高いほうの顔を殴りつけるまでは。

「げっ！　頭おかしいのか、このチビ！」男は信じられないという目でメイクピースをにらみつけ、出血した口もとを押さえた。

　メイクピースは答えずに、もう一度、こんどは腹を殴った。

「やめろ！　気でもちがったか？」かかげた腰かけを、背の低いほうにつかまれて、メイクピースは男の膝頭に蹴りを入れた。

「あんたたちは、あれを見殺しにしたんだ！」メイクピースは大声をあげた。「殴って、痛めつけて、口が裂けるくらいまで鎖で引きずりまわして！　そして、もう立っていられなくなったら、溝に投げ捨てたんだ！」

「いったいどうしたんだい？」女主人がメイクピースのかたわらに立ち、たくましい腕を体にまわして押さえつけようとした。「なにをいってるんだい？」

「クマよ！」メイクピースは叫んだ。

「クマ？」おかみさんはわけがわからないという顔で、旅人たちを見た。「まあ、なんてこと。あんたたちの踊るクマが死んだのかい？」

「そうなんだ。これからどうやって食いぶちを稼いでいきゃあいいんだよ！」背の低いほうがぴしゃりといった。「ここは呪われてる――悪運と、目に見えない悪魔と、いかれた娘しかいない――」

背の高い男は血を手に吐きだした。「このアマ、歯を折りやがった！」信じられないというように叫ぶと、殺してやるとばかりにメイクピースをねめつけた。

「まだ死んでもいないうちから、口輪をむりやりはずしたよね！」メイクピースはがなりたてた。頭のなかで音がする。いまにも男のどちらかに殴られるだろうが、かまうものか。「だからあれはもどってきたんだよ！　だから怒ってるんだ！　あんたたちなんか、捕まればいい。ふたりとも、あれにやられちゃえばいいんだ」

ふたりの男は大声をあげ、おかみさんは金切り声をあげて全員を黙らせようとした。けれどもメイクピースには、頭のなかのブンブンいう緑と黒の怒りの音しか聞こえない。

メイクピースが腰かけをぎゅっとつかむと、背の低い男が引きもどそうとした。メイクピースはその動きにまかせて腰かけで男の鼻を下から突いた。男は逆上して叫んで腰かけを放し、荷物に立てかけてあったオークの杖をつかもうとした。女主人は助けを呼びながら大急ぎで逃げていき、気がつくとメイクピースは、顔から血を流し怒りに目をぎらつかせたふたりの男とむかいあっていた。

だが、男たちの怒りなど、湿地から放たれたクマの怒りに比べたら、とるに足らないものだった。

メイクピースはまっすぐにそれを見ていた。見えていると思った。クマはこげ茶色のすすけた襞（ひだ）となってこの世に存在していた。四つ足をつき背中を丸めていて、生きていたときより大きい。それは恐ろしい速度で三人をめがけて駆けてきた。目と、ぽっかりあいた口から、むこうが見通せる。

ぶつかられてメイクピースはよろけ、地面に倒れこんで茫然（ぼうぜん）となった。目の前に黒い影、クマの影が立ちはだかっている。自分が見あげているのが、その大きな影の背中だと気づいたのは、少ししてからだった。クマはまるで子グマを守るように、メイクピースと敵のあいだに立っていた。

クマのぼんやりした輪郭（りんかく）のむこうに、ふたりの敵が見える。そろって前に進みでて、ひとりは掲げた杖をメイクピースに振りおろそうとしている。ふたりにはクマは見えていない。なぜ、振りおろそうとした杖がねじれて落ちたのかもわかっていない。杖は、クマの影のような前足のひと振りで払いのけられていた。

見えているのはメイクピースだけだ。クマのすべての動きに燃えさかる怒りがこめられているのが見える。クマは血のようになにかを流しながら、音にならないうなりをあげている。わき腹からは湯気が出ているようだ。

自分自身を失いつつあるのに、それすらもわかっていない。

メイクピースは、クマのにおいと血液中にたぎる怒りに茫然となりながら、膝立ちになった。とっさに両腕をつきだし、怒りくるう影にまわす。その瞬間に望んでいたのは、漏れでていくものをとめ、クマが溶けて消えていってしまうのを食いとめることだった。

メイクピースは両腕でぎゅっと闇を抱きしめ、そのなかに落ちていった。

4

「あの子、もう何日もずっとこんなふうで」おばの声がする。

メイクピースは自分がどこにいるのか、どうしてそこにいるのかもわからなかった。頭がずきずきして、重たくてもちあげられない。手足はなにかに捕らわれていて動かない。まわりが幻のようにぼんやりとして、話し声もはるかかなたから漂ってくるようだ。

「ずっとこのままではやっていけないな」おじの声が答えた。「半分は死んだように寝てて、そうじゃないときは……おまえも見ただろう！　悲しみで気がふれちまったんだ。うちの子どもたちのことも考えなきゃならん。ここにあの子をおいておいたら危険だ」こんなにおじが怯えたような声を出すのを、メイクピースははじめて耳にした。

「身内を追いだしたりしたら、世間の人になんていわれるか」おばがいった。「あの子はうちが背負ってく十字架なんだよ」

「あの子の身内はおれたちだけじゃない」おじがいう。

ややあって、おばがふうっとため息をついた。おばのざらざらしたあたたかい手が、メイクピースの顔をやさしく包みこんだ。

「メイクピース、いい子だね、聞いてるかい？　あんたの父親は——なんていう名前だったかね？　マーガレットはぜったいに教えてくれなかったけど、あんたは知ってるだろう？」

メイクピースは首を振った。

「グライズヘイズ」かすれた声でささやく。「住んでるのは……グライズヘイズ」

「やっぱり！」おばは驚きながらも勝ち誇ったような声をあげた。「あのサー・ピーターだ！　そうだと思ってたんだよ！」

「その男がこいつのためになにかしてくれるかね？」おじがきいた。

「しないだろうね。でもあの一族は、家名を泥にまみれさせたくないと思えば、どうにかしてくれるだろうよ」おばがきっぱりという。「選ばれた血筋の人間が施設に収容されるとなったら、聞こえもよくないだろう？　あっちでなにもしてくれないなら、この子をそういうところに入れるって話してみるよ」

けれども、ことばはまたただの音になり、メイクピースは暗い場所へと沈んでいった。

それからの二、三日は、濁（にご）った水のなかを泳ぐカマスさながらに、ぼんやりと流れていった。大半の時間、メイクピースは赤ん坊がおくるみにくるまれるように、毛布を巻かれていた。頭がはっきりしているときには毛布から出されたが、おじやおばの話は理解できなかったし、なにも手伝えなかった。よろよろと歩いてはつまずき、拾いあげようとした物をことごとく落としていた。

台所でパイが焼けるにおいも、いつもならなつかしくてほっとするのに、いまは気持ちが悪くなる。ラードや肉の血、香草のにおいがきつすぎて、気が変になりそうだった。そのいっぽうで、メイクピースはクマのにおいにとりつかれていた。クマの意識の湿ったあたたかなにおいが、いくらこすり落とそうとしても消えないのだ。

クマに手をのばそうとして闇にのみこまれたあと、なにが起きたのかを思いだそうとしたけれど、記憶は暗く渦を巻くばかりだった。旅のふたりの男を見たのは覚えている。青ざめた顔に血を流しながらわめきたてていたふたりの、どんよりとした映像が心に残っている。

獣(けもの)の幽霊はいない──少なくとも、メイクピースはずっとそう思ってきた。だが、どうやら、ときにはそういうこともあるらしい。あのクマはもう、復讐とひきかえに燃え尽きて無に帰しているのだろう。それで満ち足りていたらいいとメイクピースは願っていた。だけど、なんであたしをこんなひどい病気にしたんだろう？　もしかしたら、怒りくるった獣の幽霊は熱を媒介するのかもしれない。ぼんやりとそんなことを考える。

ある日のこと、いちばん大きな部屋に連れていかれたとたん、ほんとうに熱があがったような気がした。暖炉のそばに見知らぬ人が立っていた。背が高く、紺色のコートを着ている男だ。かぎ鼻の顔に、ふさふさした白い髪。暴動の晩にメイクピースが追っていった幻の男だった。

じっと男を見つめるうちに、目に涙があふれてきた。

「こちらは、クロウさま」おばがゆっくりとていねいにいった。「あんたをグライズヘイズに連れていくためにいらしたんだよ」

「あたしの……」メイクピースの声はまだがさがさしていた。「あたしの父さん……」

おばはふいにメイクピースに腕をまわして、そっけなくぎゅっと抱きしめた。

「お父さんは死んだんだって」おばはささやいた。「でもお父さんのご家族が、あんたを引きとるといってくれてね。フェルモットのみなさんのほうが、あたしよりずっとよく面倒を見てくれるからね」そういうと、そそくさとメイクピースの持ち物をまとめにいった。やさしさと不安と安堵の涙をにじませながら。

「毛布にくるんでいたんですよ」おじがミスター・クロウにもごもご話している。「暴れたときには、同じようにしたいと思うでしょうよ。酒場にいたごろつきにどんな悪さをされたんだかわかりませんが、そいつらが何者かに追っ払われるまで、よっぽど恐ろしい目にあわされたんだと思いますよ」

あたしはグライズヘイズに行くんだ。母さんにいったとおりになった。あの最後の運命の日に。うれしいと思うか、少なくともなにか感じるべきなのだろう。

でも、メイクピースは、中身をすくいだされた卵の殻みたいに、割られて空っぽの気分だった。母の幽霊探しで行きついたのは死んだクマだった。そしていま、父探しの鍵のように思われたクロウは、べつの墓場へと導いていくだけだ。

何年ものあいだ、牧師から世界の終わりについて聞かされつづけていたが、とうとうそのときがやってきたのだ。メイクピースにはわかっていた。感じられるのだ。馬車でポプラの町を通り抜けながら、ぼんやりと考える。どうして大地は揺れないのか、どうして星々が熟れたイチジクのように落ちてこないのか、どうして自分には子守のスーザンのように天使や光り輝く女の幻が見えないのか。いま目に映るのは、干してある洗濯物、ガタガタと揺れる荷車、磨かれている階段、どれもこれもなにごともなかったかのようなものばかりだ。その変わらなさが、なによりもいやだった。

北東をめざして馬車に揺られながら、メイクピースは聞かされた話を理解しようとしていた。父親はサー・ピーター・フェルモットで、もう亡くなっている。古い古い家の出で、父の家族はメイクピースを引きとることに同意したという。まるでほろ苦いバラッドの結末のようだけれど、なにも感じられない。どうして母さんは、父さんの話をがんとしてしようとしなかったんだろう？

母の警告を思いだす。あんたにわかるもんですか。母さんがどんなことからあんたを救ったか。もしあたしがグライズヘイズにとどまっていたら……

母のことを思いだしたのはまちがいだった。脳裏に、悪夢で見た母の顔の幽霊がよみがえる。できそこないの声、びりびりになった灰色の顔……意識が、ふたたび暗い場所へと落ちていく。

そこからもどってきたときには、またしても疲れきっていて吐きそうだった。まだ馬車のなかにすわっていたが、腕を動かせないように羊の皮できっちりとくるまれていた。はずれないように、縄が巻きつけられている。

「さっきよりは落ちついたか？」混乱して目をぱちぱちさせているメイクピースに、クロウが淡々ときいた。

メイクピースはためらいがちにうなずいた。さっきより？　あごに新しいあざができて腫れている。記憶のなかにもあざがある。ぼんやりとした影のような感覚。してはいけないことをしてしまったのがわかる。なにか面倒なことになっている。

「おまえに馬車から飛びおりられては困る」ミスター・クロウがいった。

羊の皮は分厚くてあたたかいが、ざらざらしていて動物のにおいがした。メイクピースはそのにおいにしがみついた。これなら理解できるから。ミスター・クロウがそれ以上なにもいわないのが、ありがたかった。

湿った空気のなかを馬車で延々と運ばれるうちに、車外の景色がゆっくりと変わっていった。最初の日に見えたのは、霧に煙る牧草地と、淡い緑色に茂る麦畑だ。二日目のうちに、低い丘が逆毛を立てた。三日目になると、畑は荒れ野に変わり、黒い顔のやせた羊が点々と見えるようになった。

まどろんでいたメイクピースがはっと目を覚ますと、馬車は雨でどろどろになった坂道を水しぶきをあげながら走っていた。道の両側は殺風景な野と牧草地で、地平線をさえぎるように黒っぽい丘がそびえている。前方の、暗い色のねじれたイチイの茂みのむこうに、灰色の屋敷が建っていた。優雅さはなく、ただただ大きい。正面の上のほうに、できそこないの角のようなふたつの塔がそびえている。

グライズヘイズだ。はじめてでも、すぐにわかった。メイクピースの魂の奥深いところで、大きな鐘が鳴り響くようだった。

到着するころには、メイクピースは寒くてくたびれて飢えていた。縄を解かれ羊の皮をはずされると、疲れた顔をした赤毛の召使に引きわたされた。

「だんなさまがこの娘に会いたがっている」クロウはそういって、召使にメイクピースを預けた。

召使は服を着替えさせ、顔を拭き、髪をといてくれた。意地悪ではないが、やさしくもない。メイクピースはわかっていた。人に会うために身支度を整えられているだけで、甘やかされているわけではないのだ。召使は、ぼろぼろに欠けたメイクピースの爪を見て舌打ちした。なぜ、どうやってそんなふうになったのか、メイクピース自身も思いだせない。

なんとか見られる程度の支度が整うと、召使はメイクピースを連れて暗い廊下を進み、身振りだけでオークの扉を通るようにうながして、外から扉を閉めた。なかは広くてあたたかな部屋で、見たこともないような大きくていかめしい暖炉があった。壁には狩猟の場面を描いたタペストリーがかかっている。雄ジカが目をまわし、両脇から刺繍(ししゅう)の血が流れている場面だ。ひどく年老いた男が、四柱式のベッドにすわっていた。

メイクピースは恐怖と畏敬の念をもって男を見つめ、聞かされた話を混乱した頭で思いだそうとした。これはオバディア・フェルモットにちがいない。家長のフェルモット卿その人だ。

男は白い髪のミスター・クロウと熱心に話をしている。どちらもメイクピースが入ってきたのに気づいていないようだ。メイクピースは急に恥ずかしくなって怖気づき、扉のそばでためらっていた。それでもふたりの低い声が聞こえてくる。

「それで……われわれを糾弾していた者たちはもうなにもいっていないのだな？」オバディアの声が低くきしむ。

「ひとりは船が沈んで財産を失い自殺」ミスター・クロウが静かにいった。「べつの者はスペイン王あての書簡が見つかり島流しに。三人目は色恋沙汰が知れわたり、愛人の夫に決闘で殺されました」

「よろしい、たいへんよろしい」オバディアはそういって、目を細めた。「われわれについての噂はまだあるのか？」

「噂を消すのはむずかしいものです、だんなさま」クロウは慎重にいった。「とくに、魔術にかかわる噂は」

魔術？　メイクピースはえもいわれぬ恐怖にぞくっとした。聞きまちがいだろうか？　ポプラの牧師はときおり魔法使いについて語っていた——邪悪な力を手に入れるためにこっそり悪魔と取引をした、ねじれて腐敗した男女だと。魔法使いは凶眼の魔法をかける。手をしわだらけにし、作物を枯らし、赤ん坊を病気にして死なせる。魔術で危害を加えるのはもちろん違法だし、魔法使いは見つかれば逮捕されて裁判にかけられ、ときには絞首刑にされる。

「そのような噂が王の耳に入るのをとめられなければ」年老いた貴族はゆっくりといった。「王が噂に左右されないようにするしかない。われわれが王の役に立つようになるしかないのだ——王が手放せないくらいにな。それと、われわれを糾弾させないために、王を支配下におく必要がある。王は金に困っているのだろう？　なんらかの取引ができるのではないかね」

メイクピースは口をつぐんだまま、扉のそばにたたずんでいた。暖炉の熱で顔がうずく。耳にしたことのすべてを理解できてはいないが、自分の耳に触れてはいけなかったことばや考えだっただろうことははっきりとわかる。

そのとき老貴族がこちらを見て、メイクピースに気がつき、かすかに顔をしかめた。

「クロウ、あの子どもはわたしの部屋でなにをしている？」

「マーガレット・ライトフットの娘です」クロウは静かにいった。

「ああ、あの私生児か」オバディアのしかめっつらが少しだけやわらいだ。「どれ、見てみるか」そういってメイクピースを手招きした。

あたたかく迎えてもらえるかもしれないという、メイクピースのはかない望みはかき消えた。ゆっくりと近づいて、オバディアのベッドのそばで足をとめる。老人の寝間着や眉まで覆っている帽子には高価そうなレースがあしらわれていて、メイクピースは思わず、母がこれをつくったとしたら何週間かかっただろうかと計算した。だが、じろじろ見ていたことに気がついて、あわてて視線を落とす。金と力のある人を見るのは、太陽を見つめるようなもので危険を伴う。このかわりに、目を伏せてのぞき見た。指輪をいくつもつけている両手をじっと見つめる。この人は怖い。ふくらんだ血管が青く見える。

「なるほど、ピーターの子だな」オバディアはつぶやいた。「あごのへこみを見てみろ！　それにこの淡い色の目！　だが、頭がおかしいといっていたな？」

「たいていはぐずぐずしていますが、おとなしいです。ただ、発作を起こすと暴れます」クロウはいった。「家族は悲しみのせいだといっています。それと、頭をぶつけたせいだと」

「殴られて正気を失ったのなら、殴ってとりもどすまでだ」オバディアはぴしゃりといった。「子どもや頭のおかしい人間を甘やかすことはない。放っておけば野蛮人と同じだからな。対処するにはしつけるしかない。おまえ！　娘！　口はきけるのか？」

　メイクピースはびくっとして、うなずいた。

「悪い夢を見ると聞いている、子どもよ。どんな夢か話してみよ」

　夢のことはだれにも話さないと、母と約束していた。でも、もう母さんは母さんではないのだから、約束もどうでもいいのだろう。そこでメイクピースはつっかえつっかえ、黒い部屋とささやき声と飛びかかってくる顔について語った。

　オバディアは満足そうに小さく喉を鳴らした。

「おまえの夢のなかにやってくる生き物たちだが、なんだかわかっているか？」

　メイクピースはごくりとつばをのんでうなずいた。

「死んだ人です」

「できそこないの死者だ」老貴族はその区別がさも重要であるかのようにいった。「弱い者だ。弱すぎて、体がないとばらばらになってしまう。だからおまえの体をほしがる……おまえもわかっているのだろう？　だが、ここでは、やつらがおまえに手をのばしてくることはない。しょせん害虫だからな、ネズミのように退治してやるまでだ」

混じりあった、恨みがましい顔の記憶が、メイクピースの脳裏によみがえる。弱い、死んだ、できそこない。退治されるべき害虫。そんな考えを締めだそうとしたが、うまくいかなかった。体が震えだす。どうしようもない。

「あれは呪われているんですか？」ぽろりと口にしていた。母さんは地獄に落ちるの？　あたしは母さんを地獄に送りこんだの？　「牧師さまがいうには――」

「牧師などどうでもいい！」オバディアがはねつけた。「おまえはピューリタンの巣で育てられたのだったな、愚かな娘よ。頭を刈りあげて、大声で騒ぎたてて説教をする連中だ。その牧師とやらはいつか地獄に行くだろう。有象無象の群れを引き連れてな。そしておまえも、頭に詰めこまれたばかげた考えをすべて忘れないと、同じ道を歩むようになるぞ。洗礼も受けたのか？」メイクピースがうなずくと、オバディアはそれはよかったというように小さくうなった。

「まあ、よい。せめてそれだけはな」

「あの生き物たち――おまえの頭を借りたがっているやつらだ。いままでに入ってきたやつはいたのか？」

「いいえ」メイクピースは思わずぶるっと震えながら答えた。「入ってこようとしたけれど、あたし……戦って……」

「たしかめておかないとな。こっちに来い！　見せてもらおう」メイクピースがおそるおそる近づくと、老人は手をのばしてきて、驚くような強さであごをつかんだ。

メイクピースははっとして、老人の目を見つめかえした。たちまち、煙のように悪のにおいがたちのぼった。

地図のようにしわのよった老人の顔はぼんやりとしていたが、目はそうではなかった。濁った琥珀の色をした冷たい目。どこがどうとはわからないが、オバディアにはなにかとてもふつうじゃないところがある。近づきたくない。危険だ。

オバディアの顔には、かすかにしわがよったり襞ができたりして、まるで顔自体で会話をしているかのようだ。それから年老いた目を半分閉じて、すきまからにらみつけるようにメイクピースを眺めまわした。

なにかが起きている。なにかが探るように測るように、魂のひりひりしたところに触れてくる。抵抗してしわがれた声をあげ、身をよじって逃れようとしたが、オバディアは痛いほどきつくつかんでいる。一瞬、悪夢に引きもどされたような気がした。あの暗い部屋にいて、耳もとで混じりあった声がして、容赦ない霊が脳をこじあけようと爪を立ててくる……

メイクピースは短く鋭い悲鳴をあげ、頭のなかの兵隊をかき集めた。脳内で殴りかえすと、探っていたなにかがひるむのを感じた。オバディアの手があごを放した。メイクピースはぐらりとうしろによろめき、床に倒れこんだ。体を丸め、目をぎゅっとつぶり、こぶしで耳をふさぐ。

「は！」オバディアの吐きだした息が笑い声のように響いた。「おまえはやつらを撃退したんだな。おい、めそめそ泣くんじゃない！　いまのところはおまえを信じてやる。ただし、よく覚えておけ――その死んだ害虫どものひとつでも脳内に巣をつくったら、おまえは危険にさらされる。われわれの助けなしに、やつらをこそげ落とすことはできないのだからな」

メイクピースの心臓は激しく拍動し、息をするのも苦しくなっていた。ほんの一瞬、なにかまちがったものと見つめあってしまったのだ。メイクピースはそれを見たし、むこうもこちらを見ていた。そしてそのなにかは、死者の霊がしたように、脳内に触れてきたのだ。

でも、オバディアは死んではいないのに？　息をしているのを見たじゃないの。勘違いだ。もしかしたら、貴族はみんな、こんなふうに恐ろしいものなのかも。

「覚えておけ」あたたかさのかけらもなく、オバディアはいった。「おまえをほしがる者などいないのだ。おまえの母親の身内でさえもな。世間に出ていったら、おまえはどうなるのかね？　施設に放りこまれるか？　そうでなければ、飢え死にするか凍え死ぬか、わずかなぼろまで身ぐるみはがれて殺されるか……それも、死んだ害虫どもが先におまえを見つけなければ、の話だが」

オバディアは一拍おいてから、こんどはじれったそうな声で話しはじめた。

「震えて、涙目になっておる！　どこか、この子がなにも壊せないような場所に連れていけ。娘よ――感謝と従順の意志を見せるのだ。発作を抑えないと、荒れ野に放りだすぞ。そうなったら、害虫どもに襲われたときにも、だれもおまえを守ってはくれないだろう。害虫どもは卵の中身のようにおまえの脳みそを食らうのだ」

5

　やせぎすの若い従僕はメイクピースを連れてつぎつぎと階段をのぼり、狭苦しい部屋に案内した。毛くずのマットレスを敷いた寝台と、おまるがある。窓には格子がはまっているものの、壁には鳥の絵が描いてあるので、もともとは子ども部屋だったのかもしれない。従僕はようやく少年時代を脱したばかりのような若さで、特徴的なかぎ鼻が白い髪のミスター・クロウとそっくりだ。ふたりは血のつながりがあるのだろうか、とメイクピースはぼんやり考えた。

「自分の幸運に感謝して、ばかなまねはやめるんだな」従僕はそういうと、ビールの入った小さな水差しと野菜のポタージュの碗を床においた。「叫んだり、人に飛びかかったりはやめるんだ、聞いてるか？　そういうまねをしたら鞭打ちだぞ」

　従僕は部屋を出て戸を閉めると外から鍵をかけた。メイクピースはわけがわからないまま、ひとりとり残された。飛びかかる？　そんなことあたしがいつしたの？　なにがなんだかわからない。

　メイクピースは食事をとりながら、格子越しに灰色の空や中庭、外壁のむこうに広がる草地や荒れ野を眺めた。ここでずっと暮らすの？　この塔の部屋に閉じこめられて？　ここで大きくなってくの？　景色も見られず、いたずらもできないまま、フェルモット家の頭のおかしな女として？

どうにも落ちつかない。頭のなかがいっぱいだ。気がつくと、いつのまにか小さな部屋のなかを歩きまわっていたり、ときにはひとりごとをいったりしている。ぶつぶついうことばが喉につかえて、耳障りな音になる。

よろけた拍子に振りむくと、壁がまわって壁紙がシラカバの樹皮のようにはがれて見えた。メイクピースは頭のなかの熱と騒音と戦っていた。部屋にはほかにだれかがいて、異常なふるまいをしている。けれども、メイクピースが振りかえると、だれもいないのだ。

とうとう膝の力が抜け、床に崩れおちて横になった。自分がとてつもなく大きくて重たくて、二度と動けない気がする。山と平野にでもなった気分だ。メイクピースという地形を旅するように、痛みとかゆみがじわじわと進んでいく。わかっていながら、どうでもいいと思っているうちに、いつしかまどろみはじめていた。

夢のなかでは、森を通り抜けようとしていたが、どの方向に行こうとしても、木の幹が盛りあがってぶつかってくる。木の枝にはあらゆる種類の鳥がとまっていて、声を震わせて彼女をばかにする。空はカラスの羽のようにつやつやとした灰黒色で、メイクピースは吠えすぎて喉が痛くなった。

ぼんやりと目覚めたのは、日が暮れかけたころだった。窓格子越しに、油で汚れたぼろ布のような雲がにじむスミレ色の空を眺める。一瞬、暗い考えが頭をよぎるかのように、コウモリがさっと雲をかすめていった。

　メイクピースはベッドではなく床の上に寝ていて、体が痛かった。注意深く起きあがり、片手をついて体をささえようとして顔をしかめる。全身が痛い。両手までがずきずきする。見ると、指の節が黒くすりむけていた。前は爪が何本か割れていたが、こんどは根もとまで欠けている。左のこめかみと右頬が少し腫れていて、手で探ると、腕と腰にも打ち身があった。

「あたし、どうしちゃったの？」声に出していた。

　もしかしたら、ほんとうに発作を起こして暴れたのかもしれない。ほかに説明がつかない。従僕が鞭で打つと脅していたけれど、ほんとうに鞭で打たれたのなら、さすがに気づくはずだ。自分で自分にけがをさせたんだ。ほかにはだれもいないんだから。

　そんな思いをあざ笑うかのように、背後で物音がした。

　ぱっと振りかえり、音の出どころを探す。なにもない。空っぽの部屋に、窓からの光が菱形にのびている。

　心臓が激しく打ちつける。物音ははっとするほどはっきり聞こえたのだ。首筋に息を吹きかけられたみたいで、内耳の奥がぞくぞくする。それなのに、一瞬あとには説明がつかない。しわがれた声。乱暴な音。わかっているのはそれだけだ。

　それから、なにかにおいがした。熱い血、秋の森、湿った馬や犬のような、麝香（じゃこう）の強いにおい。メイクピースはすぐにそのにおいをかぎつけた。

あたしはひとりじゃない。

ありえない！　あれは燃え尽きていた。それにここはポプラから馬車で三日も離れた場所だ。どうしてあれがあたしを見つけられるの？　それにここグライズへイズでは、幽霊は退治される。そんなところに、どうやって入りこんだの？　だれにも気づかれずに？

でも、入ってきたのだ。あのにおいはまちがえようがない。どういうわけか、ありえないことだけれど、あのクマがこの部屋にいる。

メイクピースは、意味のないことだと知りながらも、戸のほうにあとずさりした。暗くなりかけた室内をさっと見まわす。影が多すぎる。風になびいているのか、ゆがんでいるのか。どこで透明な目が見張っているのかもわからない。

どうして？　どうしてついてきたの？　メイクピースは恐ろしくて、裏切られたような気持ちだった。あれは自分をいたぶったふたりに復讐しようと追ってきた。でも、あたしはひどいことなんてしてないのに！　それどころか、〈エンゼル・イン〉にいたときには、一瞬おたがいをわかりあえたような、痛みや怒りを分かちあえたような気がしていたし、あれが助けにきてくれたとすら思ったのだ……

でも、あれは幽霊だ。幽霊というものは、人の頭に入りこもうとするだけ。そして、あれは獣(けもの)で、あたしに借りがあるわけじゃない。ばか！　本気であれが友だちだなんて思ってたの？

いま、メイクピースはクマとともに閉じこめられていた。逃げられない、逃げ道がない。

突然、耳もとで荒れ狂う突風の音がした。真っ赤に燃えた、耳をつんざくような音。ずっとずっと近くに聞こえる。

近すぎる。

メイクピースはぎょっとした。悲鳴をあげて戸に駆けより、こぶしでたたく。

「出して！」大声で叫んだ。「ここから出して！　なにかいる！　幽霊がいる！」

ああ、お願い、どうか戸口に見張りをおいていますように！　お願いです、中庭でだれかがこの声を聞きつけてくれますように！

メイクピースは窓に駆けよった。格子のあいだに顔を押しこもうとする。

「助けて！」声をかぎりに叫ぶ。「助けて！」

顔にあたった格子は冷たかった。ちょうど、腫れていた左のこめかみと右の頬にあたっている。その感覚がいっきに記憶を呼びさます。ぼんやりとだが似たような瞬間の記憶が集まってくる。メイクピースがむりやり頭を格子のあいだに押しこみ、通り抜けようとした記憶だ。自由と平等な空にむかって。

自分の声がどんどんしわがれて、口をあけて長々と吠えているのが聞こえる。荒々しい力で顔を格子に押しつけながら、なんとかしてくぐり抜けようともがいている。視界に黒い点々が浮かぶ。両手は必死に石の壁を探っていて、指先から無残にも皮膚がはがれていく……

やめて！　メイクピースは自分にむかっていった。やめて！　どうしちゃったの？

そのとき、流れ星のように真実が降ってきた。

ああ、そんな。なんてこと。あたしがばかだった。

そりゃあ、クマはグライズヘイズに入れるわけだ。ここにいて当然だ。

あたしのなかにいるんだから。

怒りに駆られてやぶれかぶれになった幽霊が、自分のなかにいる。とうとう、もっとも恐れていたことが起きてしまった。これでは、クマがあたしのなかをうろつきまわり、思考を粉々にしてしまう。塔の部屋を出ていくために、暴れまわってこの体を壊して血まみれにするだろう……


やめて！

恐ろしくなって、メイクピースは長く休眠していた防御を、心のなかの天使を呼びだした。天使たちが集まって暴れだすと、クマがうなるのが聞こえた。超人間的な意志の力で目をつぶり、自分自身とクマを暗闇に閉じこめる。そこは沈黙の騒音に満ちた夜だった。メイクピースの意識が、クマと同じように恐れおののき吠えている。

なにかが起きた。突然加えられた一撃が、頭の芯まで揺さぶった。またたくまに魂がひるみ、そして立ち直ろうとする。記憶が血を流し、思考が破ける。クマが殴りかかってきたのだ。

それでも、その一撃の衝撃で、メイクピースは恐慌状態を脱した。

怖がっている。クマが怖がっている。

大きなクマが、暗闇で迷い、友だちもなく、囚われているさまを想像する。長いあいだ、ずっとそうだったのだ。クマは、自分がどこにいるかも、どうしてなじみのない体になって弱っているのかも、わからない。わかっているのは、自分が攻撃にさらされているということだけだ。それまでに攻撃を受けてきたのと同じように……

メイクピースはそっと、だがきっぱりと、自分の呼吸をとりもどした。何度も静かに息を吸いこみ、鼓動を落ちつかせ、クマに体を引き裂かれてしまうかもしれないという恐怖を打ち消した。

シーッ。頭でクマにささやきかける。

もう一度クマを思い浮かべるときには、自分がそのかたわらに立って腕をのばしているのを想像した。あの、おたがいを守るようにして立っていた瞬間のように。

シーッ、シーッ、クマ。あたしよ。

沈黙の吠え声がしだいにとぎれとぎれになり、沈黙のうなり声になった。もしかしたら、ほんの少しだけあたしのことがわかったのかも。もう攻撃されていないとわかったのかも。

あたしはあんたの友だちだよ。メイクピースは語りかけた。そして、あんたの洞穴なの。洞穴。クマはことばがわからないだろうに、それでも、リンゴをくわえるみたいに、おそるおそるその考えをつかまえた。野生だったことはなく、子グマのころから鎖につながれて育ったのだろう。それでもクマはクマで、魂の深いところで洞穴がなにかを知っている。洞穴は牢獄ではない、家だ、と。

クマが落ちつくと、メイクピースはどうしていままで、クマが頭のなかにいるのに気づかなかったのだろうと考えた。気持ちが悪くて自分が自分でないように感じたのは、頭のなかにクマの居場所をつくろうとしていたからなのだろう。

それは大きかった。実体のないものにそんなことばが使えるのかどうかわからないけれど。いまは、クマの無意識の力が感じられる。メイクピースの意識など、いともかんたんに押しつぶしてしまいそうだ。生きているときに遭遇していたら、前足でやすやすとメイクピースの喉をつぶしていただろうが、それと同じだ。けれどもいまはおとなしくなっていて、クマが体を支配する力も少しゆるんだ感じがする。少なくとも、メイクピースは自分で息ができるし、肩の力を抜けるし、指も動かせる。

少し待って勇気をかき集めると、思いきって目をあけた。窓は見ないようにした。格子はクマにとって牢獄を意味する。クマがまた暴れだすようなまねはしたくなかった。かわりに、自分の手に視線を落とした。

クマに手を見せるようにして、ゆっくりと指を曲げる。いまはもうこの前足しかないのだとわからせたかった。割れた爪、それから血まみれの指先を見せる。かぎ爪はないんだよ、クマ。ごめんね。

感情が、小さな黒いさざ波のようにクマのなかを駆け抜けた。クマはメイクピースの頭をさげさせ、彼女の舌で傷ついた指をなめた。

それは動物で、メイクピースにはなんの義理もない。幽霊で、頼れる存在ではない。クマはただ自分のけがの手当てをしただけなのかもしれない。それでも、その舌先はやさしくて、まるで子グマのけがを癒しているかのようだった。

メイクピースが「野蛮人のように吠えて大騒ぎした」といって、若い従僕が鞭をもって現れたときには、彼女は決意をかためていた。ぜったいに、クマを売りわたすようなまねはしない。

フェルモット卿は、頭のなかに悪い幽霊を抱えているのは危険だといったし、それは真実なのだろう。でも、メイクピースはオバディアがきらいだった。あの目で見つめられると、フクロウの国にいるネズミになったような気がした。もしクマのことを打ちあけたら、あの人はなんらかの方法でクマを引きずりだして退治するにちがいない。

あんな人に対して秘密をもつのは危険だ。もしこんな秘密を抱えていることがばれたら、あの人はひどく怒りくるうだろう。脅しどおりにメイクピースを荒れ野に放りだすか、鎖につないで鞭打つような施設に送りこむかもしれない。

それでもメイクピースは、自分が叫んだときにだれも助けにこなかったことにほっとしていた。クマは生きているあいだ、一度もまともにあつかってもらえなかった。いまクマが頼れるのはメイクピースだけだ。そして、メイクピースにもクマしかいない。

だから、肩と背中に六回ぴしゃりと鞭が振りおろされたときにも、なにもいわなかった。ずきずきと痛くて、痕が残るだろう。それでも目をぎゅっとつぶって、必死に頭のなかのクマをなだめようとした。前にはどうやら、とり乱して暴れてしまったようだが、そんなことをしたら、遅かれ早かれ、幽霊を抱えていると疑われてしまう。

「おれだって好きでやってるわけじゃないんだ」若い従僕はもっともらしくいった。きっと自分でもそう思いこんでいるのだ。「おまえのためだ」この人はいままでだれかに対してこれだけの力をもったことがないのだろう、とメイクピースは思った。

従僕が出ていくと、目に涙があふれてきた。背中の皮膚に熱く焼けた棒を押しつけられているような感じがする。その感覚に、自分のものではない記憶が呼びさまされた。

ギターとテイバー（小太鼓、英国の民俗打楽器）の音楽が骨に響き、まだ幼いきゃしゃな前足の下に熱い石炭を投げつけられて、むりやり踊らされた記憶が浮かびあがる。ふらふらと進んで、四つん這いになろうとすると、やわらかな鼻先を殴られてひどく痛い思いをした。

子グマのころに訓練を受けたときの記憶だ。メイクピースはクマを思って怒りに押し流されそうになり、自分の体を抱きしめた。そうするしか、クマを抱きしめる術（すべ）がなかった。

その瞬間ふたりは、メイクピースとクマは、ともに理解した。痛くても耐えなければならないときがある、でないと、もっと痛めつけられる。すべてをのりこえ、傷を受けとめるしかないときもある。運がよければ、そして人に、しつけができておとなしくなったと思わせることができれば……反撃に出られるときがめぐってくるかもしれない。

6

メイクピースはコンコンというかすかな音に目を覚ました。一瞬、どこにいるかわからなくて混乱したが、打ち身の痛みで思いだした。信用されていないために、ろうそくも灯心草ろうそくも与えられておらず、明かりは窓からさしこむ光だけだ。

窓の外に頭が見えてぎょっとした。夕暮れどきの濃いスミレ色の空を背景に影が浮かんでいる。じっと見ていると、手がもう一度格子をたたいた。コンコン。

「おい！」ささやき声がした。

メイクピースはよろよろと立ちあがり、足を引きずって窓に近づいた。驚いたことに、十四歳くらいのひょろっとした少年が外壁にしがみついている。壁の少しだけ出っぱったところに危なっかしく腰かけて、片手で格子をつかんで体をささえているようだ。栗色の髪、愛想はいいが不器量な、強情そうな顔。地面まで四階分あることにも、動じていないようすだ。メイクピースよりはいいものを着ていて、使用人にしては身なりがよすぎるくらいだった。

「だれ？」メイクピースはきいた。

「ジェイムズ・ウィナーシュ」少年はそれですべて説明がつくとでもいうように答えた。

「なんの用？」きつい声でささやく。この少年は、ほんとうはここにいてはいけないはずだ。

ロンドンの病院では、入院中の頭のおかしな人を訪ねてきては笑いものにする人がいると聞いたことがあるけれど、いまは、ぽかんと見つめられたり、くすくす笑われたりはごめんだった。「おまえに会いにきた！」少年はささやき声のままで答えた。「こっちに来いよ！　話がしたい」

メイクピースはしかたなく窓に近づいた。クマが人の近くをいやがっているのはわかるし、暴れだされては困る。メイクピースの顔に光があたったとたん、外の少年は小さく笑いだした。信じられないけれど、うれしくてしょうがないという笑い声だ。

「ほんとうだ。おれと同じあごしてる」少年はメイクピースとそっくりな自分のあごのくぼみに触れた。大きく目を見開いたメイクピースに答えるようにいう。「そうだよ。おれたちが受け継いだささやかなものさ。サー・ピーターのしるしだ」

少年のことばの意味を察したとたん、かっと顔が熱くなった。サー・ピーターの婚外子は自分だけではなかったのだ。心の奥底では、両親が愛しあっていたと信じていたかった。それならば、自分の存在も意味のあるものになる。でも、そうではなかった。母さんはただの戯れの恋の相手だったにちがいない。

「信じないから！」メイクピースは内心では信じていながら、不快そうにいいすてた。「取り消してよ！」耐えられなかった。異様にかっとなり、格子を引き抜いて少年を殴ってやりたくなった。

「かんしゃくもちなのか」少年は少し驚いたようにいった。メイクピース自身も驚いていた。

これまでそんなふうにいわれたことはなかったし、まして、ちょっと感心したようにいわれたことなどなかったからだ。「おれに似てるんだな。シーッ。家じゅうを起こす気か」

「なにしにきたの?」メイクピースはもう一度声を落とした。

「使用人がみんな、おまえの噂でもちきりでさ」少年はすぐさまいった。「若クロウは頭がおかしいっていってたけど、おれは信じなかったんだ」鞭で打ったかぎ鼻の従僕が「若クロウ」なのだろう。「塔のむこう側にもうひとつ窓があるんで、そこから出てまわってきたんだ。壁の張り出しを伝ってね」天才だろうといわんばかりににっこりする。

「もしちがったらどうするの?　もしあたしの頭がおかしかったら、突き落とされて死んじゃうかもしれないんだよ」メイクピースはまだ理不尽な怒りに囚われて追いつめられた気分だった。どうしていつもだれかしらが、生きてる人も死んでる人も、あたしになにかいってくるの?　どうしてクマとふたりきりにしてくれないの?

「おれには、頭がおかしいようには見えないよ」ジェイムズは腹立たしくなるほど自信ありげにいった。「それに、そんなに力もなさそうだ。名前はなんていうの?」

「メイクピース」

「メイクピース（和平）?　ああ、そうか、ピューリタンだったね」

「ちがうもん!」真っ赤になっていいかえす。ポプラの信心深い人たちは自分たちをピューリタンとはぜったいにいわなかったし、オバディアがそう呼んだときに、ピューリタンがほめことばでないことをメイクピースは察していた。

「おまえがいたところは、みんなそんな名前なのか？」ジェイムズがきいた。「ファイト・ザ・グッド・ファイト（よき戦いを）とか、スピット・イン・ジ・アイ・オブ・ザ・デビル（悪魔の目につばを）、ソーリー・フォー・シン（罪を悔やんで）、ミゼラブル・シナーズ・アー・ウイ・オール（われわれはみな哀れな罪人）みたいな名前だって聞いたよ」

　メイクピースは答えなかった。ばかにされているのかわからなかったし、ポプラの信徒団にはたしかにひとりソーリー・フォー・シンがいて、ふだんはちぢめて「ソーリー」と呼ばれていた。

「あっちに行って」かわりにそういった。

「あの人たちがおまえを閉じこめたのには驚かないよ」ジェイムズはくすくす笑った。「元気がいいのが気に入らないんだよな。いいか、おれがここから出られる方法を考えてやる。もうすぐサー・トーマスがグライズヘイズにもどってくる。オバディアの跡継ぎ、サー・ピーターのお兄さんだよ。おれは気に入られてるんだ。おまえのこと頼んでみるよ」

「どうして？」メイクピースはとまどっていた。

　ジェイムズは信じられないという顔でまじまじとメイクピースを見た。

「だって、おまえはおれの妹だろう」

　それからは、このことばが忘れられなくなった。どうやら自分には兄がいる。でも、それってどういうこと？　ジェイムズのいったことがほんとうなら、オバディア卿はメイクピースの祖父のはずだけれど、あの老人の目にはやさしさや身内への情などかけらもなかった。血のつながりがあるからといって、秘密を分かちあえるわけではないのだ。

　でも、ジェイムズは自分とメイクピースが味方どうしだと、信じきっているようだった。

ところが、何日か過ぎても、ジェイムズはもどってこない。メイクピースは、自分の態度が悪すぎたのだろうかと不安になった。じきに、親しげな顔を見るためならどんなことでもするのに、という気になった。

　若クロウはメイクピースの見張りだけでなく、審判役でもあった。口ごたえをしたり、叫んだり、すねて口をきかなかったりすると、精神的に問題があるとみなされ、罰として、すねや腕を二度三度と鞭打たれた。

　メイクピースはクマが反撃しないようにするだけでせいいっぱいだった。視界が暗くなり、クマの怒りにのみこまれそうになるのだ。若クロウが訪ねてきたあとは、クマは何時間もメイクピースを行ったり来たりさせて、ときには彼女の声でことばにならないうめき声を発することもあった。クマにわかってもらえた、クマをなだめられたと思える瞬間もあれば、雷雲を説きふせるようなときもあった。クマは格子のことも、メイクピースに限界があることも理解できなかったし、おまるを使う必要性もわからなかった。

　クマが部屋のむこうに鉢を放りなげて割ったときには、メイクピースは足首に枷（かせ）をつけられた。それから数日間、毎朝押さえつけられて、ビーツのにおいのする真っ赤な水薬を鼻に注ぎこまれた。「脳の膜」を冷やすためだという。少しして、泣いているところを見つかったときには、吐きたくなるようなスープを与えられた。「ふさぎこみ」を起こす「黒い胆汁」をとりのぞくためだという。

　クマは予想がつかなくて危険で、困ったことばかりする。それでもメイクピースはクマにしがみついた。秘密の友だちがいる。そのおかげで、やけにならずにいられた。守ってあげたい存在があり、相手も無言で憤りながらも自分を守ってくれている。眠るときには、小さくて丸い子グマのようなものを抱いているような気がしたが、同時に、大きくてあたたかなものにくるまれて、世界から守られているような気もした。

　ある日のこと、メイクピースは若クロウに担架（たんか）にくくりつけられ、顔を布で覆われた。そのままがたがたと階段また階段を通って運ばれていき、やたらと暑い部屋にたどりついた。そこは煙や肉の血や香辛料や玉ねぎといった厨房（ちゅうぼう）のにおいでいっぱいだった。

「燃えさしを片づけて、レンガはもうじゅうぶんに熱くなったから。手を貸してくれ――この子の頭をかまどの内側に入れないと……」

　メイクピースは抵抗したが、枷ははずれない。担架が揺れて所定の位置におさまると、こんどはかまどの激しい熱が布越しに顔にあたった。息をするのも苦しくて、熱い煙まじりの空気が肺のなかで焼けつくようだ。肌が焦げそうなほど熱くなってひりひりしはじめ、メイクピースは恐怖のあまり叫んだ。目が卵みたいに焼かれてしまう……

「なにをしているのだ、クロウ？」耳慣れない声がした。

「サー・トーマス！」若クロウはあわてふためいている。「ライトフットの娘のふさぎこみの治療をしているんです。かまどの熱で汗をかかせて、頭のなかのめちゃくちゃな妄想をすべて流しだすんです。実証されたやりかたで――この本に絵があって――」

「それで、そのあとはどうするつもりだった？　この子をラディッシュやマスタードソースといっしょに盛りつけるのか？　かまどから出してやりなさい、クロウ。わたしはこの子と話がしたい。焼かれていては話せないではないか」

数分後、まだ目は煙と涙でぼんやりしていたが、メイクピースは小さな部屋で、オバディアの後継者、サー・トーマス・フェルモットとふたりきりですわっていた。

明るい茶色の目をしたサー・トーマスは、率直そうで、外で活動する人らしい声をしていた。二度目にちらりと見ると、貴族らしく巻かれた長い髪には白いものが混じり、頬には悲しげなしわが刻まれている。そう若くはないのだ。あごには、見慣れた縦長のくぼみがある。メイクピースはそれを見てようやく、サー・トーマスが自分の父親の兄であることを思いだした。

サー・トーマスはオバディアのようにひややかな恐ろしさで圧倒してくることはなく、メイクピースは心からほっとした。むけられたまなざしはあたたかで人間らしく、少しなつかしそうだった。

「ああ。きみは弟と同じ目をしている。でも、それ以上にマーガレットによく似ているようだね」サー・トーマスは静かにいって、しばらくのあいだメイクピースをじっと見つめていた。まるで、彼女の顔が水晶玉さながらに、揺らめく死者の顔を映しだすとでもいうように。

「メイクピースといったね？」サー・トーマスはきびきびとした口調にもどって尋ねた。「説教くさい名前だが、きれいだな。どうだろう、メイクピース、きみは善良で働き者の娘かな？

ジェイムズはきみがまったくの正気で、食い扶持は自分で稼ぐ気があるといっている。ほんとうかね？」

望みを抱く気にもなれなかったが、メイクピースは力強くうなずいた。

「では、使用人としてなにか仕事を見つけよう」サー・トーマスは考えこむようなあたたかな笑みを浮かべた。「きみはなにができるかな？」

なんでも。思わずそう答えそうになった。あの鳥の部屋と若クロウから救いだしてもらえるのなら、なんでもします、と。けれども、ぎりぎりのところでオバディアの恐ろしい目を思いだした。ご主人さまにお仕えすること以外なら、なんでも……

「料理ができます！」ふと思いついて、すかさずいった。「バターをかき混ぜたり、パイを焼いたり、パンやスープをつくったり、ハトの羽をむしったり……」グライズヘイズの厨房との最初の出会いは楽しいものではなかったけれど、台所仕事ならオバディアを避けられる。

「では、なにか考えるとしよう」サー・トーマスはきっぱりといった。ドアにむかって歩きだしてから、ふと足をとめる。「この屋敷から逃げだしたきみのお母さんのことを、よく思いだしていたよ。世の中でひとりで生きていくには若すぎた。まだ十五になるかならずで、しかも身重で」眉をひそめて、ボタンのひとつをひねる。「お母さんは……自分で選んだ道で幸せだったのかな？」

メイクピースはどう答えていいかわからなかった。いまはまだ、母を思いだすだけでつらい。ガラスのかけらのように突き刺さるのだ。

「ときどきは」ようやくそう答えた。

「そうだな」サー・トーマスはやさしくいった。「われわれが望めるのはせいぜいそこまでだろう」

7

その日の午後、メイクピースは清潔な服を着せられて、興味津々の使用人たちの一団に紹介された。暗闇と孤独のなかで過ごしてきたあとでは、なにもかもがにぎやかで明るく見える。見慣れない人たちは大きくて恐ろしげで、メイクピースは名前を聞いたそばから忘れていった。

女の使用人たちは最初警戒していたが、メイクピースをとり囲み、名前や、ロンドンやグライズヘイズの外の危険な世界について質問攻めにした。けれども、だれも家族のことはきかなかった。親の話は、すでに屋敷じゅうの噂になっていたのだろう。

全員が、メイクピースは前の家から「救出」されて喜び感謝しているにちがいないと思いこんでいるようだった。それに、厨房(ちゅうぼう)に人手が増えることも歓迎していた。

「その子には厨房がいちばんだよ」ある女がそっけなくいった。「ご家族の給仕をするには、見場がいいほうじゃないからね。ごらんよ、小さなぶちネコみたいじゃないか」

「フランス人の料理人がいるんだよ」べつの女がメイクピースに話しかける。「でも、その人のことは気にしなくていいよ。ただのお飾りだから。フランス人の料理人はリンゴの花みたいに、やってきては去っていくんだ。あんたがご機嫌をとらなきゃいけないのは、ゴートリー夫人だよ」

こうして、メイクピースは正式に厨房で働きはじめた。そこは洞穴のように大きくて、天井は何代分もの煙で黒くすすけていた。炉床は、メイクピースが六人立ってならべそうなくらい巨大だ。束にした薬草が梁(はり)からぶらさがり、錫(すず)製の皿がずらりとならんで光っている。クマをひそかに抱えるようになって以来、メイクピースの嗅覚は鋭くなっていた。厨房のにおいが猛烈ないきおいで襲ってくる。香ばしい薬草や香辛料、焦げた肉、ワイン、肉汁と煙のにおいだ。クマがにおいと飢えに混乱してうごめきだすのがわかる。

名目上は料理人の助手にすぎないゴートリー夫人が、じつは厨房の女王だった。背は高く、あごは頑丈そうで、脚は痛風で腫れている。愚か者には容赦ない人だ。そしてもちろん、メイクピースは愚かで不器用で鈍そうに見える。本人は、鳥の部屋にもどされたくなくて、どうしても自分に価値があることを証明したかったが、それは、頭のなかにクマの幽霊を抱えていなかったとしても、たいへんだったろう。クマは熱や暗闇、ガタガタと物がぶつかる音がきらいだった。血のにおいをかぐと逆上するので、メイクピースは頭の半分で必死にクマをなだめていなければならなかった。

ゴートリー夫人は複雑に入りくんだ厨房、食器室、食料品庫、収納庫、地下貯蔵庫をあわただしく駆け足で説明すると、メイクピースを中庭に連れだして、ポンプ、穀倉、薪置き場を見せた。

日ざしを浴びたグライズヘイズはちがった様相を呈していて、ところどころコケに覆われた灰色の壁が黄金色に見える。細かなところまで見たおかげで、この家に人が住んでいて、幽霊の城でないことが見てとれた。窓からは埃とりのために敷物がぶら下げられ、大きな赤い煙突から煙がたなびいている。ここは建て増しに建て増しが加えられた家で、古いごつごつした石ときれいにそろった灰色のブロックが交互にならび、瓦ぶきの屋根に小塔や教会を思わせるアーチが入り混じっている。

　ここは本物の家だ。メイクピースは思った。人が住んでいる。あたしもここに住める。目をしばたたいて日のあたった壁を見あげると、なぜかぞくっと体が震えた。口もとはほほえんでいるのに目は笑っていない人を見ているみたいだ。どういうわけかこの家は、日の光さえ冷たく感じさせる。

　高さ七フィートの石壁が、家と馬小屋と石だたみの中庭をぐるりととり囲んでいる。壁に大きなマスティフが三頭、鎖でつながれていた。メイクピースが近づくと、三頭はいっせいに動きだし、鎖をいっぱいに引っぱって走り、なじみのないにおいに対して飛びあがったりうなったりした。メイクピースは心臓をばくばくさせて、さっとうしろにさがった。クマの恐怖が真っ赤な霧のように伝わってきて、いまにも歯をむきだしにした犬たちに飛びかかるか、逃げだすかしそうだった。

　石壁には、四頭立ての馬車が通れる幅の大きな門があった。門のむこうには、見通しのよい野原と、陰鬱なやぶのような荒れ野が広がっている。メイクピースは、オバディアの脅しのことばを思いだした。荒れ野に放りだされて凍え死ぬか、野放しの幽霊たちに脳を食べられるかだ、と。

自分の幸運に感謝して。メイクピースは若クロウのことばをくりかえし自分にいい聞かせた。ここの台所で働くほうが、鳥の部屋で鎖につながれているよりいい。それに、鳥の部屋だって、本物の施設よりはましだったはずだ。そして、施設だって、寒さのなかで飢えたり、気のふれた幽霊に脳を食べられたりするよりずっといい。

メイクピースは新鮮な空気を思いきり吸いこんで、日の光にそびえたつ重い壁を見あげて目をしばたたいた。あたしは運がいいんだ。ここのほうが、あっちよりいい。グライズヘイズはよそよそしくて恐ろしいけれど、要塞だ。暗闇を遠ざけてくれる。けれども、そうやって自分にいい聞かせながら、どうして母はこの家を逃げだしたのだろうと考えてしまった。母のことばがよみがえる。

あんたにわかるもんですか。母さんがどんなことからあんたを救ったか。もしあたしがグライズヘイズにとどまっていたら――

メイクピースは一日じゅう、ゴートリー夫人に認められようと雄々しく奮闘(ふんとう)した。けれども、夕食の準備で大忙しのあいだに、すべてを台無しにしてしまった。

炉床の隣で、串回しの小犬(ターンスピッツ)（焼き串を回転させる車を動かすのに使われた小犬）が壁にとりつけられた木製の回し車のなかを走り、火の上の大きな焼き串を回転させていた。みっともない小犬のしっぽは短く、熱と年齢のせいでひび割れた鼻で、煙を浴びて苦しそうに息をしていた。けれども、ゴートリー夫人は犬の足もとに燃えさしを投げ、もっと速く走らせようとする。それがメイクピースには耐えられなかった。

　頭のなかには、クマの小さかったころの記憶が鮮明に残っている。クマは足もとに石炭を投げつけられて踊らされていた。あかあかとした燃えさしのかけらが回し車からはじけ飛び、火花が飛び散るたびに、メイクピースは思いだす——感じるのだ。クマの前足の焼けつくような痛みを……

「やめて！」とうとういってしまった。「その子を放っておいてあげて！」

　ゴートリー夫人はあっけにとられてメイクピースを見つめ、いった本人も自分の暴発に驚いていた。それでも、怒りが強すぎてあやまることができない。ただ回し車の前に立って、怒りに身を震わせていた。

「いまわたしになんといった？」料理人の助手のがっしりした手で頭をはたかれて、メイクピースは床に倒れこんだ。

　クマはいきりたち、メイクピースの頬はずきずきと痛む。このままあきらめて暗い場所に行ってしまうほうがかんたんだ。クマがやみくもに暴れるのにまかせてしまったほうが……けれども、ごくりとつばをのみ、冷静になろうとした。

「あの犬はもっと走れます」かすれた声でいう。「前足がやけどや水ぶくれになっていなければ！　あたしに面倒を見させてくれたら、あなたがやっていたときより速く走らせてみせます」

　ゴートリー夫人はメイクピースの襟首をつかんでもちあげた。

「あんたのわがままな母親がどうやって育てたんだか知らないけどね」料理人の助手はがみがみいいだした。「ここはわたしの厨房なんだ。声をあげるのはわたしだけ。だれにも文句はいわせないよ」メイクピースの頭と肩を二度、力まかせにばしっとたたくと、いらだたしげに鼻を鳴らした。「わかった、犬はあんたにまかせよう。もし走るのが遅かったら、あんたにかわりに車をまわしてもらうからね。熱くたって泣きごとをいうんじゃないよ！」

年老いた料理人助手は上にいいつけたり、鎖でつないだりする気はなさそうだったので、メイクピースは驚いたと同時にほっとした。それどころか、ふたりなりのひねくれた控えめな形ではあったけれど、その後は少し打ちとけたような感じがしたほどだった。穏やかな水面の下に潜むとがった岩を探りあてるように、それぞれが爆発する点をおたがいに見出したのだ。

ふたりがようやく大きな炉床の前で食事をとるころには、むっつりとした沈黙が心地よいほどになっていた。ゴートリー夫人は、メイクピースが生まれてこのかたずっと食べてきた、かたくて黒いパンの塊をかじっていた。ところが、驚いたことに、メイクピースには、金持ちが食べるような、こんがり焼けた白パンをひと切れくれたのだ。

「見てるんじゃないよ」ゴートリー夫人はぶっきらぼうにいった。「食べるんだよ。フェルモット卿の命令だ」メイクピースは用心深くかみながら、その甘さや、歯の下で沈む感覚にびっくりした。「感謝して、質問はなし」

メイクピースは、ひややかなオバディアがこんなやさしさを見せてくれたことが不思議でならなかった。そして、結局質問をした。

「母さんのことをわがままだといってましたよね」口いっぱいにほおばりながらきいた。「母さんを知っていたんですか?」

「ちょっとね」ゴートリー夫人は答えた。「でも、あの人はほとんど上の階で働いていたから」

その「上の階」といういいかたは、まるでフランスほど離れているように聞こえた。

「母さんが逃げだしたのはほんとうですか? それとも、子どもができて追いだされたの?」

そういう場合もあると聞いたことがある。

「いや」ゴートリー夫人はぶっきらぼうにいった。「ちがうよ。ここの人たちが追いだしたりするもんか。あんたの母さんはある晩自分の意思で逃げだしたんだよ。だれにもなにもいわずにね」

「どうして?」

「知るもんか。あの人は人にはなにもいわなかったからね。あんたも聞いてないのかい?」

「なにも教えてくれませんでした」メイクピースはきっぱりといった。「父さんがだれかわかったのも、母さんが死んでからでした」

「それで……いまはわかったんだね?」料理人助手は横から鋭い視線を投げてきた。

メイクピースはためらってからうなずいた。

「まあ、遅かれ早かれわかっていただろうよ」ゆっくりとうなずく。「ここではみんなが知ってるからね。そのあごを見れば一目瞭然だ。だけど……わたしはむやみやたらと話す気はなかったよ。ご家族はあんたのことを、厚かましく自分の権利を主張してきたと思ってるかもしれない。自分がもっているものに感謝して、面倒は起こさないことだね。そうすればやっていけるから」

「お父さんがどんな人だったか、教えてもらえませんか？」メイクピースはきいた。

ゴートリー夫人はため息をつき、脚をさすってから、愛おしそうななつかしそうな表情を浮かべた。

「ああ、お気の毒なサー・ピーター！　ジェイムズ・ウィナーシュには会ったかい？　サー・ピーターはジェイムズによく似てらした。ジェイムズは無鉄砲ないたずらっ子だけど、根はいい子だよ。失敗もするけど、悪気があってじゃないんだ」

サー・トーマスがジェイムズを気に入っているのもむりはない。死んだ弟に似ているのだ。

「サー・ピーターはどうして？」メイクピースはきいた。

「生垣を跳び越えようとして高く跳びすぎたんだよ。馬が疲れきっていたのに」ため息まじりにいう。「馬が倒れて、サー・ピーターは下敷きになった。まだ若かったのに。二十歳の夏を過ぎたばかりだった」

「馬はどうしてそんなに疲れてたの？」メイクピースはきかずにはいられなかった。

「いまさら、わかるもんかね」ゴートリー夫人はぴしゃりといった。「だけど……サー・ピーターはぼろぼろになるまで走りまわってあんたのお母さんを捜してたという人もいるよ。お母さんが姿を消して二か月後のことだったからね」

ゴートリー夫人はメイクピースをちらりと見て、かすかに顔をしかめた。

「あんたは過ちからできた子だったけど」さらりという。「本心からの過ちもあるんだよ」

　厨房で働くいちばん年下の下っ端は、ほかの使用人たちと同じベッドには入れなかった。かわりに毎晩、大きな厨房のテーブルの下にわら布団を敷いて眠り、火の番をするのだ。ひとりではなかった。串回し犬と、大きなマスティフ二頭も火のそばで眠った。

　クマは犬がそばにいるのをいやがっていたが、においには慣れているようだった。大きな、残忍そうな口をしていても、犬はあたりまえに存在する。市場の犬のにおい、夜のかがり火のそばにいる犬のにおい。

　真夜中に、頭のすぐそばで長くごろごろとうなる声を聞いて、はっと目を覚ました。大きな犬の片方が起きていた。メイクピースは、犬が自分のにおいをかぎつけて、侵入者と勘違いしたのかと恐ろしくなった。それから床をこするような足音がかすかに聞こえてきた。ゴートリー夫人にしては、軽くて用心深そうな足音だ。だれかがやってくる。

「出てこいよ！」ジェイムズの声がいった。「ネロはかみつかない――おれがやれっていわなけりゃね」もじもじするメイクピースを見てにやっと笑う。「あそこから出してやるっていっただろう！」

「ありがとう」メイクピースはまだ距離をおいたまま、おずおずといった。慣れない人がいるときに、クマがどのくらい離れていたがるか、だんだん感覚がつかめるようになっていた。いまも、クマの不安が感じられる。ほんとうは目いっぱい背をのばして立ちはだかり、鼻息も荒く威嚇して見知らぬ人を追い払いたくてたまらないのだ。けれども、メイクピースはすでにせいいっぱい背のびをしていて、これ以上大きくなりようがなかった。

「厨房の仕事を手に入れるなんて、うまくやったじゃないか」ジェイムズは大きなテーブルの上に足を組んですわりこんだ。「完璧だよ。これでおたがいに助けあえる。おれはおまえから目を離さずにいられるし、すべてがどうなってるか教えてやれる。おまえは見聞きしたことをなんでもおれに話すんだ。だれも見てないときに、厨房から物をとってきて——」

「あんたのために盗みをしろってこと?」メイクピースはジェイムズをにらみつけた。この人があたしを助けてくれたのは、そのため?「もしなにかなくなったら、すぐにあたしだってばれちゃうよ。グライズヘイズから放りだされちゃう」

ジェイムズは長いあいだメイクピースを見つめていたが、やがてゆっくりと首を振った。

「いや。そうはならないよ」

「だけど——」

「ほんとうさ。お仕置きはされる。たたかれるだろう。また鳥の部屋で鎖につながれることもあるかもしれない。だけど、放りだされはしない。たとえおまえが、そうしてくれと頼んだとしても」

「どういうこと?」

「おれは五年間、ここを逃げだそうとしてきたんだ」ジェイムズはいった。「何度も何度もね。だけどそのたびに、捜しだされて連れもどされた」

　メイクピースはジェイムズを見つめた。お金持ちが逃げだした使用人を追いかけるのは、おかしなこと？　逃げた徒弟に賞金がかけられる話は聞いたことがある。でも、それとはちがうようだ。

「悪い夢を見てたんだろう？」急にジェイムズにきかれて、メイクピースはふいをつかれた。

「ひどい夢で、叫びながら目を覚ますんだよな。幽霊が頭をこじあけて入ってこようとして……」

　メイクピースは足を引きずって少し離れてから、ジェイムズをじっと見つめた。不信感と不安がふつふつとわきあがってくる。

「おれもそういう夢を見てたんだ」ジェイムズは話しつづける。「見はじめたのは五年前、九歳のときだった。それから少しして、フェルモット家の人たちがおれを迎えにきたんだ。母さんは最初は反対した。だけど、金をもらって、黙っちまった」苦々しそうに小さくほほえむ。

「フェルモット家は、一族の若いやつらの遊びで、おれたちみたいな子どもがいくら生まれようと気にもとめちゃいない。だけど、その子どもたちがそういう悪い夢を見るようになると、気にしだすんだ。捜しだして、ここに連れてくる。おまえも夢のことを知られて、連れてこられたんだろう？」

「どうして？」メイクピースは興味をそそられてきいた。たしかに、オバディアはほかのなにより夢の話に関心をもっているようだった。「どうしてあの人たちは、あたしたちの夢を気にするの？」

「わからない」ジェイムズは正直にいった。「だけど、おれたちだけじゃないのさ。フェルモット卿のいとこたちがときどき訪ねてくるけど、そろいもそろってひとりかふたり、フェルモットの顔をした使用人を連れてるんだ。フェルモット一族は、外で産ませた子どもたちが悪い夢を見はじめると、引きとっているんだと思う。

引きとって、二度と逃がさない。それに気づいたのは、ここを逃げだして家に帰ろうとしたときだ。もう二度とあそこに帰ろうなんて思わないがね——あの女がもう一度おれをフェルモット家に売ろうとするだけだからな」

「夜になると」それから先をつづける。「玄関の扉は大きなかんぬきと鎖を使ってきっちりと閉められて、その前に玄関係の子が寝る。門には鍵がかけられ、中庭には犬が放し飼いになっている。だからおれは、昼間に抜けだしたんだ。だけど、あの壁のむこうには三マイルも延々となにもない野原が広がっていて——おれは雪に落ちた血のしみみたいに目立っちまった。

二度目のときは、もう少し遠く——荒れ野まで行った。荒れはてたさびしいところで、何マイルも野と森ばかりがつづいてた。冷たい風に、指が黒くなりかけた。半分凍えて、ある村にころがりこんだけど、なにもいいことはなかった。そこの農夫たちはこいつを——」ジェイムズはあごをとんとんとたたいた。「——ひと目見たとたん、襟首をひっつかんでここに連れてきたんだ。おれが何者で、だれがおれをほしがってるかもわかってて、怖がってるみたいだった。

去年は、うまくやれたと思った。五十マイルも行ったんだ。川を三つ越えて、隣の州のブレイブリッジまで行ったんだからな」ジェイムズはまたしても首を振って、顔をしかめた。「白クロウが追手として派遣されてきたんだ。おまえも会っただろう？　おまえをここに連れてきた人さ。だいじなことをひっそり片づけたいときは、あの人が派遣されるんだよ。一族の影の手なんだ。そしてだれもかれもが、おれを捜してるクロウに進んで手を貸した。有力者たちまでもだ。フェルモット家はただの名門じゃない。だれもが恐れる一族なんだ」

メイクピースは頬の内側をかみしめて、なにもいわずにいた。ジェイムズは、ポプラの徒弟たちみたいにほらを吹いて、自分の冒険を大げさに話しているだけかもしれない。けれども、そのことばは、メイクピースの心に不安という小さなひびを入れた。

「だけど、ほら、これからはおまえに手伝ってもらえるんだ！」ジェイムズはさらに話しつづける。「あいつらはおれのことは警戒してるけど、おまえのことは疑ってない。だから、おまえなら見張り役ができる！　それか、おれたちの脱出に必要な物――食料とかビールとかろうそくとか――をとっておいたりもできる」

「あたしは逃げられないよ！」メイクピースは声をあげた。「どこにも行くところがないもの！　ここでの居場所をなくしたら、聖霊降臨祭（復活祭後の第七日曜日）が来る前に飢え死にするか凍え死ぬかだよ。でなきゃ、殺されるか！」

「おれが守ってやる！」ジェイムズが食いさがった。

「どうやって？　国がばらばらになりそうなのに。みんなそういってるし、あたしも見たよ！　あんな……頭がおかしくなった暴徒や、鉄砲の弾からなんて、守れっこない！　それとか、あたしの脳を食べようとする幽霊からも。ここなら寝床も食べ物もある。荒れ野にいるよりましだよ。今日は白パンだって食べさせてもらったんだから」

「おれたちの父親の血のおかげで、少しはいいこともあるんだよ」ジェイムズは認めた。「おれの食事はいつも、ほかの使用人のより少しだけいいんだ。それにときどき、仕事の合間に勉強や稽古もさせてもらってる。読み書き。語学。乗馬。たぶんおまえもそうなるよ。ほかの使用人たちは、気にもとめてない。みんな、おれがだれの子かわかってるんだ。口には出さなくてもね」

「じゃあ、どうしてあんたは逃げようとしてるの?」

「オバディアじいさんに会ったか?」ジェイムズは鋭い口調できいた。

「うん」ゆっくりと答えながらも、声に震えが混じる。「あの人……」

長い間があいた。

「おまえにも見えるんだろう?」ジェイムズはささやいた。驚いてもいるし、ほっとしてもいるようだ。

メイクピースはためらいながら、ジェイムズの顔をのぞきこんだ。もしこのすべてが、オバディアがしくんだ試験だったとしたら? もしいまここで失礼なことをいったら、ジェイムズがいいつけて、家から追いだされるか、また鳥部屋に鎖でつながれるのかもしれない。

人を信じちゃだめ。犬はかみつく前に歯をむきだすけど、人はほほえむことのほうが多いのだ。

ジェイムズの顔は日に焼けていて、目と目が離れている。けれども、いちばん目につくのは、節々にかさぶたのついた手だ。やんちゃそうで、けんかばかりしている手。でも、正直そうな手でもある。その手を見るうちに、なぜか気持ちが変わってきた。少しだけ信じてみようという気になったのだ。

「どういう意味かわからない!」ささやいた。「でもなにか……」

「……あいつにはふつうじゃないところがある」ジェイムズがしめくくった。

「なんというか……あの人の目を見ていると……悪い夢で見た死者を思いだして……」

「わかる」

「でもあの人は生きてるのに!」

「そうなんだ! なのに、肌がぞわぞわっとして親指がぴくぴくするだろ? おれたち以外ほかのだれにも見えてないんだ。でなきゃ、なにもいわないだけか。それと——」ジェイムズは身をのりだして、メイクピースの耳にささやきかけた。「オバディアだけじゃないんだ。年とったフェルモット家の連中はみんなああなんだよ」

「サー・トーマスはちがう!」メイクピースはトーマスの明るい茶色の瞳を思いだした。

「ああ、まだな」ジェイムズはいきおいこんでいった。「最初はみんなもああじゃないんだ。相続して、土地や爵位なんかを手に入れると、なにかがはじまる。変わってくんだよ。ひと晩で血が冷たくなるみたいにね。ほかの人たちも、なにかが変わったのには気づいてる。使用人たちは『年長上位者——上の方』と呼んでる。ものすごく動きが速くて頭がいいんだ。知って

まうんだ。るはずがないことまでよく知ってる。それに、あの人たちには嘘が通用しない。見破られてし

まうんだ。

だから、おれたちは逃げないとならないんだ！　この家は……悪魔の巣窟（そうくつ）なんだよ！　おれたちは使用人じゃない、囚われの身だ。そして、その理由さえ説明されてない！」

メイクピースはどうしていいか決めかねて、唇をかみしめた。オバディアにはふつうじゃないところがある。本能という本能がそう告げている。母はグライズヘイズを逃げだして、メイクピースがフェルモット家に見つからないよう苦労を重ねてきた。クマのこともある――もしオバディアに存在を知られたら、クマは引き離されて退治されてしまうだろう。

でも、そういう恐怖は得体のしれない恐怖だ。また鎖につながれて鞭打たれるかもしれないとか、放りだされて、飢えて幽霊に怯えながら放浪するようになるかもしれないという不安は、手で触れられそうなほどたしかなものだった。グライズヘイズの防壁の外側のどこかに、気がふれてぼろぼろになった母の幽霊がいて、自分を捜してさまよいつづけているかもしれないという、苦しい思いもある。それを思うと希望と恐怖でかっと熱くなり、たじろいでしまうのだ。

「ごめんなさい」メイクピースは静かにいった。「あんたとは逃げられない。あたしには家がいる、それがここだとしても」

「怖いと思うのもむりはないよな」ジェイムズはやさしくいった。「だけど、この首をかけてもいい、ほかのどこよりもここのほうが恐ろしいんだ。気が変わるのを祈ってるよ。早く気が変わって、おれといっしょに来てくれることをね」

やさしさに慣れていないメイクピースは、これに耐えられなかった。母の死以来、彼女の世界にはずきずきする大きな穴があいていて、だれかが埋めてくれたらと願ってきた。一瞬メイクピースは、ジェイムズにクマのことを話してしまおうかとも考えた。

けれども、ぐっと口をつぐんで、その瞬間をやりすごす。まだ知りあって間もない人に打ちあけるには、大きすぎる秘密だ。ジェイムズに裏切られるかもしれない。わかってくれないかもしれない。あたしのことを怖がるかもしれないし、やっぱり頭がおかしいんだと思うかもしれない。ジェイムズとの友情はまだ新しくてもろいものだったが、それでもメイクピースには必要なものだった。

8

何週間か過ぎるうちに、料理人助手はしぶしぶながら、メイクピースが働き者で覚えが早いことを認めるようになった。序列の最下層にいるメイクピースは、いつも真っ先に寝床を出て、早朝から水をくみ、燃えさしを運び、ニワトリにエサをやり、薪を運びこんだ。仕事はきつく、クマは相変わらず熱や煙に反応していたが、メイクピースは回転式の焼き串、アーチ形のかまど、肉汁の受け皿やヤカンかけをあつかうこつを覚えていった。もう、塩入れや棒砂糖やネズミ入らずに走って行ってこいといわれても、あわてることはなくなった。

ゴートリー夫人はときどき、メイクピースが厨房(ちゅうぼう)で寝ている犬たちにこっそり食べ残しを与えたり、手についた肉汁をなめさせたりしているのを見ていた。

「おつむの弱いおばかちゃんだね」夫人はぶつぶついって首を振った。「好きにさせてたら、骨まで食べられちまうよ」けれども、肉汁がしみこむように、犬たちの忠誠心にじわじわと心地よい魔法がかかりはじめていた。もう、どの犬もメイクピースに対してうなることはなくなった。それどころか、ときおりいっしょに重なりあうようにして寝ていると、犬たちのあたたかな息が心地よくて夢を見ずにすんだし、不細工で小さな串回し犬は腕のなかにすっぽりとおさまっていた。

メイクピースが期待していたとおり、犬たちと仲よくなるにつれて、クマの怒りもおさまっていった。クマの頭のなかでは、すべての獣(けもの)は人間もそれ以外も、「安全」か「危ないかもしれない」かに分類されるようだった。なじみのある安全な動物は近づくことを許される。なじみがなく疑わしい生き物は、咳をしたり威嚇(いかく)したりして追い払わなければならなかった。

ずいぶん怖がりなんだ。メイクピースは思った。

たいへんなのは書きかたの練習だった。一週間に一度、長い一日の仕事が終わったあとの夜遅くに、ジェイムズといっしょに勉強を教わっていた。先生は、鳥の部屋の看守だった若クロウだ。その得意げなにやにや笑いから察するに、若クロウは自分の「治療」がメイクピースのいわゆる「頭の病気」を治したと思っているらしい。

クロウ一家は全員がフェルモット家に仕えていた。ほかの使用人たちはそれぞれを区別するために、なんのひねりもないあだ名で呼んでいる。若クロウの父でグライズヘイズの執事は老クロウ。ジェイムズが教えてくれたとおり、メイクピースをここに連れてきた白い髪の男は白クロウだ。

メイクピースはこれまで、自分の「印」になる「M」の文字しか教わっていなかった。ほかの人たちが文字を読んでいるのを見て、文章を追う目の動きが川を漂う葉っぱのようだと思っていた。だがじっさいに自分で見てみると、文字が見かえしてくるような気がする。昆虫のつぶれた体や広げた脚に見えるのだ。訓練を受けてこなかった手では、その形をうまく書きあらわすことができなくて、自分がばかに思えた。一日の終わりには疲れすぎていてまともに考えることができないのも、よくなかった。

若クロウはメイクピースの無学について、恩着せがましく理解あるようすを見せた。「子グマがどんなようすか知っているか？　母親の子宮から出たばかりのときだ。ただのぐにゃっとした塊なんだ。それを母グマは子グマの形になるまで何時間もなめてやる。鼻、耳、小さな脚、生きていく上で必要になる物がはっきり見えてくるまで。

おまえは年のわりに、悲しいほど形ができていない。脂肪の塊みたいなものだ。だが、おれたちがなめて形づくってやる」

メイクピースは思わずほほえんだ。クマも、ひどい目にあう前の幸せなころに、母グマになめられて子グマの形にしてもらったのかしら、と考えたのだ。小さな子グマに目ができて、大きなお母さんグマの舌になめられてぱちぱちまばたきをするところを思い浮かべると、うれしくなった。若クロウはメイクピースがほほえんでいるのに気がつくと、動物の出てくる寓話集を引っぱりだしてきて、読み書きの練習をさせた。メイクピースは動物について書くほうがずっと楽しかった。

> カエルとクモは憎みあう敵どうしで、相手をたたきのめすまで戦おうとする。ペリカンはひなに自分の心臓の血を飲ませる。アナグマの脚は、斜面を速く走れるように片側の脚が長くなっている。

メイクピースはだんだんクマのやりかたがつかめるようになってきた。頭のなかで、クマはいつも起きているわけではない。眠っている時間が長く、そのあいだはまるで存在が感じられない。起きていて落ちつかないのは、早朝のまだ空が灰色の時間と黄昏どきが多かったが、予測はつかない。ときどき、なんの前触れもなく現れることもある。めまいを起こしそうないきおいでクマの感情がメイクピースの意識に注がれて、クマの感覚でいっぱいになる。クマはたいていはいまに生きているけれど、忘れられた古傷のように記憶を抱えている。ときおりそうした記憶にぶつかると、苦痛の闇にころげ落ちていってしまう。

クマは好奇心があって辛抱強かったが、恐怖を感じると一瞬にして怒りだす。メイクピースはその激しい怒りを恐れて暮らしていた。いまのところは無事だが、もう一度暴れたら、フェルモット家に頭がおかしいと判断されるか、もっとまずい場合は、霊にとりつかれているとわかってしまうかもしれない。

グライズヘイズに腰を据えつつあっても、メイクピースはいつも不安だった。ひいきされていること――授業や昼食どきのスープの余分なひとさじ――がほの見えると、落ちつかない気分になった。かつて、いずれ食卓にのせるつもりでガチョウや白鳥を太らせていたのを思いだし、どこかに自分を狙う短剣が潜んでいるのではないかと考えてしまうのだった。

秋になり、長く留守にしていたフェルモット家のふたりの人物がグライズヘイズにもどってくると、屋敷じゅうが興奮にわきかえった。ひとりはサー・マーマデューク。フェルモット卿のまたいとこで顔が広く、ウェールズの辺境地方に広い領地を所有している。もうひとりは、サー・トーマスの長男で跡継ぎのシモンドだった。

シモンドの亡くなった母親は務めを忠実に果たし、熱病で命を落とすまでに八人の子どもをこの世に送りだした。そのうち四人はいまも健在で、成人した娘ふたりは恵まれた条件で結婚して家を出ていた。九歳になる妹はいとこの世話になっていて、暗黙の了解で准男爵に嫁ぐ約束ができている。男児で生き残ったのはシモンドだけだった。

シモンドとサー・マーマデュークはロンドンの宮廷からまっすぐ帰宅したので、屋敷じゅうの人々は都の最新の情報が聞けるとうずうずしていた。御者は中庭でビールを何杯か飲み干すと、聞きたがりの聴衆にむかって嬉々として語りはじめた。

「ストラフォード伯は死んだ」御者はいった。「議会が反逆罪で逮捕したのさ。いまじゃ反逆者の門に首がはりつけられてらあ」

ぎょっとしたようにあえぐ音がした。

「伯爵もお気の毒に」ゴートリー夫人がつぶやいた。「ずっと国王のために戦ってきたってのに！　議会はなにをしたいのかね？」

「もっと自分たちの思いどおりにしたいだけだよ」若クロウがいった。「王から友人や協力者をひとりひとり奪っていってるんだ。議会のすべてが腐ってるわけじゃないけど、あそこには有害なピューリタンの巣があって、ほかの連中をあおってる。あいつらこそが真の反逆者だよ。いかれてるんだ」

「ピューリタンはみんないかれてるよ」赤毛の洗濯女、ロング・アリスがぶつぶついった。

「ああ、あんたがどうこうじゃないんだよ、メイクピース。でも、ほんとのことだからね」

　メイクピースは自分がピューリタンではないとみんなにいってまわるのを、とうにあきらめていた。風変わりな説教くさい名前のせいで、一線を引かれているのだ。ある意味、そのおかげで人と距離ができているのはありがたかった。相手がだれであろうと、近づきすぎるのは危険だ。

　それに、メイクピースはもはや、だれが正しいのか、どちらがよりよき方向なのかわからなくなっていた。グライズへイズの人々が都からの知らせについて語りあうのを聞くうちに、頭のなかが裏がえしになったような気がした。ポプラの町では、王が邪悪な顧問とカトリックの策略のせいで道を踏みはずそうとしている、議会には勇敢で正直で先見の明のある人々がすべての人の幸福を求めて集まっている、とだれもが信じていた。それがあたりまえだった！　それが常識だった！　きっといまも、ポプラの人々は性悪な伯爵の死を祝っているにちがいない。神をたたえよ、暴君ブラック・トムが死にました！

　ところがここグライズへイズでは、権力に飢えた議会が狂信的なピューリタンによって混乱状態に陥り、正統な王から権力を奪おうとしている、という見方があたりまえなのだ。どちらの見方もばからしく思えるし、どちらも同じくらいたしかなことだった。

　あたしはピューリタンに育てられたの？　あそこにいるときは、あの人たちの信じているとおりに信じていた。あの人たちはみんないかれてるの？　それとも、あのときのあたしが正しくて、いまがおかしいの？

「だけど、こんな知らせは手紙でもよかっただろうに！」ゴートリー夫人がいう。「どうしておふたりはわざわざもどられたんだろうね？　こんなに急に？」

「おふたりがなにかもちかえられたんだ」御者は謎めかしていった。「一瞬だけ見たんだが、羊皮紙のようだったな。てのひらくらいの封蠟(ふうろう)がついていた」何十人もがとり囲んで聞いているというのに、御者はふいに声を落としてささやいた。「あれは王の封印だったと、おれは思うんだ」


「勅許状だよ」その日遅く、ふたりだけで話せる時間ができたときに、ジェイムズがメイクピースにいった。「シモンドさまから話を聞いたんだ」

「あんたとシモンドぼっちゃまは友だちなの？」メイクピースはびっくりしてきいた。

シモンドの姿はちらりと目にしていた。中庭でみごとな灰色の牝馬からおりるところを見かけたのだ。年はまだ十九歳だが、レースと空色のベルベットの豪華な衣装をまとっていた。白っぽい金髪といい洗練された優雅さといい、高貴な趣がある。まるで、ゴートリー夫人がときどき賓客に用意する白鳥の砂糖菓子みたいだ。すっきりした顔立ちは、あごのくぼみ以外、サー・トーマスに似ているところはない。

メイクピースは正直なところ、ジェイムズがそんな別世界の人と親しい間柄にあると知って、感心していた。ジェイムズはそのまま自慢したそうだったが、正直さが勝った。

「ときどきさ」自慢のかわりに話しはじめた。「あの人がここにいたころは遊び相手をしてたんだ……友だちだったときもあった。この服ももらったし、このいい靴もそうだ――ぜんぶおさがりなんだ。そういや、これもだな」髪をかきあげて、髪の生え際から左のこめかみにかけて走る白い傷跡を見せる。

「いっしょに狩りに出かけたんだ。おれたちの馬は元気のいい女の子たちみたいに仲がよかった。そろって生垣を跳び越えたとき、おれのほうがきれいに跳べたんだ。それはおれにもわかったし、あの人もわかってた。すさまじい目つきでにらみつけてきたからね。それでつぎの生垣に近づいたとき、あの人はほかの人たちから見えないところで、身をのりだしておれの顔に鞭をあてたんだ。おれは鞍の上で滑り、馬が驚いてとまったもんだから、馬の頭を越えて生垣のなかに落っこちた！」ジェイムズは声をあげて笑った。おもしろがっているが、メイクピースにはなにがおもしろいのかわからない。

「首を折ったかもしれないじゃない！」メイクピースは声をあげた。

「おれはがんじょうだからさ」ジェイムズは冷静にいった。「だけど、それで学んだよ。あの人は人あたりよく見えるけど、そのじつ、貴族らしく気位が高く怒りっぽい。あとでいわれたよ。おれのせいでああするしかなかった――どうしてもいちばんになるしかなかったって。あれでせいいっぱいあやまったつもりなんだろう」

どう考えても、せいいっぱいにはほど遠いとメイクピースは思った。

「オックスフォードの大学に行って、それ以来サー・マーマデュークにつきそわれて宮廷に出てる。帰ってくるたびに、最初は雲の上にいるのかってくらいえらそうにしてて、おれのことなんて知らないような顔をするんだ。けど、ふたりきりで話しだすと、昔みたいになる……しばらくのあいだはね」

ジェイムズが自分以外の人と打ちあけ話をしているのを想像して、メイクピースはねたましくて胸がちくりとした。そんなふうに感じる権利はないのに、わかっているのに。

メイクピースにとって、ジェイムズは生きている友だちのなかでいちばん親しくて、相談相手ともいえる存在になっていた。ほかのどの人間よりも信頼しているけれど、それでもまだ、クマのことは話せずにいる。長く黙っていればいるほど、そんなだいじなことを隠していたと打ちあけづらくなってくる。三か月も過ぎてから、いまさら話せるとは思えない。うしろめたいし、少しさびしい。まるで、船に乗りおくれて、だれもいない岸辺に永遠にひとりでとり残されてしまったみたいだ。

「それで、その勅許状ってなんなの？」メイクピースはきいた。「シモンドぼっちゃまはなんて？」

「あの人はまだ読んでないし」ジェイムズはいった。「どんな内容かも知らないそうだ。極秘事項だといっている。王はまったく乗り気じゃなくて、サー・マーマデュークは王の署名をもらうのにたいへんな苦労をしたそうだ。陛下は最後には承諾したが、それはフェルモット家から大金を借りているのと、王室の宝石を売りにだすのにサー・マーマデュークに助けてもらったからなんだ」

メイクピースは眉をひそめた。こんな話を聞いていると、グライズヘイズにやってきた最初の日の、どんよりとした不吉な記憶がよみがえる。

「王はお金に困ってるの？」フェルモット卿がまさにそういっていたのを思いだす。

「そうなんだろうな」ジェイムズは肩をすくめた。

「それで、勅許状ってなんの役に立つの？」

「それは……王の宣言なんだ」ジェイムズはちょっと自信がなさそうだ。「なにかをしていいという許可を与えるんだよ。たとえば……屋敷に胸壁をつくっていいとか……コショウを売っていいとか。外国の船を攻撃していいとか」

「じゃあ、その宣言が秘密ってどういうこと？」メイクピースはしつこくきいた。「王からなにかをしていいという許可をもらったんなら、みんなに知らせたいもんじゃないの？」

「うーん。たしかに変だな」ジェイムズは顔をしかめて考えこんだ。「だけど、あの勅許状はまちがいなくフェルモット家になにかを許可したものなんだ。シモンドさまは立ち聞きしたんだそうだ。サー・マーマデュークが『われわれに代々受け継がれてきた古（いにしえ）の慣習』についてのなにかだといっていたって」

「ジェイムズ」メイクピースはゆっくりいった。「この家に来た最初の晩に、だんなさまと白クロウが話してるのを聞いたの。白クロウは、宮廷にフェルモット家が魔術を使っていると非難する人がいるっていってた」

「魔術！」ジェイムズの両眉がつりあがった。「なんで前にいわなかった？」

「あの日のあたしは、熱があってもうろうとしてたから。だから、悪い夢みたいに思えて、あのあと、思いだしもしなかった」

「だけど、たしかに魔術っていってたんだな」

「だと思う。フェルモット卿は、噂が王の耳に入るのをとめられなければ、王が噂に左右されないようにするしかないっていってた。王をわれわれの支配下におく必要があるって。それから、王はお金に困ってるから、なんらかの取引ができるんじゃないかって」

ジェイムズはしばらくのあいだ、なにかをにらみつけるように顔をしかめていた。

「ってことは……もしフェルモット家の『古の慣習』がなにか邪悪なもんだとしたら？」ジェイムズはゆっくりいった。「あの人たちが魔法使いだって訴えられるようなことだとしたら？もし王が悪魔的なことを許可する勅許状に署名をしてたら、王はこの家の人たちを魔法使いだといって逮捕させることはできないよな？　もしそんなことをしたら、ここの人たちはみんなに勅許状を見せるし、そうなったら王が非難されることになる」

「フェルモット家が破滅するときには、王も道連れ」メイクピースはジェイムズの考えをしめくくった。「脅迫だ」

「いっただろう、フェルモット家にはどこかふつうじゃないところがあるって！」ジェイムズは声をあげた。「あいつらの『古の慣習』……それが、相続したときに起きることと関係があるんだ。いったよな、みんな変わるって。もしかしたら、魂を悪魔にさしだしてるんじゃないか！」

「あたしたちにはわからない――」メイクピースが口を開いた。

「おれたちは知ってる。あいつらが魔法使いか、それに近いものだってこと」ジェイムズはきっぱりいった。「おれといっしょに逃げよう。なにがどうなればおまえの気が変わるんだ?」

この問に対する答えはつぎの日に出た。

9

あくる朝は夜明けから蒸し暑かったが晴れていて、使用人が何人か手桶とはしごを手に、敷地内の壁に囲まれた小さな果樹園まで熟れたリンゴをとりにいかされた。青々と葉が茂った木木は実をつけて枝がたわみ、その甘い香りが空中に満ちていた。

メイクピースもたまたまそこにいて、ゴートリー夫人に頼まれたマルメロの実をつんでいた。すると、果樹園の反対側からなにかがぶつかった大きな音がした。警報のように悲鳴や叫び声があがった。

メイクピースは音のするほうに走っていった。馬屋番のひとりジェイコブが、リンゴをもいでいた高い木から落ちたらしい。倒れているジェイコブを見おろしながら、この人はいつもふざけていたと、メイクピースはぼんやりと思いだした。その顔はいまも、笑いかけみたいにくしゃっとしている。けれども、首が見たこともないような角度に曲がっていて、台所のテーブルにのせられた死んだ鶏を思わせた。

だれかが家まで知らせに走り、すぐにサー・トーマスが現れて、担架（たんか）が用意された。それから全員が果樹園を離れるように申しわたされた。

メイクピースは、ジェイコブの体の上にほんの一瞬、うっすらとなにかが揺れるのを見たよさりした。

うな気がした。空気がかすかに割れてささやく。メイクピースは思わず小さくあえぎ、あとず
なにかが脳をかすめ、自分のものではない、ごちゃまぜになった記憶の塊が押し寄せてきた。

……恐怖、痛み、ふたりの子どもの笑い声、女の頬についた草のしみ、しもやけ、熱いリンゴ酒、日の光を浴びてまだらに見えるリンゴ、手の下で滑るコケ……

メイクピースはきびすをかえし、果樹園から逃げだした。心臓が激しく打っている。台所にもどってあえいでいたときに、夕食に使うマルメロのかごを忘れてきたのに気がついた。

「それじゃ、もどってとっておいで!」ゴートリー夫人がどなった。「早く!」

メイクピースは不安で吐きそうになりながら、駆けもどった。ところが、果樹園の入り口でジェイムズにとめられた。

「入るな」

「あたし、かごを——」

ジェイムズはしつこく首を振った。唇に指をあて、メイクピースを自分のそばに引き寄せて、アーチ形の入り口からのぞきこむ。いままでにないほど不安そうに、顔をひきつらせている。

リンゴをもいでいた人たちはいなくなっていた。ひとりだけ、木々のあいだをゆうゆうと歩いている人がいる。異様に背が高くがっしりしているのに、不気味なほどひそやかで優雅に動いている。

「サー・マーマデュークだ」ジェイムズがひそひそ声でいう。

鋭い目をした三頭のグレイハウンドが期待と興奮に身を震わせて、サー・マーマデュークの足もとをうろついている。ブラッドハウンドが一頭、地面のにおいをかいでいる。

「なにをしてるの?」メイクピースは口だけ動かしてきいた。

ジェイムズが耳もとに顔を近づけてささやく。「狩りさ」

ブラッドハウンドがにおいをかいで、低く不吉なうなり声をあげた。なにもない芝生を一心に見つめているようだ。

サー・マーマデュークが顔をあげた。遠くからでも、不思議なほど無表情なのが見てとれたが、メイクピースを心底怯えさせるなにかがあった。フェルモット卿に会ったとたんに襲われた、ふつうではないという感覚や恐怖と同じだ。サー・マーマデュークは耳をすますように首をかしげると、静かな捕食者らしいかすかな笑みを浮かべた。しばらくのあいだはそのままで、気味が悪いほどぴくりとも動かない。

なにかが執拗に動きつづけて、イラクサを揺すったり、眠たげなハチを空中にたたきだしたりしている。躍る影のあいだを小さな煙がねじれてあがっていくのが、ちらりと見えたような気がした。

ジェイコブ。

その瞬間、サー・マーマデュークがいっきに動きだした。

ものすごく動きが速い。ジェイムズは上の方たちのことをそういっていた。いまになって、メイクピースはそのことばの意味を理解した。サー・マーマデュークはある瞬間じっとしていたかと思うと、つぎの瞬間には信じられないような速さで芝の上を駆けている。人間はたいてい、走りだす前に緊張するものだが、サー・マーマデュークはちがう。犬たちは主人の跡を追い、目に見えない獲物を、オオカミのように両脇から挟みこんでいく。

ひとりの幽霊が彼らから逃げるように、やみくもに木々のあいだを縫っていく。入り口に近づいてきたので、もっとはっきり見えてきた。影が怯えきって血を流している。傷ついて、怖がって、ぎくしゃくしている。か細くささやくような、わななきが聞こえる。

幽霊は右に左に逃げまわり、食いつこうとする犬の口から離れようとして、あっちこっちと追いまわされていた。どうやってもサー・マーマデュークより速く走れはしないのだが、上の方は一歩うしろまで来るといつも歩をゆるめる。

幽霊をいたぶっているんだ。メイクピースはぎょっとした。追いかけまわして、幽霊が力尽きるのを待っている。

幽霊はよろめき、燃え尽きて灰色になった炎のように消えかかっていた。すぐ近くの木のまだらになった影にまぎれたところに、サー・マーマデュークがとうとう追いついて、曲がった指で芝生の上のなにかをつかんだ。

むこうをむいていたが、うつむいたサー・マーマデュークが、なにかをつまみあげて顔に近づけたのが見えた。

ビリビリとなにかが引き裂かれる音がする。なにかが叫ぶ――もう聞こえないはずの、かすかな悲鳴だが、いまだに人間らしい声を出そうとしている。

メイクピースは思わずはっと息をのんだが、ジェイムズが口を押さえてくれて、叫びださずにすんだ。

「おれたちにはどうにもできない！」ジェイムズがひそひそと耳にささやく。

さらに裂ける音がして、メイクピースはそれ以上耐えられなかった。ジェイムズの手を振りほどき、母屋に逃げかえった。ジェイムズは厨房（ちゅうぼう）の戸口のそばで追いついて、震えているメイクピースをきつく抱きしめた。

「あれはジェイコブだった！」メイクピースがささやいた。おどけ者のジェイコブ、いつも友だちに囲まれて声をあげて笑ってた。

「わかってる」ジェイムズは静かな怒りをたたえていった。

「あの人、ジェイコブを引き裂いてた！　あの人……」サー・マーマデュークがなにをしたのか、はっきりとわかっているわけではない。幽霊にかみついたりはできないはずだが、どうしてもあの上の方が、抵抗できない幽霊を歯で引き裂いている姿が浮かんでくる。

フェルモット卿は「害虫退治」の話をしていたけれど、メイクピースはそれについてつきつめて考えないようにしていた。これまではただ、グライズヘイズではいたずらな幽霊たちが攻撃してこられないのだ、と喜んでいた。でもとうとう、「害虫退治」の意味がわかってしまった。

もしクマの霊のことを知ったら、フェルモット家の人たちは同じようにするのだろうか？

もしあたしやジェイムズが死んだら？　追いかけまわされて引き裂かれるの？　サー・マーマ

デュークは笑ってた。狩りで獲物を追うみたいに。
「あの人、楽しんでた!」きつい口調でジェイムズの耳にささやきかける。「あんたのいったとおりだった! ここは悪魔の巣だ! あたしもあんたといっしょに行く!」

その日の午後遅く、ふたりは逃げだした。ジェイムズは薪集めを買って出た。メイクピースは、キノコやチコリを探しに行かせてもらうようにした。ふたりは古いオークの木のそばで落ちあって出発した。

なんでもないふうを装って小道を元気よく歩きながら、メイクピースは鼓動が激しすぎて心臓が爆発するのではないかと思った。ジェイムズが何度も何度も逃げだしたのは、このためだったのだろうか? 耐えがたいほどに生きていることを感じるため? ジェイムズはのんきそうに歩きながらも、だれかに見張られていないか左右に目を光らせている。

やがて草地が荒れ野に変わると、ふたりは小路を離れ野をつっきって歩きはじめた。メイクピースはゴートリー夫人がだいじにしている香辛料の箱からくすねてきたコショウをひとつまみとりだして、通り道ぞいに振りまいた。犬に跡をつけられないようにするためだ。

起伏のある荒れ野の道は危険だった。あざやかなシダの陰が突然下り坂になっていたり、イバラがあったり、根っこやとがった石につまずいたりする。二、三時間、這ったりよじのぼったりして進むうちに、日が沈み、空が赤褐色に染まりはじめた。
「そろそろ、おれたちがいないのに気づくころだな」ジェイムズがいった。「だけど、暗かったら捜せないだろう」すっかり夜がふけたら、自分たちも道が見えないのではないかとメイクピースは思いはじめていた。

光が薄れるにつれて、頭のなかでクマが目を覚ますのがわかった。クマは囲いのなかから出られたことに驚いている。クマがもっとよく見てにおいをかごうとするのにあわせて、メイクピース自身もいつしかつま先立ちになって首をのばしていた。

目が薄暗がりに慣れてきた。クマのほうが自分より夜目がきくのではないかと思ったのは、これがはじめてではない。それに、風が運ぶ香りにも気がついていた。ハリエニシダの花粉、腐ったベリー、羊の糞、遠くのたき火のにおいがする。

風向きが変わって、グライズヘイズの方向から吹いてきたとたん、べつの香りが鼻をついた。なじみのある動物のにおい、飢えに浮かされたような鋭いにおいだ。

「犬！」声に出してささやきながら、ぞっとした。少しして、遠くから震えるような吠え声が聞こえてきた。やってきたばかりの道を振りかえると、明るく輝く小さなランタンの先だけが見えた。

「ジェイムズ！　こっちに来る！」

きょうだいはこぶしをぶつけたりすりむいたりするのもかまわずに、足を速め、夜空に影が浮かびあがらないように、低いところを通る道を進んでいった。犬を混乱させようと、小川でわざと水しぶきをたてたりもした。それでも、ランタンの一団はにおいを見失ったようすもなく迫ってくる。

どうしてあたしたちの居場所がわかるの？

人の話し声が聞こえるようになった。命令をくだす太い声が、ほかのだれよりも大きく響く。

「サー・マーマデュークだ！」ジェイムズの目が怯えたように光った。

ふたりはイバラやシダにぶつかりながら、這って進んでいった。メイクピースは自分がジェイムズの足を引っぱっているのがわかっていた。どんどん疲れてきていたし、ジェイムズのようには動けないのだ。けれども、空が暗くなるにつれ、ジェイムズも暗がりに潜むくぼみやこぶやからまった根っこが見分けられなくなったようだった。兄も闇のなかで悪戦苦闘しているのだ。

突然、犬の吠え声がやんだ。一瞬メイクピースは、なぜだかわからなかった。それから、引き綱をはずされた大きな犬が、でこぼこの道を静かに走ってくるさまを思い浮かべ……

メイクピースは凍りつき、いまや希望のない荒れ地となった一帯に目を凝らした。のぼれる木はないし、隠れられる建物もない。前方にあるのは険しい坂道だけで、くだっていけばもしかしたら身を隠せる場所が見つかるかもしれない……

ところが、その考えを口に出していう前に、やせた黒い四つ脚の生き物がやぶのなかから飛びだしてきた。ジェイムズは胸に体当たりされて、斜面にうしろむきに倒れた。

もう一頭の犬がハリエニシダの茂みから現れた。歯を光らせながら、メイクピースの顔めがけて飛びかかってくる。彼女の身のこなしではとうてい間にあわなかったが、クマはちがった。目の前で自分の片腕が左右に振りまわされるのが見えたと思ったら、恐ろしくなるほどのいきおいで犬をはねとばしていた。犬は何メートルも先の地面に落ちてころがってから、よろよろと立ちあがった。

そのむこうから、さらに二頭の犬がこちらにむかってくるのが見えた。ハリエニシダの丘を右に左に縫うようにして駆けてくる。メイクピースは犬だけではないことに気がついて、現実感のない光景に吐き気を覚えた。

犬といっしょにひとりの男が走っていた。犬にぴったりと歩調を合わせ、しっかりとした足どりで。男の片手で揺れるランタンが、長身のがっしりした姿を照らしだす。濃紫色の古いコートを着て、奇妙なほど感情のない顔をしている。

メイクピースは目をみはり、貴重な数秒をむだにした。サー・マーマデュークは人としてありえない速さで走っている。まるで、上にむかって降る雨みたいだ。

喉の奥から漏れるうなり声と引き裂くような音のなかに、ジェイムズの叫び声が聞こえた。犬がかみついたのが、襟なのか喉なのかわからない。メイクピースの前には敵が多すぎて、ジェイムズ……ジェイムズが……

「やめて！」メイクピースは叫んだ。「お願い！　犬に離れるようにいって！」

サー・マーマデュークが短く口笛を吹くと、争いあう音がやんだ。メイクピースは犬にぐるりと囲まれ、息を切らしてその場に立ち尽くしていた。クマに、やりかえしちゃだめ、逃げたらだめ、と念じながら。足音が近づいてきて、四方八方からメイクピースにランタンがむけられた。ジェイムズは若クロウの手で溝から引きあげられた。襟はちぎれているが、皮膚は裂けてはいない。

そのあと、つけ足しのように、メイクピースも拘束された。どうやら、彼女があやしげな力で大きな犬をはねかえしたところは、暗がりのなかでだれも見ていなかったらしい。少なくとも、秘密は守られたのだ。

グライズヘイズにもどる道中は、長く寒いものだった。ジェイムズがよろよろと歩きながら地面をにらみつけているのを見て、メイクピースは自分のせいで遅くなったことを怒っているのだろうと思った。けれども道のりの半分をもどったところで、ジェイムズは手をメイクピースの手に滑りこませてきた。ふたりは不敵にも手をつないで残りの道中を歩いていった。


あくる朝中庭で、ジェイムズが立てなくなるくらいまで激しく鞭打たれているところを、メイクピースは苦しい思いで見守っていた。ジェイムズが逃亡を企て、メイクピースを引きずりこんだことをだれもが疑わなかった。なにしろ、ジェイムズのほうが年上で男なのだ。

メイクピースも鞭打たれたが、ジェイムズほどではなかったし、貴重なコショウを盗んだことがおもな理由だった。ゴートリー夫人は腹を立て失望していた。

「もっと小さな罪で首を吊られる人もいるんだよ」夫人はがみがみいった。「あんたに流れる悪い血がいつ現れるかと思ってたんだ。『ネコはネコにしかならない』っていうだろう」

メイクピースは台所仕事にもどると、できるだけ打ちひしがれ悔い改めているふりをした。けれども、心のなかでは新たな力と決意に燃えていた。

つぎは、犬を追い払う方法を考えないと。ぜんぶの犬と仲よくなっておこう。厨房で寝てる犬だけじゃだめだ。それから、計画は完璧でなくちゃいけない。でないと、あたしより痛い目にあう人がいるんだから。ジェイムズは勇敢で賢いけれど、なにからなにまで考えられるわけじゃない。

あたしは上の方たちの興味をひきつけてしまった。もし見張られたら、見透かされてしまう。だから、注意をひかないようにしないと。かわいくない、目立たない、退屈な子になるんだ。慎重に辛抱強く。

ここから逃げだす方法を見つけてやる。たとえ何年かかろうと。

じっさい、それには何年もかかった。

第二部　ゴートリーのネコ

10

二年とひとつ季節が過ぎるあいだには、多くのことが変わる。

二十七か月という時間は、ひとつの場所が骨身にしみこむにはじゅうぶんな時間だった。その色彩が頭のなかのパレットになり、音が自分だけの音楽になる。崖や尖塔(せんとう)が夢に影を落とし、壁が思いを濾過する。

人間とは奇妙な適応力のある動物で、結局はどんなことにも慣れてしまう。たとえそれが、ありえない、耐えがたいことであっても。野獣の城に住む美女にもまちがいなく日々の暮らしはあり、少しはいらだち、おおいに退屈したことだろう。恐怖にも飽きが来るもので、永遠に怖がっているのはむずかしい。遅かれ早かれ、より実際的なことにとってかわられるのだ。

ある日牢獄で目覚めて、そこだけが現実の場所だと気づく。脱走を夢に見ても、それは口先だけの祈りにすぎず、もはや逃げられるとは信じていないのだ。

だがメイクピースは、習慣というゆるやかに効いてくる毒との戦いに慣れていた。母との暮らしで、根無し草でいつづけることを学んだのだ。ここはあたしの家じゃない。何度も何度も何度も、自分にいい聞かせた。

ありがたいことに、メイクピースにはクマがいる。その熱く荒々しい本能がくりかえし、ここが牢獄であること、メイクピースには感じられない、見えない鎖に縛られていることを教えてくれた。それにジェイムズもいた。きょうだいが顔を合わせるのは、前よりもむずかしくなっていた。ジェイムズは新しい仕事をもらって、ほかの使用人と過ごせる時間が少なくなっていた。サー・トーマスの白金の髪の跡継ぎ、シモンドのおつきとして、使い走りをしたり話し相手になったり、剣の稽古の相手をしたり、従僕の役目を果たしたりするようになったのだ。

ところが、家じゅうがきょうだいを引き離そうとしているのにもかかわらず、ふたりはすきを見つけてはこっそり会って、計画を練っていた。

二年とひとつ季節が過ぎるあいだには、逃亡計画についても多くのことがわかるようになっていた。メイクピースは自分にその才能があることを知った。

ジェイムズは大胆でずる賢い計画を思いつくものの、その粗にはぜったいに気づかなかった。自信満々なジェイムズに対して、メイクピースは疑い深く不信感が強かった。この疑い深さや不信感が役に立った。メイクピースはめざとく問題に気づいたし、静かに抜け目なく解決策を考えた。

運よくもらった小銭はすべてとっておき、ひそかにみすぼらしい着替えと交換した。急いで逃げるときに変装が必要になるかもしれないからだ。グライズヘイズの住人全員の儀式や習慣をすべて頭に入れ、古い屋敷に幾千とある隠れ場所を見つけだした。あきらめずに書きかたを練習し、文書の偽造が必要なときに文字が書けるようにした。

二年とひとつの季節のあいだに、メイクピースは慎重で辛抱強い泥棒に育ち、逃亡に役立ちそうな残り物をこっそりためこんだ。小さなナイフ、火口箱、紙、ろうそくの切れ端。顔を白くしてあばたを隠すおしろい、眉を濃くする炭。不要な、あるいは放ってあったぼろきれを集め、眠りにつく前の静かな時間に少しずつはぎあわせ、必要になるときに備えてまにあわせの縄をつくった。

古い芝居のチラシの裏にこそこそと周辺の地図を描き、なにか目印を見つけるたびに、ひとつひとつ描き足していった。

そしてときおり、ジェイムズとともにグライズヘイズからの脱走を試みては、みなを落胆させ、みじめな姿で連れもどされていた。

二年とひとつ季節が過ぎるあいだには、失敗から学ぶこともある。辛抱とずる賢さも身につく。どうすれば、まわりの人から放っておいてもらえるかも覚えこんだ。

メイクピースはありきたりの景色のなかに隠れる術を学んだ。ついには、調理器具のように厨房の一部としてあつかわれるようになった。十五歳になるころには、受け入れられ、信頼され、あたりまえの存在になっていた。ほかの使用人たちはメイクピースのことを、年老いたがみがみ屋の料理人の手足とみなしていて、秘密を抱えた現実の人間とは見ていなかった。「ゴートリーの影」と呼ぶこともあった。「ゴートリーのこだま」「ゴートリーのネコ」とも。

メイクピースはわざとみっともなく見えるようにしていた。いつもぶかぶかで体に合わない服を着て、たいていはこぼれた汁か小麦粉のしみを筋状につけていた。髪の毛は母の髪のように魔女めいたふてぶてしさをたたえはじめていたが、ほかの使用人の女たちをまねて、ターバン状の亜麻布（あまぬの）の帽子で注意深く包んでいた。表情をゆっくりと変化させて、まわりの人たちには頭の回転も同じようにゆっくりだと思わせておいた。だが、じっさいはそうではない。ほんとうは、指と同じくらいすばやく動いているのだ。たこのできた手際のいい手を振りかえって見ようとする者は、ひとりもいなかったけれど。

たいていの人とは距離をおいていた。時の経過とともに、クマらしさがメイクピースのふるまいにも溶けこんでいた。クマは、人が急に近づいてきたり、すごく近くに来るのをきらうが、メイクピースも同じだった。知らない人が五フィート以内に入ってくると、まるで叫びながら突撃されたみたいに、恐ろしくなって逆上した。クマが体を起こして、そういう人たちを脅して追い払いたがっているのがわかった。クマの低い鼻息と威嚇（いかく）するうなり声が喉から漏れると、怒った咳のように響く。メイクピースは、気難しくて怒りっぽくて、厨房の縄張り意識が強いといわれるようになっていた。

「いきなりあそこに入ってかないほうがいいぞ」使い走りの少年たちはそう注意されていた。「ゴートリーのネコにひしゃくでたたかれるからな」けれども家じゅうの人たちは笑い話にしていて、まさかメイクピースがクマのかんしゃくを抑えこもうとしているとは夢にも思っていなかった。

時がたつにつれて、クマは熱や騒々しさにもかかわらず、厨房を受け入れるようになっていった。いまではあらゆるにおいを知っている。厨房で安心できるように、ドア枠に体をこすりつけてにおいをつけた。ゆっくり時間をかけて、メイクピースはクマに対して約束と取引の考えかたを教えていった。おとなしくしてて、クマ、そうしたら、あとで果樹園を走らせてあげる。やりかえしちゃだめ、鶏用にとってある食べ残しをひとつかみとってきてあげるから。いまは怒りをこらえてて、いつかいつか壁のないところに逃げられるから。

メイクピースの頰に残ったふたつの小さなあばたは、けっして薄くなることはなかった。ときどきほかの使用人の女たちに、おしろいで隠すか、脂で穴埋めするかしたらといわれたが、なにもしなかった。だれかに目をとめられることは、なにより避けたかったのだ。

あたしを見てもしょうがないでしょ。あたしのことは忘れて。

いっぽうでジェイムズは、注目を集めていた。シモンドが宮廷に出たり親族を訪ねたりで出かけるときは、ジェイムズはおいていかれてただの使用人になる。だが、シモンドがグライズヘイズにもどってくると、またジェイムズの運がめぐってきて、それとともに気分もあがるのだった。ふたりはやたらと仲がよく、ジェイムズはまたたくまに一家や宮廷や国家の動向にくわしくなった。

使用人の女たちはいまだにジェイムズをからかってはいるものの、前とは調子が変わっていた。いまやジェイムズは少年ではなく十七歳の男性で、将来有望だとささやかれていた。

二年とひとつ季節が過ぎれば、国はばらばらになる。ひびは、だれも予測できなかったほど深いことがわかる。ひびは裂け目になり、深い穴となる。

知らせは断片的にグライズヘイズに届いた。封印された書状としてまっすぐフェルモット卿の部屋に届けられ、盗み聞きされた断片がちろちろと屋敷じゅうに広まることもあれば、行商人や鋳かけ屋が、噂や血なまぐさい話で味つけして聞かせてくれることもあった。

こうした端切れが一枚の絵にはぎあわされていった。

西暦一六四一年が暮れて一六四二年が迫るころには、国王と議会との緊張関係がいっそう危うくなった。

ロンドンは一触即発の状態で分断されていた。暴徒が衝突し、噂が野火のごとく広がり、王党派も議会派も、敵が陰謀を企てていると確信していた。

しばらくのあいだは、議会派が意地の張り合いで優位に立っているようだった。

「わたしにはさっぱりわからないよ」ゴートリー夫人がいった。「だけど、議会はもっと王の命令なしにやりたがってるって話じゃないか。あいつらがやりたいようにしてたら、王は王でなくなっちまう。王冠をつけたあやつり人形だよ。正統な王の怒りってものを、ちょっとは見せてやるべきなんだ」

どうやら、国王もそう思ったらしい。

一六四二年一月の四日のこと、国王チャールズは数百人の軍隊を引き連れて下院まで行進し、議会派の首謀者と思われる五人の男を逮捕しようとした。

「だけど、王が議会に着いたとき」若クロウから話を聞いたロング・アリスがいった。「その男たちは逃げたあとだったんだとさ！　密偵に探らせてたにちがいないよ。そして、ほかの議員たちは、連中がどこに逃げたかぜったいにいわずに、王にまっこうから立ちむかったんだ！　いまじゃ訓練を受けたロンドンの一団が議会を守ってるんだよ、自分たちの王さまからね。ああ、あいつらはみんなはっきりと、反逆者の立場に立ったんだよ」

とうとう一線を越えてしまった、とだれもが感じた。これまでは、両陣営ともに危ない賭けをしながらも、敵が遅かれ早かれ音をあげるだろうと踏んでいた。ところがついに、武器が振りおろされてしまった。議会はアイルランドでの戦争に備えるふりをして、王に敵対する軍を組織しているとも噂されていた。

「もちろん、王も軍を集めている」老クロウが息子にそういっているのをだれかが聞きつけていた。「ほかにどうやって、議会から王冠と民を守れるというんだ？」

「どっちも鶏みたいに気どって歩きながら、けづめを見せびらかしあってるようなもんだ。血を流すことにならなきゃいいと願いながらな」というのは、馬屋番のひとりの意地の悪い見解だった。

そんなことが起こるわけがない、とだれもが感じていた。ぜったいに、そんな事態を避ける手立てがあるはずだ。戦争を望むものなど、ひとりだっていないのだから。

ところが一六四二年の八月、ノッティンガムの平原で国王は王旗を掲げて地面にさした。そして、はためく絹の旗のかたわらで、開戦を宣言した。

その晩、王旗は嵐に吹き飛ばされ、泥にまみれているのが発見された。

「不吉なしるしだよ」ゴートリー夫人はぶつぶついいながら、痛風の脚をさすった。脚が痛むと嵐が来るのがわかるといつもいっていて、ときどきは悪いことが起こりそうなのもわかるという。「旗が落ちなけりゃよかったんだがねえ」

ふたつに分かれた国は、驚くほどギザギザに割れて、だれが味方でだれが敵なのかわからなくなる。家族はばらばらになり、友人どうしで武器をつきつけあい、同じ町でも隣人どうしで争うようになった。

議会軍がロンドンを占領し、国王軍はオックスフォードを拠点にした。和平の話もあるにはあったが、戦いの話題のほうがずっと多かった。

けれどもグライズヘイズでは、戦争はつねに遠く感じられた。もちろん備えはされていた。村の男たちは広場で訓練を行い、地元の連隊のために緑色の制服がつくられた。フェルモット家では武器や弾薬を注文し、防壁を修繕させた。けれども、フェルモットの要塞にまで戦争がおよぶとはとうてい思えなかった。

われわれはけっして変わらない。恐ろしげな灰色の壁がいう。ほんとうに変わることなどなにもない。なぜなら、だいじなのはわれらだけなのだから。われらは世界の海の真ん中にある大きな岩だ。ほかの者たちの行いなど、まわりを流れては砕け散るだけ。われわれこそが永遠なのだ。

11

身を切るような風と長い夜の季節になり、とうとうクリスマスがやってきた。ごちそうやお祭り騒ぎが、灰色の空をあざ笑い、不毛の畑に抗う。まるで、冬の暗い心を貫く明るい矢のようだった。

ほとんどの人にとって、クリスマスの十二日間は仕事から離れられるありがたい休暇だった。だが、ごちそうのつくり手たちに休みはない。メイクピースは、タルト、パイ、スープ、薄切り肉、あらゆる大きさの鶏のロースト、冷肉、砂糖衣の菓子の準備に大忙しだった。イノシシの頭をあぶるのまでまかされていた。大きな頭はまだらで不気味で、調理されたあとでも鼻が本物のブタのようだった。死んだ獣や鳥を料理するのに罪悪感はない。動物たちも、胃袋が満たされなければならないこと、飢えた者が自身の命をながらえるために命を奪うことはわかってくれるだろう。

がまん強く働いているメイクピースを見た人は、その胸のうちに冷たい静かな炎のように秘密の計画が燃えあがっているとは夢にも思わないだろう。

例のごとく、最初にひらめいたのはジェイムズだった。

「十二夜（クリスマスから十二日目の一月六日の公現祭の夜のこと）だ！」ある晩ジェイムズがささやいた。「考えてもみろよ！　家じゅう人であふれかえるんだぞ。　農場や村じゅうのだれもがグライズヘイズの広間でごちそうにありつけるのは、一年のうちでこの晩だけだ。中庭の門は開かれ、番犬は口輪をはめられる。だから……客が帰りはじめたときに、おれたちもこっそり抜けだせばいい。いなくなったのがわかるまでに何時間もかかるさ」

メイクピースは仕事から仕事へと息を切らして駆けずりまわりながら、頭のなかでは計画のことをあれやこれやと考えていた。いい計画だし、うまくいきそうだ。なかなかのずる賢さだ。けれども危険もある。逃げおおせたとしても、ふたりは冬のさなかに家も友も失って、荒れはてた野の真ん中にとり残される。クマの夜目もあてになるかわからない。寒い時期は「起きている」ことが少ないのだ。

さらに問題なのは、上の方たちの多くが祝祭のためにグライズヘイズを訪ねてくることだった。

あの人たちには近づかないことだ。ジェイムズはいった。でないと、計画に気づかれちまう。あの人たちはおれたちを骨まで見通すからな。

とうとう十二夜がやってきたころには、メイクピースはくたくたで、油がはねたり、あわてて串をつかんだり、ヤカンを押したりして、手や腕に新しいやけどがいくつもできていた。

大広間はヤドリギの小枝、ツタ、ローズマリー、ゲッケイジュで飾りつけられ、燃えさかる大きな暖炉では、クリスマスの大薪の残骸が焦げて熱と光を発し、リボンは焼けてずたずたのぼろきれになっていた。

異教徒の装飾だ！　ポプラの牧師ならそう嘆いただろう。邪神の祭壇に雄牛を捧げるようなものだ！　クリスマスは悪魔の罠、エールや遊びやスモモのプディングで誘惑するのだ。

けれども、だれもそんなことは恐れていない。午後になると村人たちが連れだってそわそわとふざけながらやってきて、あたたかな暖炉のまわりの彫刻や飾りつけを見ては感嘆した。少しリンゴ酒を飲むと余裕が出てきたのか、年代ものの黒くなった梁に甲高い声や笑い声がこだまするようになった。日が沈みはじめるころには、広間はぎゅうぎゅうづめになっていた。

男の使用人は料理の皿を広間に運び、地下貯蔵庫からエールやリンゴ酒を運ぶのに大忙しだ。終わったばかりの年の残り物のワインの樽も運ばれた。人手はつねに足りなくて、メイクピースは気がつくと厨房と広間のあいだを駆けずりまわっていた。手には、タンをのせた皿、淡い色のでこぼこしたブローン（豚肉を刻んで煮てゼリー状に固めたもの）の鉢、チーズやリンゴの皿をのせていた。

むこうの暖炉のそばでは、ジェイムズが「上位の」訪問客のコップに酒を注いでいる。メイクピースとちがってジェイムズは、フェルモット一家や賓客の給仕ができるくらいには見栄えがするとみなされていた。頭の回転が速く、均整のとれたたくましい体つきで、不器量ながらも感じのいい顔には人なつっこい魅力がある。その愛想のいい笑顔を見た人は、その晩に逃亡を企てているとは夢にも思わないだろう。

真夜中に礼拝堂で待っててくれ。ジェイムズはメイクピースにいった。今夜はだれもあそこには来ないはずだ。

暖炉のそばに据えられたりっぱなオークの玉座は、明らかに館の領主のためのものだったが、フェルモット卿もサー・トーマスも姿を見せなかった。かわりにシモンドがそこを占領し、領主の役をおおいに楽しんでいるようだった。そのまわりを、同じく二十代前半らしい上品な若者たちがとり巻いている。噂話がほんとうなら、名家の出か強力な後ろ盾をもつ者ばかりのはずだ。

祝祭の端々に、シモンドの介入の跡が見てとれた。宮廷帰りのシモンドは、上品な料理、豪華な仮面、流行の先端をいくご婦人がたがその年に身につけていた恥さらしなドレスについての専門家を自任していた。彼がしつこくいったために、ゴートリー夫人とメイクピースは、鳥にほかの鳥を詰めたり、マジパンを帆船の形にしたりと苦労させられたのだ。

前にジェイムズから聞いた話では、シモンドはすべてにおいていちばんでなければならないといったという。それは単なる主らしい虚栄心と崇められたい願望なのかもしれなかったが、メイクピースは一瞬、一家の人気者は少しがんばりすぎなのではないかと思った。どうしてそこまで自分の力を証明しなければならないのか、いったいだれに証明してみせようというのか？

キャロルの歌い手たちがフィドル奏者を連れて戸口に現れ、酒と肉をもらえなければ、こん棒で客たちを殴りつけるぞ、とうたった。みんなはどっとはやしたてて足を踏みならし、歌い手たちを招きいれた。風味づけされた熱いラムズウール・エール（つぶした焼きリンゴ、砂糖・香辛料とあたためたビールを混ぜた飲料）の入った祝い酒の大杯が運びこまれた。底に沈んだ黄金色のリンゴの果肉が揺れている。

杯からひと切れのパンがとりだされて仰々しくさしだされると、シモンドは優雅に頭をさげて祝杯を受けた。

　笑い声と歓声のなかでシモンドの友人のひとりがレースのハンカチーフをエールのコップに浸し、びしょびしょのまま丸めて友人の顔に投げつけた。見ていたメイクピースは思わず、かっとなった。

　ピューリタンにならないの。自分にいい聞かせる。あれはあの人のハンカチーフとエールなんだから。だめにするのは、あの人の自由。

　それでも、レースや飲み物が粗末にあつかわれたのが腹立たしくてしょうがない。だれかが何週間も働いてあのレースをつくったのだ。注意深くひと針ひと針編みながら。見も知らぬ船乗りが恐ろしい危険を冒して、よその土地からあのエールの香辛料を運んできたのだ。メイクピース自身、時間をかけてラムズウール・エールの用意をした。あの若者の「貴族らしいお楽しみ」は、お金や高価な品以上のものを台無しにした。ほかの人の時間と汗と努力を、考えなしに踏みにじったのだ。

　メイクピースがしつこくそんな思いにさいなまれているうちに、シモンドの玉座に群がって楽しんでいた人々は押し黙ってうやうやしく道をあけ、ひとりの人物を通しはじめた。

　上の方のひとり、レディ・エイプリルだ。長身ではないものの、その姿を見ただけで、浮かれさわいでいただれもが凍りついたようだった。年老いた婦人のしかめた眉、骨ばった鼻、しわの寄ったまぶたに、黒い帽子のレースの縁どりが細かい穴のあいた影を投げかけている。顔は白っぽい顔料で塗られていて、不自然に白い肌は金属的な艶を帯びている。唇は銀色めいた朱色だ。肖像画がそのまま動きだしたように見える。

メイクピースは肌が粟立ち、血が凍るのを感じた。上の方はひと目見ただけでこちらの考えていることまで見通せると、ジェイムズはいっていた。ほんとうだろうか？　メイクピースはあとずさりして客の群れにまぎれこんだ。レディ・エイプリルに氷のようなまなざしをむけられたら、たちまち逃亡計画や、礼拝堂に隠してある食料や必需品の荷物のことを見破られるのではないかと恐ろしかった。

ところが、ハンカチーフを投げた男は、レディ・エイプリルが近づいてきたのに気づいていなかった。びしょ濡れのレースを拾いあげてもう一度投げつけたら、レディのケープの裾にあたってしまい、茫然としている。顔から血の気が引き、にやけ笑いが哀れなほど怯えた表情に変わった。

レディ・エイプリルはなにもいわなかったが、ゆっくりと頭をめぐらせて、ケープの房飾りについた小さなしみをじっと見おろした。それから背筋をのばし、顔の筋肉はぴくりとも動かさずに、まっすぐ犯人を見つめた。

若いとり巻きの顔は恐怖でくしゃくしゃだった。きびすをかえして大ホールを出ていくレディ・エイプリルを追いかけて、慈悲を請い、謝罪をし、手をもみしだく。仲間たちもみな凍りついたような表情を浮かべて、去っていくレディを眺めている。だれも背後でしかめっつらなどしていない。こんな無礼講の晩でも、レディ・エイプリルを笑うことはできないのだ。

メイクピースも思わずこの場面に気をとられ、老婦人と意図せずして彼女を攻撃してしまった若者の姿を見ようと、じりじりと廊下に近づいていった。レディ・エイプリルはとりつくしまもなくするすると進み、ワインの大樽が倒れて残りかすがこぼれた場所に出た。そこで、濃い赤紫色の水たまりを見おろして、じっと待つ。空白の数秒間のあと、若者はためらいながらも高価そうなケープを脱いで、水たまりの上にかぶせた。それでもレディは待っていて、つま先をほんの少し動かしてケープをつつくと、明るい色の布にみるみる暗いしみが広がった。

若き罪人はのろのろと両膝をつき、布の上に両手をおいた。するとようやくレディ・エイプリルはしかたなさそうに歩を進めはじめた。裾が床につかないようにもちあげ、ゆっくりと慎重に若者の手を踏み石にして。

メイクピースやジェイムズとちがって、ふつうの人はフェルモット家の人たちの尋常でないところには気づかない。けれども、力のある男たちですら、レディ・エイプリルを恐れているのだ。

ランタン時計が十一時を指すころになると、メイクピースはどきどきしはじめた。そろそろここを抜けだして礼拝堂に行かなければならない。でないと、またべつの用事をいいつけられて、真夜中の待ちあわせにまにあわなくなる。

大きな十二夜のケーキが運ばれてきて、嵐のような喝采（かっさい）がわきあがった。きっちりと切りわけられたケーキを、人々がうれしそうにむさぼる。なかから豆が出てきた人が、今夜の無礼講の王になるのだ。ことによっては、世界はさかさまになり、最下層の浮浪者が祝宴の主となり、ほかの人はそろって主の気まぐれにしたがうことになる……

仮装をした一団が新たにやってきて、場所があけられた。そのうちのふたりが聖ジョージとサラセンの騎士の扮装をして、木の剣で戦っている。人々はそのまわりに集まり、興奮して歓声をあげた。

だれもメイクピースのことは気にしていない。抜けだすならいまだ。きびすをかえして人ごみをかきわけ、大きな扉から凍えそうに寒い中庭に出た。刺すような冬の空気を胸いっぱいに吸いこんでくるりと振りかえったとたん、すぐそばに立っていた男性にまっすぐつっこんでしまった。

戸口から漏れる光で、袖口とクラヴァットのレース、ベルベットの長い上着、茶色の目、疲れたような顔のしわがかろうじて見てとれた。

「サー・トーマス！　もうしわけございません、あたし――」

「いや、わたしのせいだ。天上界を見ていたものでね、ここではなくて」サー・トーマスは上のほうを指し示した。「こんなふうにもやがかかった夜が大好きでね。星が踊っているようではないか」

メイクピースはちょっとびっくりして、上を見あげた。冷たい夜気がわずかに湿り気を帯び、たしかに星々が揺れてまたたいて見える。

「なかで、ケーキをもらったほうがいい」サー・トーマスはほほえんだ。「豆があたるかもしれないぞ。今宵の女王になりたくないのか?」

若クロウを這いつくばらせて自分に仕えさせるのを想像すると、意地の悪い喜びがわきあがってきた。けれども、いまはぜったいに注目を集めるようなまねはしたくない。

「本物の女王にはなれませんから」おずおずといった「明日になったら、また下の者として蹴られるんです。女王として傲慢にふるまったら、その分あとでつけを払うことになります。なんにでも代償がついてまわるんです」

「クリスマスはべつだよ」サー・トーマスは明るくいった。

「あのガチョウたちにいってやってください」つぶやいてから、メイクピースは真っ赤になった。失礼なことをいってしまった。「も……もうしわけありません」だいたい、どうして今夜にかぎって、サー・トーマスはあたしと話をしようとするんだろう?

「ガチョウたち……?」サー・トーマスは落ちつき払ってほほえんでいる。前々から思っていることだが、こんな人がオバディアの息子でシモンドの父親なのが不思議でならない。

「何週間も前から、ガチョウたちを太らせてきたんです」メイクピースはおそるおそる説明した。「今夜のごちそうのためです。ガチョウとオンドリと七面鳥です。あたしがあげたエサをがつがつ食べてました。最後にそのつけを払うことになるとも知らずに。もしかしたら、運がいいと思っていたのかも。でなきゃ、あたしが親切だと思ったのかも。

なかでオンドリのパイやガチョウのローストを食べてる人たちも……あの人たちだって取引をしてるんじゃありませんか? 今夜は大きな暖炉のそばにすわって、気持ちが悪くなるまで食べて、声をかぎりにうたってます。でもかわりに、一年の残りはずっと、感謝のしるしとして、必死に働いておとなしくしてなきゃなりません。それでも、そういうもんだとわかってやってます。でもガチョウは、だれからもそんなこと教えてもらえなかったんです」

自分で思った以上に、語気が強くなっていた。「ガチョウを太らせた」のがほかならぬ自分だと思うと、恐ろしくてたまらないのだ。

「先のことをガチョウが知っていたら、なにかいいことがあったのかね?」サー・トーマスの声音(こわね)が変わり、真剣な響きを帯びている。「知ったところで、怖くなったりみじめになったりしただけかもしれないだろう?」

メイクピースはうなじの毛がさかだつのを感じた。もうガチョウの話をしているのではないのだ。

「もしあたしがガチョウだったら、知りたいと思います」

サー・トーマスがため息をつくと、息が顔のまわりで白くなった。

「これとよく似た会話をしたことがある。十六年前にべつの女性とね。きみと同じくらいの年で……きみを見ていると彼女がいるみたいだよ。どこが似ているとはいえないが、彼女がほの見えるようだ」

メイクピースはごくりとつばをのんだ。さっきまでは、早くこの会話を終わらせたくてしかたなかった。でもいまは、答えが手の届きそうなところにあってじりじりしている。

「彼女は身ごもっていた」サー・トーマスは話をつづけた。「そして、うちの一家が彼女の子どもをここグライズヘイズで育てたがる理由を知りたがっていた。邪なことがありそうだと思いながらも、それがなにかわからずにいたのだ。

『教えてください、だれも教えてくれないでしょうから』そういわれてわたしは、誓いを破ることだと知りながら、話したのだ。すると彼女は、逃げるのを手伝ってほしいと頼んできた」

「手伝ったんですか？」メイクピースは驚いて声をあげた。

「人というのはときどき、雷に打たれたように愚かなことをするものなのだ。彼女は弟の恋人だった。わたしは結婚していて、愛人ももてないつまらない男だった。だが、そのときひらめいたんだ。この女のためなら、なんでもしてやれる。たとえそれで、二度と彼女に会えなくなるとしても、と。

そうだ、わたしはきみの母親に手を貸した。そしてこの十六年間、はたしてあれが正しい決断だったのだろうかと悩みつづけてきた」

メイクピースはゆっくりと顔をあげ、サー・トーマスの目をまっすぐに見つめた。

「お願いです。どうしてあたしがここに連れてこられたのか、教えてください。どうして怖いのかも。だれも教えてくれないでしょうから」

サー・トーマスは何呼吸かするあいだ、黙りこくって、かすかにまたたく星を見つめていた。

「うちは変わった一家なんだよ、メイクピース」ようやく口を開いた。「われわれには秘密がある——知られたら、一族が大打撃を受けるような秘密だ。うちの家族には代々、ある能力、ある種の才能が受け継がれている。家族のだれもがもっているわけではないが、各世代に何人かはかならず現れる。わたしにもあるし、シモンドもそうだ。ジェイムズも、そしてきみもだ」

「あたしたち、悪い夢を見るんです」メイクピースはささやいた。「幽霊が見えるんです」

「ひきつけられてくるんだよ。霊にはわかるんだ……われわれのなかに場所があることが。われわれは、自分以外の存在をとどめておくことができるんだよ」

メイクピースはかぎ爪をのばして押し寄せてくる幽霊を思い浮かべ、それから最大の秘密であるクマのことを考えた。

「あたしたちは空っぽなんですね」メイクピースはきっぱりといった。「だから死んだ者たちが入ってこられる」

「体をもたない霊はぼろぼろになって消えてしまう」サー・トーマスはいった。「だから、われわれのなかに入りこんで安住の場所をつくろうとするんだ。そのころには、たいていの霊はずたずたになって気がふれている。だが、すべてがそうなるわけでもないんだよ」

話が問題の核心に近づきつつある。メイクピースはそれを感じて、肌が粟立つのを感じた。

「想像してごらん」サー・トーマスがいった。「一族のだれの経験も技術も記憶も永遠に失われることがなければ、その一家がどれだけ偉大になれるか。重要人物がひとり残らず生きつづけられるとしたら。何世紀にもわたる知恵が蓄積されれば、どれだけの恩恵が――」

戸口から礼儀正しい咳払いが聞こえてきたのは、まさにこの瞬間だった。ホールからの明かりを背にして、若クロウが立っていた。

「サー・トーマス。もうしわけありません。フェルモット卿がお呼びです」

「すぐに行くよ」サー・トーマスはそう答えたが、若クロウがすぐにはさがろうとしないので驚いている。

「もうしわけありませんが」若クロウは重ねていった。「お伝えするようにいわれてきたのです……今夜あなたさまがもっとも幸運な人になると」

サー・トーマスの顔から血の気が引き、年老いた疲れきった顔になった。

「今夜？」サー・トーマスはぎょっとしたような声をあげた。「そんなにすぐに？　まだ何年も先のような話だったのに……」落ちつきをとりもどし、ゆっくりとうなずく。「もちろん、もちろんだとも」二度深く息を吸いこむと、まだそこにあるのをたしかめるかのように自分の両手を見つめた。ふたたび揺らめく星を見あげた顔には、悩み苦しんでいるような表情が浮かんでいた。

サー・トーマスはメイクピースを振りかえり、むりやりほほえんだ。

「なかに入って、ケーキをもらうといい。なれるうちに、女王になっておくんだ」

そういうと、若クロウについて扉を抜けていった。

12

メイクピースはサー・トーマスのさびしげな表情にとらわれていたが、いつまでも考えているわけにいかなかった。すでに多くの時間を失ってしまっている。急いで礼拝堂にむかった。

扉を静かにあけると、驚いたことにろうそくが二本灯っていた。だれかがここで祈りを捧げていたらしい。ジェイムズの姿はない。メイクピースは待つことにした。行きちがいになっていないといいのだけれど。

二年半が過ぎたいまでも、きらびやかな礼拝堂には落ちつかない気分になる。ポプラでは、神は質素なお御堂を望んでおられるとたたきこまれた。だから、グライズヘイズの礼拝堂の彫像、絵画、あやしげなお香の香りには驚いたし恐ろしく思った。はじめて礼拝に参列したときには、カトリックの巣に落ちてしまった、このままでは地獄に行くことになるだろうと、怯えていた。

「フェルモット家はカトリックじゃないと思うぞ」あるとき、ジェイムズがなだめるようにいった。「少なくとも、自分たちがカトリックとは思っていないだろう。あの人たちはただ……古いやりかたのほうが好きなだけだ」

近ごろでは、メイクピースにも、だれが地獄に落ちるのかわからなくなっていた。フェルモット家の礼拝堂は自信に満ちあふれていて、とても古い。何世紀もの歴史を味方につけている人といい争うのはむずかしい。

日曜日の礼拝では、フェルモット家の人々は教会の後方にある高くなった桟敷席にすわる。それぞれの部屋から専用の廊下で通じている席だ。もういまのうちからほかの人たちより天国に近いんだ、とメイクピースは思った。もしかしたら、ここの人たちは王を相手にしているのと同じように、神とも取引をしているのかもしれない。もしかしたら、審判の日が来て七つの封印が解かれると、神が目配せしながらフェルモット家の人々の背中をたたいて天国へと通してくれるのかもしれない。

メイクピースはそんな特別あつかいは望めない。それどころか、こっそりと反逆者の祈りを捧げつづけてきている。

全能の父よ、あたしの灰が大地に還るときには、あなたの黄金や真珠の城にはお連れにならないでください。獣たちが行くところに行かせてください。もしあなたの永遠の世界に、獣や鳥が駆けまわったり吠えたりうたったりしている森があるのなら、あたしもいっしょに駆けまわったり吠えたりうたったりさせてください。もし獣たちがなにもないところへと流れていくのなら、あたしも風に舞うもみ殻のようにいっしょに行かせてください。

扉がきしんだ音をたてて開いた。メイクピースの心は浮きあがり、すぐに沈んだ。ジェイムズではなかった。

かわりに見えたのは、若クロウと老クロウがフェルモット卿に手を貸して堂内に入ってくるところだった。そのうしろに、レディ・エイプリルとサー・マーマデューク、その数歩あとにサー・トーマスがつづいている。メイクピースはひょいとかがんで石棺のうしろで身をちぢめ、必死に頭をめぐらせた。どうしてみんなここにいるの？　なにか感づかれた？

「やむをえない状況になるまではなにもしない、ということで合意していたと思いますが」サー・トーマスが話している。「まだわたしは準備が――」

「身辺はつねに整えておくべきだ」父のフェルモット卿がさえぎった。「おまえもわかっているだろう。われわれはふつうのやりかたで天寿をまっとうするつもりでいたが、事態の動きが速すぎるのだ。国王がロンドンを制圧する機会を逸した、ということは、このばかげた戦争が思った以上に長くつづくということだ。わが一族がこの時期に繁栄するためには、自由に敏速に動けなくてはならない。フェルモット卿が寝たきりでいるわけにはいかないのだ」

「今夜でなくてはならないのですか？」サー・トーマスが尋ねる。「せめてわが息子に今宵を楽しませてやって、朝になってまた話しあうわけにはいきませんか？」

「一族が集まっているのだ、遅らせる理由はないだろう」

扉があいて、また閉まる音が聞こえた。つぎに聞こえてきたのはシモンドの声だった。「父上、ほんとうなのですか？」落ちつきすぎた声は、炎がときに見せる青さを思わせた。

「来なさい、シモンド、少しふたりだけで話そう」サー・トーマスがいった。やわらかな足音が近づいてきて、メイクピースはあわてた。隠れた場所からそう遠くないところで、ふたりは足をとめた。

「あのかたたちは父上を生かしてくださるのでしょうか？」シモンドが張りつめた声で冷静にきいた。「もう決めてしまわれたのでしょうか？」

「約束できることでないのはわかっているだろう？」このときだけ、サー・トーマスのぶっきらぼうな物言いがはぐらかすように響いた。「つねに危険はあるし、余地はかぎられているのだ」

「父上には一族に役立つ技術や知識があります！　みなさまも、父上の航海術や占星術の研究は、ご存じですよね？　お部屋にある道具――天体観測器と携帯式の日時計のことも」

「ああ、たわいもないおもちゃだよ」サー・トーマスはさびしげに小さく笑った。「あんなもので、一族のみなが感心するとは思えないな。シモンド――これから起きることは、神のご意志だ。わたしはこの定めのもとに生まれた。人生をかけて準備をしてきたのだ。なにが起ころうとも、この相続がわたしの義務であり栄誉なのだよ」

「準備ができました、トーマス」レディ・エイプリルがひややかなきっぱりした声で呼んだ。

フェルモット家の五人が礼拝堂の奥、祭壇の近くへと遠ざかっていくのが聞こえた。石の床に椅子がこすれる音がしたかと思うと、レディ・エイプリルが低くかたい声でなにかを唱えはじめた。讃美歌か呪文のような重々しい響きがある。

メイクピースは膝を抱えてすわっていた。石の床と背中にあたる大理石から冷気がしみこんでくる。冷たさで骨が痛む。彫刻、記念碑、窓のステンドグラスの紋章、ありとあらゆるものが、空気中に冷気を吹きこんでいるかのようだ。

なにかが起きている、なにか恐ろしい秘密が行われている。もしここにいるのが見つかったらどうなるだろう？　あるいは、ジェイムズがうっかり入ってきて、捕まってしまったら？　レディ・エイプリルの声はもはやただの音ではなくなっていた。引き裂かれたクモの糸のようなかすかなささやきだ。かさかさと波打つ音の合間に、人間らしいあえぎ声、それから、喉が締めつけられているような長い音が聞こえた。

メイクピースはたまらなくなって、わずかに頭をあげてのぞき見た。

サー・トーマスとオバディアが、玉座に似た木の椅子にならんですわっている。オバディアはぐったりして、だらしなく口をあけていた。サー・トーマスはけいれんしているみたいに背中をそらしており、口と目は大きくあいている。

やがて、影のようなものがゆっくりとオバディアの耳からしみだしてきたように見えた。それは一瞬脈を打って震えているようだったが、サー・トーマスにむかっていき、あいている口のなかに消えていった。サー・トーマスは押し殺したうめき声をあげ、水たまりに広がるさざ波さながらに顔をけいれんさせた。さらに影がふた筋、オバディアの目からしみだしてきた。

メイクピースはふたたびかがんで身を隠し、息を潜めた。しばらくすると、不気味な物音が引いていき、長い沈黙が訪れた。

「ウェルズバンクのドナルド・フェルモット、いるか？」レディ・エイプリルがきいた。

「はい」かすれた声が答えた。

「ホスピタル騎士団のボールドウィン・フェルモット、いるか？」レディ・エイプリルがつぎつぎと名前を呼んでいくと、そのたびに、かすれた「はい」がかえってくる。

「トーマス・フェルモット」七人の名前のあとで、ようやく呼ばれた。「いるか？」

沈黙。

「彼は一族の忠実なしもべだった」サー・マーマデュークがいった。

「だが、この『相続』を生き延びるほどには心が強くなかったようだ。オバディアも同じだったな」

「父はどうしたのですか？」シモンドは相変わらず気味が悪いほど落ちつき払っている。「どこに行ってしまったのですか？」

「ひとりの人間にはわずかな空間しかないことを理解なさい。たとえ能力をもっていても」レディ・エイプリルがいった。「ときには犠牲になることもある。心が押しつぶされて消えるのだ。

それより、いまはそなたにほかの仕事がある。おじいさまの体にはだれもいなくなったが、まだ息をしている。このままの恥ずべき状態で残しておくわけにはいかない。そなたがおじいさまを解放してあげるのだ、シモンド」

メイクピースは耳をぎゅっと押さえて目をつぶった。そして、フェルモット家の人々が全員礼拝堂を離れたことがわかるまで、ぴくりとも動かなかった。

よろよろと祝祭の場にもどったメイクピースは、楽しげな人間の騒がしさに殴られたような衝撃を覚えた。空気中に音がありすぎて、息ができそうにない。

ホールでジェイムズを見つけた。火のそばのりっぱな椅子に腰かけ、冗談をいってまわりをとり囲む人々を笑わせている。手にはエールの入った大きな蓋つきのジョッキ。そばの大きな皿にはお菓子やシュロップシャーケーキ（シュロップシャー名物の甘いビスケット）。そして、たくましい若者がお抱えの道化師よろしく跳ねまわっている。

メイクピースはようやく、ジェイムズが約束を守れなかった理由を理解した。十二夜ケーキを受けとったら、なかに豆が入っていたのだ。ジェイムズは無礼講の王だった。メイクピースに気づいたとたん、顔を曇らせ、あわてて立ちあがると、彼女の腕を引っぱって静かな隅のほうに連れていった。

「もう真夜中ってわけないよな」そういいかけて、メイクピースの血の気のない顔に気がついた。「妹よ——なにがあった?」

メイクピースは押し殺した声ですべてを話してきかせた。

「上の方たちは幽霊でいっぱいなんだよ、ジェイムズ！　あの人たちの目を見るのが耐えられないのは、そのせいなんだ。あの人たちが相続すると変わってしまうのも。先祖の幽霊がなかに入りこんで、のっとってしまうからなんだよ！」

「だけど、どうしておれたちを集めたんだ?」ジェイムズはメイクピースを見つめた。「おれたちに相続させたいわけないじゃないか！」

「わからない?　あたしたちは予備なんだよ、ジェイムズ！　跡継ぎが死んでしまったり、しばらくいなくなったりすることがあるでしょ。もし急に上の方が死んでしまったら、緊急に幽霊たちを入れておく場所が必要になる。あたしたちは入れ物なんだよ——あの人たちにとってそれだけの存在なの。

ジェイムズ、逃げないと！　お願い！　どのくらいで出られる？」

ジェイムズはメイクピースの話を聞きながらおののいていたが、その正直そうな顔には葛藤の色が浮かんでいた。手に入れたばかりの玉座をちらりと振りかえる。ジェイムズにとって一日でも主になることがどんなに意味のあることか、メイクピースにはわかっていなかった。こんな機会はつぎにいつあるかわからないのだ。

「今夜はもう遅すぎる」ジェイムズは気まずそうにいった。「どっちにしても、おまえも何マイルも逃げられるような状態じゃない。明日の朝、話をしよう」

メイクピースは深い絶望感を胸に、異母兄が玉座とわずかなとり巻きたちのもとへと帰っていくのを見送った。

少しして、新たにフェルモット卿となったトーマスがホールにもどってきた。かたわらにつきそってきたシモンドは、たとえいっときとり乱していたのだとしても、いまはすっかり立ち直っているようだった。父のそばにすわり、落ちつき払って室内を観察している。

トーマスはもう、大またで歩いたり、声をあげて笑ったりはしなかった。不気味にこわばったようすで、前とはちがう動きかたをしている。その顔にあたたかみはなく、瞳はバシリスクを思わせるオバディアのまなざしそのものだった。

13

冬のグライズヘイズは真の姿を見せる——色彩がなく、果てしなく、近寄りがたく、変化がない。心を麻痺(まひ)させ魂を凍らせ、どんな逃亡の夢も子どもじみたものに思わせる。

主は代替わりをしたが、メイクピースは「新」フェルモット卿が古い塔と年が変わらないのを知っていた。近ごろのトーマス・フェルモットは年老いた背骨に慣れたのか、腰を曲げてすわるようになった。突然贅沢(ぜいたく)な食事や最高級のブランディを好むようになった。あぶった鶏の脚の骨から肉をかじりとってむさぼる姿に、なかの貪欲な幽霊がかいま見えるようだ。幽霊たちはあまりにも長いあいだ、手足が不自由で、震えや痛みがついてまわる病んだ体に閉じこめられていた。それがいまは、歯があり、多少の贅沢な食事に耐えられるじょうぶな胃をとりもどしたのだ。

「トーマスのやつ、もっとこの体をだいじにしてくれていたらよかったのに」ある日メイクピースは、トーマスがぶつぶついうのを耳にした。「乗馬をしていたせいで背中は痛むし、本を読んでいたせいで目も弱っている。あいつがこんなに体を酷使するとわかっていたら、もっと早くにこの体を手に入れていたのに。記憶も分類されていない図書室みたいにごちゃごちゃじゃないか……」

「フェルモット卿」の幽霊は客のような口ぶりではない。トーマスの体は自分たちの所有物で、怠慢（たいまん）な店子（たなこ）から奪還したと感じているらしい。

　なにもかもが変わった。なにも変わらなかった。

　それでも、日が長くなるにつれて、変化の噂がささやかれるようになった。グライズヘイズにも春が訪れ、それとともに戦争が近づきつつあった。

　ある五月の朝の夜明け前、メイクピースが台所の庭でカタツムリを集めていると、塀のむこうから低い話し声が聞こえてきた。

　メイクピースがしじゅうカタツムリやミミズをとっているのは、ゴートリー夫人のお気に入りの痛風薬をつくるためだ。いつも家じゅうの人たちがまだ寝ている早い時間に集めるのには理由がある。だれにも見られていないときに、菜園で四つん這いになり、クマに冷たい朝露で濡れた草の上を心ゆくまで歩かせてやるためだった。場所を選べば、塀の陰になって屋敷からは見えないのだ。

　こんなかんたんなことで、クマは少しだけ解放された気分になれる。庭のその場所は、クマにとっての冷たい緑色の縄張り、湿ったにおいと謎に満ちた領域だった。ここに来るたびにメイクピースは目が鋭くなったように感じて、夜明け前の薄暗い光が昼日中のように明るく見えた。その日も指で地面を掘り、木に体をこすりつけ、タンポポの綿毛のにおいをかいでから吹き飛ばした。ぼんやりしていて、クマが手首にとまった大きなカブト虫をなめて食べるのをとめられなかった。

メイクピースは、口のなかにカブト虫の味をまとわりつかせたまま、凍りついた。静かだが切迫した声と、ザクザクという足音が聞こえたのだ……

「それで?」聞きまちがえようのない、フェルモット卿の耳障りな声がした。

ふたり目の男の声が答えた。サー・アンソニーのようだ。前の晩遅くに到着した上の方だ。新フェルモット卿のまたいとこで、この人のなかには獰猛な兵士の群れと冷静な人ふたりほどの幽霊が混じっているのではないか、とメイクピースは推測していた。

「われわれがにらんだとおりだ。反乱軍はゲルトフォードの守備隊を襲うつもりだ」

メイクピースははっとして、耳をそばだてた。ゲルトフォードはグライズヘイズからわずか四十マイルしか離れていない。

「ふむ」フェルモット卿が応じた。「もし反乱軍がゲルトフォードを手に入れたら、その後こちらに注意をむけてくるのも時間の問題だな」

「させておけばいい」サー・アンソニーはぶっきらぼうにいった。「グライズヘイズを包囲しようとする連中がいたら、哀れに思うよ」

「ゲルトフォードを失ったら、王のこの地方に対する支配力が弱まってしまうだろう」フェルモット卿は考えこむようにいった。

「どうでもいいじゃないか」サー・アンソニーがいう。「われわれは王を支持しているが、わが軍は故郷にとどめておいて、王のために自分の土地を守っているといっておけばいい。参戦しなくてもいいんだ。このくだらないちっぽけな戦いが、勝手に燃え尽きるのを見ていればいい」

「ああ、だが、われわれとしてはこのばかげた戦争で王が勝ってくれないと困るではないか！」フェルモット卿は反論した。「議会が勝ったら、チャールズ王は力を失い、貸した金もかえってこない。それに、あの王なら、こちらの意のままにできる。魔術のことでわれわれを糾弾（きゅうだん）することもない。あのうるさいピューリタンどもが、わが一族の伝統の真実をかぎつけたら、たちまち魔術だと大騒ぎをはじめるにちがいないからな。やつらに力をもたせるわけにはいかないのだ。

　王にはこの戦いに勝ってもらわねば。われらの助太刀がなければ、王は勝てない。われわれはこの目で戦を見てきたのだ。やわな乳くさい世代はちがう！　そうとも、王にはわれらが必要だ」

「和平交渉はできないか？」サー・アンソニーが提案した。「議会はなにを求めているんだ？」

「やつらはとにかく、王がこれ以上新しい力を求めるのは許さないといっている」

「王はそのつもりなのか？」

「もちろんだ！」フェルモット卿は声をはりあげた。「議会も同じだ。両陣営ともに正しいし、まちがってもいる。だが王はかたくなに和平を拒んでいる。自分こそが神に選ばれし存在だと信じているから、自分にたてつく者はだれもが反逆者になるのだ。

　王に会ったことがあるか？　チャールズ王は小さな男で、自分でもそれを承知している。脚がきちんと育たなかったのだ。王の父上がいれば、子どものうちに鉄の帯で脚をはさんでのばそうとしただろうし、そうしていれば効果もあったかもしれないが、王の世話をしたのは善良な婦人で、鉄の帯などがんとして受けつけなかった。だから王は、小男らしい冷たくかたくな心のまま成長してしまった。王は譲るということを知らない。自分を小さく感じるのに耐えられないからだ」

「では、われわれはどうしたらいい？」サー・アンソニーがきいた。

「使者を送ろう」フェルモット卿が答えた。「味方を訪ねよう。脅しも使う。立場を決めかねている大物を見つけて、追いつめてでも王の側につける。その一方で……連隊を準備する。反乱軍にゲルトフォードを奪わせてはならない。こちらがハンガードン橋を押さえておけば、連中は川を渡れまい」

塀のこちら側では、若い料理人見習いが四つん這いになっていた。朝露の冷たさに指の感覚をなくしながら、頭のなかで必死に策を練っていた。

「連隊が行軍してる、ジェイムズ」その晩メイクピースはいった。「逃げるならいまだよ」

十二夜以来、ジェイムズはどこか気もそぞろで、メイクピースに出くわすたびに恥ずかしそうな顔をした。そのため、引きとめてふたりだけで話をするのがむずかしくなっていた。けれども今日は、古い出撃門に通じる通路に引きずりこむことができた。前に、その門から逃げだせないかと考えたこともあったが、戸に鍵がかかっていて重い落とし格子もあり、通路はふさがれていた。それでも、こっそり話をするにはうってつけの場所だった。

メイクピースがたいせつにつくりあげてきた地図が、膝の上に広げられていた。いまでは何枚にもなっていて、色あせた古い歌の楽譜に、ロンドンや大きな町への道筋がおおまかに書いてある。

「わかってる」ジェイムズが親指の爪をかみながらささやいた。「連隊は明日出発する。サー・アンソニーが率いて、息子のロバートさまを連れていく。シモンドさまもいっしょだ。そう教えてくれた」

メイクピースは十二夜以来、シモンドのことを前と同じようには見られなくなっていた。シモンドは、自分の父親が幽霊にとりつかれていくところを見せられていた。それにレディ・エイプリルはシモンドに、祖父の空っぽになった命の殻を「解放しろ」といったが、あの命令はどういうことだったのだろう？　上の方たちはシモンドを使って、老人を枕で押さえつけて窒息させたのだろうか？　それなのにシモンドは、その後もまったく落ちついている。気の毒に思っていいのか、飛びのいて離れたほうがいいのか、わからない。

ジェイムズは一度もその話をしたがらなかった。シモンドに秘密を打ちあけられたからではないか、とメイクピースは疑った。そう考えると胸が痛くなったが、自分のねたみは押し殺そうとしてきた。

「じゃあ、逃げるのに絶好のときだ！」メイクピースはささやきかえした。「いよいよ上の方たちも戦争に巻きこまれるから、忙しくなってほかのことには気がまわらなくなる。クロウ一家だってそう。このへんの村じゅうで、兵隊の奥さんたちが荷物をまとめて連隊についていこうとしてるんだって。考えてもみてよ。大混乱で大きな人の群れが行進してくんだから、あたしたちもまぎれられるよ」

メイクピースは兄を見て、とっくに気づいていたはずのことを見てとった。妹に打ちあけにくいけれど、いいたくてしかたがないことがあるのだ。興奮を抑えこもうとぴりぴりしている。

「なんなの？」メイクピースは不吉な予感にとらわれながらきいた。「なにをしたの？」

「連隊といっしょに行かせてくれと頼んだんだ——シモンドさまにつきそいたいって。それは断られたけど……グライズヘイズと村を守る民兵に入れてもらったよ。そんな目で見るなよ！いいことなんだ——おれたちふたりにとって！」

「あんただけでしょ。大砲の弾に頭を吹き飛ばされるかもしれないんだから」

「一度も戦場には出ないかもしれないよ！　慎重が二本足で歩いてるってくらい用心する」

「あんたはいばって歩いてひどい目にあうだろうし、なんにもわかっちゃいないんだから。ほかの兵士たちに危ない仕事ばかり押しつけられたり、サイコロでごまかされたりするよ」

「そうだな、母さん」ジェイムズはもったいぶっていい、両方の頰をくしゃくしゃにして不細工だけど魅力的な笑みを浮かべた。メイクピースは、ふだんは古なじみの名前で呼ばれるとあったかい気持ちになったが、今日は気に入らなかった。ジェイムズが機嫌をとろうとしているのがわかるからだ。「いいか、メイクピース！　もし戦闘があったら、おれは自分の力を証明して、フェルモット家に認めさせてやる。この家で力をもてれば、もっとおまえを守ってやれる」

メイクピースは兄をじっと見つめた。

「この家で力をもつ？」くりかえす。「ここを離れようって約束したでしょ！　この一家からはなにも求めない、なるべく早く逃げだそうって！　それとも、計画は変わっちゃったの？」

ジェイムズがうつむいたのを見て、メイクピースは計画が変わっていたのを理解した。もうだいぶ前から変わっていたのだ。十二夜の前から。

メイクピースは、ジェイムズがふたりで交わした約束から離れていくのを感じていた。ジェイムズの才能はグライズへイズで認められつつあった。逃げだす前に、ここで学べるかぎり学んでおいたほうがいい。ふたりで反抗と忘恩の行為を果たす前に、手に入れられるだけのものはもらっておいたほうがいい。そうした考えが、じわじわとべつの考えに変わっていったのだ。グライズへイズで力をもてれば、逃げだす必要などないのではないか、と。

「もうおれたちは子どもじゃない」ジェイムズはいいわけがましくいった。「おれはもう一人前の男だ。義務があるんだ……この一家に対して、国王に対して」

「ここから逃げだすのは子どもの遊びなんかじゃない！」メイクピースはいいかえした。顔がほてっている。

「そうか？」ジェイムズがぴしゃりという。「おまえはほんとうに、フェルモット家から逃げだせると思ってるのか？　こんな物で？」地図の紙を見てうなずく。「ずっと遊びだったんだよ、ぜったいにおれたちが勝てない遊びだ。いつだってフェルモット家はおれたちを見つけだすんだ。おれはありのままの世界とむきあってみる。あの人たちの決まりにのっとってやってみる必要があるんだ。それもうまく」

「ケーキのなかの豆のせいだ」メイクピースは静かな怒りをこめてつぶやいた。

「なんだ？」

「十二夜ケーキの豆！　あの晩、無礼講の王になって、あんたは抗えなかった。あたしたちの計画をぜんぶ投げだして、みんなにぺこぺこされて、いうことをきいてもらって、『だんなさま』と呼ばれてた。あんなのいんちきのごっこ遊びなのに。

あんたは約束したんだよ、いっしょに逃げようって、ジェイムズ。約束したじゃないか」

結局はそれだった。メイクピースはジェイムズの身を案じながらも、裏切られたという、子どもじみたみじめな思いにとらわれていた。

「おまえはいつだって、おれの逃亡計画にけちをつけてたじゃないか！」ジェイムズがきっとなっていう。「もう少しおまえが臆病じゃなければ……」いったんことばを切ってから、こんどは静かな鋭い口調でいった。「じゃあ、逃げよう。今夜にするか？　そうと決まったら、どうする？　馬を盗むか？」

あまりにも冷静で、あまりにもふてぶてしいまなざし。本気ではないのだ。

「馬をすぐに交換しなけりゃならなくなる」メイクピースは粗さがしをせずにはいられなかった。「前のとき、馬がすぐにくたびれちゃったの覚えてるでしょ？　ふたりを乗せてたから。

あのときは、川まで行く前に捕まっちゃった」

「じゃあ、ウィンカスターにむかおう――」

「ウィンカスター？　ほかの連隊が駐屯してる町？　馬を騎兵用にとられちゃうよ」

「ほらな」ジェイムズはむっとして、それみろといわんばかりだ。「そうやって文句をいう」

　メイクピースはその瞬間に気持ちを落ちつかせ、ジェイムズの目を見た。

「明後日、ペイルウィッチで定期市がある」淡々という。「ゴートリー夫人を説得して、子ブタと香辛料を買いにいかせてもらう。それならお金ももっていけるし、何時間も帰らなくてもだいじょうぶ。

　フェルモット家の封蠟をとってあるんだ――あたためて偽の手紙に押せる。あんたが逃げだして、もしだれかに問いつめられても、手紙を見せて、連隊に届けにいくところだっていえばいい。

　落ちあって、馬を買おう。この家の人たちにばれないように。服も替えて、ウェルマンの絞首台のむこうの古い道を行こう。三日分はたっぷり食料があるから、物乞いをしたり、買ったりしなくてすむ――最初の晩はウエザーの洞穴で眠って、あとは見つけられればどこかの納屋に泊まればいいよ」

　完璧な計画ではなかったけれど、ジェイムズのよりはましだし、混沌としたいまの状況には合っている。ジェイムズはメイクピースの予想どおり、目をそらした。

「またこんど話しあおう」ジェイムズはいって、メイクピースの肩に腕をまわしてちょっとだけ力をこめた。「おれを信じてくれ」

ジェイムズのことは、二本足の生き物のなかでただひとり信頼している。けれども、メイクピースはそこに立ち尽くしたまま、その信頼が流れだしていくのを感じていた。身をよじって兄の腕から離れると、走ってトンネルを抜けた。足音が湿った壁にぶつかり、きれぎれのこだまになってかえってきた。

14

別れの日は、晴れているのに鬱々(うつうつ)としていて、菜園では日ざしを浴びたヒースとローズマリーの香りがした。にぎやかな馬屋と中庭では、雰囲気を感じとった犬たちが吠えたり、鼻を鳴らしたり、人また人のうしろをそわそわと歩きまわったりしていた。

メイクピースは厨房で忙しく食料の準備をしていたが、前の晩ろくに寝ていないせいでふらついていた。これまで一度だってジェイムズと真剣にいい争ったことはなかったので、気分が悪くて足場を失ったような気持ちがする。母と最後にしたけんかの記憶にさいなまれ、ジェイムズと仲直りしなければ、なにか恐ろしいことが起こりそうな、迷信めいた恐怖にとらわれた。

中庭に出ても、兄と話をするすきはなかった。ジェイムズはシモンド・フェルモットの出立の準備を手伝っていて忙しそうだった。

シモンドは油を塗ったヘラジカの皮のりっぱな外套(がいとう)に身を包み、長靴と襞襟(ひだえり)をつややかにきらめかせ、白っぽい金髪の巻き毛を風に揺らしていた。完全にくつろいでいるわけではないことを唯一示すのは、そわそわと落ちつかない手袋をはめた手とぬかるみ色の瞳だけだ。メイクピースはまたしても、シモンドの髪の色にも似た氷のような自制心と、ジェイムズの気楽で気ままそうな笑顔とが対照的なのに驚いた。それでも、熱心に語りあうようすから、ふたりの仲のよさが感じられる。ジェイムズの生活のこの部分にはメイクピースは入りこめない。勇気と友情の、男だけの世界なのだ。

肩幅の広いサー・アンソニーが最初に馬に乗った。馬は乗り手をきらった。馬たちが上の方たちを好むことはめったにないのだ。だが、領内のあらゆる動物と同じく、馬は震えて怯えながらも、絶対的に服従させられている。つぎの馬にはサー・アンソニーの息子のロバートが乗った。長身で濃い眉をした若者は、生まれてこのかた父ばかりを見て承認を求めてきたように見える。

シモンドが鞍をつける前に、フェルモット卿が中庭に出てきて形ばかりに息子を抱擁した。あたたかみはなく、留め金と革ひもがくっついたようなものだった。幽霊に侵された父の殻に抱きしめられるのはどんな感じがするのだろうと、メイクピースは考えた。

シモンドはひるみもしなかった。たとえ動揺したり不安を覚えたりしていたとしても、その表情からうかがい知ることはできなかった。

その晩、メイクピースは厨房のテーブルの下に敷いた小さな寝床に不安な気持ちで横たわり、炉辺に寝そべった犬たちの息づかいや夢を見てうなされる声に慰められていた。

夜明け少し前、外の廊下から聞こえたカタカタという音にはっとして目を覚まし、寝床から這いだした。一分もしないうちに、片手に肉切りナイフを、もう一方の手に火をつけた細ろうそくをもって戸口ににじりよる。

黒い人影が戸口に現れ、安心させるように片手をあげた。

「メイクピース、おれだよ」ささやく声がした。

「ジェイムズ！」メイクピースはひそひそといった。「びっくりするじゃない！　なにしてるの？」

「話があるんだ」ジェイムズの大きく見開かれた目は真剣そのものだ。「前にいったことをあやまりたくて。おまえの逃亡計画をちゃんと聞かなくて悪かった……」

「あたしもごめんなさい」メイクピースはいいわけを聞きたくなくて、そそくさとささやいた。「民兵から脱走できるわけないもんね。あんなこというんじゃなかった。脱走兵になっちゃうのに」

「それはいいんだ！」ジェイムズはちらりとうしろを振りかえった。「おまえ、まだ封蠟をもってるか？　フェルモット家の封蠟をもってるっていってただろう？」

メイクピースは話が急に変わったのにあわてながら、うなずいた。

「これ！」ジェイムズはせかせかと前に出てきて、折りたたんだ紙の束をさしだした。「これの外側に封印を押せるか？」

「これはなに？」メイクピースは驚いてきいた。紙が手のなかでパリパリと乾いた音をたてる。

「なんでもないんだ――封印さえあれば、重要文書に見える。おれが使者になりすませる――おまえもいってただろう」

「それって……計画を進めるってこと？」メイクピースは信じられなかった。

「まだやる気はあるか？　今日の午後ペイルウィッチの市に行けるか？」ジェイムズの顔はなにかで生き生きとして見える。もしかしたら怒っているのかもしれない。

「うん」

「じゃあ、二時に古い切株のところで。いろんなことが……起きてるんだ。だけど、おれが逃げられれば——」

「行く」メイクピースはすばやくいった。なにかが起きたのだ、ジェイムズの変わりやすい気分をひっくりかえすようなことが。すばやく帆を張れれば、あたしもこの突然の風を捕まえられる。

ジェイムズはさっと手をのばしてきて、メイクピースの両手を握りしめた。

「書類に封印してどこかに隠しておくんだ。だれにも見せるなよ！」

「明日わたす」メイクピースはささやいた。

「行かないと——ほかの人たちがそろそろ起きてくる」ジェイムズはメイクピースをさっと抱きしめると、一瞬ためらってから、目をのぞきこんだ。「メイクピース……なにが起きても、きっとおまえを迎えにくるからな。約束する」両肩をぎゅっとつかむと、急いで暗闇に消えていった。

一刻もむだにはできない。夜明けが近づいていて、厨房を独り占めできる時間はあとわずかだ。メイクピースは食料品庫にしのびこむと、ゆるんだレンガをはずして、封蠟をとりだした。それはもとのままだったが、縁がかすかに白くもろくなっている。

ほんとうは書類ぜんぶに目を通して、ジェイムズがなにをあわててもってきたのか見極めたかったが、夜明けが迫っている。床板がきしむたびに、ゴートリー夫人が足を引きずりながら厨房に入ってきたのではないかと思ってしまう。

ナイフをおき火に押しあて、熱した刃を使って封蠟の裏側を溶かしていく。溶けた封蠟を注意深く押しつけて、紙束を閉じた。

遠くのほうから、ゴートリー夫人の杖のコツコツという音が聞こえてきて、メイクピースは急いで塩の入った桶のひとつに近づいた。肉を入れて乾燥させる桶だ。書類の束を布で包むと、茶色い塩の粒のなかに埋め、塩が桶の縁と同じ高さになるようにならした。

苦しいほどの希望に、心臓が胸から飛びだしそうなほど激しく打っていた。

あくる日、屋敷はたいせつなものをなくしたような、よるべない感じがした。

ほかの使用人たちが噂話をしたり、心配したりしているあいだも、メイクピースは顔色ひとつ変えずにせっせと働いていた。そうして、ひとり考えていた。これがこのジョッキを洗う最後になるかもしれない。もしかしたら、ゴートリー夫人にお茶を運ぶのも最後かも。そう考えただけで、こんなに胸が痛くなるとは思ってもいなかった。時とともに石畳にもぐりこんだ木の根のように、習慣、場所、人の顔が自分のなかに入りこんでいたのだ。

もう一度ジェイムズと話ができればと思ったが、運命は味方してくれなかった。夜中に執事の老クロウの具合が悪くなったため、ジェイムズは余分な用事に追われていた。ようやくなんとか中庭で捕まえて、布でくるんだ包みをさしだした。パン、チーズ、ライ麦ケーキひと切れ、それと秘密の文書。ジェイムズは意味ありげな顔をして、包みを受けとった。

予想どおり、ゴートリー夫人をまるめこむのはむずかしくなく、メイクピースはお金をもたされてブタと香辛料と食器類を買いに、定期市に出かけることになった。

信頼というのはかびに似て、ほうっておかれた場所に年月とともに積もっていた。人々にとっては、メイクピースを信じるほうが都合がよくて、信じられなければ不便で面倒なことになる。この数年のあいだにメイクピースは、人々の無頓着さゆえに信頼を集めていたのだった。

メイクピースが大きくふくれたかごをふたつ抱えて中庭を歩いていても、だれも気にもとめないようだった。ところが、ぶらぶらと門を出たところで、若クロウが追いついてきた。

「定期市に行くそうだな」わざとらしくそっけないききかただ。「街道を行くなら連れがいたほうがいいだろう」

メイクピースはぞっとした。

若クロウが過保護な面を見せるのはこれがはじめてではない。メイクピースが十三歳になり、ある種の男たちから獲物として見られるのにじゅうぶんな年ごろになって以来、若クロウは意外にも保護者のようなそぶりを見せはじめた。メイクピースは情けなくて居心地も悪かったが、若クロウが男たちとのあいだに入ってくれたのには感謝してきた。それが、騎士道精神や好意からでないのはわかっている。若クロウはただ、フェルモット家の貴重な財産を守っているだけなのだ。どうやら彼にとっては、具合の悪い父親の面倒を見るよりだいじなことらしい。

した。

「ありがとう」メイクピースはうんざりしているのを気どられまいと、恥ずかしそうな声を出した。

ふたりはペイルウィッチの市まで歩いていった。若クロウがつきまとってくるので、メイクピースは屋台をぶらぶらまわり、ゴートリー夫人に指示された品を買うことしかできなかった。そうしながらも、教会の塔の日時計を眺めていた。

クマは人だかりや市のにぎわいやにおいをいやがった。メイクピースは体が痛くなり、熱く混乱した記憶に襲われて、クマの悲しみを感じた。からかったり叫んだりする毛皮のない顔に囲まれていたこと、悪意をもって投げつけられた石が痛かったことを思いだす。

もうだれにもあんなまねさせないからね。メイクピースはわきあがる怒りとともにクマにいった。ぜったいにぜったいに二度とさせないよ。約束する。

二時が迫ると、メイクピースはすきをついて若クロウを人ごみのなかにおきざりにした。古い切株に近づき、イチイの老木のうしろに隠れて待った。

二時が二時十五分になり、二時半になった。

ジェイムズは来ない。

あのときのジェイムズはなにか腹の立つことがあって、逃げだす気になったけれど、またべつのなにかが起きて、機嫌が直ったのかもしれない。なにかがうまくできたとか、民兵の将校にほめられたとか。同僚にお気に入りが見つかったのかもしれない。

ジェイムズは来ない。メイクピースは胸のなかでなにかがよじれるのを感じて、心が壊れたのだろうかと思った。そうなったら、どんな感じがするのだろうと身がまえる。卵のように割れて、ばらばらになって、動かなくなるのかもしれない。けれどもいまは、しびれたみたいになにも感じない。あたしの心はとっくに壊れていて、二度ともどらないのかもしれない。

三時十五分前に、若クロウに見つかった。メイクピースはいいわけをして、気持ちが悪くなるまで粗末なパイを食べた。若クロウは家まで送ってくれる道々、黙りこんでいた。

グライズヘイズが見えてくると、メイクピースの心は沈んだ。結局もどってきたんだね。灰色の塀がそういっているみたいだ。あんたはずっとここにいるんだよ。

厨房にもどると、ロング・アリスが最新の噂話をゴートリー夫人に聞かせていた。

「聞いたかい？　ジェイムズ・ウィナーシュが逃げだしたってさ！　書きおきが今朝見つかったんだ。なんと、逃げだして連隊に入るそうだよ！　まあ、驚きはしないね。いっしょに行かせてもらえなくて、どれだけがっかりしてたか、みんな知ってるからね」

メイクピースは必死に仮面のような表情を保っていた。ジェイムズは結局逃げだしたのだ、ただし、あたしをおいて。

「どういう計画か、あんたは聞いたのかい？」アリスが目をぎらぎらさせてきいた。「あんたたち仲がよかっただろう？　あんたにならぜんぶ話してたんじゃないかと思ってね」

「いいえ」メイクピースは傷ついた思いをのみこんだ。「聞いてません」

ジェイムズはあたしの計画どおりに、あたしの封蠟を使って、あたしの手を借りて、新しい広い世界に駆けだしていった。あたしをおきざりにして。

15

その後の二、三日は、ジェイムズの噂でもちきりだった。白クロウが捜索に送りだされたので、家じゅうのほとんどは、ジェイムズがすぐに連れもどされるだろうと思っていた。
ところが四日目に、なにかとんでもない問題があることが明らかになった。若クロウと使用人たちがあちらこちらと駆けずりまわって家じゅうを探したり、手紙を運んだりしている。その後、メイクピースとゴートリー夫人が夕食の支度をしているときに、厨房の戸がいきおいよく開いた。

メイクピースが顔をあげると、若クロウがずかずかと入ってくるところだった。いつもの気どったようすはない。とまどっているメイクピースにまっすぐ近づいてくると、ぎょっとするような力で腕をつかんできた。

「いったいなにごと——」ゴートリー夫人が口を開いた。

「フェルモット卿がお呼びだ。いますぐに」若クロウはぴしゃりといった。

メイクピースは厨房から引きずられていきながら、ばらばらになっている考えをかき集めて自分を保とうとした。なにかが見つかったのだ。フェルモット卿から疑いをかけられているらしいのに、まったく見当もつかない。

メイクピースを引きずって階段をあがっていくあいだも、若クロウはなにも説明しようとはせず、そのままフェルモット卿が使っている書斎に入った。

フェルモット卿はすわって待っていた。じっとしていても、少しも落ちついているように見えない。メイクピースが入っていくと、顔をあげて近づいてくる彼女を見た。何度となく自問してきたことだが、メイクピースはあらためて考えてしまった。なかにいる幽霊のどれが頭を動かしているんだろう？　それに、そういうことをどうやって決めているんだろう、と。投票でもしてるの？　全員がべつべつの役割を与えられてるの？　それとも、もう何人分もの人生をともにしてきて、一体となって動くのに慣れているのだろうか？

フェルモット卿はひとりではない。古い世代の集合体だ。死んだも同然のミヤマガラスが、枯れかけた木にとまって議会をやっているようなものなのだ。

「見つけてきました」若クロウが得意げにいった。まるでメイクピースが隠れていたみたいないいかただ。

「小娘め、恩知らずなまねをしてくれたな」フェルモット卿は霜のようにじわじわと凍りつきそうな冷たい声でいった。「どこにある？」

どこにってなんのこと？　まさか封蠟（ふうろう）のことではないだろう。あれを盗んだのは何か月も前だ。

「もうしわけありません、だんなさま」メイクピースは目を伏せたままでいった。「なんのことだかわかりません……」まつげ越しに、フェルモット卿が立ちあがって近づいてくるのが見え、メイクピースはその近さに震えあがった。

「嘘をつくな！」フェルモット卿が突然大声を出したので、メイクピースは飛びあがった。

「ジェイムズ・ウィナーシュが助けを求めてきただろう。それについて話すんだ。いまここで」

「ジェイムズ？」

「おまえはいつだってやつのお気に入りで、従順な犬だった。やつがあんな無謀なことをするとなったら、頼るのはおまえしかいないだろう」

「ジェイムズが逃げようとしてるなんて、知りませんでした」メイクピースはあわてていってから、上の方に嘘は通じないことを思いだした。ジェイムズが逃げようとしていたのは知っていた。ただ、あんなふうにするとは知らなかっただけだ。

「おまえにはよくしてやっただろう、娘よ」フェルモット卿はぴしゃりといった。「だが、ずっとそうしてやる必要はないのだぞ。真実を話すのだ。やつに頼まれてつくった眠り薬について話せ」

「え？」予想外の問いに、メイクピースはふいをつかれた。「いいえ！　そんな物はつくってません！」

「つくっただろう」フェルモット卿はひややかにいう。「ほかにつくれたとしたら、ゴートリー夫人しかいない。人が死ななかっただけ、おまえはまだ運がよかったのだ。年老いた執事は、あの眠り薬でも危なかった。心臓がとまってもおかしくなかったのだぞ」

「執事？　老クロウさまですか？」メイクピースは本気でとまどっていた。

「ジェイムズがあの晩、連隊の出発前に、父のところにエールをもってきたんだ」若クロウが淡々という。「父は一時間もせずに意識を失った。あくる朝もまだ立ちあがれず、いまも弱っていて――」

「あやつが薬を盛られたわけはわかっている」フェルモット卿は執拗にいいつのる。「ジェイムズは執事の鍵を盗んで文書庫をあさり、また鍵をもどしている。どこにある、娘よ！　ジェイムズがもっていったのか？　われわれの勅許状はどこだ？」

メイクピースは口をあけてふたりを見つめた。勅許状といえば、チャールズ国王からくだされたという謎の文書しか知らない。フェルモット家の伝統を許可するという勅許状だ。

「あたしはなにも知りません！」メイクピースは声をはりあげた。「どうしてジェイムズが勅許状を盗むんですか？　眠り薬もつくってません。それに、もしつくってたとしても、気の毒な魂をあの世に連れていってしまうような危ない薬にはしません」

長い沈黙があり、気がつくと、フェルモット卿がメイクピースのまわりをぐるぐる歩きまわって、じっと観察していた。

「眠り薬についてはほんとうのことをいっているのかもしれないが」卿はひどく小さな声でいった。「おまえはなにかを隠しているな」

メイクピースはごくりとつばをのんだ。ジェイムズが封印を偽造して隠しておくようにいった紙の束は大きかった――あのなかに勅許状が入っていてもおかしくはない。メイクピースは編み物のゆるんだり抜けたりした目を探すみたいに、最後の会話の記憶をたぐりよせた。ジェイムズが怒って優柔不断に見えたときのことも。考えてみれば、ジェイムズの態度は奇妙でつかみどころがなかった。

どうして、ジェイムズ？　どうしてあたしをおいてきぼりにして、責任を押しつけたの？

「どうなんだ？」フェルモット卿がきく。

フェルモット家の人々に情けをかけてもらいたかったら、いまこそ知っていることをすべて打ちあけるときだろう。メイクピースは深く息を吸いこんだ。

「ごめんなさい、だんなさま――あたしはなにも知りません」

フェルモット卿がかっとなって背筋をのばしたが、メイクピースは自分がどんな罰をいいわたされるはずだったのか知ることはなかった。まさにその瞬間、うやうやしくもあわただしく扉をたたく音がしたからだ。

フェルモット卿の表情はいつもと変わらず読みとりにくかったが、一瞬いらだちがほの見えた。

「入れ！」

老クロウがいつも以上にかがみこんで入ってきた。自分が邪魔をしているのを承知しているのだ。

「失礼いたします、だんなさま――弟がもどりましたら、すぐさまお知らせするようにというお話でしたので……」

フェルモット卿は顔をしかめて、少しのあいだ黙っていた。メイクピースは卿の頭蓋骨の内側で、幽霊たちが非難がましくいい争っているのが見えるような気がした。

「通せ」そっけなくいった。

一拍おいて白クロウが入ってきた。乗馬靴をはいたままで、白い髪に雨のしずくがきらめいている。片手に帽子をもっていたが、もっと脱げる帽子があればと思っているようだった。ろくに眠らず遠くまで旅をしてきたかのように、汗ばんだ顔は憔悴しきっていて、ひどく怯えた目をしている。

「だんなさま……」口を開いてからことばを切り、お辞儀をした。

「ウィナーシュの息子を見つけたか？」

「足どりを追いました。やつはほんとうにわれらが連隊に追いついて、入隊していました」

「では、サー・アンソニーからの伝言をもってきたのであろうな？」フェルモット卿はきびきびときいた。「連隊についての伝言は？」

「だんなさま……た、たしかに、連隊についてお知らせがございます」白クロウはごくりとつばをのんだ。「わが軍はほかの隊と合流し、予定どおりハンガードン橋にむかいました……が、橋を制圧する前に敵軍と遭遇し、戦闘になったのです」

メイクピースの心は沈みこんだ。誇り高く怖いもの知らずのジェイムズが、そそりたつ槍にむかって突進していく姿、マスケット銃の銃弾をよけていく姿が目に浮かぶようだ。

「つづけろ」フェルモット卿は白クロウをにらみつけた。

「それは……恐ろしい戦闘でした。激しい戦いで多数の死者が出ました。戦場にはまだ堆く……」白クロウはまたことばを切った。「まことにお気の毒ですが、ごりっぱなおいとこのサー・アンソニーは……いまは神の御許にあられます」

「死んだのか？」フェルモット卿のあごがこわばった。「どうやって死んだ？　すべてはきちんと行われたのか？　サー・ロバートはそばにいて用意ができていたのか？」

白クロウは首を振った。「サー・ロバートも亡くなられました。それに、なにかをするような時間はなかったのです。予期せぬ……敗北でしたので」

古い石壁に火明かりが揺れるように、一瞬フェルモット卿の顔にさまざまな感情が躍った。衝撃、怒り、憤り。同時に嘆きも見られたが、それは生きる者の悲しみではない。地滑りのあとに残った崖の嘆きだった。

「わが息子は？」

白クロウは口をあけたが、喉がつかえて声が出てこない。そわそわとメイクピースを一瞥したところを見ると、ここでは話したくないのだろう。

「話せ！」フェルモット卿がどなった。「シモンドは生きているのか？」

「そう信じるに足る理由はございます、だんなさま」白クロウは自分を落ちつかせようとしてか、目を閉じて短く息をついた。「だんなさま……シモンドさまの所在はわかりません。封印のついた書状が見つかっています。あなたさまあての書状です」

メイクピースは手に爪を食いこませた。ジェイムズはどうなの？　叫びだしたかった。生きてるの？

フェルモット卿は書状を受けとり、封印を破って読みはじめた。顔じゅうが小刻みにけいれんし、手が震えはじめる。

「話せ」低い声でいった。「戦闘のことを。わが息子はなにをした？　ほんとうのことを話すんだ」

「お許しください！」白クロウは何秒か足もとを見つめていたが、やがて目をあげた。「わが連隊は歩兵とともに行軍をはじめました。隊列を組んでそれぞれの指揮官のもと、ハンガードン・ヒルの尾根にそって進んでいました。最初の突撃後、わが部隊はだいぶ前に配置されて――大声で命令をくだされても聞こえないくらい離れていたため、みなはサー・アンソニーに注目していました。進むべき方向に馬をむけるだろうと思ったからです。

ところが、まだ命令を待っているうちに、サー・アンソニーがぐったりして馬から滑り落ちるのが見えました。シモンドさまはすぐ隣でささえながら、マスケット銃の弾がサー・アンソニーのわき腹にあたったと声をあげました。ところが、体をささえているうちに両方の馬がぶつかりあったらしく、サー・アンソニーの馬が少し前に出て高いところに乗りあげました。すでにかなり前進してきていたわが軍の兵は、それを合図と受けとめて、突撃をはじめたのです。ほかの隊とは離れて、斜めから、敵の守りが堅いところをめがけていきました。

シモンドさまはサー・アンソニーを従者に引きわたすと、自分が連隊の指揮をとると叫びました。兵を追いかけていって引きもどすからといって、サー・ロバートにもいっしょに来るように命じました」ここで白クロウはまた口ごもった。「ですが、シモンドさまは兵を引きもどしはしませんでした。前線に出ると、敵陣のただなかへと隊を率いていったのです」

ジェイムズはどうなったの？

「つづけろ」いまやフェルモット卿は歯を食いしばり、顔をまだらにして、片手でもう一方の手をつかんでいる。

「下級兵士たちがいっているだけですが」白クロウはしぶしぶ先をつづけた。「最後にシモンドさまを見たときには、帽子から旗をはずし、馬で遠ざかっていくところだったそうです」

「サー・アンソニーはほんとうにマスケット銃で撃たれたのか？」かすれた声はフェルモット卿らしくない声だった。

「いいえ、だんなさま」白クロウは静かにいった。「長い刃で刺されていました」

メイクピースは事態を理解してあんぐりと口をあけた。さっきまではジェイムズの心配をするのに忙しくて、話の方向が見えていなかった。でも……ありえない！　シモンドはいつだって一家の期待の星、お気に入りになろうとがんばっていた。いまになってすべてを投げだすようなまねをするだろうか？

「わが息子が……」フェルモット卿は苦しそうにつばをのみこんだ。「あの子がわれわれを裏切った――すべてを裏切ったのだ。あいつが勅許状をもっているのだな。あれでわれわれを脅すつもりか……」ことばを切って、ゆっくりと震えるような息を吐く。口の片側がさがり、目から生気がなくなった。

「だんなさまの具合が！」メイクピースはもう黙っていられなかった。「お医者さまを呼んで！」つぎの瞬間、医者も地元の床屋の外科医も連隊とともに出発したことを思いだした。「だれか呼んで！　上等なブランディをもってきて」

白クロウが急を知らせに走り、メイクピースはフェルモット卿のもとに駆けよって、椅子から崩れおちるのを押しとどめた。

「わが息子」フェルモット卿は小さな小さな声でささやいた。そのときだけは、瞳の表情が「相続」前のサー・トーマスを思いださせた。声は驚きと深い悲しみに麻痺したようで、まるで自分自身がシモンドに突き刺されたかのようだった。

第三部　モード

16

十分後、クロウの一団がフェルモット卿のまわりに集まった。白クロウ、若クロウ、執事の老クロウはそろって、だらりとした主の体を見つめている。まるで、割れて足もとに落ちてきた月でも見ているかのようだ。メイクピースは、厨房から運ばれてきたブランディの杯を病人の唇にあてがった。

「だんなさま、だんなさま、聞こえますか?」老クロウが主の顔をのぞきこむ。「ああ、これはひどい。これはひじょうに危険です」

フェルモット卿の顔は古い陶磁器の色になっている。目はまだ生きていて、その奥に、燃える薪のまわりを這いまわる甲虫のように、黒い怒りにぎらぎらと煮えたぎる幽霊の姿が見える。けれども、体は複雑な仕掛けのどこかで歯車がずれてしまって、ほとんど動かなくなっている。

この死の際にある殻のなかで、もともとのサー・トーマスのなにかが残っているのだろうか? もしかしたら、残っているのかもしれないし、残っていないのかもしれない。けれども、拍動していた心臓はサー・トーマスのもので、息子の裏切りを聞いて壊れてしまったのかもしれない。わずかに残っていた彼自身のなにかが、仕掛け全体を壊してしまったのではないか。

「だんなさまを寝室にお運びしないと」老クロウがいった。「ひそかにだぞ——ほかの使用人たちに、だんなさまがお倒れになったことを知られるわけにはいかない。このご時世に、一族の弱さを露呈するわけにはいかないのだ」

メイクピースが手を貸しても、だれもとめなかった。無事にフェルモット卿を寝室に運びいれると、クロウ一家はかぎ鼻をよせあわんばかりにして、小声でせわしなく相談をはじめた。

「医者が必要だ」老クロウがつぶやいた。小さな黒い瞳が、頭のなかでそろばんをはじくように前後左右に動く。「人をやって、ペイルウィッチ、カーンステイブル、トリードスティック、グラトフォードをまわらせて、連隊に同行していない医者がいないか探させよう」それから白クロウを振りかえると、メイクピースの頭のなかで燃えたぎっていた問いを口にした。「ジェイムズはどうした?」

「ジェイムズ?」白クロウはわずかに驚いたようだった。

「ああ、ジェイムズだ! ジェイムズは助かったのか?」

「わたし自身は見ていないが、ああ、戦闘後に生きた姿を見た者がいると聞いている」

ジェイムズは生きている! メイクピースはほっとして、顔や首の皮膚があたたかくなってちくちくしだした。

「それで、どこにいる?」老クロウがきく。「シモンドといっしょに逃げたのか?」

「いや」白クロウは首を振った。「聞いたところでは、隊がひどく追いつめられていたときにも、兵士たちのそばに残って勇敢に戦っていたそうだ。おそらくまだ隊にいるだろうが、わたしは生存者の名簿をつくるまで残っていなかったからな。戦闘後は大混乱に陥っていたので、一刻も早く知らせをもって帰るべきだと思ったのだ」

「やつを捜しだそうとはしなかったのか？」老クロウの顔が黒ずんだスモモ色に変わった。

「おまえは、だれよりもわかっているはずではないか！　もしだんなさまが治らなかったら、新たな入れ物が必要になる！　シモンドは逃げだしロバートは亡くなり、ほかの方々は国じゅうに散り散りだ。ジェイムズが必要なんだぞ！」

メイクピースは息をのんだ。いまのいままで、異母兄の消息と、おじが倒れたことだけに気をとられていた。急に、自分の身の危険をはっきりと思い知らされた。じきにクロウ一族は、ジェイムズがいなくてもかまわないことに気づくだろう。

「見つけられるなら見つけよう」老クロウがいった。「それから、一族のほかの方々にも連絡をとらねばなるまい。できるだけ多くの方々に。これは彼らに決めてもらわなければならない問題だ」

老クロウは疑いと敵意に満ちたまなざしをメイクピースにむけた。

「この娘については……この毒ヘビの巣の一員なのかもしれないからな。ともかく自由にさせておくわけにはいかない。ほかの使用人に話したり、ジェイムズに連絡をとろうとしたりされては困る。閉じこめておけ」

そういうわけで、メイクピースはふたたび鳥の部屋に閉じこめられた。鍵がまわる音を聞き、ひとりになったとわかってようやく、壁にぐったりともたれかかった。

部屋のにおいがクマを目覚めさせた。格子の入った窓、冷たい、はげかけた壁を覚えているのだ。クマの記憶はぼんやりしていたが、それでもここが苦痛を味わった場所だとわかっている。

ああ、クマ、クマったら……メイクピースはクマを慰める術をもたなかった。

シモンドからなにを聞いたの、ジェイムズ？　なにをいわれて、勅許状を盗む手伝いをしたの？　勅許状を手に入れたら、シモンドはなにをするつもりだっていってた？　なにを約束してくれたの？　権力？　名声？　それとも自由？

シモンドがサー・アンソニーを殺すつもりだと知ってたの？　連隊ぜんぶを裏切るつもりだって？　ちがうよね。ちがうにきまってる。あんたは英雄になりたかった。国王に仕えたかった。絆の強い軍隊の仲間になりたかっただけ。計画のことはろくに知らなかったんだよね？

「ああ、ジェイムズ、ばかなんだから！」声に出してつぶやいていた。「どうしてあたしとじゃなく、あいつといっしょに計画を立てたの？　信用する相手をまちがえてるよ」

罰と孤独に耐えて四日を過ごしたあと、若クロウが鳥の部屋までメイクピースを呼びにきた。

「見苦しくないように支度しろ」むっつりという。「上の方たちがおまえと話をしたいそうだ――〈地図の間〉だ」

メイクピースは胸をどきどきさせながら、若クロウのあとから階段をおりていった。

シーッ、クマ。メイクピースは自分の心をなだめられるものならと思った。クマにはいま起きていることがわからないだろうけれど、メイクピースが必死に恐怖を抑えこんでいるのに気づいているのかもしれない。不安そうに体を揺すっているのが感じられる。シーッ、クマ。
〈地図の間〉は、グライズヘイズの中心部に埋もれている部屋で窓がない。明かりといえば、小さな壁龕（へきがん）で揺らめくろうそくだけで、しっくい仕上げの壁はすすに覆われている。壁は何区画かに分かれていて、それぞれに異なる戦闘の地図が描かれている。ほとんどはキリスト教徒が勝利をおさめた戦い——マルタの包囲戦（一五六五年、オスマン帝国の包囲に聖ヨハネ騎士団が勝利）、ウィーン包囲（一五二九年、オスマン帝国のスレイマン一世に包囲されたウィーンが陥落せずに耐え抜いた）、十字軍遠征中のサラセン人との戦い——だ。似たような船隊のまわりにうねる青い海。部隊の小さい天幕がずらりとならぶわきに、巨人よろしくそびえたつ将軍たち。

　メイクピースはその部屋で静かに待っていた上の方たち三人の影を見て、この人たちのなかの幽霊のだれかは絵のなかの場面で戦っていたのだろうかと思った。もしかしたら、絵に描かれた帆がうねるところを、そして刺繍（ししゅう）された大砲が煙を吐きだすところを、覚えているのかもしれない。

　若クロウといっしょに入っていくと、三人のうちのふたりが顔をあげてメイクピースを見た。

　ひとり目はサー・マーマデュークだった。メイクピースはまたしてもその大きな体にたじろいで、身を震わせた。この人から逃れようと暗い荒れ野を駆けまわったときを思いだしたのだ。姿を見ただけで、恐ろしさに体がうずく。まるで、フクロウの声に凍りつくネズミみたいだ。

　ふたり目はレディ・エイプリルだった。頬骨は錫（すず）のように白くナイフのように鋭く、手はかぎ爪のようだ。椅子の端に腰かけて、まばたきもせず気味が悪いほどじっとメイクピースを観察している。

三人目に目をむけたとたん、世界がねじれたような気がした。ほかのふたりよりもずっと若く、なのにそこにいて、緑のベルベットの長上着に刺繍の靴をはいている。その姿のどこもかしこも、自分のてのひらのしわと同じくらい見慣れているのに、悪夢に出てくるもののように、ことばにできないほど不気味に変容している。

ようやく男が顔をあげ、メイクピースを見てほほえむように口を動かした。この人のことなら、隅から隅までよく知っている――頰の二本のしわ、ころんだりけんかしたりでできた小さな切り傷やすり傷の跡、そして嘘のつけないけんかっぱやい手。

「ジェイムズ」メイクピースはささやいた。絶望感に心が翳(かげ)っていく。

笑顔はジェイムズのものではなく、目の奥から、死者たちが見つめかえしてきた。

17

「やだ」メイクピースは静かにいった。かすかな抑揚のない、自分でも聞きとれないほどの声で。いやだ、ジェイムズだけは。これだけは耐えられない。すぐそばで上の方たちが話しているけれど、彼らのことばは降りしきるあられのようにしか聞こえない。「ジェイムズ」もう一度いう。脳の軸が壊れてしまったみたいだ。

「なんだ、この娘はほんとうに頭がおかしいのか？」サー・マーマデュークが吐きすてるようにいった。

「いえ、ただ異母兄を慕っていたのです」上の方になったジェイムズが、幽霊の目でやさしげにほほえみかけてくる。「やつの忠実な道具でした。ふたりでゲームみたいなことをやっていたのです。自分たちが塔に囚われた王子みたいなものと想像して、いっしょに逃亡計画を練っていました。天才的な計画がひらめくのはいつもやつのほうでした。この娘は熱心でしたが、陰謀を企むには臆病すぎたのです」

メイクピースは歯を食いしばり必死に自分を抑えた。いま感情に負けて爆発してしまったら、クマが解き放たれて恐ろしいことになる。

「勅許状を盗んだことを、この娘が知らなかったのはたしかなのだね？」レディ・エイプリルがひややかなはっきりとした声できいた。

「ああ、ジェイムズに頼まれてひと晩隠しておいたのはこの娘ですが、中身がなにかは知らなかったのですよ」上の方を宿したジェイムズの口が一瞬おもしろがるようにすぼまった。「こいつはジェイムズの手先でした。やつがシモンドの道具だったのと同じです。ふたりとも、シモンドの行方は知りませんし、そもそも逃げるつもりだったことも知りませんでした」

　衝撃と苦痛にめまいを覚えながらも、メイクピースはなんとか真実をのみこもうとしていた。ジェイムズはとりつかれている。いまは敵なのだ。

　フェルモット卿のことばを思いだしてぞっとする。サー・トーマスの記憶が「分類されていない図書室みたいにごちゃごちゃだ」といっていた。ジェイムズのなかの幽霊は、記憶に触れることができるのだ。ジェイムズが知っていたことは、すべて上の方たちに知られてしまう。内緒の会話も、計画も、分かちあっていた秘密もすべて……そう考えたとたん、吐き気と寒気がした。

　ジェイムズは捕まってグライズヘイズに引きずりもどされた。そして、フェルモット卿の幽霊を注ぎこまれたのだろう。けれども、そうひらめいたとたんに疑念が浮かんだ。新しい上の方が話す声はジェイムズのものではないが、フェルモット卿の声にも似ていない。

「ほんとうにこれしかないのか?」サー・マーマデュークが侮蔑を隠そうともせずにメイクピースを振りかえる。「見てみろ!　こんなあばた面のだらしない小娘を使おうだなんて」

「ぐずぐずしている時間はありません」上の方のジェイムズがいいかえした。「フェルモット卿はどんどん悪くなっている」

「そうだな、一時的な避難所としてこの娘を使わざるをえまい。もっといい代わりが見つかるまではな」サー・マーマデュークが提案した。

レディ・エイプリルが不快そうな声をあげる。

「いいえ。わたくしたちが住み替えるたびに危険が伴うのはわかっているではないか。ワインみたいに容器から容器に移しかえられていたら、だれかがこぼれてしまう。最近、亡くなった身内だけでもじゅうぶんすぎるくらいだ」

「まったくです」上の方のジェイムズがぴしゃりといった。「つい最近のわれらの『相続』のさなかにも、ふたりの仲間が失われました。シモンドに切りつけられたあと、あの少年が駆けつけて助けてくれるまで、われらは五分間血を流しつづけていた。運がよかったから、全員は失われずにすんだのです」

そういうことか。ジェイムズのなかの幽霊は、トーマス・フェルモットのなかにいた幽霊ではない。戦場でシモンドに殺されたサー・アンソニーが抱えていた幽霊なのだ。ジェイムズは死にかけた親族を助けようと駆けつけて、まんまとサー・アンソニーの幽霊にとりつかれてしまったにちがいない。

メイクピースは自分が恐ろしい危険にさらされていることに、ぼんやりと気がついた。ジェイムズには、サー・トーマスのなかの幽霊を受け入れる余地はない。身近に、ほかにこの能力をもつ者はいない。ついに、フェルモット家の人々がメイクピースに目をつけたのだ。

ジェイムズには愚かしい英雄気質があった……メイクピースは目を閉じて息をしようとした。体のなかに熱がこもってくるのがわかる。ことばにならない、どうしようもない怒りと悲しみだ。シーッ、クマ、シーッ。

「この娘は教育を受けたのか？」サー・マーマデュークがきいている。

「読み書きはできます」若クロウがすかさず答えた。「馬にも乗れますが、そこそこですね。働き者ですが、才能あふれるというわけではありません……だんなさまがたが、この娘をふさわしい住処(すみか)とお思いになるとは思えません」

「最悪だな」サー・マーマデュークが顔をしかめた。「適切な訓練を受けていればいるほどすんなりいく。学のないうすのろのなかに入るなど、乗馬靴でガボットを踊るようなものだ。そのような入れ物の場合は、なじむまでに数か月かかるものだが、そんな時間はない！　戦争中で、フェルモット卿ご一同に全力を発揮してもらう必要があるのだからな」

「それについては死ぬほど話しあったではないか！」レディ・エイプリルがはねつける。「ほかにも予備はいるが、どれも仕立てが――特殊な運命に合わせた教育が必要だ。さらにいえば、みなべつのところにいて、ほとんどは王の名のもとに戦っている。フェルモット卿は死にかけている。いますぐ動かねばならない」

「女はフェルモット卿の地位や財産は相続できない」サー・マーマデュークは指摘したが、反論するというよりも考えこんでいるようだ。「いまのところ法的にはシモンドが跡継ぎだ」

「それはわたくしたちがなんとかしよう」レディ・エイプリルがうけおった。「すぐにオックスフォードに使いを出す。王に、シモンドが反逆者だと宣言してもらおう」

気楽な口調にメイクピースは息をのんだ。感心すら覚える。庭師に生垣を整えさせて。仕立て屋に袖を詰めさせて。王にシモンドを反逆者だと宣言させて。

「ほかの問題については」レディ・エイプリルが話しつづける。「クロウたちにまかせよう。シモンドが跡継ぎでなくなったら、つぎの跡継ぎはあなただ、サー・マーマデューク。その地位を、あなたの地所を継がない次男のマークに譲ることにして、マークがスコットランドからもどりしだい、この娘と結婚させればいい。そうすればあなたの息子が表向きはフェルモット卿の地位を手に入れて、地所を支配できる……そして裏で妻の助言を受ければいい」

上の方たちは黙りこくって、顔を収縮させたり波打たせたりしている。三つの会議が開催されているのだ。古（いにしえ）の死者から成る三つの集団が結論を出そうとしている。

「料理人が相手では、わが息子にふさわしい縁組とはいえない」サー・マーマデュークが反論する。

「ふさわしくすればいい」レディ・エイプリルがいう。「クロウ。どんな計画がある？」

若クロウは咳払いをして、大きな革張りの本を開いた。

「父が、モード・フェルモットなる者の記録を見つけました。サー・ゴッドフリィ・フェルモットとエリザベス・ヴァンシーの娘です。夫妻は一族の傍系の出ですが、その血筋はもう全員亡くなっています。神のご加護があらんことを。娘のモードは洗礼式までしか生きられず、天国に旅立ちました。もし生きていれば、十五歳になるころで……メイクピースと同い年です。

モードが死んではいなかったことにしてはどうでしょう。生き延びて、所有していたシュロップシャーの地所のひとつに住む一家の後見を受けていた、と。そしてこのたび、グライズへイズに連れもどされて、婚約の運びとなったことにしては？」

なるほど、そうやってメイクピースは「ふさわしい相手」につくり替えられるのだ。新しい名前と新しい経歴と新しい両親と新しい未来を授けられる。料理人見習いのメイクピースはただ死ぬだけではなく、石けんの泡のように跡かたもなく消されてしまうのだろう。

「だけど……本物のモードを覚えてる人がいるでしょう！」メイクピースは恐ろしくなって、思わず口に出していた。「家族の墓所に名前が刻まれた石板があるにきまってる」

「近い親族は全員死んでいて、屋敷に仕えていた者も散り散りになっている」若クロウが安心させるようにいって話を引きとり、メイクピースにではなく、上の方たちにむかっていった。

「それに、名前は削りとれますから」

メイクピースは、クロウ家の人々がのみをもって小さな墓碑にむかうところを思い浮かべた。それから、メイクピースの名前を、顔を、存在自体を、消しさるところを。

「モードは死んでしまった小さな女の子で、土のなかに埋められているんでしょう」感情を隠しておくべきだとわかっていても、これはいきすぎだと思った。「その子の名前を盗むなんてできない」

「盗むんじゃない、与えられるんだ！」若クロウは不快そうに苦笑した。「譲り受けたと考えればいい」

「でもあたしが新しい名前になったら、みんなが変に思う！」メイクピースは必死に叫んだ。「あたしはここで知られてるんだから。お屋敷でも、近所の村でも。あたしをレディみたいに着飾らせてモードって呼んだところで、だれもだまされない！　みんなあたしがだれか知ってるんだから」

「だれも気にするものか」上の方のジェイムズがひややかにさえぎった。「おまえのことなどどうでもいいのだ。おまえがもっているものは、すべてわれわれから与えられたものばかりだ。そしてこの地方一帯で、われわれに意見する者はいない。うちの犬どもに荒れ野じゅう追いまわされて倒れたとしても、だれも手をさしのべてはくれないぞ。そして、そのあとになにかいう者もいない。

　おまえはわれわれの指示どおりの者になる。おまえにはふさわしくないおおいなる運命と、身に余る富の後継者になれといわれたのなら、そうなるしかないのだ」

シーッ、クマ、シーッ、クマ。

　メイクピースは前より贅沢な部屋に閉じこめられた。緑色の絹張りの部屋で、漆塗りの家具があり、ベッドには刺繍の掛け布がかかっている。シモンドに女相続人との縁談が出たときに、模様替えが行われた部屋だった。たんすのなかには、美しく清潔な亜麻布、銀色がかった絹のスカート、襟ぐりに真珠があしらわれた水色のベルベットのボディス、クモの糸のように繊細なレースで縁どられた白い帽子がそろっている。

かたい黄色のオレンジがふたつ入った鉢もあった。メイクピースはときどきオレンジを使って料理をしていて、切るたびに、その皮の異国を思わせるつんとくるにおいに驚いていたが、食べたことはなかった。それだけ珍しい果物なのだ。いまは、見ただけで吐き気がする。

しばらくのあいだ、考えるのはジェイムズのことばかりだった。勇敢でむこうみずなジェイムズは、いつも自分の計画に酔いしれ、欠点に気づかなかった。シモンドとの計画のこと、どうして話してくれなかったんだろう？　もしかしたら、あたしを出し抜いてやれたと得意になっていたのかも。妹なんかとじゃなくて、仲間と計画を立てられたから。それにもうジェイムズはいないのだ。いるのは、おじと同じで、幽霊の入った殻だけ。

ほんとうにいなくなってしまったの？　メイクピースは気がつくと、必死に希望をかき集めていた。サー・アンソニーの幽霊のうち、ふたりは「相続」の際に失われたという。つまり、ジェイムズのなかに侵入した霊は七人ではなく五人ということだ。そのおかげで少しでも余裕が残っているのなら、ジェイムズ自身もまだつぶされていないかもしれない。若くて怒りっぽくて頑固なジェイムズのことだ。まだ闘っているのかもしれない。なんとかして助けだすこともできるかもしれない。

けれどもいまのメイクピースは、自分自身を救いだすことも考えなくてはならなかった。シモンドは逃げた。サー・ロバートは死んだ。戦争によってほかの予備や跡継ぎたちは散り散りになっている。フェルモット卿はどんどん弱っている。

フェルモット卿が死んだら、一族の人々はあたしを引き裂いて、見つけたらクマを引きずりだすだろう。古からの傲慢（ごうまん）な幽霊七人が押し寄せてきて、あたしの心は窒息して死んでしまうのだろう。

　もしかしたら、サー・マーマデュークの息子が地所の相続と結婚を断るかもしれない。そうだ、そうかもしれない。だいたいだれがそんな運命を望むだろうか？　祖父たちの幽霊でいっぱいの、荒れた手の娘と結婚したがるわけがない。娘のなかにいる死者のまなざしに見張られながら、礼拝堂の通路を歩き、指に指輪をはめたりできる？　そんな怪物を寝室に入れて、跡継ぎをもうけるなんて耐えられる？

　だが、そうだとしてもどうにもならない。サー・マーマデュークの息子が縁組のことを聞かされるときには、あたしはとっくにフェルモット一族の幽霊にのっとられてしまっているのだ。たとえ息子が抵抗したところで、あたし自身は救われない。

　メイクピースは大急ぎで室内を探った。予想どおり、窓は狭すぎて通り抜けるのはむりだ。窓から合図を出すことはできるだろうが、外で見つけてくれる仲間はいない。扉は外からかんぬきがかけられている。刺繍が施された裁縫箱にはハサミどころか針すらなく、武器になる物は見あたらない。

　メイクピースは指先で頭をぎゅっと押さえて考えようとした。上の方たちは、ジェイムズが知っていたことはすべて知っている。でも、ジェイムズがなにもかも知っていたわけではない。ジェイムズに話していない隠れ場所や見つけた物がある。サー・トーマスの貴重なコレクションから盗んだ象牙（ぞうげ）の航海道具、いらないぼろきれが手に入ったときにひそかに編んできた縄。

いちばん大きな秘密は、クマのことだ。

信じてる、ジェイムズには何度もそういった。でも本心だった？ ちがう。悲しみにも似た思いとともに、メイクピースは気がついた。この何年かジェイムズと計画を立てながらも、心の奥底では裏切られるのを予感していたのだ。その目をのぞきこんで、恐ろしい敵の群れに見つめかえされたときには、嵐のように荒れ狂う思いに襲われた。でも、あの嵐には目が、静かな芯があり、穏やかな声がほっとしたようにいったのだ。ああ、ようやくそのときがきた。もう剣を振りおろされるのを待たなくていいんだ、と。

いつだって、ジェイムズのことは大好きだった。でも、一度だって心から信じてはいなかったのだ。そう気がついて、ほかのなにより悲しくなった。

ふと、化粧台の上の新聞が目にとまった。いつもながら読むのはむずかしくて時間がかかったが、シモンドの消息が出ていないか、戦争がどうなっているか知りたかった。

新聞はどう見ても、国王側にひたすら忠実な者の手によって書かれていた。記事の半分は、国王軍が勇気と神のご加護で生き延びたようすを伝えている。残り半分は恐ろしい罪を犯している反乱軍のことを書きたてていた。女子(おんなこ)どもを切り刻み、聖人の石像の頭を払いおとし、干し草の山に火をつけている、と。奇跡の話がいくつもあった。エッジヒルの戦闘後には、身を切るような寒さの晩に、負傷した男たちの傷がやわらかい不思議な光に輝き、朝が来たら一部が癒えていたという。

メイクピースはある話に興味をそそられた。

ダービシャー出身のある兵士が、多くの命が失われた戦闘をかろうじて生き延びた。彼は悲しいことに、戦闘後、態度や外見がすっかり変わってしまった。死んだ戦友の幽霊にとりつかれ、眠ることも休むこともできず、頭のなかでささやきかけられているために、おかしな動きや話しかたになっていたという。オックスフォードのベンジャミン・クイックという外科医が、自ら発明した器具を使ってその兵士の頭蓋骨(ずがいこつ)に小さな穴をあける手術を施したところ、患者はすっかりもとどおりになり、二度と幽霊の被害を訴えることはなくなった。

メイクピースは何度もその記事を読みかえした。ふたたび、小さな希望のろうそくが灯った。その医師が治療したのは高熱や妄想だった可能性もある。でも、その兵士がほんとうにとりつかれていたとしたら？　新しい科学と医学の力をもってすれば、幽霊を追いだすこともできる？　そんな可能性があるなんて、いままで夢にも思わなかった。

もしジェイムズのなかにジェイムズの痕跡が残っているのなら……その医師が救ってくれるかもしれない。

18

日曜日の礼拝のときが来ると、メイクピースははじめて一族とともに桟敷の信徒席にすわった。

お祈りがすむと、使用人たちはのろのろと礼拝堂を出ていったが、上の方たちは席についたままだった。メイクピースもいっしょに残るしかなかった。やがて足音が聞こえなくなり、聖堂らしい静寂が広がった。

司祭がふたたび話しはじめた。

「先日のハンガードン・ヒルの戦いで、全能なる神は無限の恵みのうちにこの世から多くのしもべをお連れになり、彼らが永遠の栄光のなかにあるようおそばに集められました」そうして司祭は、シモンドの剣がおじの命を絶ったときにこの世を去った、はるか昔のふたりのフェルモットについて語った。ロビン・ブルックスミア・フェルモットはヘンリー三世の時代の受勲者で、クレイクとバーンズオーバーの戦いで勝利をおさめていた。タイスベリーのジェレミア・フェルモットは四人の王の枢密顧問官を務めていた。

ときおり、うしろにいる上の方たちのほうからかすかに、爬虫類が発するような音が聞こえる気がする。あの乾いた音は、涙のかわりなのだろう。彼らは、何世紀にもわたって頼りにしてきた司令官であり親族を失ったのだ。

　同時に、ふたりを失ったことで、自分たち自身のはかなさをまざまざと思い知らされてもいる。剣でひと突きされて運が悪ければ、永遠は奪われてしまう。気がついたときには、見下してきたふつうの幽霊のように、煙になって叫びながら空中に溶けていってしまうかもしれないのだ。

　サー・ロバートとサー・アンソニーの名はかんたんに触れられただけだった。ふたりの悲劇は二の次なのだ。割れてしまって、貴重な古い物をこぼしてしまったびんにすぎない。上の方たちはメイクピースのことも同じように考えている。彼女自身に意味はない。ただの生きている容器で、意味を与えられるのを待っているだけの存在なのだ、と。


　礼拝のあと、仕立て屋がメイクピースの採寸をし、靴屋が足を測った。「モード」になるからには、新しい服が何着も必要になるのだろう。もちろん、色や型についてメイクピースが相談されることはなかった。

　午後の早い時間に、レディ・エイプリルがメイクピースを点検しにやってきた。

「口をあけて」メイクピースがしぶしぶいわれたとおりにすると、レディ・エイプリルは歯をじっくり観察した。髪はおろしたほうがいいとしつこくいい、細い歯の櫛（くし）でとかし、シラミがいないかどうか櫛の先を丹念に調べた。

　それから、冷たい淡々とした口調で、つぎつぎと質問をしてきた。ノミがいたことはあるか？　かゆいところ、痛いところは？　まだ処女か？　頭痛はあるか？　腰痛は？　めまいがすることは？　強い酒を飲んだことは？　気持ちの悪くなる食べ物はあるか？

そのあと、風呂に入るようにいわれた。

メイクピースはぞっとした。これまで、本物の風呂に入ったことはなく、人々が危険だというのを耳にしてきた。水が皮膚の毛穴からしみこんできて、ありとあらゆる病気をもたらすかもしれないというのだ。たいていの人と同じように、メイクピースはぼろ布でこすって体をきれいにするだけで、そのときでも裸にはならず、風邪をひかないように一度に二枚か三枚しか脱がなかった。裸になったりしたら、かんたんに風邪をひいてしまう。

メイクピースの抵抗にはおかまいなく、一家の大きな木製の風呂桶が運ばれてきて、新しい部屋のあかあかと燃える暖炉の前におかれた。仲間の使用人たちが足音をとどろかせて、厨房（ちゅうぼう）から熱い湯の入った手桶を運んできた。

「お風呂のまわりについたてをおいてもらえませんか？　すきま風をよけるのに」メイクピースは顔がほてるのを感じた。レディ・エイプリルの前では服を脱ぎたくない。レディはたしかに女性の体だけれど、なかに潜んでいる幽霊の一団はおそらく男性だ。フェルモット一族が「重要」と認めてだいじにしてきた幽霊ならば、女性は多くないだろう。

「ずいぶん早く慎み深くなったものだ！」レディ・エイプリルの口調は、ばかにしているのか感心しているのかわからなかった。笑みはかすかで読みとれない。

けれども、風呂を小さなテントで囲むようにシーツが一枚かけられた。これなら、湯気も逃げていかないし、詮索好きの目を遠ざけることができる。用意が整うと、レディ・エイプリルは部屋を出ていった。

あたしたちはこれから、あたたかい川を歩いていくんだよ、クマ。怖がらなくていいからね。

下着をつけたまま、冷めはじめたお湯におそるおそる足を入れ、風呂桶の縁に腰をおろす。クマは緊張していたが、お湯がしみなかったので落ちついた。メイクピースは毛穴が開いて、小さな穴という穴が守りに入るところを想像しないようにした。あたたかくて湯気があがって、ぼうっとしそうなほど心地よい。用心しながら体にお湯をかけ、まめがやわらかく白くなるのを眺めた。

部屋の遠くのほうでカタカタという音がして、またドアがあいたと思ったら、シーツのついたてが開き、メイドのひとり、使い走りのベスが顔をのぞかせた。白い石けんの削りかすと乾燥させた花びらを混ぜたボール石けんとブラシを手にしている。クマは灰と油とラベンダーの香りをかぎつけてとまどっている。石けんが危険な物か食べ物なのか、はかりかねているのだ。

「ベス！」モードに「昇格」して以来、だれにも聞かれないところでほかの使用人と話ができるのははじめてだった。メイクピースは声を落としてささやいた。「ベス……助けて！」

ベスは真っ赤になったが、顔はあげない。なにも聞こえなかったかのように風呂桶のそばに膝をつき、真剣に泡を立てはじめた。

「あたし、閉じこめられてるの、ベス！　ここはきれいだけど、ドアには鍵がかかってて、昼も夜もだれかが見張ってる檻なんだ。あたしはここにいたら危ないし、時間もない。グライズへイズから逃げないと！」

けれどもベスは、メイクピースを見ようとはしない。いまさら、友だちぶったところで手遅れなのだ。メイクピースはこれまでずっと、ほかの使用人と親しくなりすぎないように気をつけてきた。自分とほかの人たちとのあいだに、目に見えない裂け目が大きく口をあけているのを感じていたからだ。いまは、ベスもメイクピースのことを同じように見ているのだろう。責めることはできない。ごちそうのテーブルにならべようとして太らせている子ブタと、仲よくなるわけにはいかないのだ。

ところが、ほんの一瞬だけ、ベスと目が合った。お願いです。怯えた瞳が訴えかけてくる。お願いですから、やめてください。

「あたしとは話すなって命令されたんだよね？」メイクピースはささやいた。「でも、いまはだれにも聞こえないよ。あたしもいわないし」

ベスはもう一度ちらりと目をあげた。こんどはメイクピースも、その目ににじむ恐怖や不信の色を見逃さなかった。ううん、あなたはいいますよね。その目はそういっている。

メイクピースは理解した。自分ではベスのことをフェルモットの人たちにいいつけるつもりはない。でも、じきにメイクピースはメイクピースではいられなくなる。あたしが入れ物になったら、新しく入りこんできた人たちが勝手に記憶をかきわけて、ベスがいいつけを守らなかったことを暴くだろう。

「ブラシをちょうだい」気持ちが沈んだ。「背中なら自分でこするから」

ベスは唇を震わせて、せっぱつまったように振りかえった。

「やめて！」恐怖に顔をゆがめてささやく。「お願いですから追いかえさないで！　あたし……お体を洗うようにいわれたんです。にきびや腫れ物や傷がないか、病気のしるしがないか見るようにって」

だから風呂が用意されたのだ。まだ、宿主として望ましいかどうか査定されているさなかなのだ。それでも、亜麻布（あまぬの）よろしく洗濯されて、身に着けるべく準備されている。

「じゃあ、いぼのことをぜんぶ話すといいよ」メイクピースはぴしゃりといった。「傷もたこもまめもぜーんぶ。なんでじっとしてるの？　あたしは相変わらず頭がおかしくて、かんしゃくを起こして倒れたっていえばいい。梅毒もちで妊娠してるっていえばいい」

どうあっても、あいつらはあたしの体を使うだろう。でも、そのときには気持ち悪くなればいい。ほんのわずかでも、あたしくらい気持ち悪くなってくれたら、それでこっちの勝ちになる。


クマ、クマ、許してね、クマ。いつか自由にしてあげるって約束したのに、もう守れそうにない。

あなたを守ってあげたかった。だから、おとなしくしてっていいつづけてきた。だれにもあなたのことを知られないように。だから静かに、おとなしくさせておいたの。しつけるつもりなんかなかったんだよ、クマ。でも、そうなってしまった。

ごめんね、クマ。

夜が来ると、中庭に馬車が入ってきてとまった。しばらくそのまわりがばたばたと騒がしかったので、メイクピースはべつの跡継ぎか予備がもどってきたのではないか、シモンドが見つかったのではないかと期待しそうになった。けれども、だれも入ってこなければ、だれも出ていかず、ただ馬車がそこで待っているだけだ。薄明かりが木製の車体を鈍い銀色に染めている。

一時間もしないうちに、迎えがきた。

小さなテーブルは武器に使うにはじゅうぶんな重さで、しかもメイクピースにももちあげられる。ドアが開いたとき、メイクピースはそのうしろに立ち、最初に入ってきた人にむかって思いきりテーブルを振りおろした。クロウのひとりならばいいと願っていた。少なくともふつうの人間だから。

だが、クロウではなかった。サー・マーマデュークだった。何人分もの生涯を生き、敵の攻撃をよけたりそらしたりしてきた記憶をもつ人だ。彼は手をのばしてきて、クサリヘビの攻撃並みのすばやい動きで、メイクピースの手からテーブルをつかみとった。一瞬のうちに、手から木の重みが消えた。

メイクピースは抵抗したが、手首と足首を縛られた。蹴ろうとしたり、頭突きをしようとしたり、さんざん抗（あらが）っているあいだに、階段を運ばれて礼拝堂に連れていかれた。

19

　礼拝堂は呪われた場所と化していた。六本だけ灯されたろうそくが、暗闇をさびしく照らしている。大理石の飾り板、雪華石膏（アラバスター）の騎士像、永眠した貴族の木像とその両脇のずんぐりした弔問（ちょうもん）客の木像が浮かびあがる。だれを追悼した像なのか、メイクピースにはわかるような気がした。永遠の死者が、闇の泉で光る唯一の輝かしいもの、現実であるかのようだ。

　けれども、メイクピースも現実だった。手首に食いこむ縄は現実。あざができそうなほどサー・マーマデュークと若クロウにつかまれているのも現実だ。

「ゴートリー夫人！」メイクピースの叫び声が、神を冒瀆（ぼうとく）するように礼拝堂に響きわたった。「ベス！　アリス！　助けて！」助けにきてくれないことはわかっている。メイクピースはひとりぼっちだった。でも、ほかの使用人が聞きつけるかもしれないし、そうすればなにかしら覚えておいてもらえるかもしれない。自ら望んで、おとなしく消えたのではないことを知っておいてほしかった。もしそう覚えておいてもらえたら、記憶のひっかき傷みたいなものでも、彼らが無視したい罪悪感としてでも、自分の存在が残ることになる。

　ろうそくが一本、赤い布をかけた祭壇の上に立っている。深い赤、追悼の赤だ。赤い舌にできた裂け目のように、祭壇の端に銀色の刺繍（ししゅう）で十字架が描かれている。

祭壇の前には、十二夜のときと同じように、二脚の椅子があった。ひとつは車椅子で、フェルモット卿がもたれてすわっていた。頭が片側にだらりと垂れ、ろうそくの火に輝く目が、かぶせたコップのなかに囚われた昆虫みたいに落ちつきなく動いている。

ふたつ目は玉座に似た椅子だ。「相続」の晩にサー・トーマスが震えていた椅子だった。メイクピースはむりやりそこにすわらされ、縛られた手首を背中にぐいっと押しつけられた。若クロウが腹のまわりを縄で巻いて椅子の背に縛りつけた。

「大騒ぎはおやめ」レディ・エイプリルがきつい口調でいいながら、暗がりから現れた。「ここは神の家――少しは敬意を表しなさい」

「それなら、神に聞かせるから！」それしか脅し文句が思いつかなかった。フェルモット家より恐ろしくて、頼れるのは神しかいない。「神が見てる――あんたたちがしてることを見てる！　見てるよ、あたしを殺すところを、あんたたちが悪魔のように――」

「おやめ！」レディ・エイプリルがさえぎった。一瞬、いまにもメイクピースをひっぱたきそうに見えたが、あげた手を下におろした。じきにフェルモット卿のものとなる頬にあざをつくるわけにはいかないのだろう。

「わたくしたちのやりかたは双方の教会の祝福を受けている」年老いた婦人は腹を立てていた。「それに六代にわたる教皇からも。わたくしたちに、何世紀分もの知恵を集めるという、頼りになる能力を授けてくださったのが、神なのだ。だからわたくしたちは、神によくお仕えしている――フェルモット家の多くは教会に属し、主教や大主教にまでのぼりつめた者もいる。神はわたくしたちの味方なのだ。そんなわたくしたちに、よくもおまえが説教などできるものだ」

「じゃあ、みんなにいえばいい」メイクピースも負けてはいない。「世界じゅうにいえばいい。あんたたちの幽霊は生きてる人の体を盗んでるって！　いえばいい。あんたたちは神の許しをもらってるって。みんながなんていうか」

　レディ・エイプリルがにじりよってきた。メイクピースの顔にかかったおくれ毛をかきわけ、あごのすぐ下のところに帯を巻く。その帯がうしろの椅子に縛りつけられるのがわかる。

「教えてやろう」レディ・エイプリルがひややかにいう。「なにが神に背く(そむ)ことで、なにが自然の摂理に反することか。不服従、忘恩、無礼だ」

　この人は本気だ。レディ・エイプリルの幽霊たちは、世界には明るく輝かしい自然な秩序があると信じているのだ。炎は上に、水は下に流れて、すべてのものが定められた位置におさまるように。それは大きなピラミッドで、いちばん下は最下層の群衆、それから中位、貴族ときて、燦然(さんぜん)と輝く尖塔のごとく全能の神が君臨する——各階層はそれぞれ上位に対して従属と感謝の念を抱く。

　レディ・エイプリルにとって、不服従は乱暴や犯罪よりも重大な罪なのだ。それは神の自然の秩序に歯向かうこと。水が上に流れ、ネズミがネコを食べ、月が血の涙を流すのと同じ。

「あんたたちは悪魔の子だもん」メイクピースはぴしゃりといった。「したがったって、なんにもいいことがない」

「クロウ」レディ・エイプリルは冷たくいった。「この子の頭を押さえて」

　メイクピースは必死に逃れようとしたが、若クロウに頭をつかまれて押さえこまれた。レディ・エイプリルはメイクピースのあごをつかんでむりやり口を大きく開かせた。

「助けて！」それだけ叫ぶのがやっとで、すぐに口のなかに木の管を押しこまれ、あごが痛くなるほど大きくあけさせられた。叫んだのはばかだった、最後のことばをむだづかいしてしまった。助けに駆けつけてくれる人などいないのに。

　礼拝堂の入り口から、不安そうなかすれ声が聞こえてきた。

「だんなさま、奥方さま……」老クロウが戸口に立っている。

「なぜ邪魔をする？」レディ・エイプリルは、メイクピースの口に押しこんだ管を握ったまま、どなりつけた。

「お許しください――荒れ野のほうにかがり火が見えたものですから。もしなにか見えたらお知らせするようにとのご命令でしたので……」

「われわれが見てこよう」サー・マーマデュークがすばやくいって、扉にむかいかけてためらった。なかで幽霊がうごめいているらしい、しかめっつらをしている。「まだ今夜出発するつもりか？」小声でつづける。「敵軍が近くにいるのなら、あの街道は危険だ」

「それは当然承知している」レディ・エイプリルはそっけなくいった。「今夜出発するからこそ、これを早々にすませなければならないのだ。王に急ぎの使者を送って金を届けなければ――伝令に会うつもりなら今夜じゅうに出発する必要がある。ここで足どめを食っているわけにはいかない」

「では、そなたの印章つきの指輪を信用できる者にわたして、かわりに行かせればいい」サー・マーマデュークが食いさがる。

「信用できる者がいるのなら、そうしている」レディ・エイプリルは一瞬、薄い唇をきゅっと引きむすんだ。顔の筋肉がほほえみかたを忘れて久しいのだろう。「行け！　ここはわたくしたちでなんとかする。キャットモアに馬車を用意するように伝えて──すぐに行くから」

サー・マーマデュークは礼拝堂を出ていき、あとから老クロウがつづき、扉が閉まった。

「この娘の口と目をあけて」レディ・エイプリルが命じた。

メイクピースの頭を両手で押さえていた若クロウが、親指を動かしてまぶたをはがし、むりやり目をあけさせた。涙が出て、世界がぼやける。

幽霊たちが入ってきやすいように、目と口をいっぱいいっぱいに開かされているのだ。メイクピースは身をよじり、ことばにならない叫び声をあげ、手をねじって縄から抜こうとした。

「いまさら文句をいっても手遅れだ、モード」レディ・エイプリルが話をつづける。「おまえは同意したのだからね。毎晩この屋根の下で眠り、わたくしたちが出す食事を食べると同意した。おまえの肉と骨はわたくしたちの肉と飲み物でできている――わたくしたちのものなのだ。いまさら気づいて嘆いても遅い。これは感謝の気持ちを表す機会なのだ」

湿ったものが頬を伝っている。目をむりやりあけられた痛みで、涙が流れているのだ。ふと、レディ・エイプリルに泣いていると思われたらと考えたら、むしょうに腹が立ってきた。そばにいるふたりの顔は、ろうそくの明かりのなかで桃色がかったしみに見える。

「みなみなさま」レディ・エイプリルがずいぶんとうやうやしい口調でいった。「道を準備しておりますフェルモット卿のなかで待つ幽霊たちに呼びかけたのだろう。「この娘は厄介ですので、『潜入者』を最初に来させるのがよろしいかと存じます。この娘を制圧し、みなさまがいらっしゃる準備を整えるために」

潜入者？　メイクピースには耳慣れないことばだったが、聞いただけで背筋が寒くなった。

長い間があった。沈黙が、雨の降る前の空気のように、ちくちくと肌に触れる。不快な音が耳をなでる。ささやき声――紙がこすれるようなかすかな音だ。

それから、トーマス・フェルモットの唇のあいだに、かすみめいたものがヘビの舌先のようにちろちろと揺れるのが見えた。それはだらりとあいた口から、ぼんやりと丸まったりふくらんだりしながら、羽毛のようにたなびく影となってうねうねと這いだしてきた。激しく揺れたり、溶けていったりはせず、遠巻きに渦を巻きながらメイクピースをめざして進んでくる。

メイクピースは悲鳴をあげて身をよじり、舌で筒を押しだそうとしたが、むだだった。ささやき声が大きくなっている。ひとりの声だが、ことばははっきりとしない、かさかさした音の破片だ。むかってくるものが、あっちこっちとやみくもに進みながら、じりじりと顔に近づいてくる。それは煙であって、煙ではなく、光を奪いとっていく。

それから、なめらかな動きで顔をあがり、口に入ってきた。目に滑りこんできたとたん、視界が暗くゆがんだ。

潜入者が頭のなかにいる。メイクピースは叫びに叫んだ。たとえやめたいと思ったとしても、叫ぶのはやめられなかっただろう。潜入者が思考のまわりを横滑りしていくのがわかるのだ。コケのようにやわらかな物がしつこく探るように動いている。秘密の隠れ家に押しいってきている。ここにいるのはおかしい、まちがっているのに。大きな虫が頭のなかで身をよじっているみたいだ。メイクピースは意識の力でたたきだそうとしたが、反撃されて、逆に頭蓋骨(ずがいこつ)の壁に押しつけられた。つぶされる、場所を奪われてしまう。

だが、メイクピースの悲鳴には、恐怖だけでなく、激しい怒りがこめられていた。悲鳴は吠え声になった。吠えているのはメイクピースひとりではない。

ふいに、クマのにおいと味がしだした。血が熱い金属になり、頭が燃えている。頭蓋骨のなかのどこかでクマが殴りかかっているのがわかる。恐ろしく暗い力でぎこちない一撃をくりだしている。振動が骨に伝わってきて気持ち悪くなったが、その衝撃を一身に受けた潜入者は、熱湯をかけられたヘビのようにびくっとして震えだした。

バリバリというすさまじい音がして、メイクピースは自分が木の管をかみくだいているのに気がついた。割れた木片が歯茎(はぐき)に刺さる。必死にもがくと、手首を縛っていた縄がようやくゆるんだ。胸や首に巻きついた縄をつかみ、引っぱってほどく。

レディ・エイプリルがその年には不似合いなすばやさでうしろに飛びのいた。若クロウは飛びのきもせず、メイクピースの強い一撃をよけもせず、こめかみを殴られて部屋のむこうに放りだされた。ものすごいいきおいでぶつかったので、オーク材の信徒席がうしろに倒れ、そのまたうしろを倒してドミノ倒しのようになった。

メイクピースは木の破片と、ぼろぼろになった幽霊の影を吐きだして、立ちあがった。脈打つごとにまわりがはっきりしてくる。思考は嵐にあおられてさまようカモメのよう。いまの彼女はクマで、クマが彼女だった。

はっとした一瞬に、レディ・エイプリルが、何世紀も鍛錬を重ねてきた者のすばやい身のこなしで、袖から千枚通しを引っぱりだして体の前に掲げた。声をかぎりになにか叫んでいる。助けを呼んでいるのか？ 生きている者の助け、それとも死者の助けなのか？

つぎの一瞬、胸に真っ赤な痛みが走った。トンボのように敏捷なレディ・エイプリル、赤い千枚通し。だが、メイクピースの脳内は、嵐の音楽の音符のように、痛みと吐き気に満ちていた。

若クロウはメイクピースの足もとに、息を切らして茫然と倒れていた。片腕がひどくねじれている。顔をあげたとき、その鈍い瞳に映る気のふれた女の姿が見えた。それから、若クロウの目が、メイクピースの背後のなにかをちらりととらえた。レディ・エイプリルが若クロウの剣を拾いあげ、いまにも飛びかかろうとしている。

レディのこのうえなく冷たい瞳がメイクピースの目の奥深くをのぞきこみ、そしてクマを見た。

古の瞳に衝撃が走り、疑念が浮かんだ。娘よ、おまえはなにをした？

その瞬間、メイクピースは頭蓋骨をもへこましそうないきおいで、手――前足――を振りだしていた。腕の関節という関節がきしむほどの衝撃だ。闇の一拍。光の一拍。レディ・エイプリルが床に崩れおちる。小さくなっている。年老いた女が眠っているだけだ。

血を流して。

メイクピースは息を切らして立っていた。拍動とともに思考と視界が明滅する。ここはどこ？　礼拝堂だ。光だまり。割れた木。床に倒れたふたり。あらゆるものにこぼれ落ちているのは痛み。あるいは、窓からさしこむ色とりどりの光かもしれない。

考えて、考えるの！

メイクピースはしかたなくかがみこんでレディ・エイプリルの手首に触れた。いつなんどき、古の上の方の口からヘビのような幽霊が這いだしてきて、自分の口に飛びこんでくるかもしれない。でも、たしかめなければ。

脈はある。ゆっくりとだが、やむことなく命が震えている。すぐそばの若クロウも息をしている。

メイクピースは自分の頭に押しいってきたヘビのような煙を思いだし、一瞬、レディ・エイプリルの頭蓋骨を踏みつけて卵のように割ってやりたいという、激しい誘惑に駆られた。けれども、そうはしなかった。こんな人たちは死んで当然だ。ぼんやりと思う。でも、あたしが人殺しになることはない。

「考えて」自分自身にささやきかける。「考えて」

ふと、レディ・エイプリルの印章つきの銀の指輪が目にとまった。じっと見ているうちに、ある計画がまとまりはじめた。いや、計画というにはむちゃくちゃだ。やぶれかぶれのばかげた賭けだ。でも、これしかない。

メイクピースは膝をつき、レディ・エイプリルのフードつきの外套を脱がせた。留め金をいじるときには、前足が痛んだ。いや——手だ、手が痛かった。

ひからびた手から印章つきの指輪と手袋をはずす。ベルトにぶらさげてあった財布と袋を奪いとる。それから急いで外套をはおり、手袋と指輪をつけ、財布と袋をポケットに押しこんだ。思いついて千枚通しも拾いあげた。

一度だけ足をとめ、フェルモット卿がぐったりと横たわるもうひとつの玉座を見やった。卿の目がこちらを追っている。いまもサー・トーマスに見える人を、ここにおきざりにしていくのは残酷に思える。でも、どうしようもない。

「ごめんなさい」メイクピースはささやいた。

時刻は十時。クマに酔ったような状態でも、人目を避けるいちばんのルートはわかっている。何年もかけて、さまざまな通路を覚えてきたので、どこに隠れられるか、どのルートなら足音が響かないか、どこだと響くかを知り尽くしている。あとから身につけた習性だが、今日はもともとの習性が自然に働かないのだから、これに頼るしかない。

サー・マーマデュークが外を通りすぎていくときには、窓下の座席の陰にひょいと隠れて、行ってしまうまで息をとめていた。走っていないところをみると、サー・マーマデュークはレディ・エイプリルの叫び声が聞こえなかったのだろう。だが、礼拝堂にたどりつけば、惨状を目にすることになる。あと数分で、警報が響きわたる。

メイクピースは長い回廊まで駆けていき、甲冑からかぶとをはずして、隠しておいた逃亡道具一式とていねいに縫い合わされたぼろ布の縄をとりだした。

厨房を通って抜けだす時間はない。それに、表玄関から出る危険は冒せない。遠目なら、盗んだ衣類のおかげでレディ・エイプリルとして通用するかもしれないが、大ホールは人もろうそくも多くて、見とがめられずに行けるとは思えなかった。

いちかばちかだ。

メイクピースは大急ぎでぼろ縄の端を壁の古い松明の台にくくりつけ、いちばん近い開き窓をあけた。建物の側面にある二階の窓で、前庭から角までの暗がりにぐるりとならぶ旗が見おろせる。

口から心臓が飛びだしそうになりながら、メイクピースはぼろ縄のもう一方の端を窓から垂らし、下枠によじのぼった。ざらざらした縄を両手でつかんで、壁を伝いおりる。暗闇のなかで、石壁のあいだのモルタルのひび割れた部分をつま先で探って足場にしていく。速くなる自分の息づかいと、注意深く縫った縄の針目がプツプツとひと目またひと目ほつれていくのが聞こえる。

まだ地面まで四フィートくらいのところで縄が切れたが、あざをつくっただけでどうにかこうにか着地した。フードをかぶって顔を隠すと、できるだけ自信たっぷりにゆったりとした足どりで、角をまわっていった。

フードの生地越しに、待っている馬車の輪郭が見えた。屋根の上にすわっている御者の影も。御者がレディ・エイプリルの外套だけを見てくれるように、どうして女主人が家のわきから突然現れたのか不思議に思わないように、祈るしかない。

メイクピースは手袋をした手を掲げ、弱々しい月明かりに指輪をきらめかせた。御者の影はうやうやしくうなずいて、額に手をあてた。

馬車の扉があいた。メイクピースは乗りこもうとして、思いきって顔をあげたとたん……ゴートリー夫人と出くわした。

老料理人助手は馬車のなかでうずくまっていた。モスリンに包まれたかごらしき物が座席においてある。レディ・エイプリルの道中の食料にちがいない。

ゴートリー夫人はメイクピースを見たとたんはっとして、苦しげに息をしながら胸に手をあてた。見つかってしまった。ひどくやましそうで、とり乱した姿に見えることだろう。メイクピースはただただ、むっつりした大きな顔を見つめかえすほかなかった。師であり、自分を苦しめた人、仲間でもあった人、好きだったけれどたいせつなことはなにひとつ打ちあけてこなかった人だ。

自分の口が動いて、ベスがささやいたのと同じことばをいおうとしているのがわかった。お願いです。

長い時間が過ぎてから、ゴートリー夫人は目を伏せた。

「失礼いたしました、奥さま」御者にはっきりと聞こえる声だった。「道中の幸運をお祈りします」

わきによけてメイクピースを通し、痛風の痛みをこらえるようにぶざまなお辞儀をすると、よろよろと家のほうにもどっていった。

思いがけない幸運を与えられたのが信じられないまま、メイクピースは大急ぎで馬車に乗りこんだ。天井を二度たたくと、御者が口笛を吹いて馬に合図した。馬車はがくんと揺れて動きはじめた。

ありがとう、ゴートリー夫人。メイクピースは胸のうちで思った。ありがとう。

家の遠くのほうで叫び声がした。サー・マーマデュークの声のようだ。

「門を閉めろ」かすかにことばが聞こえる。「門を閉めろ」

けれども、メイクピースにそれが聞こえたのは、耳をすましていたからで、御者にはまったく聞こえていないようだった。馬のひづめの音が速くなり、馬車は中庭を出て門を通り抜けた。速足が駆け足に変わり、道の両脇にならぶライムの木々のあいだをあっというまに駆け抜けて、馬車は街道に、そして荒れ野に出ていった。荒れ野はごつごつして無愛想で、月明かりを受けて銀色の切株だらけに見えた。

第四部　ジュディス

20

馬車の窓にはカーテンがかかっていた。頭上で、天井につけた輪っかからぶらさがっている覆いつきのランタンが揺れ、ろうそくの明かりの細い筋が壁で躍っている。

メイクピースは寒くて気持ち悪くて、震えがとまらなかった。どこもかしこも痛い。クマは敵を攻撃して助けてくれたが、そのときにこの体を使ったのだ。いまになって、ぶつけたりひねったりしたところが痛くなってきた。せめて、骨が折れたり、歯が欠けたりしていないのを祈るしかない。

口のなかには血がたまっていたが、同時にクマの一撃であっさり砕け散った潜入者の蛾の粉のような味も残っている。あれはだれの霊だったのだろう？　何人もいた老兵のひとりだろうか。幽霊たちは存在が消える最後の瞬間に悲鳴をあげただろうか？　メイクピースには彼らに対する悲しみはなく、ただ、引き裂かれた幽霊の影を咳きこんで吐きだしたときの、うつろな恐怖を思いだしていた。

考えがまとまらない。クマは疲れきっているのに、落ちつかなくて混乱しているようだ。

クマ？　クマ――どうしたの？

呼びかけても、クマは聞いていないようだ。こんなことははじめてだった。ハチに刺されたときみたいになにか不快なことがあって、それどころではないのだろう。メイクピースはクマをなだめようとして、深く息を吸いこんだ。

サー・マーマデュークはいまごろどうしているだろう？　中庭に駆けだしてきて、メイクピースがいなくなったのに気づいているはずだ。命令を出して、馬に鞍をつけさせて、追跡をはじめるだろう……

馬車も必死に走っているが、馬が全速力で追ってきたらかなわない。ロンドンにむかう広い街道は縦一本に荒れ野をつっきっていて、両側はなにもない開けた土地だ。馬車は一マイル離れていても目につくだろう。もし街道を走りつづけていたら、またたくまに追いつかれてしまう。

ここはどこ？　カーテンをつまんであけ、外をのぞき見る。行き過ぎていく木々が、暗い銀色の空に黒い刺繡のように浮かんでいる。里程標を過ぎ、人間のこぶしのような形の大きな岩が現れた。淡い色の石が暗いヒースの野を背景に青ざめて見える。

メイクピースは何年も逃走路を検討してきて、どこを行けば人目を避けられるかを知っている。いまいる場所が思っているとおりなら、たしか前方に……やっぱり！　あそこだ！　雷に打たれて割れたオークの影がそびえている。メイクピースは深く息を吸いこんだ。

「御者！」ひづめや馬具のカチャカチャいう音に負けじと呼びかける。「左に曲がって！」吠えたあとで声がかれていたが、レディ・エイプリルの耳障りな傲慢そうな声をまねてみた。「割れた木の先で」

御者は同意して手綱を引いた。メイクピースの声が変だと気づいたとしても、そんなようすは感じられない。車輪のゴトゴトいう音にまぎれて、いつものどなり声に聞こえたのかもしれない。

御者は木の先で注意深く馬車のむきを変え、でこぼこの古い家畜道に乗り入れた。道の両脇で、背の高いハリエニシダのこんもりとした茂みが震えている。馬車が激しく揺れたり急に動きだしたり傾いたりしたので、メイクピースは車輪がはずれるのではないかと恐ろしくなった。

少しほっとしはじめたころ、馬車は速度を落としてとまった。御者が低い口笛で馬をなだめている。メイクピースは問いかけようと口をあけかけて、御者がすでに聞きつけていた物音を耳にした。

後方のどこか、おそらくはロンドンにむかうまっすぐな街道から、夜の闇に全速力で駆ける馬のひづめの音がこだましている。一頭か二頭だ。

メイクピースは目をつぶり、馬車が背の高いハリエニシダの陰になって街道からは見えませんように、大きな屋根が月明かりを浴びて甲虫(こうちゅう)の背中みたいに光っていませんように、と祈った。クマの大暴れのせいで疲れきっていて、飛びだして逃げるだけの元気は残っていない。

馬のひづめの音はしだいに大きくなってくる。やがて、すぐそこにいるにちがいないと思えるほど大きくなった。ところが、歩調は乱れることなく、ひづめの音は通りすぎて消えていった。

乗り手が馬車に気づかなかったのだ。それに、御者も彼らがグライズへイズから来た者だとわからなかった。馬車はふたたび動きだし、痛くなるほど激しく打っていたメイクピースの胸の鼓動もやわらいだ。

ざまあみろ、サー・マーマデューク。ベルトン・パイクまで半ば行ったところで、あたしたちを追い抜いていたことに気づけばいい。

明らかに、レディ・エイプリルの御者は隠密行動に慣れている。いまはそれが、思いがけず役に立った。道が分かれるところに来ると、森のなかを通るでこぼこの狩猟道を行くように頼んだ。そこならば、黒い木々が守るようにまわりを囲んでくれる。折れたり枯れたりした枝が、車輪のスポークにひっかかってパリパリと音をたてた。

メイクピースはランタンの明かりで、けがの具合を調べてみた。歯は無事だったが、歯茎から二、三本の木切れをとりのぞいた。レディ・エイプリルの千枚通しは肩の皮膚を刺していたものの、深手ではない。けれども、打ち身はたくさんあって、左の肘が鋭く痛んだ。そういえば、若クロウを部屋のむこうに放りだしたときに、音のないやわらかな、裂けるような衝撃が関節に走ったのだ。

体は眠りを求めていた。眠れば、体は回復する。頭がびっくりするほど重くなった。何度も何度もはっとして目を覚ましたが、やわらかな黒い指に押さえこまれたかのように、とうとう意識が疲れにのみこまれていった。

「おい!」

メイクピースははっとして目を覚ました。衝撃で胃が浮きあがる。やっとの思いで目をしばたたくと、ランタンの明かりが見えた。そのむこうで、色白の二重あごの男が、困惑と疑いに顔をしかめている。馬車の戸口に立って、メイクピースを見つめているのだ。

そこでメイクピースは、自分がどこになぜいるのかを思いだした。目の前の男は御者にちがいない。レディ・エイプリルはなんと呼んでいたっけ？　キャットモア？

「あんただれだ？」御者はきいた。

当然レディ・エイプリルだと思いこんでいたのだろう。外套、指輪、手袋を見たのだ。ところが馬車のなかにいたのは、十五歳かそこらのぼろぼろの娘だった。

どうしたらいい？　逃げだす？　密告しないでと頼む？

ううん。

「わたくしたちの目に明かりをあてるでない、キャットモア」メイクピースはできるかぎり冷たく威厳に満ちた声を出した。レディ・エイプリルの硬直した姿勢、薄い赤い唇を思いだして、背筋をのばし、唇をきゅっと細く結ぶ。「眠りを妨げないように。目的地に着くまでに、じゅうぶんに休んでおかなければならないのだから」

賭けだった。やけっぱちの危険な賭けだ。御者はフェルモット家の上の方たちについてくわしくて、彼らがいつも同じ姿とはかぎらないことを知っている。メイクピースはその可能性にすべてを賭けた。

ランタンの火が揺れる。キャットモアの迷いと動揺が見てとれた。

「奥方……さま？　あなたさまですか？」

「当然だ」メイクピースは鋭い声をあげた。胸の鼓動が頭のなかでとどろくようだ。「わたくしたちがこれをほかのだれに託すというのだ？」片手をあげて、印章つきの指輪を光にかざす。

「そうでした、奥さま――お許しください」御者が怯えて後悔しきっているようだったので、メイクピースは安堵のため息を抑えこんだ。「気づいていなかったのです、あなたさまが……お住まいを替えられたとは。おうかがいしても――」

「いや」メイクピースはあわててさえぎった。「わたくしたちはひじょうにたいへんな一日を過ごした、とだけいえばわかるであろう」ありがたいことに、貴族の身分を借りているおかげで、無作法にもなれるし、質問をかわすこともできる。「なぜとまった？　もう目的地に着いたのか？」

「いいえ、奥さま――あ……あなたさまが天井をたたかれたのかと思ったものですから」

「思いちがいだ」メイクピースはあわてていった。だが、打ち身のできた右手に新たな痛みが加わっている。まるで、なにかを思いきりたたいたみたいに。「あとどのくらいで到着する？」

「一時間のうちには、隠れ家に到着すると思います。その……着きましたら、ほかの方々にはどのようにご紹介すればよろしいでしょうか？」

　ほかの方々？　ぎょっとして散り散りになった思考を、意志の力で必死にかき集める。ほかの人たちの前でレディ・エイプリルのふりをするの？　もし、レディをよく知っている人たちだったら、すぐに見抜かれてしまう。

一瞬、ほかの場所に行くように頼もうかとも考えたが、それでは御者の疑いにふたたび火をつけるだけだ。この仮面は卵の殻のようにもろい。ひと突きされたら、完全に割れてしまう。

「レディ・エイプリルの代理人だといって」それがいちばん安全だろう。

「かしこまりました。どんな名前にいたしましょう？」

宗教的な物語の古い本に出ていた絵が、ぱっと脳裏に浮かんだ。怒ったユディトが片手に剣を、もう一方にはねた首をもっている絵だ。

「ジュディス（ユディトの英語名）」とっさに答えていた。「ジュディス・グレイと」

御者は額に触れてさがっていった。

メイクピースはゆっくりと息を吐きだし、指の関節のずきずきする痛みに顔をしかめた。ほんとうにこの手はなにかをたたいて、御者が聞きつけるほど大きな音をたてたのだろうか？

眠っているあいだに、またクマに支配されていたの？　クマがいつになく落ちつかないのが気になる。三年間、心の友であり半身でもあったクマなのに、いま、いったいどうしてしまったのかわからないし、きくこともできない。

戦いのあとだから、まだ混乱して怯えてるんだ。そう自分にいい聞かせる。きっと、それだけ。

一時間したら、ほかの人たちと会ってはったりを通さなければならない。準備をする時間はない。レディ・エイプリルの仕事の代理人として通すつもりなら、そもそもどんな仕事をしていたのか知る必要がある。

馬車の床に箱があった。鍵がかかっていたが、レディ・エイプリルの財布に鍵が入っていた。箱のなかには、めまいがしそうなほどたくさんの金貨がおさめられていた。王に届ける金としか考えられない。

レディ・エイプリルの袋には薄い紙の束と小さなびんが入っていた。びんをあけ、毒ではないかと用心しながらそっとかいでみると、庭のアーティチョークのにおいがした。

ろうそくの明かりで書類を調べる。読むのはいつでもひと苦労だったのに、不思議なことに、今夜はそんなにむずかしく感じない。理由はなんであれ、ありがたかった。戦況の報告書もあれば、メイクピースにはわからない文字で書かれた奇妙な暗号だけの小さな紙切れもある。もう疑いの余地はない。レディ・エイプリルはスパイなのだ。

大きくて優雅な文字で書かれた一通の手紙が目をひいた。

友人たちと親族のみなさまへ

もしこの信書をあなたが手にされているのなら、わたしは任務を離れたか、使命を果たす途中で死んだということでしょう。後者であれば、あなたは愛する家名のために、わたしの行動を隠そうとするにちがいありません。前者であれば、いまごろわたしはよりよい軍旗のもとにいるはずです。

もちろん裏切り者と呼ばれるでしょうが、わたしは近ごろ、議会派への義務感を覚えるようになりました。自らの良心にさからうよりは、王への反逆者になりたいのです。しかしながら、もし一族に正当に評価されていると確信がもてていれば、わたしの良心もあれほどまでに揺らぐことはなかっただろうと、認めざるをえません。わたしはこれまで、あなたがたの慈悲にすがり、みなさまと同じ立場に引きあげていただけるだけの価値があると認められるのを祈るばかりでした。これ以上、己の命と魂をあなたがたの恩寵に賭けるつもりはありません。

連隊のことは哀れに思いますが、なんらかの形でわたしの信念を証明しなければ、新しい友人たちはわが変節を受け入れてはくれないのです。

身の安全をたしかなものとするために、文書庫からちょっとしたものをもちだしました。もしあなたがたがわたしに対抗して動くなら、つまり、わたしの部屋の窓からクロウ一味が見えるようなことがあったなら、議会派は勅許状を手に入れ、写しがペンザンスからエジンバラまでのあらゆる印刷屋に送られることでしょう。あなたがたが怪物であること、王が怪物の友人であることが世界じゅうに知られるのです。その後は風向きがどう変わるかを見るだけです。

この身が危険にあるとわかれば、感謝の念などいっさい捨て去ることを知っておいてください。血は血ですが、人には神が与えたもうた首を救う義務があるのです。

あなたがたの愛する親族、シモンド・フェルモット

手紙をくしゃくしゃに丸めてしまいたいのを、こらえるだけでせいいっぱいだった。これが、

一撃でフェルモット卿の心を砕き、体を壊した元凶のお上品な手紙なのだ。シモンドはただ去っていったのではなかった。議会軍に寝返っていた。前々から冷静に裏切りの計画を立てていたのだ。

　連隊のことは哀れに思いますが、なんらかの形でわたしの信念を証明しなければ、新しい友人たちはわが変節を受け入れてはくれないのです。

何度もその一文を読みかえす。シモンドはわざとジェイムズと連隊を危険な目にあわせて見捨てた。新しい仲間の信頼を勝ちえるために、ジェイムズたちを進んで犠牲にしたのだ。

シモンドが相続を逃れたがったのを責めるつもりはない。メイクピース自身、何年も前から逃げだそうとしてきた。上の方たちを陥れたことも責められない。けれども、ジェイムズと、彼を信じてついていった小作人や使用人から成る連隊を裏切ったのは許せない。

一家のお気に入りのシモンドは幸せではなかった。少なくとも満ち足りてはいなかった。将来自分の霊が先祖の霊のように残るという確証がもてていれば、フェルモット卿として背負う贅沢（ぜいたく）な重荷も受け入れただろうし、不死の魂の宿主の役も引きうけたのだろう。けれども、その確証が得られなかったのだ。だから、計画を立てて時を待っていた。あたしと同じ。

ううん、あたしとはちがう。シモンドはほかのフェルモットとおんなじだ。世界が自分のためにあると思っていて、ほかの人の血であるかぎりはどんな犠牲を払おうとかまわない。

メイクピースはふうっと息を吐きだし、気を鎮めようとした。少なくとも、レディ・エイプリルが書簡、軍事情報、シモンドの背信の証拠を、オックスフォードにむかう使者に託そうとしていたのはわかった。メイクピース自身になにか策があるわけではなかったが、これらの手がかりを使って取引するくらいはできるかもしれない。

ただ、いまはもうひとつ、さしせまった問題がある。レディ・エイプリルは馬車の行く先を知っていた。話ができるくらい回復したら、またフェルモット家が追ってくるだろう。それに人と会ったあと、御者は「レディ・エイプリル」をグライズヘイズかレディ自身の屋敷に連れてかえるつもりかもしれない。

メイクピースは顔を拭いて、編んだ髪を帽子のなかに押しこみながら、計画を練りはじめた。

馬車が隠れ家に着いたのは真夜中だった。ドアをあけてもらい、馬車から降りたつのに手を貸してもらうのは妙な感じがした。クマの鋭い目が暗闇を射抜いて、メイクピースにも周囲のようすが少しは見てとれる。そこは森の外で、薄くかすみがかかったような地平線をさえぎるのは、まばらに立つ数本の木々だけだった。

馬車は、小さな丘を背にした一軒家のそばにとまっていた。隣では緑がかった水車が水をしたたらせている。水車池には水草が密生していたが、そこここに月明かりを映して水面がサーベルのようにきらめいていた。

御者がノックすると、年配の夫婦がさっとドアをあけ、お辞儀をしてメイクピースを迎えいれた。ふたりはどう見ても、メイクピースを、あるいは少なくともだれかを待っていたらしい。

「万事順調ですか?」御者が尋ねる。ふたりはメイクピースと御者を案内して、ネズミと古い干し草のにおいのする暗く冷たい廊下を通っていった。

「ここ数か月は静かなものでした」女主人が答える。「ですが、兵士に宿を提供させられました。イナゴの大群よろしく議会軍が居座って、食料品庫を空っぽにしたんですよ」不安そうな目でさっとメイクピースを見る。不興を買ったのではないかと怯えているようだ。「どうしようもなかったんです、ほんとうです」

メイクピースは狭い応接間に通された。湿った薪が鋭い火花を散らしている。そこには「ほかの人たち」が彼女を待っていた。ふたりとも女性で、ドアが開いたときのにぎやかな会話から察するに、知り合いらしい。メイクピースが入っていったとたんに、ふたりは押し黙った。

ひとりは長身で、山の高い帽子の下から真っ赤な髪がのぞいている。顔には小さな円形に切りとった黒いタフタを六個くっつけている。そうしたあて布が流行なのは知っているが、それにしても六個は多すぎる。もしかしたらあばたを隠すためで、この人はあたしよりたくさん天然痘の跡があるのかもしれない、とメイクピースは思った。

もうひとりは大きな顔の年配の女性で、頭巾の下の風雨にさらされた縄のような色の髪は、おもしろみなくきっちりと編んである。瞳は空のかけらのように青い。洗濯日のように平凡で、ばかげたことなどぜったいにしそうにない人だ。

メイクピースが入っていくと、ふたりは頭をさげたが、女主人が出ていくまで黙っていた。

赤毛の女性はレディ・エイプリルの指輪を注意深く見て、安心したようだ。手短で、奇妙なほどかんたんな紹介があり、赤毛の女性は「ヘレン・ファヴェンダー」、年配のほうは「ペグ・コーブル」とわかった。ふたりの名前が本物かどうかは、「ジュディス・グレイ」といい勝負だろう。

「ほかの人が来ると思っていたのよ」ヘレンがいった。かすかにスコットランドなまりがあり、前国王とともにスコットランドからイングランドにやってきた一族の出かもしれない、とメイクピースは思った。指には銀の指輪をつけている。遠慮がないのも、いい家の出だという自信から来るものなのかもしれない。野性味のある馬だけど、たっぷりとエサをもらっていて、かかとを蹴りあげるだけの場所を与えられている、という印象だ。

「奥方さまがご自分で来るおつもりでしたが」メイクピースはあわてていった。あながち嘘でもない。「べつの緊急事態が起きて――急いで計画を変えることになったのです」

「重大なことではないのよね？」まなざしが心配と好奇心で鋭くなった。

「わたしには話してくれなかったんです」メイクピースはすぐさま答えた。

「陛下にお届けするお金をもってきた？」ヘレンは尋ね、メイクピースが箱と鍵を手わたすとほっとしたようだった。

「はい……ですが、計画に変更があります」思いきっていった。「奥方さまから、おふたりといっしょにオックスフォードまで行くようにと命じられました」

ふたりの女性ははっとして目を見かわした。

「わたしたちといっしょに？　どうして？」ヘレンがいった。

「ある伝言を、オックスフォードにいる方に直接届けるようにと託されました……文書にするわけにはいかないそうで」メイクピースはあいまいながらも、もっともらしく聞こえているようにと祈った。

「それなのに、それをあなたには託したのね」ヘレンが皮肉っぽくいう。「あなたは、この手の仕事にいままでも使われてきたのかしら？」

「奥方さまの個人的なご用事で――」

「どんなことかしら？」ヘレンがさえぎる。

「まあまあ、かわいそうなメンドリさんの羽をむしるのはやめましょうよ！」ペグがたしなめる。「ご主人の個人的なことを明かすわけにはいかないでしょう」けれども、やさしげにほほえんでいても、目は疑っている。

「ずいぶん話がちがうんだもの、理由を知りたいわ！」ヘレンがいいかえす。「それに……お嬢ちゃん、この手の仕事をするには若すぎるように思うのよ。わたしたち、人をだまして敵軍のなかをくぐり抜けるの。遊びじゃないのよ――捕まったら、運がよくてもロンドン塔で過ごす羽目に――」

「あなたはそうでしょうよ」ペグがそっけなくいう。「わたしは愛らしい白鳥よろしく、首をうんとのばされるのが落ちだわ」

「だれかひとりでも隠密活動にむかない赤ん坊がいたら、捕まる可能性も高くなるのよ」ヘレンがいいつのる。

「わたしは経験がないわけじゃありません！」メイクピースは反論した。「ご迷惑はかけません、約束します」

「レディ・エイプリルはいつも勝手なのよ」ヘレンはいらだちもあらわに両手をあげた。「それをいったら、みんなそう。国王を愛する人たちみんなが歩調を合わせていけていれば、とっくに反乱軍を打ち負かしていたはずよ。でも、わたしたちみんな、闇のなかでフィドルを弾いているみたいで、同じ弦を切って、おたがいの目を突いているようなものなんだもの」

「お願いですから、送りかえさないで！」メイクピースは戦法を変更した。「奥方さまはぜったいに許してくれません」

「あなたが届けなければならないという伝言だけど……ほんとうに重要なものなのね」ペグがきいた。

「そのせいであとをつけられたほど、重要です」メイクピースはふと思いついていった。「荒れ野で馬に追われたんです」

「ちゃんとまいてきたんでしょうね」ペグが鋭い口調でいいだして、急に母親らしさが消え去った。

メイクピースはうなずいた。「はい――怖かったです。わたしが通っていくのがわかっていたみたいでしたから。ここは安全ですか？　どのくらいの人が知っているんでしょう？」隠れ家といわれる場所で過ごしている一瞬一瞬も、危険なのは変わりない。

「いい質問ね」ペグはヘレンの目を見て、片眉をあげた。「一日はここに滞在する予定だったのよ……」

「……でも、そんなに長くいないほうがよさそうね」ヘレンが引きとっていった。「馬はあと二、三時間休ませないといけないし、わたしたちもそう。でも、朝になったら出発しましょう」

メイクピースは、ヘレンが不本意ながらも「わたしたち」のなかに自分を入れてくれたのに気がついた。知らない娘を連れていくのを喜んでいないのはたしかだが、連れていかないとはいっていない。

ほんとうはヘレンのいうとおりなのだ。オックスフォードまでの道中は困難で危険なものになるだろう。けれどもメイクピースは、ベンジャミン・クイック医師の話が忘れられなかった。患者に「とりついているもの」をとりのぞいたという医師だ。あの新聞によれば、その手術が行われたのがオックスフォードだった。

謎めいた幽霊退治の医師を見つけることができたら、フェルモット一族と戦う方法を教えてくれるかもしれない。メイクピースはまだジェイムズのことがあきらめられなかった。まだ本物のジェイムズが存在しているかもしれないと思っている。その医師の力があれば、手遅れになる前に救いだせるかもしれない。

21

メイクピースははっとして目を覚ました。たったいまなにかに前腕をつねられたような気がする。とても寒くて、世界は真っ暗、むきだしの足の下には石畳がある。

ここはどこ？　どうやってここに来たの？

ぼんやりした頭で考える。床についたのは、用意されていた小さな屋根裏部屋だった。毛くずのマットレスの寝台と余分な毛布があった。

そのはずなのに、いまメイクピースは大きな金属の輪をつかんでいる。目の前で闇がさらに深い闇へと変わり、そこからかすかな馬の鼻息と、麦わらの上を動くひづめの音が聞こえる。メイクピースは馬屋の前に立ち、戸をあけて押さえていた。頭上で星がまたたいている。

あたしはなにをしてるの？

まさか、クマが馬を食べに這ってきたわけではないだろう。メイクピースがはじめて乗馬を習ったときには、飢えていたクマが馬を食べようと考えていて、思いとどまらせるのがたいへんだった。けれども、それはずいぶんと前のことだ。

クマ――どうしてここに連れてきたの？

沈黙したかと思うと、頭のなかで低いうなり声が聞こえるような気がした。冷たくて深い音で、まるで石炭の心臓をもつ地球が返事をしているみたいだ。親しみのあるにぎやかな音ではない。警告、徹底的な憎しみの音に感じられる。

「クマ」メイクピースはぎょっとしてささやいたが、返事はない。クマのなにかが変わってしまっているけれど、なにがあったのかわからない。犬たちが見知らぬ人のにおいをかぎつけたときに、毛をさかだてていたのを思いだす。日を浴びておかしくなって、仲間に歯をむきだしてうなっていたところも。メイクピースはぞっとした。

ちょうどそのとき、かすかなつぶやきが聞こえた。クマではないし、メイクピースの頭のなかからでもない。

音のするほうににじりよっていくと、馬屋のわきから家の正面のほうをのぞきこむかっこうになった。窓のひとつのよろい戸がかすかにあいていて、すきまからろうそくの明かりが漏れている。陰になっているが、ひとりの男が窓にもたれかかって、室内にいるだれかにささやきかけている。

一瞬メイクピースはどうしようもない恐怖にとらわれた。フェルモット家がさしむけた男にちがいないと思ったのだ。あたしを見つけて、捕まえにきたんだ、と。ところがそのとき、窓のなかから女主人の声がするのに気がついた。

「早くお行き！」女はささやいた。「アルドペリーにむかってモルトセイ大尉を訪ねるんだ。王党派の女スパイがもどってるっていうんだよ――あたしは約束を守ってるって」

男がいわれたとおりに、ランタンを手にして足早に立ち去るのを見て、メイクピースは事態をのみこんだ。これはフェルモット家とは関係がない。家主はまったくべつのだれかのために働いている。

　寒さに身を震わせながら、メイクピースは家の正面の壁をたどって玄関を見つけ、できるだけ急いでなかにしのびこんだ。暗く細い階段をあがり、自分の部屋のむかいのドアをこそこそとたたく。どうかこの部屋であっていますようにと祈りながら。ヘレンが髪を乱し、細ろうそくを手にして戸口に現れたときには、ほっとした。メイクピースは室内に入り、ドアを閉めてから話しだした。

「出発しないと」大急ぎで耳にしたことを説明した。「わたしたちを裏切っていたんです。男の人を議会軍のところにやって、わたしたちがここにいることを伝えるようにって」

「なんで気がつかなかったんだろう？」ヘレンは歯を食いしばって息を吐いた。「あの人たち、今回はやたらとびくびくしていたものね。前はそうじゃなかったのに」メイクピースを見て眉をひそめる。「それで、あなたはどうして馬屋のそばにいたの？」

「ときどき、眠っているあいだに歩きまわるんです」メイクピースがあわてて答えると、ヘレンはいぶかしそうな顔をした。

「まあまあ、そうなんでしょうよ」ペグも目を覚ましていて、てきぱきと荷造りをはじめている。「そんなかっこうで逃げだすとはとても思えないもの」

　メイクピースは、自分が肌着と寝間着をかねた長袖の胴着しか着ていないのに気づいて恥ずかしくなり、かばうように両腕で体を抱きしめた。

へレンは顔をしかめ、細ろうそくを近づけて、メイクピースの片方の袖をひっくりかえした。火明かりに、メイクピースの腕の黄土色のあざがくっきりと浮かびあがった。

「ひどい目にあってきたのね」ヘレンは静かにいった。「なるほど。命令を果たしてからじゃないとレディ・エイプリルに会いたくないという理由がわかってきたわ」冷静なのに同情したような奇妙なまなざしでメイクピースを見つめる。「いらっしゃい。夜気で具合が悪くなる前に着替えないと」

メイクピースは袖をおろしながら、ほかのことに気がついた。あざのほかにも、前腕に小さくピンク色になっている部分がある。指でぎゅっとつねられたばかりのような跡だった。

メイクピースは御者を静かに起こし、馬車と、ペグとヘレンの二頭の馬の用意をするようにいった。それから部屋にもどって、逃亡用の荷物のなかから着替えをとりだした。市場でこっそり買っておいた古い赤褐色の上着。半年ほど前にとりわけておいた、色のあせた灰色のスカートは、以前よりペティコートが出ているけれどどうしようもない。髪はぜんぶ、薄汚れた亜麻布（あまぬの）の帽子にたくしこんだ。

ヘレンとペグの部屋にもどると、ふたりはちらりと見て、よろしいという顔をした。レディからみすぼらしい使用人に変身したことには驚いていないようだ。スパイのふたりは、こういう変身に慣れているのかもしれない。

ところが御者は、メイクピースを見て仰天した。さらに、彼女がいっしょにもどらないと聞いて、いっそう驚き心配しているようだった。

「遠まわりをして帰るように」メイクピースはできるだけレディ・エイプリルの口ぶりをまねていった。「それから、わたくしの行先はだれにもいわないこと――一族の者にもね」いずれフェルモット一族の尋問を受けて口を割るのは目に見えているが、少しは時間を稼げるだろう。

メイクピースがペグのうしろで馬にまたがったころには、空に朝の光がさしそめていた。一行が出発しようとしたときに、女主人が戸口に現れ、うろたえて文句をいいだした。メイクピースがちょっと気の毒に思っているうちに、粉ひき所はどんどん遠ざかり、木々のあいだに見えなくなった。

フェルモット家で乗馬を教わってはいたものの、何時間も馬に乗って過ごす準備まではできていなかった。クマがいるのも、事態をむずかしくしていた。クマは馬のにおいがわかるし、べつの動物にまたがっているのに気づくといつも混乱してしまうのだ。馬も落ちつかず、メイクピースは馬にもクマのにおいがわかるのかしら、と思った。

クマは相変わらずそわそわと熱っぽく、いつもとはちがっていた。もちろん前から野生の動物だけれど、獣らしいぬくもりや、気分が変わりやすくてあつかいにくいことにはもう慣れている。三年間、クマとはことばもなく取引をしてきたのだ――痛みを分かちあい、不安をなだめ、暴れだしそうになるのを抑えてきた。でも、これはちがう。メイクピースは何年かぶりに、クマが恐ろしくなった。

クマは、あたりまえのように心を寄せてくるときもあれば、心を閉ざして、ぞっとするようなうなり声をあげるときもある。もしかして潜入者との戦いでけがを負って、どこか変わってしまったのでは？　あたしがだれか忘れかけているのかも？　もしクマが襲いかかってきたら、あたしになにができる？　クマはあたしの防御の内側にいるのに。

何度も何度も、馬屋の戸口でどんなふうに目覚めたのか思いだそうとした。あれはまさに、だれかに腕をつねられたような感じだった。クマはかむかもしれないけれど、つねったりはしない。だとすれば、いったいだれが、なにが、あたしを起こしたんだろう？　あのときつねられて起きていなかったら、なにが起きていたんだろう？　クマが暴れだしたとは考えないようにした。死んだり悲鳴をあげたりしている馬に囲まれて、血まみれになって目を覚ましたのでなくてよかった。

けがと睡眠不足のせいでふらふらしていて、まだ夢のなかにいるような感じがする。なだらかに傾斜する緑色の丘は見慣れない光景だ。これまで見てきたのは、ごつごつとつきだした岩の丘か、どこまでもつづく荒涼とした不毛の野ばかりだった。とうとう、フェルモット家の広大な領地の外に出たのだと、メイクピースはまだ信じられない思いだった。現実とは思えない。

この三年間は、上の方たちの冷たいまなざしの監視下で恐怖とともに生きてきた。いまは、また捕まるかもしれないと考えると恐ろしいけれど、少なくとも生きている実感がある。いまこの瞬間にもフェルモット家が追いついてくるかもしれないが、このひと呼吸、ひと呼吸、そしてもうひと呼吸のあいだは自由なのだ。

連れのふたりはゆったりと鞍にまたがり、馬を進めながらおしゃべりをしている。三人はそれぞれの役割を決めていた。ヘレンがもちろん上流階級のご婦人で、ふたりの使用人を連れて旅をしているというすじがきだ。印刷物を積んで旅をしている情報屋と行きかうと、ヘレンはかならず馬の歩をゆるめた。

「どんなニュースがあって？　なにか売り物はある？」

ヘレンは最新の起きたばかりの出来事が載っている新聞を買った。噂話、流血、別離、議会の最新の動向の報告などがたっぷり書いてある。

「反乱軍のことばっかり」ヘレンが真新しい新聞をむさぼるように読んでいるわきで、ペグが非難がましくいう。「わたしたちはいま、議会軍の土地にいるのね」

「そのとおりよ。でも、敵の調子がわからなければ、こちらも合わせてうたいようがないでしょう。それに、われらが友も読みたがっているわ」ヘレンは答え、身をのりだしてメイクピースに新聞をさしだした。

新聞は、正義感からの怒りに燃えあがらんばかりだった。王の軍はなかに女子どもがいる教会を焼き落とした。性悪のフランス女の王妃が、哀れで気高いイングランドを教皇の邪悪な支配下に入れようとしている。ルパート王子は悪魔の仲間だ。王子の犬「ボーイ」はあらゆる戦いを生き延びてきた。つまりは、地獄の主からの指令を伝える使い魔だ。

ひさしぶりにこんな思いこみに出くわして、妙な感じがした。カトリックのスパイ、性悪な王妃――ポプラにもどったみたいだ。でも、グライズヘイズに着いて以来、メイクピースは王党派側のいい分を聞くのに慣れてしまっていたので、新聞を読むうちに、恐ろしくなって胃がぞわぞわしだした。三年間、べつの側の信念を吸いこんできて、知らず知らずのうちに自分の意見もみなと同じ方向に変わっていたのだ。

「いちばん下の欄を見て」ヘレンがいった。

下へと視線を動かしていくと、「フェルモット」の名が見つかった。「王と教皇派に与し、議会派とその古き権力に反対したために、領地を没収される予定の者」の名簿だった。フェルモット一族のおもだった面々が全員載っている。

「没収――どういう意味ですか？」メイクピースはきいた。

「とりあげられるってことよ」ヘレンが答えた。「議会がその気になれば、フェルモット家の土地を占領して好きなように略奪したあげく、だれか気に入った人にあげることもできるの」

「シモンドさまみたいな人」メイクピースは小声でつぶやいた。シモンドはただ自由のために逃げたのだと思っていた。でも、もっと大きな野心があったのだろう。もしかしたら、フェルモット家の土地をすべて手に入れるつもりなのかもしれない。

「もちろん、あなたの親族は戦うわよ」ヘレンがきっぱりという。「ロンドンにお仲間がいるし、弁護士の一団を買いとるだけのお金もあるもの」

ときどき、兵士の一行と行きかうこともあった。たいていは軍服を着ておらず、帽子に飾り帯や紙をつけて忠誠を示している。兵士たちはたいてい三人の旅人をとめて、ときには「通行料」を要求した。ヘレンは文句もいわずに支払った。

軍が馬をとりあげるという話もあったが、ヘレンが上品ながらも毅然とした態度で憤ってみせると、そんな提案はたちまち立ち消えになった。階級はヘレンの鎧であり武器であり、いまのところはとてもよく役に立っている。メイクピースは、議会軍の将校や紳士たちにも通用するのだろうかと考えた。

メイクピースはヘレンから日よけの仮面を借りていた。顔を白く保つために貴婦人たちがつける類のものだ。いまは顔を隠せるのがありがたかったし、ヘレンが堂々とした態度で会話を引きうけてくれているのも助かっていた。

夜になって宿をとると、メイクピースは疲れきって寝床に倒れこんだが、眠りは浅かった。何度も何度もはっと目を覚ますたびに、鼻いっぱいにクマのにおいがした。

眠っているあいだも、不安は眠ってくれなかった。

夢を見た。昔住んでいたポプラの家の、上階の小さな部屋にいる夢だ。まだ幼いメイクピースは女の人の膝にすわって、戦争の新聞を読もうとしている。どうしても記事を理解しなければならないのに、文字が動きまわってべつの話を伝えてくる。

女の人はなにもいわない。メイクピースにはそれがだれかわかっているはずなのに、振りかえって顔を見るのをなにかが押しとどめている。かわりに、女の人が手をのばし、ドア枠の木材にたまった埃に指で「M」と書くのを眺めていた。

これがすべての鍵だ。それはたしかなのに、意味がわからない。メイクピースはただただその文字を見つめているしかなく、やがて頭のなかが暗くなり深い眠りが訪れた。

二日目の午後、三人は街道を離れて曲がりくねった小路をたどり、ぽつんと建つ一軒家の前に出た。男がひとり、樽をいっぱい積んだ荷車とともに待っていて、ヘレンが中身を点検できるように、樽の蓋をひとつあけた。

「このなかに黄金が入っているの？」

「集められるかぎりの金をかき集めました」男は答えた。「三人のごりっぱな方々の個人資産です。こんなことをしたと知れたら、ロンドン塔のなかで朽ち果てていくことになるでしょう。われわれの希望はあなたがたにかかっています。お困りのときにわれわれが呼びかけに応じたことを、陛下にお伝えください。神のご加護があり、無事に陛下にお目通りできますよう！」

メイクピースは口がからからになった。ヘレンとペグは、王にあてた伝言とレディ・エイプリルの金貨をもってオックスフォードにしのびこもうとしているだけなのだと思っていた。でも、ちがう、ふたりは議会軍のなかをすり抜けて大金を運びこもうとしている。樽はあまりにもあからさまだ。メイクピースはほかになにが入っているのかききたかったが、計画についてろくにわかっていないのを知られるのが怖かった。

「調べられたりしないんですか？」メイクピースはペグにきいた。

「だいじょうぶよ、お嬢ちゃん」ペグは答えた。「神の思し召しがあればね」小声でつけ加えたので、メイクピースは不安になった。「とにかく、背に腹はかえられないでしょう。王の大義が危うくなっているの。もし支払いができなければ、軍を失ってしまう。王にはどうしてもこの黄金が必要なのよ。わたしたちの体だけでは、これをぜんぶ運ぶことはできないでしょう。今回はね。あなたにもわかるわよ、ひとりで抱えられるだけ抱えこんだら、膝が音をあげてしまうから。前回はわたし、危うく番兵の腕のなかに倒れこむところだったのよ」

じっさい、メイクピースはすぐに、レディ・エイプリルの金貨をコルセット、靴、編んで巻いた髪、スカートの下ポケットに隠す方法を教わった。

ふたりの連れといっしょに荷車に乗りこむと、胸のうちに奇妙な興奮がわきあがってきた。仲間のようなものがいる。たとえ自分が身分を偽っているのだとしても。

「オックスフォードまで十マイルの地点に着いたら、まずまちがいなく身体検査をされるでしょうね」ヘレンがいった。「二か月間、反乱軍は人を送りこんでは王と話をしようとしてきたの。和平の可能性を探ってきたのよ。話をするうちに、現時点では反乱軍がオックスフォードから十マイル離れたところにとどまること、国王軍はその円から出ないことがとり決められた。両軍とも厳密に計測したわけではないから、襲撃や衝突はしょっちゅうよ。でも、一応そのとり決めを尊重してはいるの。

ただ、その円の外には、議会軍が野営したり守備隊をおいたりして、じりじりしながら見張りをしているのよ。王に援軍が来ないようにね」

オックスフォードに近づくと、驚くほどたくさんの人が通りに出ていた。それもみんながみんな兵士ではない。鍋、小麦粉、鶏、香草など売り物のかごを抱えている者もいる。

「市の日よ」ペグが振りかえる。「街にむかっているのがわたしたちだけじゃないほうが、都合がいいでしょう」

「この人たちみんな、街にむかってるんですか？　前方に議会軍がいるんでしょう？　軍にとめられないんですか？」

「まさか、市に行く人たちをとめたりしないわよ」ペグが目配せした。「人が行かなきゃ、オックスフォードでなにが起きているか知りようがないじゃないの。だから、市に行く人のなかに、かなりの数のスパイをしのばせているのよ。それに、このあたりの人たちだって、商売ができなかったり、食料の調達ができなかったりしたら、黙ってはいないでしょうよ」

「ちょっと静かに」ヘレンがいった。「兵士が見える」

一行が足を踏み入れた村には、戦争の爪あとがありありと見てとれた。畑は踏みあらされ、狭い道は想定外の通行があったためにえぐれている。そこここに兵士がいた。戸口に立つ者、いうことをきかない馬を引く者、窓から身をのりだして陶製パイプをふかす者もいる。田舎に慣れているメイクピースの目からは、大軍に見える。ところが、鍛冶屋から流れる煙のむこうにちらりと目をやると、そこに本物の軍隊がいた。

むこうの野は、くたびれてしみのついた天幕の森だった。何千人もの人と馬がいるように見えて、メイクピースは愕然(がくぜん)とした。たくさんすぎて目が追いつかない。

「そりゃあ、目をみはるわよね」ペグがさらりといった。メイクピースが横をむいてまじまじと軍隊を見ているのに気づいたのだ。「見ないほうがおかしい」

メイクピースは〈地図の間〉の壁画を思いだした。あざやかな青と赤の絵で、高いところから見おろしたみたいに、軍の小さな天幕が列になっていた。それに比べると、目の前の鈍い色のキャンバスに描かれた野営地は、埃っぽい馬といい、わだちのついた地面といい、驚くほどに生々しい。さまざまなにおいが混じりあう――木の灰、弾薬、油、馬糞。それに、意外なことに女も多く、鍋を磨いたり、薪を運んだり、なかには幼子に乳をふくませている者もいる。場面全体が混沌としていて、残酷なくらい現実的だ。

道の真ん中で見張りに立っている番兵は見るからに覇気（はき）がなく、夏の暑さのなかをふらつく野良犬さながらに不機嫌で落ちつきがない。それでも、本物の血が通っていて、いつ流されるかわからない。手にしているマスケット銃には本物の弾がこめられていて、いつ発砲されるかわからない。もしかしたらメイクピースを狙ってくるかもしれない。だいたい、いまのあたしは何者？　女冒険家。女諜報員。スパイ。

「書類を用意して」ヘレンがいった。「日よけの仮面はとってね。高級娼婦も仮面をつけているのよ、覚えておいて。もしその手の人たちだと思われたら、ぜったいに野営地を通り抜けられないから」

待ちうけている男たちのほうにむかってゆっくりと馬を進めていきながら、メイクピースは胃のなかがすっぱくなったような気がした。男たちは日ざしから目を守るように手をかざして目をすがめ、近づいてくる女たちを見つめている。ふたりの兵がマスケット銃を抱えていて、金属に日の光があたって鈍く恐ろしげに光る。

「どこにむかっている？」番兵のひとりがきいた。

「オックスフォードです」ヘレンがはっとするほど自信にあふれた声で答えた。

　番兵は横目で荷馬車を見て、それからヘレンとふたりの「使用人」に視線をもどした。どう見ても、市に品物を運んでいく農家の女には見えないだろう。

「悪いな、奥さん、敵軍への食料供給を認めるわけにはいかないんだよ」

「これを読んで」ヘレンは書類を見せた。「議会からの許可を得ています。ほら――この手紙に樽のことが書いてあるでしょう」

　ひとり目の番兵は書類を見て目をぱちぱちさせ、隣の番兵に手わたした。メイクピースはちょっとだけ同情を覚えた。書類はすぐに、いちばん背の高い番兵にわたされた。どうやら、このなかで文字が読めるのはこの男だけらしい。

「では……あんたは洗濯女なのか」

「洗濯屋です」ヘレンは静かな威厳をもって訂正した。「王室や宮廷のご婦人がたにお仕えしております」

「その樽はぜんぶ石けんなんだな?」番兵たちは、憎しみと疑いと敬意が入り混じった奇妙なまなざしをむけている。ヘレンは自らを王党派だと名乗っている。それでも、貴婦人、それも議会からの手紙を携えた貴婦人なのだ。

「最高級のカスティール石けんです。純粋なアザミの灰を使っているのよ」ヘレンはいいきった。「樽に品質保証の印がついているでしょう」

「スペインのゴミか」番兵がつぶやいた。「オックスフォードには石けんもなければ洗濯女もいないのか？」

「ありますとも」ヘレンがすかさず答えた。「でも、国王陛下御自身やお召し物にふさわしい物はありません。陛下がしわくちゃのおばあさんに羊の脂やあくで絹をごしごし洗わせると思います？」

あたしたち、死ぬんだ。メイクピースは妙に穏やかな気持ちで思った。このすじがきはどうしようもなくばかげている。議会からの手紙は偽造でしかない。番兵もそれに気づき、上官を呼びにいき、荷馬車の一行は全員逮捕されるだろう。メイクピースは顔にあたる日ざしの熱さと、服のなかに隠した金の重さと、乾いた泥を焼くにおいと、夏の青空を飛びまわる一羽のノスリばかりを意識していた。スパイって銃殺か絞首刑になるの？

番兵たちは小声で相談しながら、ときおり荷馬車の女たちをちらちらと見ている。「身体検査」ということばが聞こえてきた。

「おれが？　やだね！」番兵のひとりがぶつぶついった。「王の洗濯屋の体を探るなんてごめんだ」

ひとりが咳払いしていった。

「樽のなかを見せてもらわなくてはなりません、奥さん」

「どうぞ」

いちばん若い番兵がやってきて、荷馬車から樽をひとつおろし、注意深くこじあけた。すぐそばにすわっていたメイクピースは、まごうかたなき煙とオリーブオイルのにおいをかぎつけた。たしかに、樽のなかにはぶかっこうで脂っぽい白い楕円形の石けんがぎっしり入っていた。つやつやで、熱のせいでぬるぬるしている。若い番兵はしぶしぶなかをのぞきこみ、両手でかき混ぜて顔をしかめた。

「どうだ、わかったか」仲間が呼びかける。

「石けんみたいです」若い兵士は鼻にしわをよせた。「においがします」

「あなたがたの敵のたいした助けにはならないと思うけど」ペグがいった。「それとも、清潔なほうが戦いのときに有利なのかしら?」

番兵は荷馬車のうしろにできた列をちらりと見て、大量の樽に視線をもどした。

「わかった、わかった」背の高い、字の読める番兵がいう。「通してやろう」

ペグがカチャリと音をたてて手綱を動かすと、おとなしい馬はふたたび動きだした。

メイクピースは心臓がはやっていたのに気がついて、深く息を吸いこんだ。空は真っ青で、てのひらには三日月形の爪あとがついている。気分がおかしくなくらい高揚していた。

「その手紙をどこで手に入れたんですか?」番兵に聞こえないところまで来てから、ささやいた。

「議会よ」ヘレンが答える。「あのね、これは本物なの」

「洗濯屋として特別通行証を出してくれたんですか?」

「もちろん。相手は王さまなのよ」ヘレンはいびつな笑みを浮かべた。「神に選ばれているの。議会だって崇めるしかないのよ、たとえ戦っていてもね。王に対する反乱は反逆罪なんだもの。

「でも、におってほしくはないのよ」

「議会は陛下を負かして服従させようとしているけれど」ペグは説明した。「でも、王を世俗の汚れにまみれさせるなんて冒瀆(ぼうとく)行為だわ」

なんと愚かしい世の中だろう。軍は衝突し、大勢の人が死んでいるのに、どちらの側も、王が靴下を洗うのに同意している。

世界は横に回転しているんだ、とメイクピースは気がついた。もうだれも、どっちが上なのかわからなくなっている。規則は壊れているのに、どれが壊れたかもわかっていない。自信さえあれば、新しい規則がどんなものかわかっているふりもできる。そしてほかの人たちに信じさせることもできるのだ。

22

議会軍の兵士たちを突破すると、一行はウィートレイの村が広がる、低く広い谷におりていく道をたどった。かつては光り輝くテイム川の湾曲部に古い石橋があったが、いまではその一部がたたき壊されていて、その先から対岸までまにあわせの吊りあげ橋がかかっている。

橋を管理しているのはオックスフォードから来た王党軍なので、頼むとあっさり吊りあげ橋をおろしてくれて、荷馬車は先へと進んだ。馬は険しい丘を苦しそうにあがっていった。下り坂に入ると、谷の木々のすきまからちらちらと街が見えはじめた。教会の塔や尖塔、焼いたパンの色の石、青くたなびく煙突の煙。

「ちょっと前まで、景色のいいところだったのよ」ペグがつぶやいた。

オックスフォード近くの一帯は、まるで終末の日が訪れたかのようだった。牧草地や農地は車輪の跡がついて荒らされ、大地にひづめの跡がうがたれている。まるで、黙示録の四騎士（人類の四大災害（戦争・飢饉・疫病・死）の象徴とされる）が駆け抜けていったあとのようだ。林は切り倒されたばかりの切株だらけ。大部分が洪水にも見舞われたらしく、空に浮かぶ三日月さながらに地面に水たまりが光っている。

前方の道をはさむように、掘りかえされたばかりの土でふたつの小山がつくられ、その先の橋のまにあわせの防御物になっている。メイクピースの右手の先にも、新しい土塁が見えた。街の北側を抱くように、茶色い畝が傾斜している。防壁なのだろうが、身を守ろうとする大きな獣みたいに、傷ついた土地が立ちあがったようにも見える。土の斜面で、鋤と手押し車を使って働いている人たちがいる。

「あの人たち、兵士じゃないみたい」メイクピースはつぶやいた。男も女も年寄りも若い人もいる。ちらほらと子どもも見える。

「オックスフォードの市民よ。街を守る役目を果たしているの」ヘレンが説明する。

「ああするか、罰金を支払うかなのよ」ペグがつぶやいた。「同じ選択を迫られたら、わたしならあそこで鋤をもつ」

土塁を越えると、道路はアーチの連なる大きな石橋にぶつかった。川はそこで、からみあうようにしながら支流へと分かれている。道筋に建つ美しい砂金色の建物は、ペグがモードリン・カレッジだと教えてくれた。一行は古びた灰色の壁に近づいていった。

門には番兵がひとりいて、ヘレンの書類をさかさまにちらりと見ただけでなかに入れてくれた。一行はそろそろと門を抜け……オックスフォードに入った。

メイクピースが大きな街にやってくるのはロンドン以来だった。そこは美しくて恐ろしくて、いわれるまでもなくすぐにわかった。なにかがおかしい、と。

広くてきれいな通りに、堂々とした家々がそびえたっている。だが、最初ににおいが襲ってきて、胃がひっくりかえりそうになった。通りすぎる路地また路地には、腐った物やゴミでいっぱいの溝があるようだ。ある小道には馬の死骸があった。目が白くて、皮にハエがたかっている。そこからさほど離れていないところで、子どもたちが水差しで水たまりの水をくんでいた。

混みあった道を行く大勢の人々の顔はこわばり、やせこけて、かさぶたがある。空気には、延々とつづく激しい飢餓、絶望の気配が漂っていた。なにもかもが、門の外の土地と同じく、皮をはがれてむきだしになっているようだ。

悲惨さに拍車をかけているのが美しさだ。メイクピースはりっぱな建物に目をみはった。なめらかな柱、レースのように繊細（せんさい）な石の飾り、大聖堂を美しく飾る塔の数々。それらは堂々とそびえているが、足もとは汚れにまみれ悪臭が漂っている。まるで、衰えていく宮廷の美女を見ているようだ。装いは華やかなのに、年齢か疱瘡（ほうそう）で正気を失ってしまった美女を。

ヘレンはマートン・カレッジの外で荷馬車をとめ、指示を出した。樽がおろされるあいだ、メイクピースはカレッジの金色の石壁や大きな煙突を眺めていた。

「宿が割りあてられているの」ヘレンはいった。三人は案内役の若い男のあとについて、通りを二本つっきっていった。案内の男が、白パン屋の店のドアを押しあけた。上流階級用にきれいな白いパンをつくっている店だ。パン職人その人は、やせこけているが礼儀正しい四十がらみの男で、さらに客を泊めるようにいわれると、あきらめたような顔をした。

ヘレンが何枚か書類をさしだすと、口をあけて微笑らしきものすら見せようとしている。

「あれはなんなんですか？」メイクピースはペグにささやいた。

「支払い――といってもお金になるのは戦争に勝ったときだけど」ペグがにべもなくいう。「そのときには、王の忠実なしもべたちはみな、あの手形を見せて、立て替えていた分を支払ってもらえるのよ」

メイクピースはパン屋がうれしそうでなかった理由がわかってきた。店の棚が空っぽなのも。紙の手形は王からの約束でしかなくて、飢えをしのぐ役には立たないのだ。

新たにやってきた三人の客は小さな部屋に案内された。ちっぽけな窓があり、毛くずのマットレスのベッドが一台だけおいてある。

「こんな部屋しかなくてもうしわけありません」パン屋はくたびれたようにいった。「ですが、もうぎゅうぎゅうづめなんですよ。将校がひとり、ろうそく職人がひとり、金細工職人の奥方と劇作家も滞在しています。オックスフォードに避難してくる人が大勢いるのです。どういう状況かおわかりでしょう」

「ベンジャミン・クイックというお医者さんのことを聞いたことはありませんか?」メイクピースはきいた。

「いや、その名前には覚えがないな」パン屋は眉をひそめた。「だけど、医学に通じているのなら、引く手あまたで大忙しでしょう。いまここでは、発疹チフスが広がっているのはご存じでしたか?」

「発疹チフス?」メイクピースの連れふたりは、驚いて警戒するように目を見かわした。

「レディングの外の野営地から兵士がもってきたんです」パン屋は苦々しそうな声で説明した。

「うちの女房が薬を煎じているんだが、ナツメグを使うせいで金がかかるから、代金をとらないわけにいかないんです」ナツメグは希少な香辛料で治療効果があり、はやり病などに魔法のように効くといわれている。

「わたしたちは用事がすんだらおいとましますから」ヘレンがきびきびという。「ここにいるあいだに奥さんの治療薬をいただけたら、喜んでお支払いしますわ。ジュディス——王の宮廷についていらっしゃい。もしそのお医者さまの評判がよければ、だれか知っているかもしれないわ」

メイクピースは同意するしかなかった。亡命中の王の宮廷を避けるどんな口実があるだろう？　けれども、考えただけで不安になってくる。宮廷でのふるまいかたなどわからないし、フェルモット家のだれかか、あるいはグライズヘイズを訪れたことのある一族の友人がそこにいないともかぎらない。ただ、だれも、元厨房（ちゅうぼう）の下働きが絹やベルベットをまとって宮廷に現れるとは夢にも思わないだろう。そう祈るしかない。

部屋で三人だけになると、メイクピースとヘレンは「宮廷」用の支度をはじめた。メイクピースはもとの豪華な衣装に着替え、まめのある手を手袋で隠した。ペグが宿の女主人からこてを借りてきて、一時間かけてふたりの髪を巻いてくれた。それから、疲れのあまり死人のような灰色になっていた顔に、ていねいにおしろいを塗ってくれた。

ふた晩きれぎれにしか寝ていないメイクピースは、吐き気がしてふらふらしていた。疲れきっているのに目がさえて、二度と眠れないのではないかとさえ思った。いっぽうでクマは消耗しきって、まどろんでいるようだ。

　あたしはヘレンとペグが好きなんだ。そう気がついて、少し胸がうずく。もし嘘をついていることがばれたら、おそらくさしだされて敵方のスパイとして裁判にかけられるだろう。でもそれを責めることはできない。メイクピースはふたりが危険な計画を立てているときも、ユーモアを忘れずに楽しんでいるところが好きだった。自慢したり、大騒ぎをしたり、短剣(レピアー)を振りかざすこともない。

　ペグは宿に残って、持ち物を見張っていると宣言した。

「ここは飢えた街だから。正直者でもときには自分を見失う。悪魔にすきっ腹以上の友だちはいないからね」

「でも、国王にお金を届けにきたんですよね」メイクピースは金貨を思い浮かべていった。「そうしたら、王はあの紙の手形のかわりに、金貨で支払いができるんじゃないですか？」

　ペグはさびしげにふっと笑った。「ううん、あのお金はすぐに、支給が遅れている兵士の給料として使われてしまうのよ。王が金貨を手に入れなかったら……そうね、駐屯軍全体が暴動を起こして街をばらばらにしてしまう。ほんとうよ、そのほうが街の人々にとってはよっぽどよくないことなの」

「男に剣とピストルを与えて」ヘレンがいった。「二、三週間飢えさせておいてごらんなさい。会う人会う人みんな、敵とみなすようになるんだから」

「そんなに悲しそうな顔をしないで」ペグは冷静にいった。「わたしたちのおかげで、陛下の軍は崩壊することもなければ、悪事に走ることもなくすむのよ。わたしたちは戦争の流れを変えたところなのかもしれないわ」

メイクピースは胃が飛びだしそうな気がした。どちらの側に対してもろくな忠誠心はもちあわせていないくせに、びっくりするほど戦争にかかわりをもってしまったらしい。フェルモット家の手を逃れるために議会軍に走ることも考えていたが、もうその橋はこの手で焼いてしまったのだ。メイクピースが国王陛下にこっそり黄金を届けたことが議会派に知られたら、理解してはもらえないだろう。


「クライスト・チャーチ・カレッジに、王は宮廷をおいているの」ヘレンはメイクピースの先に立って通りを歩いていく。「狩りに出ていなければ、いまごろそこにいらっしゃるはずよ」

狩りに出ていなければ。オックスフォードは略奪された荒地のなかにあり、周囲をぐるりと議会軍に囲まれている。それでも、もちろん、王は街の外に狩りに出かけるのだ。そうなのだ。

クライスト・チャーチ・カレッジを見て、メイクピースは息をのんだ。まるでりっぱな宮殿だ。彫刻を施された石は最高級のお菓子のように黄金色に輝いている。

門番小屋で、またしてもヘレンの書類が点検され、ふたりは入ることを許された。入り口から足を踏み入れた瞬間に、魔法がかかった。

煙も悪臭も人ごみも、一瞬にして消え去った。暗く覆われた入り口のむこうには、広い芝生の中庭があり、身なりのよい人々が歩いたり、すわったり、楽器を演奏したりしている。芝生守っている。

の上をころがる、よく太った毛並みのいい犬。テニスに興じる紳士のふたりづれ。むこうのほうで草を食(は)む動物たち。四方を見張るようにそびえるやわらかな黄金色の壁が、小さな楽園を守っている。

なんとも不可思議な感じがする。まるで、チャールズ王が妖精の王で、魔法をかけて絶望の街の真ん中に宮殿をそっくりそのまま移したかのようだ。

ヘレンは友人たちに挨拶し、おしゃべりをしたり、扇(おうぎ)のひと振りでお世辞をはねのけたりしている。やがて、まじめそうな顔をしたひげの男がヘレンを引き寄せて話をはじめたので、ひとりとり残されたメイクピースは、人の目を気にしはじめた。困ったことに、庭のむこうから、ふたりの男が明らかにこちらを見つめている。

ひとりはかすかに見覚えがあるような気がしたが、豪華なレースの袖口を見たときにはじめてだれだかわかった。十二夜にハンカチーフを投げて、レディ・エイプリルに屈辱的な謝罪をした男だ。

もしかしたら、身なりがちがっても、男もメイクピースに気づいたかもしれない。もしかしたら、だれもがぎこちない歩きかたに目をつけたかもしれないし、三年のあいだに肌にしみこんだ羊肉の脂や暖炉の灰のにおいをかぎつけているかもしれない。

見ているうちに、その男が連れの男になにやらつぶやき、指先であごの真ん中をなでた。メイクピースは日の光が冷たくなったのを感じた。あごのくぼみが男の目をひいたのだ。まだ彼女がだれかまでは気づいていないかもしれないが、フェルモットの血筋だと感づいたのだろう。

メイクピースはとっさに、笑いさざめく集団のうしろに隠れ、カレッジからこっそり出られる道を探そうかと考えた。でも、いまさら隠れてなんになる？　もう気づかれてしまったのだ。たとえいま逃げだしたところで、あの若者たちは、フェルモット家のあごをした若い娘を見たと噂するだろう。

隠れるかわりに、若者たちがこちらを見た瞬間に顔をあげた。目が合うと、ふたりのぶしつけなまなざしに驚いたかのように、わずかに身をこわばらせる。ふたりがわざとらしくもうしわけなさそうなお辞儀をしたので、メイクピースはほほえんでみせた。魅力的で宮廷風に見えるようにと祈りながら。どうやら、ふたりが近づいてくる気になるくらいには、親しげな笑みだったらしい。

遠くからは、ふたりとも前と変わらず、きちんと羽づくろいをしたクジャクのように見えた。ところが近くに来てみると、戦争ですりへっているのが見てとれる。ふたりとも、おしろいの下の顔に疲れがにじんでいる。上等な外套(がいとう)にもブラシがかかっていないし、ブーツも磨くまもなく使われていたようだ。

不思議だ。メイクピースはふたりの顔を見ながら思った。四か月前にはあたしよりずっと年上に見えたのに、いまは少年みたい。ふたりとも戦争には若すぎる。

「びっくりさせたね」ハンカチ投げ男がいった。「ぼくたちは人食い鬼だから、きみにひどく叱られてもしかたないんだろうな。失礼を許してほしい。でも、前に会ったことがあるんじゃないかと思うんだ」

「どうかしら」メイクピースはなまりが目立たないようにいった。「いとこのだれかといっしょのところを見たのかも……」どうやら、グライズヘイズの使用人とわかったわけではないらしい。宮廷にいるのだから、いい家の生まれにきまっているというわけなのだろう。

ハンカチ投げ男は友人とわけ知り顔に目を見かわした。「どのいとこか、わかっていると思うよ。ぼくたち、彼とは親しいんだ。元気にしているのかな?」

「さ……最近会っていないの」メイクピースは用心しながらいった。ふたりの明るい口調にちょっとあっけにとられていた。ほんとうにシモンドと「親しい」といっているのだろうか? もしかすると、シモンドの裏切りを知らないのでは?

「ああ、そりゃそうだろうな」男は朗らかにいう。「思いだしたよ、シモンドは極めつけの裏切り者になって、家族から永久追放されたんだったな。あいつにはごちそうなしってことだ」驚いて見つめているメイクピースに、目配せしてきた。「心配しなくていいよ。ぼくたちも悪ふざけにかかわってるから」

「ああ」メイクピースはとまどいながらも、なんとかほほえんでみせた。「それは……よかった。どうして……わかったの?」

「シモンドが手紙で知らせてくれたんだ」ハンカチ男は打ちあけ話をするように身をのりだした。「どっちの犬にも賭けているのは、なにもきみの家だけじゃないんだ。身内からひそかに祝福を受けて『議会に寝返った』若い連中を何人か知っているよ。もし反乱軍が勝ったら、議会はフェルモット家の地所を押収して、喜んでシモンドに与えるだろう。それなら土地は少なくとも家族のものとして残る。それがフェルモット家の計画なんだろう?」
一、二秒おいて、男の話の意味がわかってきた。つまり、危険な賭けをしている貴族がほかにもいるのだ。もし「敵」側が勝ったとしても、先祖代々の土地が一族から失われることがないように。そんな大胆な方法をとる貴族がいるのもわからなくはない。でも、シモンドの裏切りは本物だと、メイクピースは確信していた。フェルモット家の人々の怒りや衝撃は、まぎれもなく純粋なものだった。
「あなたに手紙が来たの?」興味をそそられた。「返事は書いた?」

「噂話を知らせてやったよ。退屈で死なないようにね」ハンカチ男はいった。「やつがいうには、ぎらぎらした目のピューリタンに囲まれているそうだよ。いかめしい顔の群れが昼に夜に祈りに来て、楽しいことはまるでさせてくれないらしい」

ばかだ。メイクピースは思った。宮廷の「噂話」を敵の将校に送るなんて。そりゃあ、シモンドはこのまぬけな連中と連絡をとっていたいにきまっている。

一瞬、シモンドの嘘を暴いて、彼の友だちに真実を教えてやろうかと思った。でも、そんなことをしたら、機会が失われてしまうかもしれない。

「じゃあ、わたしを助けて」かわりにいった。「大急ぎでいとこと連絡をとる必要があるの。手紙をどこに出せばいいか教えてもらえないかしら?」

「きみの家独自の連絡方法があるんじゃないのかい?」ハンカチ投げ男はびっくりしている。

「あったわよ。でも、ぜんぶだめになってしまったの……彼が選んだ使いが死んで――」嘘はあいまいにしておいたほうがいい――「いま、急いで連絡をとらなきゃならないの。一家のために彼がこなしていることがたくさんあって、細かいことまでわかっているのは彼だけだから」

「伝言を預けてくれれば、ぼくがつぎの手紙につけ足しておくよ」ハンカチ男が申しでた。疑わしそうに、かすかに眉をひそめている。

「ごめんなさい――できないの！　一族の微妙な問題だから……」メイクピースはためらってから、切り札を出すことにした。こそこそとレディ・エイプリルの印章つきの指輪をポケットから引っぱりだして、ふたりだけに見せたのだ。「わたしは、上の方たちの代理で来ているの」

ハンカチ投げ男はたちまち怯えて真っ青になった。レディ・エイプリルが恐ろしくてたまらないのは変わっていないのだ。レディがフェルモット一族の女スパイだったとすれば、それも驚くことではない。メイクピースは男たちの反応に、思った以上にわくわくしていた。借り物の力は、なじみがなくてくらくらする。自分が恐怖を覚えるかわりに人を怖がらせるなんて、めまいがしそうだ。

「ぼくも、あいつがどこにいるかは知らないんだ」男はあわてていった。「でも、手紙をどこに送ればいいかは聞いている。『ハンナ・ワイズ夫人』あてにして、ブリルのすぐ北にある農場に送るんだ。アックスワースという一家の農場だよ。たぶん、だれかがそこに手紙をとりにくるんだと思う」

「ご親切にありがとう」メイクピースはすましていった。「もちろんだれにもいわないと、信じているわ」指輪をしまっていると、袖を引っぱられた。ヘレンがすぐそばに立っている。
「ジュディス——陛下がわたしたちをお待ちよ」
メイクピースは飛びあがり、一拍おいて、ヘレンのことばの意味を理解した。陛下がわたしたちをお待ち。「わたし」ではなくて「わたしたち」。このあたしがイングランド国王に謁見するのだ。

メイクピースは不安に押しつぶされそうになりながら、手袋をはめた手をヘレンに引っぱられて中庭を横切り、開いた扉の前に出た。バラ水の香るひんやりとした暗がりに足を踏み入れ、白く塗られた壁と、濃いはちみつ色の羽目板の前を通りすぎる。廷臣たちが道をあけてふたりを通してくれた。行き過ぎる人々から、シナモンと麝香(じゃこう)の豊かな香りがにおいたつ。

そのむこうの部屋は豪華にしつらえられていて、天井が高く、高い窓があり、壁には絹の掛物と紋章が飾られていた。何人かの人が部屋を囲むように立ち、真ん中の背もたれの高い椅子に男性がすわっている。イングランド、スコットランド、アイルランド王チャールズ一世だ。

メイクピースはフェルモット家の人々の前に出たときと同じように、思わずさっとうつむいた。目をのぞきこまれたら、すべての嘘を見破られてしまうのだろうか？　フェルモット家にできるのなら、神に選ばれた王にも同じことができるのでは？

「ひざまずいて」ヘレンが静かにつぶやいた。メイクピースはいわれたとおりに、膝を落とした。

ヘレンがそれまでの旅の説明をして書類と報告書を王の従者にわたしているときになって、

メイクピースはようやく上目づかいにこっそりと王を盗み見た。

小さな男だった。フェルモット卿がサー・アンソニーに話していたとおりだ。どこかぎこちない慎重な動きかたをしている。じっさい、全身をこわばらせた姿は、己の小ささに気づいた世界に怒りをぶつけようとしているかのようだ。優雅にとがったひげ。蝶結びにした靴ひも。顔は悲しげで、しわが寄り、かたくなな不安が表れている。その物腰は、なにかを待ちうけるかのようにぴりぴりしている——憤り、ちっぽけな威厳だろうか。

王はヘレンの報告を聞いてうなずいた。

「余の友人たちには、暴動が制圧されしだいすべて支払われると伝えよ。余を攻撃することで、暴徒は神そのものを攻撃している。そのような者が栄えるわけがない。敗北は確実だ。だれが友で、だれが裏切り、だれが手をさしのべるのにうしろむきだったか、われわれはよく覚えているので安心してほしい」それから、困ったことに、王はメイクピースを振りかえった。「ミス・グレイ、そなたも余に報告があるのであろう」

一瞬、メイクピースは頭のなかが真っ白になった。王が自分のことを「われわれ」というのは、フェルモットの人間とよく似ている。けれども、王に見つめられてもぞっとはしなかったし、皮をむかれている果物になった感じもしない。王は魂までは見通せないのだ。

メイクピースは口ごもりながらシモンドの裏切りについて説明し、彼の手紙をさしだした。王は手紙を読み、細いひげの奥のあごをこわばらせた。

「どうかフェルモット卿によろしくと伝えてくれ」王はひややかにいった。「しかし、勅許状はかならずとりもどすべしと、厳しくいってほしい。われわれの名誉が危険にさらされている。フェルモット家も同様だ。裏切り者のシモンド・フェルモットがどこにいるかわかっているのか？」

「まだです」ヘレンが答えた。「ですが、宮廷でだれが彼と親しかったかつきとめます。そこから、だれが彼を匿(かくま)っているかもわかるでしょう」

「わが祝福を与えよう。ほかの者たちにできるだけ協力するよう命じておく」王は答えた。「ところで、われわれはそなたたちが今日この国のためにしてくれたことを存じておるぞ」

王は少しだけ手をのばし、ひとりずつ前に出て軽く指先に触れるのを許した。王の手に触れると腺病も治るといわれているが、触れてみた指は人間らしく、暑さのためかかすかに湿っていた。

メイクピースは少しくらくらしたが、それは目の前にいる人への畏れからではなかった。まるで歴史が、目に見えない大きな猟犬さながらに王のあとをついていくのを感じたのだ。あとをついてきているのに、王は命令を下していない。もしかしたら、王が手なずけるのかもしれない。あるいは、王が食べられてしまうのかもしれない。

ヘレンはカレッジに残って、国の各地から到着したばかりの人々がもたらした情報を知りたがった。知り合いの占星術師にも会いにいきたがっている。

「噂によると、数か月前にこの近くで、ルパート王子が空から炎が落ちてくるのを見たというのよ」ヘレンは説明した。「大きな音がして割れて、火の玉がいくつもできたんですって。なにかの前触れだろうというのはみんな認めているけれど、なにを意味しているかわかっている人はいないの。だから、心得のある人に解き明かしてもらいたいのよ。戦争に影響があるかもしれないでしょう」むりやりゆがんだ笑みを浮かべる。「なんて時代かしらね——星まで落ちてくるなんて」

ヘレンは、ベンジャミン・クイックを知っている人を見つけてくれていた。

「最近は見かけていないそうよ」ヘレンはいった。「でも、二、三週間前にいたところはわかったわ。もし運がよければ、まだそこにいるかもしれない。屋根つきベンチのむかいの、クワター・ヴォイス近くのろうそく商のところに住んでいるそうよ」ヘレンはポケットを探って、コルク栓のついた小さなびんを引っぱりだした。「行く前に、おかみさんの薬をひとさじ飲んで。ほら、病気がはやっているから」

メイクピースはびっくりしながら、いわれたとおりにした。「薬」は甘くて強いワインとナツメグとほかの香辛料の味がした。その時間そのものもほろ苦かった。ヘレンは最初、メイクピースの目的や能力を疑っていたのに、無事に到着したいまは、母がわりになると心を決めたらしい。

「これをもって」小さなモスリンの袋が手わたされた。「顔に近づけておくのよ。吸いこむ空気をきれいにして守ってくれるから」メイクピースが袋をつまんでみると、かさこそと音がして、鼻に近づけると乾いた花のにおいがした。「この街は悪い空気がたちこめている。だからみんな病気になるのよ」

クワター・ヴォイスは混みあった大きな交差点で、市の日で街を訪れた人々でにぎわっていた。メイクピースは、黄色と白のろうそくがぶらさがっているろうそく商の店を見つけて入っていった。不機嫌そうな口をした小柄な老女が床をはいている。

「ベンジャミン・クイック先生を捜しているんです。お医者さまの」メイクピースはいきおいこんでいった。「まだここにおいでですか？」

「かろうじてね」老女は顔をちょっとしかめた。「でも、長くはないだろうよ。急げば、まにあうかもしれないよ。上の屋根裏部屋だ」

メイクピースは階段をきしませながら足早にあがり、屋根裏まではしごをあがった。のぼっていくところを、子どもたちが目を丸くしてじっと見守っている。

屋根裏部屋は埃っぽくて暗かった。低い天井が斜めになっていて、明かりとりの小さな窓がひとつある。一瞬、だれもいないと思った。垢じみた、乱れたままの毛くずのベッド、その隣に旅行用かばんと、ひもで束ねた二、三冊の本がある。メイクピースはまず、ほっとした。医師はまだ出発していない。荷物をもたずに旅立つことはないだろう。

それから、寝具のしわや乱れたところが布ではないのに気がついた。とがった折り目がじつは青白い顔だった。血の気がなさすぎてほとんど灰色になっている。ちょっとだけのぞいた長い手が、毛布をつかんでいる。頬と手にはうっすらと紫色の斑点がある。

同時に、においに襲われた。病気と汚れた衣類のにおいだ。この人は死んでいるの？　ううん、手が少し震えているし、喉仏もぎこちなく動いている。

「ベンジャミン・クイック先生？」メイクピースはささやきかけた。

「だれだ？」男の声はひどく弱々しかったが、かすかにいらだってもいた。「スープは……まだか？　わが創造主に会うまでに届くのか？」

「お気の毒です」メイクピースはいった。

いまの感情をいいあらわすには弱いことばだった。哀れみと落胆をのみこむのがせいいっぱいだったのだ。オックスフォードまで来るために勇気を振りしぼってしてきたことは、なにもかもむだだった。目の前の男は死にかけている。爪は溺れた人のように青く、目は落ちくぼんで暗くなっている。メイクピースは男が気の毒で、自分が気の毒で、ジェイムズが気の毒でたまらなかった。

「ろうそく屋の娘ではないんだな」クイックは顔をしかめて、うつろな目でメイクピースのほうをのぞきこんだ。

「いいえ」メイクピースは悲しげにいった。「メイクピース・ライトフットといいます」

「同情するよ」医師は小声でいって目をすがめた。「きみはピューリタンか？　ぼくになんの用だね？」

「ある患者を助けてほしくて来ました」

「患者……のせいで、ぼくの体はこんなになったんだ」医師はまた咳をした。

「あなたのために、なにかできることはありませんか?」メイクピースはわずかな望みをかき集めながら尋ねた。

「医者を……呼ぶべきなんだろうな」クイックはまじめくさってつぶやいてから、息を切らして弱々しく笑った。「いやいや、ここにひとりいたか。発疹チフスなんだ。症例はいやというほど見てきた……わかってる……手の施しようはない」しょぼしょぼした目がメイクピースから離れていったかと思うと、医師は混乱して怯えだした。「どこだ? 行ってしまったのか?」

メイクピースはまだ出入り口の近くにたたずんでいた。乾いた花びらをつめた小さな袋では、この屋根裏のすえた空気にはとうてい太刀打ちできないだろう。熱病が人から人にかんたんにうつるものなのか、よくわからない。それに、ふた晩前に入浴したばかりだから、まだ毛穴があいていてどんな病気も受け入れてしまうかもしれない。

それでも、死にかけている医師をひとり残していくのはしのびない。メイクピースが近づいていくと、きょろきょろしていた医師の視線が彼女をとらえ、うつろな顔にかすかにほっとしたような表情が浮かんだ。

「ここにいます」メイクピースはしゃがみこんで、ベッドのわきの木箱をもちあげた。「これは薬箱ですか? なにかいります?」

「やれることはぜんぶやったんだ、はやり病をとめるために」医師がメイクピースのことばを聞いたかどうかはわからない。「ネコやイヌを殺し、ビールを長く煮るように命じ、往診をした……」紙の山に目をとめると、小さく笑って咳きこんだ。離れたところからでも、それが白パン屋にわたされていた手形に似ているのがわかる。王の約束手形だ。「支払いはたっぷりしてもらった。ぼくは金持ちとして死んでいく。約束でということだがね」

長く話したせいで疲れたのか、医師は全身を震わせて咳きこんだ。その目がふたたびメイクピースにもどったが、よく見えないのかまばたきをしている。

「きみはだれだ?」かすれた声できく。「どうしてここにいる?」

メイクピースはごくりとつばをのんだ。死にかけている人を質問攻めにはしたくない。でも、ほかの人々の命がかかっている。

「とりつかれていた人を助けたと聞きました。幽霊をとりのぞいてあげたって。どうやったんですか?」

「なんだ? それは……」医師は、目に見えないねじをまわすかのように両手を少し動かした。「器具があって……説明がむずかしいな」

「先生」メイクピースは身をのりだし、熱に浮かされた医師に聞こえるように声に力をこめた。「兄さんを助けたいんです。頭のなかに五人の幽霊がいて、とりのぞかないと、自分自身を失くしてしまう。お願いです――器具はどこです? ここにありますか? ほかに使える人は?」

「いや……熟練した者でないとあつかえない……」クイックはベッドのそばの荷物の山のほうに手をのばした。一瞬、器具を指さしているのかと思ったが、くたびれた小さな聖書をとろうとしているだけだった。メイクピースは聖書を手にとって、医師が両手でつかめるように胸の上にのせてやった。

「どうしていまになって、そんなことをきく？　もうすぐぼくも……幽霊になるってときに」

たいへんな思いをして、ひとことひとことを絞りだしている。「ぼくの研究……たくさんの希望や計画があった」また手形の山を見る。「最後は……なにも残らなかった。空手形だけだ」

聖書を握った手が震えている。恐れているのだ。

幽霊。ふとある考えがひらめいて、日が沈んだあとのような寒さを覚えた。

「兄さんを助けてくれたでしょうか？」思わず口にしていた。「元気だったら、助けてくれましたか？」

「なんだ？」クイックの目は混乱して曇っている。

メイクピースはごくりとつばをのみこむと、勇気を奮いおこして、思いついた計画がどんな結果をもたらすかを考えた。想像しただけで、吐き気がする。でも、ジェイムズの命がかかっている、もしかしたら魂も。

「もし兄さんを助けると約束してくれたら、あたしが先生を助けます」

クイックはメイクピースをじっと見て、かすかに喉を鳴らした。

「先生が死んだら、魂が飛んでいってしまう前にあたしが捕まえます」胸の鼓動が速くなる。

「あたしなら、先生をこの世にとどめておけます。先生はあたしにとりついて、あたしの行くところに行くんです。乗客のように。でも、あたしを通して、見たり感じたり考えたりもできます。ときどきは、先生の技術を使うことだってできます」

「恐ろしい……ありえない……」クイックはメイクピースに怯えているが、そのいっぽうで、苦しげな希望の光がほの見える。

「できるんです！」メイクピースはいいはった。「あたし、前にやったことがあるんです！」

「きみは……すでにとりつかれているのか？」医師は疑いと不信と迷信的な恐怖に駆られて眉をひそめた。

「もうひとつの幽霊は獣だけど、正直者です」メイクピースはあわてて説明してから、すぐに、いわなければよかったと思った。「友だちなんです」みじめでつらい気持ちになりながら、いいつのる。「兄さんを助けられますか？　助けてくれますか？」「はい」か「いいえ」か、どちらの答えを聞きたいのか、自分でもわからなくなってきた。

「きみは悪魔の使者か？」クイックの声はもうほとんど聞きとれない。

「あたしはどうしようもなくて来たんです」メイクピースの神経は、恐怖と睡眠不足ですりきれて、もうずたずただった。「あたしが残りの人生ずっと、好きこのんで自分の頭のなかに先生を入れていたがっていると思いますか？　軽々しくいっていると思います？」

長い間があった。もう医師の息づかいもまばたきもかすかになっていて、メイクピースは何度かとまってしまったのではないかと思った。

「神よ、お助けください」死にゆく男はささやいた。その瞬間メイクピースは断られたと思ったが、医師の目を見て、受け入れられたのに気がついた。「神よ、お許しを。助けてくれたら……兄さんを助けよう」

神よ、あたしのこともお助けください。メイクピースは祈りながら、医師の手をとった。息づかいはどんどん弱くなり、その目はメイクピースを透かしてむこうを見ているようだ。

「その時が来たら、怖がらないで」メイクピースはそっといった。「あたしを見つけて、あたしの顔をめがけてきて。入れてあげるから……けど、やさしく近づいて。お客さまのようにね。腹を立てたり、暴れたりしたら、クマに引き裂かれるからね」

長い沈黙があり、一秒また一秒と容赦なく過去になっていく。生が死になる瞬間はとても静かで、動きがなく、たいていの人は気づかない。だが、メイクピースにはわかった。なぜなら、フェルモットのひとりだから。かすみのような小さな細い影が医師の口から空中にしみだしてきて、くすぶるような苦しみのなかでもがきはじめた。

それは、フェルモット卿から這いだしてきた潜入者の霊とよく似ていた。どの霊も、肉体と血液をとりはらわれて丸裸になったら、もとに着ていたのが美しい衣だろうと獣の皮であろうと、同じように見えるものなのだろう。

メイクピースはふいにたまらなく恐ろしくなった。けれども、すでにはるかな道のりをやってきて、とんでもないことをしてきたのだ。病の床のすえた空気から逃げだしそうになるのを抑えこみ、前に身をのりだして、暴れている幽霊に顔を近づけた。

それから震えながら深く息を吸いこむ。医師の霊がひんやりと、鼻から口、そして喉へと滑りおりていった。

23

頭のなかに、すさまじいいきおいで不協和音が鳴り響いた。まるで、雲が戦っているみたいだ。

後頭部になにかがぶつかる鋭い音がして、気づくと、クモの巣が厚くからまった梁(はり)を見あげていた。うしろむきに倒れていたのだ。胸が締めつけられて、はあはあとあえぐ。

神よ！　医師が叫ぶのが聞こえたが、その声がありえないほど遠くなのに、とても近く響く。

天にまします神よ！　これはどんな地獄だ？

同時に、クマの低いうなり声が聞こえてきた。混乱して威嚇(いかく)している。

「ふたりとも！」メイクピースは苦しげに息を継ぎながらささやいた。「落ちついて！　ふたりともいられる場所はあるから！」そうであってほしいと、心から祈る。

ここになにかいる！　医師が叫ぶ。**人間でもない！　獣(けもの)だ！**

「そういったでしょ！」

「獣」と聞いたときは、獣みたいな男だろうと思ったのだ。クイックがいいつのる。**礼儀知らずの田舎者かと。**

「ちがう——動物！　クマよ！」

もうわかっている。

メイクピースはやっとの思いで立ちあがった。医師の亡骸のほうは見ていない。頭のなかでこだまする医師の細い声だけで、混乱しきっていた。目がまわり、吐かないでいるのがやっとだ。

頭をぎゅっとつかむ。そうしながら、心のなかでクマに手をのばし、豊かな黒っぽい毛に指を走らせているところを思い浮かべる。クマは少しおとなしくなってはいるものの、まだふつふつと危険な嵐の気配がまとわりついている。クマは医師を信用していない。医師の魂のにおいが気に入らないのだ。

階下からきしむような足音が聞こえてきて、メイクピースははっとわれにかえった。

「娘さん、なにを叫んでるんだい？」ろうそく店の老女だった。「いったいなにごとだね？」

ぼくが死んだことはいうな！　医師があわてててささやく。**でないとあの老いぼれネコ、きみを追いだして、ぼくのシャツまでなにもかも盗むだろうよ。咳がかかるのを怖がっていなければ、とっくにやっていたはずだ。**　医師の声は、熱に浮かされた体から解き放たれて、さっきよりずっと聞きとりやすい。

「ごめんなさい！」メイクピースは階下にむかって呼びかけた。「驚いちゃって……先生が地獄の炎の話をするもんだから……」

おいおい、かんべんしてくれよ。ぼくが永遠にとやかくいわれそうじゃないか。ほかの話を思いつけなかったのか？

まあいい。ぼくのポケットを探って、見つけた物はぜんぶもっていってくれ。本もだ――それと道具と財布がマットレスの下に隠してある。

「両手いっぱいに荷物をもって出ていったら、泥棒で捕まって絞首刑になっちゃうでしょ！」メイクピースがいきりたつ。「外套のなかに隠せるだけはもっていく。幽霊を引っぱりだす器具はどこ？」

ああ、頭蓋骨用のてこか。手術用器具の箱のなかの黒くて薄い袋に入っている。本も必要だな。きみの兄さんの役に立つつもりなら。それと、ほかにもいくつか、残していきたくない物がある――上等な手袋と、ブーツと、パイプと……

「道具と財布と本二、三冊はもっていくから」メイクピースはあわてていった。「でも、衣類はなし。もしあたしが先生の病気で死んだら、あなたたちも住処を失ってとり残されちゃうんだよ。それに、悪いけど、あたしはパイプは吸わないから」

吐き気をこらえて、マットレスの下に手を滑りこませる。その拍子に医師の腕がだらりと垂れさがったのは、見ないようにした。かたい隅を指で探り、細い木箱と、革表紙のノートを引っぱりだし、スカートのポケットにしまいこむ。財布には硬貨が二、三枚しか入っていなかったが、とにかくもちだした。本は小わきに抱えて、外套で隠す。それからふと思いついて、手形も手にとった。空手形かもしれないけれど、紙そのものが貴重なのだ。

階下におりて、無言の子どもたちやろうそく商の老女のわきを通り抜けたとき、さぞやましそうな顔をしていたのだろう。女はしぶい顔をして、探るような目をむけてきた。

「まだ生きてるのかい？」かすかに侮蔑がにじんでいる。

「弱っていってるみたいです」メイクピースは答えた。

「そういうあんたも、具合がよさそうに見えないけど」女はいぶかしそうに目をすがめ、一歩あとずさりした。「汗だくで、熱もあるみたいじゃないか。近づかないで、とっととうちから出てっておくれ！」

　メイクピースはここぞとばかりに、大急ぎで昼の日ざしのなかに飛びだした。

ラム酒をたっぷり一杯ってわけにはいかないよな？　通りを急ぐメイクピースに、医師がおうかがいをたててきた。**一杯飲みたい気分なんだよなあ。**

「あたしみたいな、いたいけな若い娘が？」メイクピースは皮肉っぽくささやいた。

　医学的見地からも強壮剤としておすすめできるんだがな。おお、全能の神よ、お慈悲を。こんなのは耐えがたいことです！　きみはバランスをとって歩いていない、だからこう揺れるんだ。そんなに跳ねなくてもいいだろう？　船酔いしそうだ。それに、姿勢もひどい。背中の凝りがわかる……

「そんなにしゃべってたら、疲れちゃうよ」メイクピースはぶつぶついった。いろいろありすぎて、クマは確実に疲れている。メイクピースは、医師もそうだったらいいのにと、つい期待してしまった。

　宿に着くと、ペグがしばらくのあいだ荷物の見張り番を「ジュディス」に頼んで、うれしそうに出かけていった。メイクピースはひとりきりになって、いや、ひとりに近い状態になってほっとした。ベッドに沈みこんだが、頭のなかは大騒ぎだ。

医師はまた叫んでいる。声に不安と傲慢さが混じっている。

そこのきみ！　なにをしている？　もどってこい――きみにいってるんだ！

「呼びかけたってむだ」メイクピースは歯をかみしめたままぶつぶついった。「そんなことしても、怒らせるか混乱させるだけだから！　先生の話はその子にはわからないって。クマなんだから！」

そこまでまぬけじゃないぞ。医師がいいかえす。**クマにことばをかけるなんて、そんなむだなことをするものか！　ほかのやつに話しかけているんだ。**

ふらついて体をささえようと手をのばした瞬間、メイクピースは医師のことばの意味に気がついた。

「どういうこと？　ほかのやつって？」

ここにもうひとり霊がいる。きみやぼくと同じ人間の霊、三人目だ。まさか、知らなかったのか？

「ほんとうに？」メイクピースは鋭い声でささやいた。

この大混乱のなかで、これほどたしかだと思えることはないよ。たったいまそこにいて――ぼくから逃げるようにずるずる離れて隠れてしまった――返事をしようとしないんだ。でも、彼女、どこかそのへんにいるはずだよ。

「彼女？」声がかすれた。

ああ。女だよ、まちがいない。煙みたいで、けがをしている。ひどく腹を立てて怯えてもいる。

母さん。

両手で口を覆ったが、抑えきれなかった悲鳴が小さく漏れるのが聞こえた。頭のなかに、必死に忘れようとしてきた悪夢の映像があふれてくる。よく知っている顔で、荒々しく襲いかかってきて、メイクピースがどんなに引き裂いても、爪でこじあけて頭に入りこもうとした……。

母のことは、何年も考えないようにしてきた。それが、いまになって記憶のほうから近づいてきた。影、悲しみ、罪悪感、とまどいを煙のように引き連れて。

すべての出来事がただの悪夢だったらいいと、一縷(いちる)の望みをかけてきた。心の奥底ではずっと、母の幽霊をこの手で引き裂いてしまったのではないかと恐れてきた。でも、その霊が自分のなかに入りこんでいたかもしれないとは、夢にも思っていなかった。

もしかしたら、入りこんでいたのかも。もしかしたら、あのときからずっと、母さんの切り裂かれた霊が頭のなかの暗い隅にうずくまっていたのかも……それで、なにをしてたの？　木に巣くう虫のように、やわらかなところをむしばんできたの？　憎しみのあまり、復讐のときを待っていた？

「その人はどこ？」メイクピースはあわててきいた。「なにをしてる？　どんな姿？」

知るもんか！　医師は叫んだ。**ちらりと見えただけなんだ。それに、心で見ただけで、目で**

見たわけじゃない。もういなくなったよ、どこにいるかわからないな。

息をするのがむずかしい。両手をこめかみに押しあてて、集中しようとする。胸が苦しいのは恐ろしいせいもあったが、同時に、痛いほどの希望のせいでもあった。メイクピースの愚かで孤独な部分は、狂気に駆られ復讐に燃える母でも、いないよりはましだと感じている。

もしかしたら、もう一度母とやりなおす機会を与えられたのかもしれない。たとえ母が恐ろしい存在だとしても、なだめて落ちつかせることができるかもしれない。クマにしたのと同じように。

どうした？

「だれだかわかるかも」メイクピースは打ちあけた。

だれなんだ？　味方か？　敵か？

「いま、どっちの立場なのかはわからない」ことばがころがりでてきた。「その人はあたしの……あたしの母親。だけど、ひどい別れかたをして……死はときに人を変えてしまうから」

もしその女の幽霊がほんとうに母さんだとしたら、三年間静かに寝ていたことになる。いまになってメイクピースの脳みそを「卵の黄身」みたいに食べようとするとは思えない。でも、ありえるだろうか――そんなことが――母さんの幽霊があたしになにもしないなんて？

ここぞというときに急に腕をつねられたのを思いだす。あれで馬屋で目が覚めた。おかげで隠れ家の女主人の陰謀を盗み聞きできたし、クマが馬を食べてしまうのも阻止できたのだろう。

最後に見た夢では、見えない女性の膝にすわって、彼女が文字をひっかくのを眺めていた。母が唯一書けた文字。「マーガレット」の「M」。

母さんはまだ味方でいてくれるのかも。希望がわきあがってきて、恐怖を感じているとき以上に苦しくなった。

もし敵だったらどうする？　メイクピースの物思いは医師の鋭い声にさえぎられた。**きみはなにができる？**

その問いかけに、メイクピースは衝撃を受けて正気にもどった。考えただけで吐き気がしそうだったが、最悪の事態に備えなければ。頭のなかにすでに敵がいたとしたら、なにができる？　だけど、その手の問題に対処するために、この医師をとりこんだのだ、と思いだした。この先生がジェイムズの幽霊を退治できるのなら、極端な話、メイクピースにも同じことができるのではないか。

メイクピースは亡くなった医師の持ち物をベッドにならべて調べていった。不安な思いで、「頭蓋骨用のてこ」の入っている袋をあける。まがまがしい見た目の金属の道具で、長くて細い錐（きり）が、伸び縮みする部品で金属の横棒にくっついている。

気をつけてあつかってくれ。医師がいう。

「どうやって使うの？」

本気でそんなことをやるつもりなのか？　いいか、それはすばらしくよくできているんだ。錐は患者の頭蓋骨に穴をあけるのに使う。横棒の部分で患者の頭をはさんでおいて、ねじをま

わすと、錘の部分がゆっくり引きあげられて、頭蓋骨のへこんだところがあがる——

「患者の頭に穴をあけなくちゃならないの？」メイクピースが声をあげた。ジェイムズのことを思うと、どちらがより恐ろしいかわからなくなってくる。ジェイムズに錐で穴をあけるのがいやなのか、怒った力のある幽霊のせいで強くなっている彼にそんなまねをするのが恐ろしいのか。

あたりまえだ。ほかにどうやって、脳圧をゆるめられる？

「もし患者が……いやがったら？」

そういうときは、がっしりした男たち何人かで押さえてもらう。患者の耳に綿を入れてやったほうがいいかもしれない。錐が骨を削っていく音がきらいな患者もいるからな。

「ほかに方法はないの？」いやな予感に胃の奥がうずきはじめた。手伝ってくれる「がっしりした男たち」などいない。「その器具を……離れたところから使うことはできないの？」

離れたところから？　できるわけないだろう！　これは外科手術用の器具で、魔法の杖じゃない！

「頭蓋骨のへこんだところがあがるっていったけど、どういう意味？」メイクピースはゆっくりときいた。医師は少し間をおいてから話しはじめたが、どこかいいわけがましい調子だ。

ぼくが前に手がけた症例について知っているんだよな。兵士の頭を銃弾がかすめたが、距離があったので、頭蓋骨がへこんだだけだった。脳が圧迫されて頭蓋内に血液がたまったせいで、兵士は乱暴になり、妄想がひどくなった。それで、とりつかれたと思いこんだんだ。ぼくがへ

こんだところをもちあげて、なかの出血をとめたら、正気にもどったんだよ……

「嘘つき！」メイクピースはあえいだ。「兄さんを助けてくれるって約束したよね！　兄さんのなかには五人の幽霊がいる。本物の幽霊だよ、脳の出血じゃない！　その錐でなにができるっていうの？」

いいか、きみがことばどおりの意味でいっていたなんて、わかるわけないじゃないか？

「死後にあなたの魂をすまわせてあげると申しでてるんだから」メイクピースはいいかえした。「わかりそうなもんじゃないの！」

まともな状態じゃなかったんだ！　熱でまいっていたし、死の恐怖と闘っていたんだぞ！

死の直前の、かすみがかかったぼんやりした医師の顔を思いだすと、メイクピースももっともだと思った。誤解があったのかもしれないし、もし医師がわざとだましたのだとしても、死にかけてせっぱつまっていた人が、いちかばちかでわらをもつかもうとしたのをとがめることはできない。

むかむかして腹も立っていたが、それは自分自身に対してだった。これまで、自分の頭に幽霊が入りこんでくるのを阻止しようと、必死に闘ってきた。それなのに、愚かしい一瞬に、自分からすすんでひとりとりこんでしまったのだ。それも、なんの見返りもなく。

もちろん、できるだけのことはする。医師はちょっと不安そうな声で話しつづける。**もしきみの兄さんを助ける手段があるとしたら、ぼくといっしょのほうが見つけられる可能性が高くなる。こんな心霊現象を研究できる外科医なんて、ほかにいないだろう。**

「そうなると、話がちがってきちゃう」メイクピースはいった。「考えないと」なにがどうあろうと、オックスフォードを離れなくてはならない。もしフェルモット家が使者を王の宮廷に送りこんでいたら、あごにくぼみがある若い娘の噂を耳にするだろう。じゃあ、どこに行けばいい？

西をめざし、前線から離れて王党派の支配地域に深く入りこむ手もある。たとえば、ウェールズの中心部とか。どこかの小さな村なら、目立たずにすむだろう。でも、そうしたらジェイムズを見捨てることになってしまう。幽霊をたくさん抱えたままで放っておいたら、ジェイムズの人格が生き残る可能性はどんどん低くなる。たとえこの先生が霊を退治できないとしても、ジェイムズを救うことはあきらめたくない。

境界線を越えて、議会軍の支配地域に逃げこむこともできる。そこなら、フェルモット家も使者を送りたがらないかもしれない。ただし、メイクピースの金貨の運び屋としての短い経歴を反乱軍に知られたら、困ったことになる。

訪ねていけるような身内はいるだろうか？　おばとおじはまだポプラで暮らしているだろう。でも、あの夫婦はメイクピースを売りわたした張本人だし、ロンドンとオックスフォードはにらみあっている。どちらもぴりぴりして、相手の攻撃を待ちかまえている。あいだの街道は軍隊だらけで、道路が封鎖されたり、工事中だったり、スパイ探しがうろうろしているはずだ。

メイクピースはしかたなく、ずっと避けていた選択肢を考えることにした。ひとりだけ、ポプラの教区にも、強力なフェルモット家の中枢にも属していない親族がいる。

シモンドだ。

彼はサー・アンソニーを殺したが、サー・アンソニー自身が幽霊でいっぱいの入れ物だった。友人や部隊を見捨てたシモンドを、メイクピースは軽蔑していたが、それでもシモンドとは秘密と敵が共通している。敵の敵は友人ではないけれど、都合よく協力しあう同士にはなれるかもしれない。

なにより重要なのは、シモンドがフェルモット家の跡継ぎとして育てられたことだ。メイクピースよりフェルモット家の幽霊についてくわしいだろうし、ジェイムズから幽霊を追い払えるかどうかもわかるかもしれない。

危険ではある。最後にシモンドを頼ったフェルモット家の人間は、死ぬか、とりつかれるかの道をたどっている。けれども、シモンドとジェイムズはつい最近まで双子のように親しかった。ふたりのあいだの友情のすべてが偽物ではなかったことを祈るしかない。それと、シモンドがメイクピースを裏切れないような、なにか確固たる理由が必要だろう。

「先生」ようやくメイクピースは口を開いた。「うまくオックスフォードを離れる方法を知りませんか？　ブリルまで行かなきゃならないの。そこから議会派が制圧している土地に入らないと」

いったいぜんたい、なんだってそんなことがしたいんだ？　あたり一帯は両軍の攻撃で荒れ放題だぞ。それに、敵方の土地に入る境界線を越えるのは、とんでもない話だ。ぼくは死んだばかりだが、そんなに急いで同じ経験をくりかえしたくはない。

「見つけなければならない人がいるの」メイクピースは深く息を吸いこんだ。「それに、あたしたちがオックスフォードにいるのは危ないんだよ。フェルモット一族って、聞いたことある？」

貴族だろ。あらゆることに首をつっこみ、どの騎士団でも武勲をあげてきた。もちろん、知っているとも！

「あの一族はそれだけじゃない！　あの人たちは空っぽなの。自分たちのなかに幽霊をすまわせておけるんだよ。いまあたしが先生にしてるみたいに。あたしはあの血縁で――一族の能力をもってて――フェルモット家はあたしに邪（よこしま）なことをしようと企ててる。逃げだしてきたけど、追ってくるにきまってる」

この性悪な小娘め！　そんなこと、ひとこともいわなかったじゃないか！　ぼくの魂を誘ったときに、閉じこめられるのが裏切り者の逃亡者で、イングランド一力のある一族に追われている人間のなかだって、説明できたんじゃないのか。

「そんな時間なかった」

ああ、あわただしく死を迎えたのは残念だったよ。あんなにあっさり死ぬなんて、なんて浅はかだったことか！　きみはいったいなにをして、フェルモット家から逃げる羽目になったんだ？　なにか盗んだのか？　子どもができて、顔むけできずに逃げてるとか、いわないでくれよ。

「まさか！」メイクピースは鋭い声をあげた。「自分の命のために逃げてるの！　でないと、あたしのなかを幽霊で——フェルモット家の幽霊でいっぱいにされて、自分の魂の居場所がなくなっちゃうから。そうなったら、あたしはおしまい」

間があった。

きみがほんとうのことをいっているのかわからない。医師はむっとしているというより、興味をそそられているようだ。**だが、おもしろいな。ぼくはきみの頭のなかにいるのに、きみの思考のなかにいるわけではないんだ。それに、きみもぼくの思考のなかにはいないいんだろう。まだ、おたがいのことがよくわからないものな。**

たしかにそうだ、とメイクピースは思った。クマはことばをもたないが、感情は激しい風のように感じられる。医師のことばは頭のなかの声として聞こえるけれど、その考えや感情はさっと行き過ぎてしまって、読みとるのがむずかしい。蛾が肌をかすめていくようなのだ。

もしかしたら、時とともに、魂どうし、おたがいの気持ちが読みとれるようになるのかもしれない。フェルモットの幽霊たちは何人分もの人生をかけて、協力体制に磨きをかけてきた。だから、流れるようにすばやく動くことができる。もしかしたら、あの幽霊たちはおたがいの考えが手にとるように見えるのかもしれない。それとも、いまだに秘密の自分をもっていて、おたがいに隠しているのだろうか。

フェルモットの幽霊たちは自分たちの宿主の記憶を探って奪いとることもできるようだった。医師はまだメイクピースの記憶を読みとれていないが、そのうちにできるようになるのかもしれない。

ブリルに行く計画は忘れたほうがいい。敵の支配地域にむかうなんて論外だ。フェルモット家と折りあえる方法を見つけよう。あれほど強力な一家を敵にまわしてはいられない。

「いや！」メイクピースはきっぱりといった。「あの人たちと話すことなんてない！　それに、先生が決めることじゃないでしょ」

ばかげてる。つぶやきが聞こえたが、話しかけられているのか、医師がひとりごとをいっているのかわからない。**いいか、娘。すべての判断をきみにゆだねるわけにはいかない。気に入ろうが気に入るまいが、この肉体の船には四つの魂が乗っていて、ぼくたちにはどうしても船長が必要だ。ぼくが見たところ……それができる候補はぼくしかいない。**

「はあ？」メイクピースは大声をあげた。「やだ！　これはあたしの体なんだから」

ぼくたちはみんなそこの住人なんだぞ。医師が食いさがる。**きみの年齢や性別からすると、命令をくだすのにはむいていない。まして、きみのせいで、ぼくたちみんな逃亡者になったんだ。しかもほかの旅の道連れは、半分いかれたバンシーみたいな侵入者にクマときた！　このサーカスを率いるのに適任なのは、ぼくしかいないじゃないか！**

「よくもそんな！」メイクピースの胸に嵐のように怒りがわきあがってきた。こんどはクマの激しい怒りではなく自分自身の感情で、われながら恐ろしくなった。歯止めがききそうにないのだ。

そんな反応はまともじゃない――理性的に解決しよう！医師も怒りはじめている。**きみは角という角で迷っているじゃないか！　自分のなかに何人幽霊がいるかもわかっていなかった。**

ぼくが名のりでたことに感謝すべきだ。

「もうひとことでもなにかいったら」メイクピースはどなった。「あなたを追いだしてやる！　できるんだから！　やってやる！」ほんとうにできるのか自分でもわかっていなかったけれど、口にしたとたん真実のような気がしてきた。クマのうなり声が血液中に鳴り響く。「あたしはあ強大なフェルモット家から逃げだした――家から、生活のすべてから――だって、あたしはあの人たちのあやつり人形じゃないんだから。あたしはなにももってないけど、でも、あたし自身をもってる。これはあたしのものでしょ、先生。ぜったいにフェルモット家のおもちゃにはならないし、あなたのおもちゃにもならない。いばりちらすんなら、放りだしてやる。溶けて、煙のように風に運ばれてくのを見送ってやる」

また長い間があった。医師の感情が変化したのはわかるが、どんな感情なのか、その変化がなにを意味するのかはわからない。

きみはひどく疲れている。医師はゆっくりといった。**ぼろぼろだ。うっかりしていたよ。ぼくたちはふたりとも、たいへんな一日を過ごしてきた。話しあいをするにはまずいときを選んでしまったようだ。**

きみがいったとおり、ぼくはきみがいなかったら消えてしまう。だが、冷静に考えてみれば、きみにもぼくが必要だとわかるだろう。お母さんの幽霊は危険かもしれないぞ。確実にいかれてて、きみのなかをうろうろしている。だが、きみには見えないだろう。だから、仲間が必要なんだよ。ただ吠えるだけじゃない仲間だ。彼女を見張って、なにをしているか教えてあげら

れる仲間だよ。

メイクピースは唇をかんだ。認めたくはないけれど、医師のいうとおりだ。

もしこの計画を進める気なら、医師は話をつづける。**生き延びられる道があるかどうか考えなくては。ブリルはここから北東、直線距離では十マイルしかない。だが、その距離が問題だ。わが軍は近隣のかなりの数の駐屯地と防御をかためた屋敷を支配下におき、オックスフォード周辺――アイスリップ、ウッドストック、ゴッドストウ、アビンドンなど――の道路と橋を守っているが、もしブリルまで東をめざすとなると、この保護された円の外側をさまようことになる。ありがたいことに、ブリルにある大きな家はまだ王党派の手のうちにあるが、そのまわりの田園地帯のかなりの部分は、ぽつぽつと議会派に奪われているんだ。**

そこまで歩いていくつもりなら、橋は渡らなくてすむ。呼びとめられて尋問されるのも避けられるかもしれない。だが、野を行くのは危険だ。どうもこの戦争では、放牧地や道端で戦闘が起きているようだからな。どこの生垣や飼い葉桶のむこうに伏兵がしゃがみこんでいるかわからないんだ。

メイクピースはこうした話が役に立つ情報だと認めざるをえなかった。この医師は傲慢だが、けっして愚かではない。

「計画を立てる必要がある」メイクピースは同意した。「ここを出る前に方針を決めないと……」そのときになって、神経がまともに働かないほど疲れきっているのに気がついた。

鉛のように重いじゃないか！　医師がぶつぶついう。**疲れすぎて具合が悪いんだ。最後にち**

やんと寝たのはいつだ？ いかにも医師らしく、非難がましい口ぶりだ。

「議会軍を避けながら、いくつかの州を抜けてきたから」メイクピースはいいかえした。「ひと眠りかふた眠り、できるときにはしたけど」

ならば、頼むから、いまは寝なさい！ つっけんどんな口ぶりだが、意地の悪い響きはない。**寝なければ、病気になる。発疹チフスにかかろうとかかるまいとだ。それに、われわれはどこに行くんだ？ もしこの船の船長をする気なら、乗客に対する義務があるんじゃないか？**

「あたし……」メイクピースはためらった。

医師のことはほとんど知らなくて、きらいになりかけていたが、たしかに永遠に眠らずにはいられない。好ききらいは関係なく、クイックのいうとおりなのだ。メイクピースには味方が必要だ。そして、助けを求めるのなら、自分の苦境を打ちあけるしかない。

「あたし……最近、眠っているあいだに歩いていたことがあって」メイクピースは正直にいった。「それで……眠るのが怖くなって」

そうなのか？ クイックは話をのみこめたようだ。**もうひとつの手がきみの糸をあやつっているのかな？ 前足かもしれないが？**

メイクピースは答えなかった。医師もうるさくつついてこなかったが、少ししてため息が聞こえた。

きみが眠っているあいだ、ぼくが見張りをしよう。もしきみがうろうろしだしたら、あるいはだれかほかの連中がなにかしようとしたら、起こすよ。きみの決めたことはともかく、三人

の悪者のなかではきみがいちばんましに見える。

邪魔の入らない深い眠りを想像しただけでめくるめくような感覚に襲われて、メイクピースは気分が悪くなった。重い頭をベッドにのせて目を閉じると、闇がたまらなく甘く感じられた。「気をつけてね、先生」つぶやきながら、心と体をやわらげていく。「クマは先生が好きじゃないから。先生に傷つけられると思ったら……びりびりに引きちぎるかもしれない」

24

「ジュディス?」

メイクピースはやっとの思いで目をあけた。目がべたついている。口のなかはすっぱくて、喉は腫れている。もう一度目をつぶりたくなった。

目の前に女の顔が浮かんでいるが、部屋が薄暗くてはっきり見えない。夕方? それとも明け方? 一瞬自分がどこにいるのか、一日のどの時間帯なのかも思いだせなかった。

「ジュディス、いったいどうしたの? 顔が土気色よ」

ヘレンはメイクピースの額に手をのばしかけたが、触れずにひっこめた。怯えたような、苦しげな表情をしている。

「おでこが濡れているわ」ヘレンはつぶやいた。「あの花の袋を顔に近づけておけといったでしょう」

「病気じゃないんです」メイクピースはいいはって、起きあがろうとした。胃がきゅっとひきつって、ふたたび倒れこむ。「ただ……疲れてるだけ」こんなにすぐに発症するわけがない。クイック医師の死の床につきそってから、まだ二、三時間しかたっていないのだ。

ヘレンはなにもいわずに、うしろにさがって椅子にすわりこみ、口に手をあてた。きょろきょろと目を動かして、計算している。

「わたしは今夜オックスフォードを発つわ」ようやくいった。「ペグはもう出発したの。わたしはバンベリーを目ざして北にむかわないと――シモンド・フェルモットのお気に入りの先生が住んでいるから、なにかわかるかもしれない。それに、議会軍がこの街を攻めてくるという話もあるの。もし臼砲で防壁を攻撃されたら、身動きがとれなくなってしまうでしょ。あなたも連れていくつもりだったのだけど」

「あたしも出発しないと」メイクピースはあわてていった。

　ヘレンは首を振った。

「こんな状態のあなたを連れてはいけない。ふたりとも元気でもじゅうぶん危険なのよ。わたしにはあなたを運んでいけないわ、ジュディス。それにそんなことをしたら、あなたの命にかかわる」

聞いてくれ。医師の声がした。**その人のいうとおりだ。いま、きみは動けない。発疹チフスにかかっているんだ。**

「ちがう！」メイクピースはひきつった声をあげた。「いま病気になるわけにはいかない！　この先もならない！」

しかたがないんだ。

　メイクピースはとてつもない恐怖にとらわれた。頭を攻撃されたことは前にもあったが、いまは体が内側から攻撃を受けている。ベンジャミン・クイックの病床を思いだす。医師の亡骸から魂が湯気のように出てきたところを。

「ごめんなさい」ヘレンは心からもうしわけなさそうにいった。「薬の残りぜんぶと、わたしの財布の中身も半分おいていく。でも、ついていてあげることはできないの。陛下の命令が優先だから」

あわてるな。医師がいった。**ぼくがいる。病気のことはわかっている。きみは若くて、ぼくより強い。きっと切り抜けられる。**

「病気だということは、だれにも知られてはだめよ」ヘレンが半ば自分にいい聞かせるようにメイクピースにいった。「街の外のポート・メドウに隔離用の小屋を建てているんですって。もし熱病だと報告されたら、そこに連れていかれてしまう。そうなったら、助かる見こみはないでしょうね。この宿のご亭主にお金をわたして、口をつぐむように、食事を出してくれるようにいっておくわ。てのひらいっぱいに硬貨をつかませれば、それ以上のこともしてくれるでしょう」

ヘレンは荷物をもちあげると、頭にフードをかぶった。

「神がお守りくださいますよう」

メイクピースは一瞬、ひどいことばしか思いつかなかった。でも、ヘレンはできるだけのことをしてくれている。「ジュディス」になんの義理もないのに。メイクピースの視線が、ヘレンの小さなつけぼくろの上でとまった。その下にあばたが隠されている。ヘレンも、天然痘(てんねんとう)と闘った——死とやりあったのだ。病人のいる部屋から、病の街から逃げていくヘレンを責めることはできない。

「あなたのことも」メイクピースは声をかけた。

まぶたが重くなって目を閉じた。ほんの一瞬のようだったのに、つぎに目をあけたとき、ヘレンはいなくなっていた。

死ぬもんか。それしか考えられなかった。死ぬもんか。まだ。あたしはまだ自分の運命を手にしていない。なれるものになれていないし、できることもしていない。まだだ。まだまだ。

ある時点で、頭のなかで医師の声がするのに気がついた。静かに穏やかに、でもしつこく、小さな子どもにするように語りかけてくる。

ドアのノックの音がしたぞ。外に食べ物をおいていったんだろう。起きあがってドアまで行くんだ。食べ物は必要だろう?

メイクピースは起きあがり、よろよろとドアまで歩いていった。頭が割れるように痛い。外にはスープの鉢があった。しゃがんでとろうとしたが、膝が崩れて、みっともなくすわりこんでしまった。四苦八苦して鉢を室内に引きずりこみ、ドアを閉めた。

スープを口にするだけで長い時間がかかった。頭が重くて壁に預けていたら、いまにも眠ってしまいそうになる。

もうひとさじ。医師がうながす。**もうひとさじ。おいおい、頼むよ。ほら……ぼくに手を使わせてくれ。**そこでメイクピースは自分の右手を医師のするがままにまかせ、スープを口に運んでもらった。ひとさじ、またひとさじ、またひとさじと。すごく小さな子どもになったみたいで、なぜか泣きだしたくなった。

いいぞ。医師がいった。**さあ、薬を飲むんだ。**メイクピースは医師の指示どおりに医療かばんまで這っていき、緑色の小さなガラスびんを引っぱりだした。**いまはほんの少しでいい。あとでもう少し飲もう。**

薬を飲むと口のなかがねばついて、さっきよりも部屋がぐるぐるまわるような気がした。クマはにおいをきらっている。

「ここには泊まれない」メイクピースはささやいた。耳とこめかみを血液がドクドクと流れていく。

どうしようもない。休むしか治る道はないんだ。眠らなければ死んでしまう。

死ぬつもりはない。

時間の感覚が溶けていく。またドアをノックする音がしたが、どうしてだかわからない。もうスープは飲んだのに。でも、また新しいスープが来た、と医師が教えてくれた。メイクピースはもう一度ドアをあけて、新しいスープを飲まなければならなかった。どうしてまた来たの？　医師は夕食の時間だという。何時間も過ぎていたのだ。メイクピースは新しいスープを飲んだ。少しして、こんどはおまるを使うために動かなければならなかった。室内を歩くだけで、坂道をのぼっているみたいにつらい。

床の溝が顔にあたっている。どうしてこんな寝かたをしているんだろう？　ノック、ノック。

新しいスープ。医師は手とさじの使いかたがうまくなってきた。だれがどういう理由で動かしているかわかっていても、自分の手足が動かされているのを見るのは不気味だった。

「どうして先生はめまいがしないの?」しわがれた声できいた。

少しはしているよ。だけど、きみのほうが体と強く結びついているから、病気もより強く影響しているんだ。きみの強みが弱みに、ぼくの弱みが強みになっている。

医師はまた薬のことをいいだした。そうだ、薬の時間だ。ずるずると体を引きずって医療かばんまで行き、びんから薬をすする。

熱に浮かされて夢を見た。ぜったいに部屋にだれかがいて、押し殺した声で話しあっている。ところが、重いまぶたをぱちぱちとあけてまわりを見まわすと、だれもいない。

一秒一秒が眠るライオンのようにのび、数時間がまたたくまに過ぎる。窓のむこうの空は灰色だ。それから、痛いくらいに日が照りつけ、あざのような色になり、光が薄れる。やがて深い穴になり、闇が訪れる。そうして、また同じことがくりかえされた。

メイクピースは不安になったが、どうしてかは思いだせなかった。なにか思いださなければならないことがあり、どこか行かなければならない場所があるのに、熱に浮かされてかすみがかかった脳内で忘れ去られている。

ぼそぼそとつぶやく声がする。まただ。また枕もとで、夢のなかの声が話しあいをしている。ところがこんどは、夢ではなかった。少しだけ目をあけてみる。ドアがかすかにあいていて、そのすきまから、宿の亭主の顔とほっそりした女の顔が見えた。亭主のおかみさんだろう。

「いつまでもこの子を隠して、食べさせておくわけにはいかないよ」女が哀れみとやるせなさの混じった目でメイクピースをちらりと見てささやく。

「あの赤毛のご婦人が、この一か月で見たなかでいちばんいい硬貨で支払ってくれたんだよ。元気になるまで、この若いお嬢さんのことはだれにもいわないようにといってね」亭主は誠実そうにいったが、ためらうように眉をひそめている。

「でも、この子のことをきいてきたその人が、ほんとうに友だちだったら？　そういってるんだろう？　その人に連れてってもらおうよ。もし発疹チフスの患者がいるのに通報しなかったとわかったら――」

「いってるじゃないか、そんなんじゃない！　見てごらん――寒がってもいないし、発疹もない」

「発疹はあとから出るんだよ。知ってるだろう！」おかみさんが叫ぶ。「まだ寝ついて三日にもならないじゃないか！」

「この子が街に来たのはたったの四日前だ」亭主が鋭く答える。「そんなにすぐにかかったのを見たことがあるか？」

「前からかかってたんだろうよ！」おかみさんはため息をついた。「さっきの紳士、追い払わなければよかったのに。だれかに追っかけさせて、ほんとうのことを話そうよ」年配の女は一瞬メイクピースを見おろした。疲れきって困ったような顔だが、意地悪そうではない。

ドアが閉まった。

メイクピースはとてつもない苦労をして体を起こし、壁に背中をもたせかけてすわった。ぽろぽろと滑り落ちていく思考を、必死にかき集める。

三日。病気になって三日たっている。それは……まずい。ようやく思いだした。とっくにここを出ているはずだったのだ。危ない。宮廷で目をつけられたのだ。フェルモット家の人間がききまわっていたら、だれかがヘレンといっしょにいた娘を思いだすかもしれない。ヘレンがどこに泊まっていたかも。

ひとりの男が訪ねてきた。もしかしたら、フェルモット家に見つかってしまったのではないか。

落ちつけ。医師がつぶやいた。

「あたし……」ごくりとつばをのむ。「あたしたち……行かないと、いますぐに」

むりだとわかるだろう。まだ力が出ない。

「行かなきゃ！」がさがさにかすれた声だったが、話すうちに、体に力が入って、生きている感じがしてきた。「その男がもどってくる前に行かないと……フェルモットの人たちが……」

落ちつくんだ。そして考えろ。宿の亭主は、いまはその男を呼びにいかないだろう。暗くなりはじめているからな。きみはいま眠れば、熱が下がる、そうしたら……

メイクピースは立ちあがろうとして、また膝から崩れおちた。

聞け！　聞くんだ！　医師はいらだち、後悔しているようだ。**きみがあわてるのはよくわか**

る。だけど、医師としていう、いまの状態ではむりはできない——むりしちゃいけないんだ。限界を認めることだよ。いま自分の体になにが起きているかわからないだろうが、ぼくにはわかる。

「ごめんなさい、クイック先生」メイクピースはささやいた。両手と膝をついて外套のところまで這っていき、ぶかっこうに肩に巻きつけた。

いいか……とにかくまずはこの薬を飲んで、夜に歩きまわらないように身を守るんだ。

「だめよ。あたし……薬を飲むといつも寝ちゃうから」足は鉛の塊みたいだったが、どうにかこうにかその足に靴をはかせた。

頼むよ、立ちあがれもしないじゃないか！

メイクピースは深呼吸すると、ベッドの足のほうにつかまって体をささえ……立ちあがった。ふらふらしながら持ち物の包みと医師のかばんを拾いあげ、危なっかしい足どりで戸口にむかう。必死に一歩また一歩と歩を進め、なんとかたどりついてドアをあけ、暗くなった廊下に出た。

ばかなことはやめるんだ！ 医師が叱りつける。**やめろ！** いきなりメイクピースの手の支配権を奪ってドア枠にしがみつき、それ以上進めないようにした。

メイクピースはかっとなって、支配権を奪いかえそうとした。けれども、頭のうしろのほうで、ひそひそと危険なささやきが聞こえる。こんどこそ確実に、想像ではない。

なんでもいい、やらなければならないことをやれ。 医師の声がしたが、メイクピースにむかっていっているのではなかった。

階段をおりはじめると、急に左足が反抗しはじめた。自分ではない何者かの意志にしたがっているらしく、床についたとたんに足がねじれて、メイクピースをつまずかせた。階段の上から下まで、ゴロゴロと大きな音をたてて滑り落ち、脚やわき腹が段の角にぶつかって傷だらけになった。

上からも下からも、混乱した声がする。裸足の足音が近づいてくる。寝間着姿で細ろうそくを手にした人影が現れた。

メイクピースは、二本の手にささえられて、なんとか立ちあがった。

「ありがとう……あたし……ここを出ないと……」声がかすれてくぐもっている。

「夜のこんな時間に?」

まわりのぼんやりした顔にいぶかしそうな表情が浮かんでいる。

「お嬢さん、だいじょうぶですか?」

メイクピースは周囲の人影のわきをよろよろと通りすぎ、玄関の扉をあけた。夜気の冷たさにはっと息をのむ。

「あら、こんなところに!」通りから声がした。あっと思ったがもう遅い。メイクピースは白パン屋のおかみさんに気づいて、あわてて家にもどろうとした。おかみさんのわきにもうひとり、男が立っている。

メイクピースの胸のうちに、恐怖が大きな波のようにわきあがった。あの人影はすぐわかる。

自分の名前や、幼いころに聞いた子守歌のようによく知っている。男は光のなかに進みでて、ひややかな目でメイクピースにほほえみかけた。

ジェイムズだった。

25

一瞬メイクピースは恐怖に目をみはったが、すぐに生き延びようとする本能が勝った。かわせるかもしれないとわきによけたものの、ジェイムズは目にもとまらぬ速さで、メイクピースの肩をつかまえて引きもどした。

不気味な速さ。上の方たちの速さだ。

「ほら、モード、どうした？」ジェイムズがまたほほえんでいる。不器量なのに魅力的な顔に、ぜったいにそぐわない笑みだ。「おれがわからないのか？」

「放して！」メイクピースは必死に白パン屋のおかみさんを振りかえった。「友だちなんかじゃない」

「でも、あんたもだれかわかったみたいだったじゃないの」おかみさんはとまどったように眉をひそめた。

「そうですよ」ジェイムズはメイクピースの腕をむりやり自分の腕にからませて、わきにぴったりくっつくようにした。「モード、おれだよ――ジェイムズだ！　おまえの兄さんだよ」

「まあ……そういわれてみれば、似てるわね」おかみさんの表情がやわらぎ、周囲の人たちもほっとした顔になった。

「兄さんじゃない！」メイクピースは腕を引き抜きながら、あいている手でジェイムズの顔を殴りつけた。「お願い、聞いて！」

心配する声があがり、手がのびてきてメイクピースの腕や肩を押さえつけた。なだめるようなことばがつぶやかれる。メイクピースは応接間に引きずりこまれ、椅子にむりやりすわらされた。

「さあ、ほら、お嬢ちゃん」パン屋のおかみさんはまだ少し不安そうだ。「お兄さんが自分の宿まであなたを運ぶ椅子かごを頼んでくれたから。それが着くまで、ここであたたかくしておいで」ジェイムズをちらりと見てささやき声でつけ加える。「お嬢ちゃんのこと、怒らないでやってくださいね。熱に浮かされていってるんです。すぐにあなたがだれか、ちゃんとわかるようになりますよ」

「ああ、そうでしょうとも」ジェイムズがいう。部屋にはろうそくが一本、メイクピースのそばの小さなテーブルにあるだけだ。その明かりを受けて、ジェイムズの顔が揺れたり躍ったりして見える。

「聞いて！　あたしの話を聞いて！」メイクピースはまだふらふらしていたが、なんとか椅子の上で背筋をのばした。「この人は兄さんじゃない。目をのぞきこんでみて。この人を見て！　悪魔なんだよ。ふたりだけにしないで！」

パン屋のおかみさんはぱっとジェイムズの顔に目を走らせ、ほんの一瞬そのまま見つめていた。それから目を伏せると、あわてて部屋を出ていった。メイクピースはたとえ宿のおかみを納得させられたとしても、結局どうにもならないのだと気がついた。見知らぬ男は悪魔かもしれないが、それでも厄介な病人を家の外に連れだしてくれるのだから。

　おかみさんが出ていってドアがカチリとしまった。兄と妹はたがいに見つめあった。

「ジェイムズ」メイクピースはできるだけ静かに穏やかにいった。「おたがいに見捨てないって約束したよね、覚えてる？」

「あいつはおまえを見捨てたわけではない」上の方がいった。「最後の最後に一族への義務を思いだしただけだ」

「へえ？　いったい何人で押さえつけて『義務を思いだす』手助けをしたの？」

「そんなふうに思っているのか？」またしても、開いた口がおもしろがるように小さく震えた。

「この少年がわたしたちと戦おうとしたと思ったのか？　ちがうぞ。こいつは自分から身を投げだしてきたのだ。欠点もあり愚かではあったが、最後に名誉を回復した」

「信じない」メイクピースはささやいた。

「信じるのだ」上の方はいう。「いまでは、おまえよりわれわれのほうがやつのことを知っている」

　メイクピースは十二夜ケーキの豆を思いだした。ジェイムズは無礼講の王になるために、ふたりの計画を投げだした。支配者になること、力と肩書にジェイムズはひきつけられたのだ。メイクピースが一度も魅力を覚えたことのなかったものに。彼が、幽霊の群れをとりこんでも自分を保っていけると過信しただろうことも、想像できる。

「ジェイムズ、あんたばかよ」メイクピースはささやいた。

「おまえこそ、義務を放棄したではないか」上の方が話をつづける。「兄のことはどうでもいい。われわれはどうだ？　おまえのわれわれに対する義務は？　逃亡をだれに助けてもらった？　獣をおまえのなかに入れたのはだれだ？　あの縄を与えたのはだれだ？」

上の方たちが気にしているのはそこなのだ。いまでも、メイクピースがひとりで逃げだせたとは信じられないのだろう。こんなに腹が立っていなければ、おもしろがれただろうに。

「もう、あんたたちなんか地獄に落ちればいい！」メイクピースは激しい怒りにわれを忘れて叫んだ。「まだあたしを連れもどして、フェルモット卿の幽霊でいっぱいにするつもり？　みんな目が見えないの？　それともばか？　あたしは熱病で腐りかけてるんだよ。やってみたら？　あの幽霊たちを入れてごらんよ。肌が発疹だらけになって、脳が溶けていっしょになっちゃって、みんなで死の衣の準備をすることになるよ！」

少しすると、喉がつまって震えだした。ほかの霊が喉を使おうとしている。メイクピースは自分の許可なく口のなかで自分の舌がのたくりだすのを感じて、恐ろしくて吐きそうになった。

「この子は勘違いしている」自分の喉から出てきたのに、自分の声ではない。喉にこすれてきしんだ音がする。「この子は感染していない」

「ああ」ジェイムズが満足しきったように声をあげた。「そこにいらしたのですね、レディ」

メイクピースは声を封じて支配権をとりもどそうとしたが、喉がつまって、恐怖で息ができなくなった。あたしから声を出してるのはだれ？　冷たく抑制のきいた声だ。母さんではない。

悪夢のなかで攻撃してきた母の幽霊の、はっきりしないうわごとみたいな話しかたとはちがう。「アヘンを飲まされただけ」声が話しつづける。「獣も薬で弱っている——魂がこの娘の魂とからみあっているから。もうひとり霊がいる。まあまあ役に立つ医師の霊だ。その者の薬を使わせてもらった」

裏切り者！　メイクピースはようやく理解した。病気ではなかったんだ。だまされて、自分で薬を飲んで意識を失いかけていた。クイック先生、嘘をついたのね！　あんたの病んだ古い魂なんて、つばといっしょに病の床にしみこませてやればよかった。土気色をした医師の幽霊が腕にのしかかってきて、メイクピースが暴れだすか走りだすかしたら、とめようと身構えているのがわかる。裏切り者、愚か者！

「では、押さえておけ」上の方がいい、クイック医師のかばんをあけて、「薬」の小びんを引っぱりだした。コルクを引き抜き、注意深くにおいをかぐ。「つぎは失敗できないからな」

クマ！　メイクピースは頭のなかで呼びかけた。クマ！　けれどもクマはぼんやりして混乱している。腹を立てていて、メイクピースの声は聞こえているのに、前足をどこに振りおろせばいいかわからないのだ。

近づいてきたジェイムズにあごをつかまれて、メイクピースは抵抗しようとしたが、薬となかの幽霊のせいで椅子に押さえこまれた。医師ともうひとりの幽霊からは得体のしれない悪意が感じられる。ふたりは意志の力を総動員してメイクピースの動きを封じようとしている。びんが唇にあてがわれ、口から大量の薬が注ぎこまれた。メイクピースは吐きだそうとしたが、意志に反して口も喉も激しく震えて、薬をのみこませようとする。

「よし」ジェイムズが冷たいよそよそしい声でいった。「意識がなくなったら、レディ、こいつのなかをきれいにしておいてくれ。ほかの霊もとりのぞかないと、フェルモット卿の仲間を入れる余地がない」

なんだと？　クイック医師がメイクピースの頭のなかで叫んだ。**それじゃ話がちがうじゃないか、レディ！　約束したよな、フェルモット家はぼくにも場所をくれるって！　彼に話してくれ！　話せ！**　メイクピースの手足が急に少しだけ軽くなった。動揺した医師が、押さえつけていた手を放したのだ。

　メイクピースはあらんかぎりの力で小さなテーブルを蹴り、ろうそくを倒した。

　部屋を暗くするだけのつもりだったが、倒れたろうそくがジェイムズの外套（がいとう）に触れた。炎は房飾りをとらえ、黄金色の飢えた舌が布をなめまわしていく。ジェイムズは古い時代ののしりことばを叫んで、喉もとの外套の留め金をはずそうとやっきになっている。そのあいだにメイクピースは椅子から飛びのき、薬を吐きだしながら、両手両膝をついてドアにむかって這いはじめた。

　正体不明のもうひとりは、メイクピースの意識に爪をたて、手足をあやつり動きをとめようとしている。だがいまは、それにクイック医師が抵抗していた。メイクピースは、ふたりが静かな怒りをたぎらせて争っているのを感じながら、そのすきをついて荷物をつかみ、廊下へと這いだした。

玄関のかんぬきを引っぱってあけ、通りに飛びだす。背後の家のなかから、苦痛の叫びや毒づく声が聞こえてきた。上の方たちはいかに年季が入っていて恐ろしくても、火がつけば燃えるらしい。

メイクピースは走った。刺すような冷たい空気に、ぼんやりしていた脳がはっきりしてきた。クマはいっしょにいて、よろめいたりうなったりしているが、メイクピースに力を求められているのに気がついている。石畳に自分の足音が響きだしたかと思うと、すぐにうしろからべつの足音が聞こえてきた。ずっと速く、しっかりした足どりだ。

メイクピースが角を曲がると、思いがけず、そこには光が集まっていた。

「とまれ！」武装したみすぼらしい身なりの男が六人、行く手をふさいでいる。それぞれが薄汚れた飾り帯をつけていて、先頭の男がランタンを高く掲げている。巡回中なのだろう。メイクピースは身をかがめて通り抜けようとしたが、ひとりに腕をつかまれた。「なにを急いでいるんだ、お嬢さん？」

メイクピースがうしろを振りかえると、ジェイムズがろうそくの明かりのなかに走りこんできた。目が怒りでぎらついている。彼なら、すぐにうまい話をしてまるめこんでしまうだろう。いや、そんな話をするすきを与えなければいい。

「匿（かくま）ってくれるっていったのに！」メイクピースはジェイムズにむかって叫んだ。ジェイムズは見るからにぎょっとしている。「通りに出ていってもだいじょうぶだっていったじゃないの！　なのにほら、捕まっちゃった！　あたし、隔離小屋なんか行きたくない！」

その後の茫然(ぼうぜん)とした沈黙のなかで、巡回部隊はメイクピースの汗ばんだ肌や震えにはじめて気づいたようだった。腕をつかんでいた男はあわてて放し、男たちはわずかに距離をとってメイクピースをとり囲んだ。

「熱があるのか？」ランタンをもった男がきつい口調できく。

「あたしのせいじゃない！」泣き叫ぶと、かんたんに涙が出てきた。「死にたくない！」

ジェイムズの顔は落胆にゆがんでいる。なかの幽霊たちが憤っているのはまちがいない。どういうわけか、彼らの手に負えない状況になってしまったのだ。

「この子は病気じゃない」ジェイムズはあわてていった。「妹はときどき想像がたくましすぎて——」

「顔が灰色だぞ」先頭の男が叫ぶ。「立ってるのがやっとじゃないか。かわいそうに、同志よ、きみが妹を守ろうとしたのをとがめるつもりはない。だが、われわれは命令にしたがわなくてはならない」ためらって、かすかに顔をしかめる。「それと、きみも看病をしていたんだろう？　いっしょに来てもらったほうがよさそうだ」

「おれがだれだかわかっているのか？」ジェイムズはつっぱねた。「おれには有力な友だちがいる。その人たちを怒らせないほうがいいと思うがね——」

「われわれは命令を受けているんだ」番兵がいいかえす。

ジェイムズの氷のように冷たい目が、六人の番兵を眺めまわして計算している。なかにいる上の方たちが、巡回の兵全員を殺すかどうか考えているのだろう。殺すことはできるだろうが、その後をどうするかが問題だ。

ジェイムズはくるりときびすをかえし、暗闇に逃げこんだ。番兵がひとり追跡をはじめたが、じきにあきらめてもどってきた。

「すまないな、お嬢さん」先導役がいう。「けど、あんたを街の外の小屋に連れていかなきゃならないんだ。そこで面倒を見てもらえるよ」本人が思っているより心もとなく聞こえる。

ほんとうにそう願いたいよ。医師がつぶやいた。**きみの計画の後半戦開始だな。**


暗くなったオックスフォードの通りを連れていかれながら、メイクピースはどこか寒い地下世界を歩いているような気がした。ようやくクイックの薬の効き目は弱まってきていたが、周囲の光景そのものが夢のなかのようだ。

メイクピースはいつのまにかグライズヘイズに慣れ親しんでいた。胸のうちではあの家に対して怒りを燃やしていたが、あのゆったりした間合い、ひややかに瞑想する高い壁、絶え間なくおしゃべりをする風が、メイクピースの骨の一部となっていた。音にすら慣れて、きしむ音、ぶつかる音、遠くの声、音という音が聞き分けられた。ここでは、遠くから聞こえる笑い声、吠え声、衝突や馬のひづめの音がどれも知らない音ばかりで、足場を失ったような感じがする。

通りは暗くなってきたが、まだ松明もちの少年が出てくるほどではなかった。ときおり、スミレ色の空を背景に大きなカレッジの建物が浮かびあがる。窓辺でろうそくが風に揺れている。一度、知らない人の行列が通れるように、先導役がメイクピースをわきに寄せた。行列には上等な服を着た紳士たちがいた。クモの巣のように繊細なレースの襟、リボンつきの靴、ダチョウの羽根のついた帽子、腰より下まで届くつややかな巻き毛。男たちは踊りを見せながら、薄暗い、滑りやすい通りを進んでいく。そばでにぎやかな楽団が体を揺らしながらフルートやギターを鳴らし、うしろでは、高級娼婦のように仮面と頭巾をつけた貴婦人の群れが笑いさざめいている。

この男たちも女たちも生きている。それでも、その行列はどこか幻のようで、墓場でときどき見かけた踊る骸骨の彫刻を思わせた。病と破滅にどっぷりつかっていても、宮廷は宮廷であろうとしている。愚かに退廃的に、華やかに大胆に。

門まで来ると、巡回部隊は歩哨とぼそぼそとことばを交わした。門が開き、一行は冷たい風のなかに出ていった。頭上には空が容赦なく広がっている。消えゆく光のなかで、土塁がいっそう大きく見えた。

夜気は鋭く、広い空の下にさらされているのに、メイクピースはどこかほっとしていた。オックスフォードでは囚われているように感じていたのだ。これまでも、人生の大部分を古い壁のなかに閉じこめられて生きてきた。

前方の広い街道は川にむかってつづいていて、橋の見張り小屋に灯るランタンのやわらかな明かりが見える。そちらから目を背けるように、右手の闇に沈んだ野原を見やり、夜目が働くようにと目をしばたたく。

クマ、あなたの目が必要なの。あなたの鼻も。夜に働く感覚と森の知恵が。

「隔離小屋まで送っていこう」巡回隊の先導役がいう。「ランタンで足もとを照らしておかないと」

「ありがとう」メイクピースは静かにいった。「でも、そんな物はいらない」

先導役が答えないうちに、メイクピースはランタンの小さな明かりを離れて闇のなかに駆けこんだ。やわらかに沈みこむ野の土を踏みしめながら。番兵はしばらく呼んでいたが、追ってはこなかった。迷いのなかにある街で、迷える魂がさらに迷いを深めたところで、いちいち追いかけてはいられないのだ。

第五部　中間地帯

26

ランタンの明かりのあとでは、闇は強烈だった。聞こえるのは、自分のあえぎだけだ。草むらで片方の足をひねってころびそうになり、舌をかんだ衝撃で背骨が震えた。つぎにつまずいたら足首がねじれるかもしれないが、ぐずぐずしていたら捕まってしまう。メイクピースは自分のあえぎしか聞こえないままに前へ前へと走り、クマにすべてを預けた。

クマは人ごみ、通り、薬、人間のにおいに混乱していたが、ようやく自分たちが走っているのに気がついた。それはクマにも理解できることだった。ほんとうは四つん這いになりたがっているけれど、それではメイクピースが走れないのを察している。

クマの目を通して見ると、闇は完全な闇ではない。かろうじて見えるところがあり、黒い闇を背景に灰色の嵐雲が浮かんでいるのがわかる。わだちと畝(うね)。つくりかけの土塁(どるい)の山。はるか前方の小路の両脇に木々の影が見える。

メイクピースは土塁のあいだを縫っていき、やがて木々が立ち並ぶ小道に出た。息が切れると、ほんの少しだけ足をとめた。

追手はついてきていないようだ。医師がつぶやいた。

黙って、クイック先生。メイクピースは頭のなかでいいかえした。気づかれたら命とりになるので、声に出して答える気にはなれない。幸い、医師にも聞こえたようだ。
きみが怒るのは当然だ。どうやらぼくは、判断を誤ったらしい。
黙って、っていったでしょ。集中したいの。メイクピースはいらだちをのみこんで、クマの嗅覚に意識を集めようとした。**信じて、ここにいるのはあたしたちだけじゃない。**

　番兵は真剣に追ってはこない。街の外に出たら、伝染病の娘などどうでもいいし、暗闇のなかで見つけるのはほぼむりだ。けれどもジェイムズは、そうかんたんにあきらめてはくれないだろう。メイクピースと先導役が通りを抜けていくあいだ、あとをつけてきていたにちがいない。金をつかませたり脅したり、あるいは人脈を駆使したりすれば、門は抜けられる。じきに追ってくるはずだ。

　役に立ちたいと思うなら、先生。メイクピースは意地悪くささやいた。**「レディ」に目を光らせておいて。**少しのあいだだけメイクピースの声を支配した、名も知れぬ霊のことを、医師もジェイムズも「レディ」と呼んでいた。何者かはわからないが、彼女は敵だ。いつ攻撃をしかけてくるかわからない。

　メイクピースはだいじそうに、ポケットから小さな象牙（ぞうげ）の品をとりだした。
二枚折りの日時計か！　医師が憤慨とも興奮ともつかない声を出した。**なぜそんな物をもっている？**

　メイクピースは答えようとしなかった。フェルモット家の人々は、サー・トーマスが集めた貴重な航海道具の数々を無視していた。だから、この日時計をもちだしたのは、盗みだとは思えない。

　メイクピースは長い時間をかけて、刻まれた線や数字の意味を解読しようとしてきた。これは小型の日時計で、ポケットに入れてもち歩けるようにつくられていて、蓋の内側は月時計になっている。けれども、いま用があるのは、小さな羅針盤だ。

「ブリルは北東」ひとりつぶやきながら、小さな箱の向きを変え、針が「N」を指すと、「NE」の方向に歩きはじめた。

　風向きが変わって追い風になると、クマが深いうなり声をあげた。風がにおいを運んできたのだ。人のにおい。ジェイムズのにおいだ。

　前方の、濃灰色の畑のむこうの木々のあいだに、曲がりくねった川が真っ黒な細い筋になって見え隠れしている。身を隠せる木陰をめざして川沿いを進むうちに、土手にわだちができているところに出た。渡し場だ。だが、いくらクマの夜目をもってしても、水深まではわからない。

　バンが一羽、物陰から飛びだしてきて、メイクピースは驚いた。鳥はぱしゃぱしゃと川面に白い泡の線をつくっていく。はるかうしろのほうから、小枝が折れる鋭い音がした。まるでだれかが走りだしたかのようだ。

　用心している暇はない。メイクピースはスカートを膝までたくしあげ、靴と靴下を脱ぎ、土手を這いおりた。足の下で冷たい泥が危うげに沈みこむ。氷のような川に片足を踏み入れたとたん、いっきに膝まで水につかった。渡っていくあいだも、川の流れに押されてバランスを崩しかけたが、どうにかこうにか対岸にたどりつき、やわらかで滑りやすい土手をよじのぼった。また靴下と靴をはき、慎重に下草のあいだを抜けて歩きつづける。泥に足跡が残っているのはまちがいない。追手がジェイムズだとしたら、敵を出し抜くのも、ありとあらゆる獲物を狩るのも百戦錬磨（ひゃくせんれんま）のお手のものだ。とはいえ、メイクピースとちがって、暗闇では目がきかないだろう。

　闇の時間を味方につけて、メイクピースは歩きつづけた。警戒しつつ、「レディ」の気配を感じようとしたが、謎に包まれた幽霊はまた引きこもってしまったようだ。医師が頭のなかでしつこくうろついているのはわかる。

ライトフットのお嬢さん。とうとう話しかけてきた。**話しあいが必要だ。**

そうかしら？　メイクピースはいらいらしていた。**あなたのいうことを、あたしが信じられると思う？**　医師の穏やかな声を信用していたのに。

いわれるがまま薬をのんで、まんまとフェルモット家の手に落ちるところだったのだ。

だまされた――裏切られたんだ。

裏切られた？　メイクピースは声をあげた。**あたしはあなたを受け入れた。死から救ってあげたのに。**

そうしたのは自分の都合だろう？　哀れみからじゃない！　医師はぴしゃりといってから、かっとなったのを後悔したのか、しばらく黙りこんでいた。**ぼくたちはふたりともあわてて行**

動してしまった。そうじゃないか？

　医師のことばには、なるほどと思えるところもある。でも、メイクピースはまだ警戒していた。薬と同じで、真実もずるい人の手にかかれば毒になる。

「先生はあたしを見下してる。メイクピースは静かに毒づいた。クマのことも。あたしは厨房の下働き。クマは鎖につながれて踊ってた獣。そんなあたしたちの考えなんて、どうでもいいと思ってる。とるに足らない存在だから。あたしたちが困ったところで、先生は気にもとめないよね。

　だけど、気にしてくれないと。あたしたちがあなたを裁くんだから。クマとあたし、卑しいふたりがね。あたしたちに信じさせてよ、先生。あなた自身の申し開きを聞かせて。

　クマになにが――医師が口を開いた。

　クマのことを悪くいわないで。メイクピースは頭のなかで吠えそうになりながら警告した。あたしはだれよりもクマを信じてる。

　この獣は忠実だからな。医師はしぶしぶ認めた。それはまちがいない。クマはきみのためなら世界を敵にまわしても戦うだろう。

　ぼくはそこまでの情熱できみに忠誠を誓うことはできない――そんなふりをするつもりもない。ぼくはきみの敵と同盟を結んだ。そのほうが自分が生き残るのにいいと思ったんだ。だが、それは思いちがいだった。きみがぼくを信用したのは、もうひとり味方が必要だったからだろう。いまもそうだ。ぼくはもう、きみを裏切る理由がない。おたがい好きでなくたって、助け

あえるんだよ。

決めるのはきみだ。きみはクマにぼくをずたずたにさせることもできる。だけど、話しあって、意味のある同盟を結ぶこともできるんだ。

聞きやすいはっきりした声で医師が話すひとことひとことが、癇にさわる。人間はいつだって遅かれ早かれ裏切るのだ。ほんの一瞬、行軍中の大きな軍隊が、おたがいや国じゅうの人間を殺してしまったらどうなるのだろうと考えた。だれもいない野や森だけが残り、そこをクマといっしょに歩いていくのだろうか。

そう考えると、ちょっと穏やかな気持ちになったが、つぎの瞬間ひんやりしたさびしさが露のようにしみてきた。

話して。メイクピースはしぶしぶ医師をうながした。

きみの頭蓋骨のなかには敵がひとりいる。知っているよな。頭の回転が速くて、つぎからつぎへと策を思いつく女性だ。最初に見かけたときはいかれていると思ったが、そうではない。ただ、ぼろぼろなんだ――けがをしている。そしてとても危険だ。

メイクピースの頭のなかで、なにかが怒りと警告の悲鳴をあげた。**黙って、先生、あとひとことでもいったら……**

医師はためらいながらも先をつづけたが、かすかに怯えているような声になった。

名前はモーガン。レディ・モーガン・フェルモット。

母さんじゃなかった。数秒のあいだ、メイクピースの頭に浮かんだのはそれだけだった。とっくにわかっていたけれど、医師のことばで最後まで残っていた疑惑も潰えた。メイクピースはものすごくほっとしながら、同時に、恐ろしいほどの虚しさと喪失感を覚えていた。

彼女は生まれながらの女スパイ、諜報員だ。この三十年は代々のフェルモット卿に住みついた幽霊団のひとりだった。一週間前、その幽霊団がきみの体に移りすもうとしたとき、彼女が先陣を切って——

「潜入者」メイクピースは声に出してつぶやいた。

もうひとりは潜入者だった。ようやくわかった。礼拝堂でメイクピースの脳内に入りこんできた幽霊は、クマにけがを負わされたが、死んではいなかったのだ。なるほどそういうことか。なるほど。メイクピースはずっと、母の幽霊が復讐しようとしているという思いに囚われていて、それ以外のことは考えられなかったのだ。

彼女の役目のひとつなんだそうだ。新しい脳に入りこむのは危険なので、まずは潜入者が送りこまれて新しい住まいを調べ、危険を減らし、幽霊団が入れる場所をつくる。レディは、まさかきみの脳が怒りに燃えた大きなクマの幽霊に守られているとは思っていなかった。ひどいけがをして、きみの脳内のすみっこに身を潜めていたんだ。

ああ、クマったら。メイクピースはようやく理解して後悔の念に襲われた。**あなたはわかってたんだね。ずっと吠えてたのに、あたしはどうしてだかわからなかった。その人のにおいがしたんだよね。**頭のなかで手をさしだして、クマの鼻面をなでてやる。いままで歯をむいてうなることなどなかったクマが、メイクピースには見えない侵入者に吠えたてていたのだ。

以来、レディ・モーガンはきみの逃亡を妨害し、フェルモット家に知らせようとしてきた。きみには知られないようにして。動けるのは、きみの警戒が完全に解けているとき——つまり、眠っているときだけだった。

だから、眠ってるあいだに歩いてたんだ！　メイクピースは口がからからになった。あれはずっとモーガンのしわざで、クマのせいではなかったのだ。あたし、グライズヘイズから逃げた馬車のなかでも、うとうとしてた。あのときもモーガンが天井をこつこつたたいて、御者に馬車をとめさせて、あたしを発見させたんだね。

まちがいないな。医師はいった。彼女はいたるところに秘密の記号や伝言を残してきている。フェルモット家の人々が追跡しやすいようにだ。フェルモット家の馬車に、きみがオックスフォードにむかったという手紙まで残している。

だから、真夜中に隠れ家の馬屋の外に立っていたのだ。モーガンがなぜつねって起こしたのか、その理由に気づくには少し時間がかかった。きっと家主が議会派の兵に伝言しているのを耳にして、危険を知らせるために起こしたのだろう。フェルモット家としても、メイクピースが敵の手に落ちてしまっては困るのだ。

謎めいた女性がドア枠に「M」の文字を刻みつけていた夢も、これで説明がつく。メイクピースの眠っている脳の一部は、自分の体が起きあがってドアまで歩いていき、ほかの人に見つかるように文字を残したことに感づいていたのだ。「M」はモーガンの「M」で、マーガレットではなかった。

ぼくが死んだ晩、きみが寝ているあいだ見張りをすると約束したときは、本気でそのつもりだった。ところが、きみが眠っているあいだに、レディ・モーガンがある提案をしてきた。きみは頭がおかしいも同然で、かんしゃくを起こした拍子にぼくを殺してしまうにちがいないといわれて……ぼくは彼女の話を聞く気になった。モーガンは、フェルモット家がきみを捕まえるのを手伝ったら、見返りとして、一族の魂といっしょにぼくの魂も住まわせてくれるといったんだ。

フェルモット家の人々が到着するまで、きみを足どめしておく必要があった。それで、アヘン剤をのませたんだ。目を覚ましたきみに、体がいうことをきかないのは病気の兆候だと思いこませて、定期的に「薬」を飲むようにしむけた。

情けない話だよ。ぼくだったら使わない、お粗末な策略だ。とにかくいえることは、ぼくは生き残りをかけて闘っているつもりだったということだ。

どうしていままで手がかりに気づかなかったのだろう? メイクピースは思った。急に文章を読むのが楽になったのも、べつの人の力を使っていたからだったのだ。

それなのにあたしは、クマを疑った。忠実なクマはとまどい腹を立てていた。かわいそうに。だれからも裏切られてきたんだもの、それ以外のことなんて期待できる? でも、信じなかったために、だまされて危険な目にあってしまった。信じたときとおんなじだ。

決心はついたか? 医師が静かにきいた。

メイクピースは少しのあいだ、答えずにのろのろと歩きつづけた。頭上では、ぼんやりとした夜空に星々がまたたいている。ひとつひとつが純粋で、残酷で、さびしげな光を放ちながら。

ほんとにばかなんだから、先生。メイクピースは声に出さずに答えた。**だまされるなんて、とんだまぬけ。あたしもだけど。これからはもっと頭を使わないと、でないとふたりとも消されちゃう。**

医師がほとんど聞こえないくらいに安堵のため息をついた。

まだブリルにむかう気かね？　そこから敵地に入るのか？しばらくして、医師がきいた。

そうよ。ジェイムズが追ってきてる。だから、あたしがするとは思われないようなことをしないと。かんたんにはついてこられないようなところに行って、ジェイムズにまるめこまれないような味方を見つけるの。

おお神よ——まさか敵に与する気か？

メイクピースはためらった。一度は自分を裏切った医師と、計画について話したくない。まして、ずる賢くて、いつでも耳をそばだてているモーガンが聞いているところでなんて。けれども、クイック医師に秘密にしたままでは、ほんとうの協力は期待できない。

いとこのシモンドが議会側に寝返ったの。メイクピースは説明した。**彼は裏切り者の人殺しだから、フェルモット家の人たちも、あたしたちが彼には近づかないと思うはず。でも、シモンドを味方にできるかどうかが、生き残りの鍵になると思う。**

メイクピースは、残りの計画についてはふれなかった。

フェルモット家から盗んだ王の勅許状は、シモンドのいちばんの切り札だ。もし勅許状がほんとうに上の方たちにまつわる恐ろしい真実を明かしているものならば、公になることは一族の破滅につながる。フェルモット一族は魔術を使っていると糾弾され、王もまた一家を擁護しているとして責められるだろう。もしかしたら、戦争の流れを変えてしまうかもしれない。

勅許状はシモンドがもっている。フェルモット家はそれをとりもどしたい。王はヘレンを送りこんで回収させようとしている。議会側も、もしその存在を知ったなら、どんなことをしてでも手に入れたいと思うだろう。だれであれ、勅許状を有する者がその手に力を握るのだ。

それならば、自分が手に入れてもいいのではないか。メイクピースはそう感じていた。

27

湿った地面で足もとが滑る。メイクピースは携帯日時計の羅針盤(らしんばん)をじっと見て、めざす方向からはずれないように進みつづけた。たとえそれが、やぶや小川や生垣をかきわけていくことを意味していても。

空にはクリーム色の月が浮かんでいて、月時計にかかるぼんやりした影が夜中の二時か三時ごろだと教えてくれた。こんな時間から、問いかけるような声をあげて夜気をかすめていく鳥もいる。メイクピースにとって夜は味方だが、夜明けまではあと二、三時間しかない。

グアヘンはほとんど体から抜けたようだが、疲れきってふらふらしている。考えてみれば、ライズヘイズを出て以来、とぎれとぎれか、アヘンの作用でしか眠っていないのだ。重い脚を一定の調子で自動的に動かしながら半分眠っていたら、医師のせっぱつまった声に起こされた。

ライトフットのお嬢さん！　左手！

はっと目を覚ますと、左手がなにかやわらかい物を落としたところだった。地面にくしゃくしゃのハンカチーフが落ちていて、黒い土の上で白さが際だっている。足をとめて拾いあげる。

レディ・モーガンがまだ、われらが友人たちに目印を残そうとしているんだね。ほかになにか落としてない？

ないと思う。そういうことには目を光らせているからな。医師がいった。

このようなことは無意味だと認識するべきだ。べつの声がした。刃さながらにかたく平らな声。オックスフォードでメイクピースの喉からむりやり出てきた声と同じだった。モーガンにちがいない。永遠にわたくしと戦いつづけるなどできはしないのに。

できる。メイクピースはきっとなって答えた。あなたがそこにいるとわかる前から戦ってきたんだから。いまはわかってるし、味方もいる。

ときどきは眠らなければならない。モーガンが答える。注意が散漫になることもある。共犯者も、いつもいつもわたくしを見張れるわけではない。ぼんやりした瞬間さえあれば、わたくしはそなたの手をあやつるし、そなたを傷つけることも、すぐに忘れてしまうようなことばをささやかせることもできる。

ころばせて、頭をたたき割ることだってできる。

かもしれない。メイクピースはいった。だけど、あなたはやらない。フェルモット卿は自分の入れ物をあなたが割ってしまったら喜ばないよね？　それに、あたしが死んだら、あなたも死ぬんだよ。

わたくしがいなければ、そなたはとうに反乱軍の手に落ちていた。モーガンがいう。彼女の声はひややかだが年老いてはいない。まだ若くして死んだのだろうか、とメイクピースは思った。どれだけわたくしがそなたを助けてきたか。助けるのをやめたら、どうなると思っているのか？

「さあ。」メイクピースはたてつくように肩をすくめた。「議会派に捕まったら、フェルモット家の秘密を吐けと拷問されるかもね。それはどう、レディ？」

「そなたの脳を、木みたいに刈りこむこともできる。」モーガンがいう。「それはどうだ？」

クマがぜったいにそんなことさせない。メイクピースは必死に恐怖をのみこんだ。

「その不快な動物はただ寄生しているだけで、友人ではない。」

「クマのほうがあなたの百倍は価値がある！」メイクピースはぴしゃりといった。「あなたがたはいつ、自分たちだけが二度目の機会を許されると決めたの？　もうじゅうぶんに権力と富を楽しんだんでしょ！　たいていの人が夢に見ることしかできないような機会に、恵まれてきたじゃないの！」

「わたくしがどれだけ苦労して不死の命を手に入れたか、そなたにわかるものか！」モーガンは心から怒っているらしく、カミソリのような鋭い声でいいつのる。「わたくしは人生の一秒一秒を一族のために捧げ、自分の価値を高め、一族にとって欠かせない存在になったのだ。自分自身の生活などなかった。かわりに死後の命を得た。そういう取引をしたのだ。」

「でも、あたしとは一度も取引してないんだから、そんなのなんの意味もないよ。」メイクピースはそっけなくいった。「自分の頭のなかに住む人は選びたい。あなたが敵なら、ここに居場所はないから。」

メイクピースは目をつぶって、頭のなかの暗いところにいるモーガンを感じようとした。どこにいる？　そこだ！　頭の目にちらりと動くものが見える——鋭い顔の女性のぼんやりした姿。暗がりに目がぎらぎらと光っている。

自分の意識で幽霊を捕まえようとする。ネズミのしっぽが肌をかすめるように、なにかがするりと隠れ場所に入っていく。とらえどころのない、ちくちくするものに手をのばす。

……すると、衝撃が走った。なにかが顔にぶつかったみたいに。

突然襲ってきた苦しいほどの恐怖、激しく混乱して騒ぎたてる記憶。闇と悲鳴、足もとの石畳、開いた片目の両側をしたたるインクのような血。

発作がおさまり、気がつくと膝をついてあえいでいた。

どうした？ 医師がきいた。

モーガンを捕まえようとしてた。メイクピースは精神的な打撃にふらつきながら立ちあがり、ハンカチーフをしまった。**どうやって隠れたの？　どこに行ったの？**

ぼくもはっきりとはわからない。クイックは正直にいった。**だが、どうやらきみの頭のなかに閉ざされている部分があるようなんだ。彼女はそこを隠れ家にしているのだと思う。**

二時間ほどすると、地面がじょじょにのぼり坂になり、やぶや雑木林がまばらになってきた。

ここがどこかわかると思う。医師はいった。**思いちがいでなければ、ブリルの町は丘の上だ。それなら、気をつけないと。**メイクピースはいった。**町を迂回して、北の農場を見つけよう。方角を少し変えて、心もち北に。それで、町の北に出られるはずだ。**医師が教えてくれた。

ちょうど東の空が白みはじめていた。クマの鋭い嗅覚のおかげで、木が燃えるにおいがする。

メイクピースがいわれたとおりに方角を調節して進むと、やがて農家が見えてきた。湿った屋根と灰色の壁の低い建物が二棟建っていて、その背後の小さな放牧地では、やせこけたみすぼらしいニワトリが数羽、食料を求めて腐った黒い葉をつついている。ひっくりかえった大きな手押し車の上に、オンドリが得意げにとまっていた。

訪問にはまだ早い時間だが、夜明けまで待ってはいられない。メイクピースが戸をたたくと、驚いたことにすぐに開いた。年とった男が戸をほんの少しだけあけて顔をのぞかせた。メイクピースが押しいってくるとでも思っているのか、片足で戸を押さえている。

「なんの用だ?」その目は敵意に燃えている。長年の労働で鍛えられてきた手と腕は、いまだに屈強そうだ。

「アックスワース農場を探しています――」

「その家の人間はもういない」男はぴしゃりといった。「ここに住んでいたが、数日前に出ていった。いろいろと厄介なことがあったんでね」

「どこに行けば会えますか?」メイクピースはきいた。

「バンベリーに行ってみな」目の前で戸がばたんと閉まった。メイクピースがたたいてもたたいても、返事はない。

ふむ。医師はためらいがちにおそるおそる切りだした。**レディ・モーガンが……あの男は嘘をついているといっている。**

メイクピースは人の嘘を見抜く、上の方たちの不気味な能力をまざまざと思いだした。モーガンは信頼できるとはいいがたい。もしかしたら、罠をしかけているのかもしれない。でも、メイクピースにシモンドを追跡させたがっている可能性もある。狡猾な上の方は、いまもまだシモンドの居所をフェルモット一族に知らせたがっているのかもしれない。

メイクピースは何歩かうしろにさがって、家と庭を見まわした。

そのとおりかもね。少しして、メイクピースは認めた。**もしアックスワース一家が逃げたんだとしたら、ニワトリや道具や薪をふた山おいていったことになる。あそこにある手押し車があれば、重い荷物を運ぶのに使えただろうに、おいていったりする？**

新たに風が吹いてきて、灰色の空がいっそう灰色になり、湿った空気がさらに湿り気を帯びたような気がした。風のなかになにか聞きとれる。それはガラスびんの口に息を吹きかけたときのようなかすかな音だったが、メイクピースは自分がびんの口になったようで気持ち悪くなった。思わずびくりとして、耳を手で覆う。

なんだ？　医師がきいた。

なにかが……耳をすまそうか、ふさごうか。メイクピースは葛藤していた。かすかな笛のような音が形を成しはじめる。耳をすますと、その音は揺れて叫んで、同じことばをくりかえしている。

地獄だ……地獄……地獄……

幽霊がいる！　メイクピースはあわてた。**逃げないと！**

ところが、家に背をむけて通りの方向に足を踏みだしたとき、目に見えないなにかがぶつかってきた。その湿った羽がばたばたと脳にぶつかってくるようだ。メイクピースはぎょっとして、意味もなく身を守ろうとして両腕を振りあげ、二、三歩、庭のほうにあとずさりした。ニワトリが散り散りになる。かかとがどすんと手押し車にあたり、見おろしたとたん凍りついた。

だれだか知らないが、遺体を隠した人たちの仕事はほめられたものではないだろう。生まれる前の赤ん坊のように体を丸めさせ、ひっくりかえした手押し車をかぶせ、はみだした部分を落ち葉やコケで隠そうとしたのだ。小枝や湿った葉っぱのあいだに、はっきりと手が見える。キノコみたいな色だ。大人の手だが、とくに年とってはいない。ただ、まめがある働く手だ。

幽霊の声が大きくなり、くりかえされることばがきちんと聞こえた。

助けて……助けて……助けて……

「ああ、気の毒な、かわいそうな人」悲しげにつぶやく。「もうだれも助けてあげられないの」

「おい!」農場の老人が近づいてきて、脅すように鋤(すき)を振りまわした。「そこでなにをしてる? なにか盗もうと思ってるんなら、遅かったな。もう骨まで皮をそがれて、なにも残っちゃいないさ!」

「ちがう!」メイクピースは三本股の鋤の先を見つめながら、足もとの亡骸(なきがら)の胸にあの歯の先端と一致する穴があいているのだろうかと考えていた。「行こうとしてたんです!」

老人は足もとの手押し車をちらりと見てから、メイクピースの顔を見て、顔をゆがめた。

「どこにも行かせないぞ。アン! 出てこい!」

三十くらいの女が庭に駆けだしてきて、ひと目で状況を見てとると、壁にかけてあった草刈り鎌をひっつかんだ。老人と同じく、やけ、恐怖、怒り、絶望が混ざりあった悲痛な顔をしている。

女の左袖と服の前面いっぱいにあざやかな赤いしみがべったりとついていた。

あれは鮮血だ。医師はふいにいった。

だと思った。メイクピースは答えて二、三歩あとずさる。

追いつめられている。きびすをかえして庭から逃げるのなら、裏の生垣をむりやり抜けるしかない。通りに飛びだすのなら、老人と女の武器をかわさなくてはならない。どちらにしても、いまは疲れきっていて、とても逃げきれない。

聞いてくれ。われらが死んだ男の血ではない。医師がいった。**手押し車の下の死体は青くなりかけている。女の服の血はまだ新しい。**

メイクピースはちょっとほっとした顔になり、あらためて女を見た。「あなたがけがしてるの？　でなきゃ、家のなかのだれかね」老人と女は目を見かわした。

助けて……助けて……助けて……

「見せて」メイクピースはとっさにいった。「助けてあげられる。最近までお仕えしてたのが外科医だったから、少しは教わってるんです。道具もある！　見せてあげる！」

長い間をおいてから、アンと呼ばれた女が鎌で手招きした。

「じゃあ、来て」

クイック先生。メイクピースは呼びかけた。**先生が噂どおりの腕利きだったらと本気で祈ってる。**

それで……ぼくらはその人殺しを助けようっていうのか？　入り口にむかいながら、医師がきいた。**家の前まで出たら、逃げるつもりじゃないんだよな？**

そう。メイクピースは答えた。

逃げるには疲れすぎているし、クマも医師も同じく夜間の行軍でくたくたにちがいない。それに、もし逃げようとしたところで、また幽霊に出くわすだろうという胸騒ぎがする。あの幽霊の望みについて、新たに疑問に思うことも出てきた。

小さな小屋はがらんとしていて暗かった。すぐに血のにおいが襲ってきて、メイクピースは一瞬、グライズヘイズの厨房でウサギやウズラをさばいたときを思いだした。だが、そのにおいの下に、気持ちの悪い腐敗臭が潜んでいる。

においの出どころはすぐわかった。燃えさしだけの暖炉のそばに、アンと同じ年ごろの男が毛布にくるまれて丸くなっている。顔は青白く汗ばんでいて、裂いた亜麻布で左肩をぞんざいに巻いてあり、深紅から黒までのしみが見える。

いいか、まずはあの包帯を交換する必要がある。医師がいった。**あのなかは不潔きわまりないぞ。においでわかる。だれかに新しい亜麻布を煮沸させるんだ。正直なところ、できることなら家じゅうを煮沸したいくらいだ。**

「けがをしたのはいつ？」メイクピースはきいた。

「二日前だ」患者の目は警戒するようで、少し熱っぽい。

二日か。賭けてもいい、あの傷はちゃんと消毒もされていないだろう。医師はぶつぶついった。**感染を起こしていて当然だ。見てみよう。**

メイクピースは包帯に手をのばしかけたが、患者は激しい疑いの目をむけてさっと身を引いた。

「状況はわかったと思う」メイクピースはゆっくり落ちついていった。「王党派の兵と議会派が鉢合わせして、この小屋を盾にして殺しあいをはじめた。隊がひとつ残り、そのひとりが、暗闇で勘違いしてあなたを襲ってけがをさせた。そういうことですよね？」

家の三人はたがいに目を見合わせている。

「そうだ」けが人がきっぱりいうと、室内の緊張がいく分やわらいだ。包帯をはがしたとたん、部屋いっぱいに腐敗臭があふれ、メイクピースは必死に吐き気をこらえた。けがは長い切り傷で、ふちが腫れて赤くなっている。

「肉が腐ってる」すぐそばにいたアンがいった。

ああ。医師がいう。**剣の切り傷だ。手押し車の下の若者は兵士だったんだな。終わりを迎える前にひと働きしたと見える。まだウジはわいていないが、壊疽を起こしかけている。その部分を切りとって、傷を洗わないと……**

メイクピースは医師の指示を聞いて、患者の家族にむき直った。

「もしあれば新しい布を煮沸して。それと、塩と酢を」

それでいい。医師がさらに考えこむようにいいだした。**患者の尿の味を見れば、もっとわかるんだがな。**

あたしの舌でやめて！　メイクピースはきっぱりと拒絶した。そんなこと、限界を超えている。

　手が震えないように気をつけながら、かばんからそっとクイック医師の道具箱をとりだす。唇をかんで、手の動きを医師にゆだねようとした。

　前にも手を支配されたことはある。もうろうとしていたときにさじでスープを飲ませてもらった。だが、メイクピースが覚醒しているいまは、どうもむずかしい。自分の意思とはかかわりないところで、自分の手が箱の留め金をいじるのを見ていると、恐ろしさに全身がちくちくする。医師も同じく緊張しているようだ。

きみの手は小さすぎる。それに不器用だ。これでむずかしい切除ができるか……こんなおぼつかない肉手袋で。

　メイクピースの両手が、小さな刃のついた道具をつかみ、落とし、拾いあげた。指がいつになく震えている。握った手のなかで、金属が奇妙に冷たく感じられる。

　自分の手が慎重に道具を傷口に近づけ、刃の切っ先が傷口のふちをそっと引っぱる。見ているのと、傷口がとても近くにあるのとで、気分が悪くなってきた。道具は鋭く、角度はおかしく、皮膚はぐじゃぐじゃだ。思わずひるんで、医師から手をとりもどす。道具がぴくりとして傷口をひっかいたので、患者は痛そうに息を漏らした。

かんべんしてくれ。ぼくにやってほしいのか、ほしくないのか？　手を使わせてくれなければ、この男を殺してしまうかもしれないぞ。信用してくれ！

「ごめんなさい」メイクピースは声に出してささやいた。寒い部屋なのに、背中を汗が伝っている。

ふうっとゆっくり三度息を吐いてから、医師に手をゆだねた。

見ているあいだは、だれかほかの人の手だと思うことにしたら、少しましになった。だれかが手術を見せてくれていて、たとえ胃が凍りつきそうになっても、片時も目を離してはいけないのだ。変色した肉が注意深く切りとられ、傷口にくっついていた患者の袖の断片らしき布をピンセットでとりのぞくあいだは、歯を食いしばっていた。

「また出血してる」アンが心配そうにいう。

「そういうものなんです」メイクピースは頭のなかの声をまねて答えた。「血液が傷を洗い流してくれるから」綿を塩と酢につけながら、心の準備をする。「もうしわけないけれど……これは相当痛むかも」

つぎの二分間は絶叫がつづき、終わりごろには、外科医というものは吐いたりしないのだろうかと、メイクピースは考えてしまった。傷口に清潔な亜麻布を巻きおえるときには、疲れきってふらふらだった。老人が薄いかゆの鉢をもってきてくれたが、胃が落ちつくまで何分か待たないと食べられなかった。

その後、アンがベッドを用意してくれたので、メイクピースはありがたく使わせてもらうことにした。さっきの手助けで患者がよくなったとわかるまでは、立ち去るのを許してはもらえないだろう。囚われの身になるのなら、そのあいだに睡眠をとっておきたい。

あれだけやっても、あの男は死ぬかもしれん。医師は静かにいった。**いまのうちにいっておいたほうがいいと思ってね。ぼくは腕に自信はあるが、それでもこの仕事はむずかしく、剣というやつはいともかんたんに目的を遂げる。人間とははかないもので、ぼくらを壊すのは修理するよりはるかにたやすいんだよ。この戦争がはじまって以来、ぼくが見てきた患者のほとんどが死んだ。**

軍の人間なら、たいていは手の施しようがないとわかっているが、ここの人たちがそこまでものわかりがいいとは思えない。ライトフットのお嬢さん、逃亡の計画を立てておいたほうがいいぞ。あの男が全能の神に召されたときのために。

ところが、クマはべつの考えだった。疲れていて、いまは眠るときだと思ったようだ。獣(けもの)には美しいほどの単純さがある。やがて、黒い毛のあたたかなへこみに沈みこんでいくように、メイクピースは眠りに落ちていった。

数時間後に目を覚ますと、久々に頭がすっきりしていた。開いた戸のすきまから、やわらかな日の光が薄く差している。

アンが、また薄がゆと小さなパンとともに、いい知らせを届けてくれた。患者はまだ弱ってはいるが、脈はこれまでほど乱れておらず、熱も下がってきているという。

「あの道具」アンはいった。「死んだお医者さんがあなたに遺してくれたのね」わざときかないことを避けているせいか、ぼやけた物言いになっている。

「そう」メイクピースはアンの目を見つめた。「そのとおり」

ほかの家族がいる表の部屋は、さっきより雰囲気がなごんでいた。思っていたとおり、彼らこそがメイクピースが探していたアックスワース一家だった。

「みなさんの助けが必要なんです」メイクピースは説明した。「ここに伝言が届けられていたんですよね——ハンナ・ワイズさんあてに。手紙はどこに運ばれるんですか？　ここを出てから？」

一家はまたしてもためらうように目を見かわしていたが、こんどは老人が答えた。

「お答えしよう。じつのところ、わしらはもう手紙を預かるのをやめたんだ。息子が旅ができるくらいまで回復したら、すぐにここを出るつもりだよ。手紙の行先については、わしらは知らないことになってるんだが、集めにきた男は一、二杯やるのが好きでね」老人は酒を飲み干すまねをした。「ホワイトハロウという名の屋敷がある。その男はそこに手紙をもっていっていた」

「それはどこ？」メイクピースはいきおいこんできいた。

老人は首を振った。

「だいじょうぶ」メイクピースはあわてていった。「名前だけでも助かりました。あとは自分で探します」

「旅の食料を分けてあげられたらいいんだけど」アンがいった。「自分たちの分もろくにないのよ。兵士たちに食料品庫をすっからかんにされちゃったから」

「どっちの兵士？」メイクピースはきいた。

「さあ？　きっと両方よ。そんなにちがいはないもの」アンは床板の下から布の包みをとりだして、テーブルの上に広げた。「ここからなにか選んでいって。ほしい物があったらだけど」

　ちらりと見ただけで、包みのなかに重なりあっている物が死んだ兵士の持ち物だとわかった。手垢のついた信仰書、ページのあいだにはさまった数通の手紙、頑丈そうなブーツ、磨きたての剣。

「ブーツはわしらが使う」老人が正直にいった。「残りはたぶん埋めるだけだ。尋問されたら困るから、売るわけにいかない。好きな物をもっていってくれ」

　メイクピースは本のページをくってみた。どうやら『信心の実践』という題名らしい。ところどころに下線が引いてあり、余白に小さな天使がかわいらしく描いてある。メイクピースは表紙の内側にはさんであった花を見て、故郷をはじめて離れた若い兵士が、見たこともない花を摘んでとっておいたのだろうと想像した。隣のページには「リヴウェル・タイラー」と名前が書いてあった。

　なんてばかげた名前だ、「リヴウェル（よき人生を）」か？　医師がいいだした。**きみの名前といい勝負だな！　それにこの長ったらしい祈りの本を見てみろよ！　ぼくらの死者はピューリタンだったようだ。**

メイクピースはどういうわけか、たいせつにされていた本が土のなかで朽ち果てていくのを考えると耐えられなかった。ポケットにしまいこもうとしたとき、手紙が何通か落ちてきた。どれも子どもらしい手つきでたどたどしく書かれた手紙で、「あなたの愛する妹、チャリティ」と署名がしてある。上に書いてある短い住所から見ると、リヴウェル・タイラーはさまざまな場所から手紙を出していたようだ。最後の手紙の住所が目にとまった。「バッキンガムシャー、ホワイトハロウ」


ふたたび家の外に出て、小道で足をとめた。まだ風にまぎれてかすかな声が聞こえる。

「この農場の人なら助かったから」メイクピースはささやいた。「もうだいじょうぶだよ」

なにをしてる？　医師がきいた。**さっきのが兵士の幽霊なら、ぼくらは兵士を殺した人間を救ったんだな。**

もしその人自身が助かりたかったのなら、たいていの幽霊と同じように、あたしの頭をこじあけて入ってこようとしたはず。メイクピースは頭のなかで医師に話しかけた。**でも、彼はそうしなかった。ただ傷ついた鳥みたいに、あたしめがけて飛んできただけ。小屋から立ち去るのをとめようとしてたんだよね。あの人たちを助けてほしかったから。**

風がおさまっても、笛の音のようなか細い音はつづいていて、メイクピースの脳をくすぐってくる。

助かるのか？　おれは人殺しじゃないんだな？

「ちがうよ」メイクピースはやさしくいった。「地獄に行くのが怖かったんだよね？」メイクピースは、その幽霊が宿なしの状態なのにもかかわらず、しっかりと意識を保っているのに驚いた。

また風が起こり、耳障りな突風に変わった。

おれは……地獄に行くんだ。笛のような声はいかめしく確信に満ちている。救われるなかには入れない……だけど、あの農家の人は助かる……生きられる……それは……よかった……

「どうして地獄に行くと思うの？」メイクピースはききかえした。

……持ち場から逃げた……

兵士の無念さが苦い味となって風に混じる。

……すごく腹がへってて……ニワトリを盗もうとした……農夫に鋤で追い払われそうになって……剣を抜いて刺した。おれの剣で。おかしくなってたんだ……あの男が憎くて……腹がへって気が変になってた。おれは……弱虫だ。泥棒だ。恐ろしい罪を犯した……

ほらみろ、ピューリタンだといっただろう。クイック医師がいった。

たしかに、医師のいうとおりなのだろう。幽霊の話しぶりは、ポプラにいた徒弟たちを思いださせる。あの徒弟たちの何人が戦いたいと志願したのだろう。情熱を胸にたぎらせ、胸ポケットに読み古した聖書を入れて。このリヴウェル・タイラーもあの徒弟たちのように若く血気盛んだったようだが、いまやその熱が自分自身にむけられている。まめのできた手からすると、金づちか鎌を放りだして武器をとったのだろうか。

彼は脱走兵だった。そして、ニワトリごときのために命を落とした愚か者らしい。ところがどういうわけか、二日ものあいだ、ぼんやりした魂を保ちつづけてきたのだ。ひとえに、自分を殺した男を救いたい一心で。自分の魂が失われてとりかえしがつかなくなるとわかっていたのに。

……泥棒で弱虫……

声がとぎれ、ぼやけて苦しげになった。わずかな日の光のなかでも、メイクピースには、ねじれてのたうちまわる煙のような姿が見える。自分自身に襲いかかり、自身の魂をずたずたにしている。

すばらしい。医師も同じ現象を目のあたりにしているらしい。

「やめて」メイクピースはささやいた。「リヴウェル・タイラー……お願い、やめて!」ほうっておいたら、幽霊は気がふれるまで自らを追いつめ、痛めつけてばらばらにしてしまう。

いや、だめだ、やめてくれ。医師はメイクピースの揺れ動く思いを察したようだった。

「聞いて、リヴウェル!」メイクピースは、苦しんでいる魂に気づいてほしくて、鋭い声をあげた。「二度目の機会が与えられるとしたらどう?」

おれが……そんなものをもらえるわけ……

「でも、あたしならあげられる!」メイクピースは攻めかたを変えた。「あたしはあたしの魂を危険にさらそうとする邪悪な人たちから逃げてるの。それで、ホワイトハロウという場所に行きたいんだけど、手伝ってくれない?」

28

メイクピースは何マイルも何マイルもとぼとぼと歩きつづけた。どんどん白熱するクイック医師の怒りの声を無視しながら。

なにを考えているんだ？　どうして敵の一員を仲間に入れた？　ぼくらの小さなグループはただでさえ分断されているのに？

タイラーさんはホワイトハロウへの道を知っている。メイクピースはいいわけがましく指摘した。**それに、軍のことがわかる人がいたほうがいい。**

よくはわからんが、やつはぼくらの喉をかき切るかもしれないんだぞ。医師がぶつぶついう。

あいつ、あの地獄のような声をやめるつもりはないのか？

農場でメイクピースが「与えられるもの」について説明したときには、リヴウェルも条件を理解したように見えた。霊は落ちつき、自分自身を引き裂くのをやめた。ところが、メイクピースに吸いこまれたとたん、一時間黙りこんでしまった。その後は熱に浮かされたように激しく祈りはじめ、以来、メイクピースが話しかけようとしても、ひたすら祈りつづけている。

認めたくはなかったが、もしかしたら医師のいうとおりなのかもしれないと不安になってくる。リヴウェルの霊をとりこんだのは愚かで軽はずみなことだったのかもしれない。けれども、あの幽霊がばらばらになっていくのを見ているのは、耐えられなかったのだ。

慣れるまで時間が必要なのかも。メイクピースは医師にいった。

そんな時間はない！　クイックがぴしゃりという。**じきにパッキンガムシャーとの境を越える。そこからはやつに道案内をしてもらわないとならないんだ。**

歩いているうちに、太陽が高くあがり、午後の時間が過ぎるにつれてふたたびおりてくるのが見えた。アックスワース農場を出てからというもの、メイクピースは休まずに重い足を引きずりつづけ、片時もとまろうとはしなかった。どこかで、ジェイムズが追いついてくる。

中間地帯を通り抜けているので、どちらの側の軍もうろうろしている可能性がある。メイクピースは生垣にはりつくようにして進んだ。どうか遠くから見つけられませんように、と祈りながら。こんな場所をたったひとりで旅していて、兵士に出くわしたら、疑われて捕まってしまうかもしれない。ひどい場合には、もっと危険な目にあわされることだってありうる。じきに、議会軍が支配する土地に入る。つかまって身体検査をされたら、レディ・エイプリルの指輪か王の手形で王党派だとみなされるだろう。メイクピースは気が進まなかったが、小さな茂みのそばで足をとめ、指輪と手形をハンノキの根もとに埋めた。

茂みから草地に出ようとしたとき、頭のなかの鋭いささやき声に呼びとめられた。

もどれ！

とっさにうしろにさがって木陰に入り、背の高いイラクサの茂みの陰に隠れた。そのときになって、脳内の祈りがとまっているのに気がついた。ささやいたのはリヴウェルだったのだ。

草地を見やると、生垣のむこうでなにかがちかちかと光っている。

望遠鏡だ。リヴウェルがささやいた。

メイクピースはじっとしていた。ひとつの時代とも思える時間が過ぎてから、マスケット銃を肩にかけたふたりの男が生垣のすきまをくぐり抜けて、立ち去っていった。ふたりが確実に行ってしまったとわかるまで、メイクピースはその場にじっとしていた。

ありがとう、タイラーさん。メイクピースは用心しながら歩きはじめた。

習慣なんだ。かなりよそよそしい返事がかえってきたが、少なくとも、ふたたび祈りはじめてはいない。

タイラーさん。メイクピースはもう一度やさしく呼びかけた。

なんなんだ、魔女？　死んだ兵士はつっけんどんに聞きかえした。不安そうなくせにけんか腰だ。

メイクピースはぎょっとしてたじろいだ。安心させるようなことばをかけようと思っていたのに、どこかにいってしまった。

あたしは魔女じゃない！　あたしがだれだかいったでしょ。フェルモット家のことを話したよね。

話は聞いた。リヴウェルは声を震わせながらもきっぱりといった。**あんたは賢くて、おれは弱い。あんたは、王が魔女と仲がいいとか、あいつらと戦うのにおれの助けがほしいとかいったよな。おれもそれなら、神の役に立てるんじゃないかと思ったんだ。だけどあんたは、フェ**

ルモットの魔術を使う。霊を自分に縛りつけてる。大きな獣にかしずかれてる。おれは魔女と取引をしちまった……そして魂を奪わせちまった！

あたしが魔女だったら、なんであなたの魂を奪ったりするの？　あなたがいってるんじゃない、自分は地獄行きが決まってるって。そんな魂、そのまま放っておけばよかったんじゃないの？　審判の日に拾いあげればいいんだから？

ホワイトハロウに案内してほしかったんだろう？　リヴウェルはすかさず答えた。あんたはおれたちの側に危害を加える気なんだよな。おそらく、毒を盛るか呪うかするんだろう。おれは一度、戦友たちを見捨てて裏切った。二度と裏切るつもりはない。

怯えているようなのに、決意に満ちている。いまにも呪いのことばをぶつけられて、魂をひとのみにされてしまうと身構えているのかもしれない。メイクピースは目を閉じて、腹立たしげにため息をついた。

あたしが魔女だったら、足を血まみれにして何マイルも歩いたりしないで、空を飛んでいけばいいじゃないの？　兵士たちから隠れるのにイラクサの茂みにしゃがみこんだりしないで、ウサギに変身したらいいでしょ？　なんで、手下の鬼っ子を使いに出して、ヤマウズラのパイとエールの大ジョッキをとってこさせないの？　魔女だったら、どんなによかったか。

でも、ちがうんだもん。魔法なんて使えない。ただ、求めてもいない呪いを受け継いだだけ。あたしはただの人間なの――いまはあざだらけで、骨の髄まで疲れてる。これまでにお仕えした暗黒の主人はフェルモット家だけだけど、いまはそこから眠りもしないで逃げつづけてる。

あんたを信じたいよ。若い兵士の口調が少しだけやわらいだ。もしフェルモット家がほんとうに魔法使いで、あんたがほんとうにやつらの敵なんだったら……おれたちでフェルモット家のことをみんなに警告しないと！

証拠がないの！　メイクピースは声をはりあげた。あたしがそんなこといったって、頭がおかしいとか、あなたがいったみたいに魔女だって後ろ指さされるのが落ちなんだ！

だけど、おれたちでみんなの目を覚まさせてやれたら、戦争の行方を変えられるかもしれないじゃないか！　リヴウェルも大きな声をあげた。

メイクピースはためらった。すべてを台無しにしてしまうかもしれない。でも、この人とこれからつきあっていくつもりなら、最初から嘘をつくのは得策とはいえない。

ごめんなさい、タイラーさん。でもあたし、この戦争にどっちが勝つかは、本気でどうでもいいんだ。

すぐさま、頭のなかで大騒動がはじまった。

そりゃまた失礼きわまりないな！　医師が声をあげた。国王陛下を、議会派の反逆者と同じように軽々しくあつかうなんて——

よくもそんなことを？　リヴウェルも負けず劣らずいきりたっている。われらが民の安全や自由はどうでもいいのか？

おいおい、吠えるなよ、ピューリタン！　クイック医師がぴしゃりという。おまえたちのような輩（やから）は喜びのない世界をもたらすだろう。なんの楽しみも美しさもない、魂を高揚させるような高尚で謎めいたこともない世界を。

あんたらは王が血まみれの暴君として立ちあがるのを見たいんだろう。反論する人間はだれかれかまわず首をはねるような暴君になるのをな。リヴウェルがいいかえす。そこにどんな「喜び」や「美しさ」があるんだ？

よくもそんな、このさもしい、卑しい――

ふたりとも死んでいて幸運だったな、先生！　でないとおれは――

「あたしの頭のなかでどなりあわないで！」メイクピースはかっとなって声を出した。近くにいた鳥が数羽怯えて飛びたった。「そうよ、どうでもいい。なんであたしが気にしなくちゃいけない？　どうして王のために死ななくちゃならないか、どうして自分の身の安全より議会をだいじにしなきゃいけないか、だれも教えてくれなかった。あたしは生きたいの！　そして、ただただ生きたい、というほかのみんなの気持ちがよくわかるだけ！」

長い間があいた。

それについては、あんたを責められないだろうな。ようやくリヴウェルがいった。おれだって、なんとか生き延びようとしてきた。ちょっときまり悪そうに小さく笑う。許してくれ。おれにあんたの命を賭けろという権利はないよな。自分の命を生きるのに失敗したからって。あんたは若い娘さんだ。危険がないようにおれが守ってやらなきゃならないのにな。

どういうわけか、良心の呵責（かしゃく）に苦しむリヴウェルのほうが、怒りや疑いに満ちたリヴウェルよりあつかいにくい。メイクピースはこの男に二度目の機会を与えた。それを彼は、名誉挽回の機会だと受けとめていたのかもしれない。いったいどうすれば、彼の名誉を回復してあげられるのだろう?

それで、あんたの計画は? リヴウェルは静かにきいた。**どうしてホワイトハロウに行きたいんだ?**

捜してる人がそこにいるの。メイクピースは説明した。**裏切り者だけど、フェルモット家と戦う方法を知っているかもしれない。**

そのあとは? そのあとはなにをしたいんだ? 戦争はどうでもいいのなら、なにがだいじなんだ?

率直で単純な質問に、メイクピースはあっけにとられた。なにをしたい? そういわれてみると、自分でもさっぱりわからない。長いあいだ、やりたくないことばかりを考えていた。鎖でつながれたくない、閉じこめられたくない、大昔の幽霊に占領されたくない。上の方たちに怯えながら生きたくない。だけど、じゃあ、あたしはいったいなにをしたいの?

兄さんを助けたい。ゆっくりといった。**兄さんはフェルモット家の幽霊でいっぱいになってる。そいつらを追いだして、兄さんを自由にしてあげたい。それから、ぴしゃっと平手打ちして、ばか! っていってやりたい。それと……**

頭のなかに記憶が押し寄せてくる。ジェイコブの幽霊の悲鳴。サー・トーマスの怯えた顔。奥のほうから死者がのぞくジェイムズの目。そして、冷たいヘビの目をした上の方たち。他者の命をわがものにすることになんのためらいもない……

メイクピースの心には山のごとき希望があった。それは、気力もくじけそうなほど暗く立ちはだかっていて、とてものぼれそうには思えなかったが、ようやく正面から見すえてみた。

「それと」声に出していった。「あたしはフェルモット家を破滅させたい」

そいつはたいした目標だな。リヴウェルがはじめて笑顔を思わせる声を出した。

リヴウェルの道案内のおかげで歩くのは楽になり、しかも絶え間ない祈りの声がなくなって過ごしやすくなった。メイクピースが生い立ちを少し説明すると、リヴウェルもじょじょに自分のことを語りはじめた。リヴウェルはノリッジの樽屋の息子で、父の商売を見ながら育った。地元のグラマースクールで読み書きを学び、教わったことを妹に教えはじめた。

それから戦争が勃発し、最初の機会に志願して入隊した。

迷いはなかったよ。家にとどまって、槌でたたいて樽の形をつくってなんかいられなかったんだ。戦争が世界をたたいて新しい形をつくろうとしているときに。これは国の魂のための戦いなんだ！　おれも参加したかった！　おれのなかに飢えと渇きがあって……

リヴウェルのことばがとぎれた。熱っぽさにさびしさがにじむ。

影が長くなるころには十五マイル以上歩いていて、リヴウェルはもうバッキンガムシャーに入ったはずだとうけあった。くたくたで、足はまめだらけ、脚もけがをしたところも痛んでいた。それに、ひどくおなかもすいていた。この数日間で、ゴートリー夫人からもらった食料は食べ尽くしていたし、アックスワース家で出されたかゆは薄くてわずかなものだった。

クマも空腹を感じとっている。空腹はよくわかるのだ。クマは低くうなって落ちつかず、生垣でかさこそと音がするたびに気にしている。

ふと気づくと、足をとめられていて、いつしかそばの木を見あげていた。とげとげした黒いしみのような塊は、鳥の巣に似ている。したたる卵の中身や、ひなの歯ざわりをクマが思い浮かべているのがわかる。けれども、ちがう角度から見あげてみると、それは巣ではなく、ただのからまりあった小枝だった。それから、つぎに気がつくと、こんどはいつのまにか口をあけて、やわらかな春の葉をかじっていた。

クマ！ 口いっぱいの葉を吐きだす。**あたしはこんなの食べられないんだから！**

けれどもクマは譲らない。メイクピースの手を使って古い腐りかけの丸太をつかむと、引き裂いて、ぱさぱさした内側をあらわにした。つぎに気づいたときには、這いまわるアリをなめとっていた。舌がぴりぴりする。

リヴウェルが衝撃を受けて悲鳴をあげた。野生化したところで、女の姿に身をやつした悪魔ではないことをわかってもらえるわけではないようだ。

メイクピースはため息をつき、近くの小川の堤に腰をおろすと、靴と靴下を脱ぎはじめた。**ふたまたのひづめじゃないよ。**皮肉っぽく指摘してから、足を水につけると、冷たい水にまめの痛みがやわらいだ。**流れる水に触れても消えないしね。**

水のなかの細長い黒っぽい物が目にとまった。メイクピースが気づいたとたん、小さな魚は逃げていったが、確実にクマの目にもとまっていた。口にあふれてきた唾液が、自分の飢えのせいなのか、クマのせいなのかわからない。

　ふらつきながらもう一度立ちあがり、片足を水につけ、裾まで濡らしてしまったあとで、ようやく自分の体の支配権をとりもどした。

　やめて！　そういってるけど、ほんとうにクマに魚を捕るのをやめてほしいの？　せっかく捕まえられるのに。**ちょっと待って。**服を濡らすわけにはいかない。納屋で眠るつもりなら、服を乾かす術（すべ）がない。それに、死ぬほど寒い思いをするだろう。メイクピースはスカートと下着をたくしあげ、腰のすぐ下の高さで縛った。

　それからクマにまかせて水のなかに入り、いきおいよく流れる冷たい水の圧を感じながら、ぬるぬる滑る水草に覆われた石を踏みしめた。最初は水の冷たさが心地よかったが、少しすると刺すように痛くなった。考えも揺らぎはじめる。失われる時間と、背後からくる追手のことを考えてしまうのだ。ところがクマは、山のように揺らがない。しばらくすると、メイクピースにもクマのびっくりするほどの落ちつきが伝染してきた。冷たい水が痛いのは、空が青いのと同じくらいあたりまえになり、気持ちの揺らぎもやわらいだ。

　そこ！　自身のものではない反射神経を使い、片手の指を広げて水をかき、流れから太った茶色の魚をすくいあげる。魚は空中を飛んで堤に落ち、ぱたぱたと跳ねまわって水にもどろうとする。

　いつのまにかメイクピースは、よろよろしながら水から出て陸地に四つん這いになり、片手のてのひらで魚の頭をたたいて、まだ生きている体の真ん中に歯を突きたてていた。

「そのまま動くな！」急に大きな声がした。見あげると、くたびれた服を着た男が剣を抜いてメイクピースにむけている。高い生垣の切れ目から出てきたばかりで、男に出くわしたメイクピースと同じくらい驚いているようだ。外套につけたみすぼらしい飾り帯からすると、兵士なのだろうが、泥だらけでどちらの軍かは見分けがつかない。

メイクピースは自分がどんな姿に見えているかに気がついた。くわえている生きた魚がぴくりと動いて、尾が目にあたりそうになる。汁を味わったら、魚を丸ごとのみこみたくてたまらなくなったけれど、口からそっと出し、スカートをおろしてむきだしの脚を覆った。

「なにを見つけた？」年上の兵士が生垣から出てきた。鼻が大きく、右眉の上に治りかけの傷がある。

「あの娘、なんだかおかしいんです」若いほうの男は、怯えた目をメイクピースからそらすことができずにいる。「半分裸になって、野生の獣みたいに跳びまわってたんです！　生の魚に歯を立てて、動物のようにかみついて――」

「あんただっておなかがすいていれば、同じようにするでしょうよ」メイクピースはすぐさま反撃した。

年上の男がかすかに眉をひそめた。

「どこから来た？」ふたりとも同じなまりがある。自分もなまりでよそ者だとばれたのだろう。

「スタッフォードシャーから」さっと答える。なまりがある説明になるくらいには遠いけれど、歩いてこられるくらいには近いところだといい、と願った。

「ずいぶん遠くじゃないか」年上の兵が疑わしそうに顔を曇らせた。「なんで故郷を離れた？」

その話にならないように願っていたのに。メイクピースはふたりの男をじっと見て、どちらの側の兵か見極めようとした。片方の側が喜ぶ話は、もう片方を怒らせる。

その男なら知っている！　リヴウェルが静かにいった。**若いほう——はウィリアム・ホーンだ。おなじ連隊にいた。**

議会派の兵士だ。メイクピースはそれに合わせて話を選んだ。

「義理の父に追いだされたんです」袖をまくりあげて、腕の消えかけたあざを見せる。「義父は熱心な王党派だけど、あたしはそうじゃないから、たたきだされたの。もどってきたら殺してやるって」

男の目に同情の影がちらついたが、すぐに不審そうな冷たい目にもどった。

「よほど怖かったんだな。三つの州を越えて逃げてくるとは」

「こんなに遠くまで来るつもりじゃなかったんです！」心から疲れきって途方に暮れているという本音を、わずかに声ににじませる。「仕事を探していて、噂を追いかけているうちにこんなところまで——」

「仕事？」年上の兵の目はいまや鋼のようで敵意に満ちている。「おれたちをばかにしてるのか？　この一帯は両軍がしのぎを削って騒然としている。こんなところに仕事を探しにくるやつがいるか？」

神のお告げがあって、ホワイトハロウに来るようにいわれた、というんだ。リヴウェルがせついた。

なに？　メイクピースはとまどい、頭のなかできさかえした。リヴウェルは早口で説明した。**ホワイトハロウに匿(かくま)っているんだ。特別なメンドリみたいに。**

将軍のひとりが予言者や占い師を集めている。

「仕事を探してるうちに、神がとある場所の幻を見せてくださり、そこに行けとお告げになったのです」メイクピースは顔を赤らめないように気をつけながらいった。「ホワイトハロウという屋敷です」

男はふたりとも身をこわばらせ、目を見かわした。

「幻で見たのはどんな場所だった？」年上のほうの男がきいた。

「赤レンガの大きなお屋敷です」メイクピースはリヴウェルがつぶやくことばをくりかえした。「丘の上にそびえていて、森に囲まれています」

「スパイならそのくらいは知っている」若い男が小声でいった。ふたりがささやきあっているあいだに、メイクピースはリヴウェルが必死に語る声に耳を傾けた。

「あなたの幻も見たわ、ウィリアム・ホーン」

若い男は飛びあがらんばかりに驚いた。

「二か月前、あなたはほかのふたりの兵といっしょに村の教会にいた。不道徳な教会で、けばけばしい悪魔のような飾りがあふれていたから、あなたたちは夜中に行って手当たりしだいに壊そうとした。祭壇の手すりを壊し、窓のステンドグラスを割った。信徒席の彫刻をめった切りにした。

　そのうちに仲間のひとりが彫像から十字架をおろして、石の床に打ちつけた」

　ウィリアム・ホーンは見るからにたじろいでいる。だが、年上の男は動揺していないどころか、満足そうですらある。

「あなたたちはみんな、はたと手をとめて、粉々になったキリストの顔を見た」メイクピースはさらに先をつづけた。「みんな恐ろしくなったけど……だれもそうはいいだせなかった。三人ともどんどん乱暴になり、もっと激しく割ったり破いたりした。おたがいに競いあうようになった。そうすることで、床の上の壊れた目を見ないようにしていた」

　ウィリアムは、迷信にとらわれた恐怖にがんじがらめになって、じっとメイクピースを見つめている。

「あなたは馬を連れてきて洗礼盤から水を飲ませようとした——怖がっていないのを見せようとして。三人はそろって、馬が大きな白い口で水をぴちゃぴちゃ飲むのを眺めて、声をあげて笑った。だけど、笑い声のこだまが、悪魔の群れがいっしょに笑っているように聞こえてきて……そろって逃げだした」

　年上の男は問いかけるように連れを一瞥（いちべつ）した。ウィリアム・ホーンはごくりとつばをのんでうなずいた。

「クランドンでのことです」弱々しい声でいう。「おれたちみんな震えあがっちまって。ほかのひとりは——十字架を打ちつけたやつは、それからおかしくなっちまった。心が壊れちまったんだよ。やつは……その一週間後にいなくなった」恐怖と疑いに大きく目を見開いて、メイクピースを見る。「どうして笑い声がそんなふうに響いたって知ってるんだ?」

「もういい」年上の男がきっぱりといった。「おまえは神のために働いた。もう忘れるんだ」手の甲で連れの剣の柄を押しのけて、震える切っ先をメイクピースからそらした。「しまいなさい、ウィリアム」

それから、メイクピースにむきなおった。

「ちゃんと身支度をするんだな、お嬢さん。いっしょに来てもらおう」

メイクピースは立ちあがってスカートを直し、靴下と靴をはいた。いまごろになって歯ががちがち鳴っている。

ありがとう。頭のなかでいった。

事態をまずくしてないといいんだが。リヴウェルはウィリアムと同じくらい震えているようだった。**あれしか思いつかなくて。**

危機的な緊張感はいくらかやわらいだようだったが、メイクピースはたったいま賭けに出ただけだとわかっていた。ほんとうはこっそりホワイトハロウに近づいて、しばらくのあいだ観察しながら、シモンドを見つけられるかどうか探るつもりだった。玄関からずかずかと入りこんで、正面きってむきあうつもりはなかったのだ。

どうやら、ホワイトハロウには案内されて行けることになったようだ。だが、その一方で、ひそかに到着するというもくろみは、たったいま、痛々しくも潰えたのだった。

第六部　ホワイトハロウ

29

年上の兵士はコールターという名の軍曹で、通りにはさらに六人の兵士が待っていた。隊はきびきびした足どりで進んだので、メイクピースの弱って疲れた脚ではついていくのがやっとだった。それでも、捕虜のようにとり囲まれたりはしなかった。

兵士たちが放っておいてくれたので、メイクピースは生の魚を食べおえて、頭のなかの死んだ仲間たちと話をつづけることができた。

どうして脱走したの？ ふときいてみた。教会の話に興味をそそられていた。「いなくなった」男の正体がだれなのかわかったと思った。

おれは弱虫だった。リヴウェルはとっさに答えてから、しばらく黙りこんだ。**わからない。**ようやく吐きだして、ため息をつく。**教会でキリスト像を壊してから、その壊れた顔が見かえしてきた目つきが忘れられなくなった。あの目。きらきらしていて空っぽで悲しげで……おれのことを悲しんでるんだと思った。一週間後、おれははじめて人を殺して、死体を見おろしていたら、死んだ目が同じに見えたんだ。**

それから、幻覚を見るようになった。出会う敵はみんな顔が割れてて、哀れみの目をしているように見えた。どうしてかはわからないが、それが恐ろしくて眠れなくなり、手が震えるよ

うになった。そしてある日、おれはこっそり抜けだして歩きだしたんだ……

メイクピースはなにもいえなかった。リヴウェルを、かつての戦友が大勢いる野営地に連れていくことになって、はたしてよかったのだろうか、と考えてしまった。

何マイルか歩いてから、森のなかをうねうねとあがっていく坂道をたどり、いかめしい門番小屋を抜けて、丘の上の大きな館にたどりついた。ホワイトハロウは赤レンガづくりの四角い邸宅で、グライズヘイズの半分ほどの大きさだった。前の芝生はかつては散歩道として手入れが行きとどいていたのだろうが、いまは草がのびほうだいで、六頭ほどの軍馬が草を食(は)んでいるだけだ。草の上には大理石でできた先祖の胸像がいくつか、頭を割られて倒れていた。まるで、銃で撃たれたかのように見える。

この館がかつてなんだったにせよ、いまは軍の砦になっていた。そこにいる人のほとんどが、使用人ではなく兵士のようだ。グライズヘイズに仕えていたメイクピースは、大きな館のなかで、ちょっとした仕事の手が抜かれているところや挑発的な破壊行為の跡を見つけてはいらいらした。

正面玄関の内側は彫刻を施されたオーク板で、文書類が釘で打ちつけられていた。軍の勝利をたからかにうたう新聞もあれば、熱狂的な宗教冊子もある。暖炉はしばらくきちんと燃え殻の掃除がされていないし、階段はたくさんの靴で踏みつけられて厚い泥の跡がついている。美しい彫刻の椅子が一脚、割られて薪にされ、古い収納箱がいくつか、鍵をこじあけられて開いたままころがっていた。どうやら正義をもってしても、略奪を防ぐことはできなかったらしい。

いまのところ、シモンドの影は見あたらない。じっさいに顔を合わせることになったら、どうする？　なんらかの方法で合図して、こちらの正体を明かさないでくれと頼む？　もし頼んだとして、シモンドが気にかけてくれるだろうか？

軍曹はわきによって、小さな集団と熱心にささやきあいながら、ときおりメイクピースのほうを見てうなずいている。何人もの人たちから、怯え、探り、値踏みするようなまなざしをむけられて、メイクピースは顔がビーツみたいに真っ赤になるのを感じた。

上等だが色あせた服を着た女性が、とくに熱心なまなざしでメイクピースを見据えていた。顔には、窓ガラスに伝う雨を思わせる線が刻まれている。ゴートリー夫人と同じくらいの年だろうか。

あれはレディ・エレノア。リヴウェルがつぶやいた。毒づきたがっている口ぶりだ。

だれなの？

将軍のお気に入りの女予言者だ。ここは彼女の敵が多いから、いなくなってるんじゃないかと期待してたんだがな。借金の踏みたおし。けんか。それにときどき、占った人に死ぬ運命だと告げたりするもんだから、うまくいっていないんだ。

ほんとのことじゃない？　メイクピースはレディを見つめかえしそうになるのをこらえた。

あの人が予言すると人が死ぬの？

たしかに。リヴウェルはしぶしぶ認めた。**人はふつう死ぬよな。**

メイクピースの脈が速くなった。予言者のふりをして入りこんだだけでも大問題なのだ、そのうえ、本物の女予言者の前で業（わざ）を披露することになったらたまらない。それに、このレディは、若くてみすぼらしい娘が同業者として名乗りをあげてきたらどう思うだろう？　**いばってる人？**　メイクピースはふと尋ねた。

いばってる？　リヴウェルはとまどっている。**そうだな——**

メイクピースは返事を待たなかった。何人かが集まっているところに大胆にも近づいていき、レディ・エレノアの前でていねいにお辞儀をしたのだ。

「マイ・レディ！」できるだけ恐れおののいている雰囲気を出して呼びかけた。「幻であなたさまのお姿を拝見しました。世界の上におられて、頭上からは日の光が太い筋となって降りそそぎ、あなたさまを祝福していました！　両手に、光に満ちた書物をおもちでした！」

コールター軍曹はびっくりしていたが、レディ・エレノアの顔はぱっとほころんで歓喜と気品に満ちた笑みを浮かべた。これでもう、この予言者からあからさまに非難される可能性は低そうだ。敵が多いレディが、自分を女王あつかいしてくれる者をじゃけんにするわけがない。

メイクピースが高位の将校と話をするために連れていかれるときも、レディ・エレノアはしっかりと腕をからめてついてきた。

それから二時間のあいだは、味方がいてありがたかった。なにしろ、これまでの人生についてこと細かに尋問されたのだ。

三人の将校は失礼な人たちではなかった。警戒して疑いながらも敬意をもって接してくれた。

思いがけなく遭遇したライオンに見せるような態度だった。ただ、とにかくしつこくて厳格で、あらゆる矛盾をついてきた。

何者なのか？　出身はどこか？　家族は？　メイクピースはペイシェンス・ロットと名乗り、ジョナスという家具職人の娘だと説明した。病気がちの母と妹とともに、荒れ野のはずれの小さな名もなき村に住んでいたとでっちあげた。調べられればすべて嘘だとわかるだろうが、すぐにではないだろうし、いまのところスタッフォードシャーに人を送りこんでまで調べるとは思えない。

べつの将校は、ややこしい宗教的な質問をたくさんしてきた。よい人生を送ってきたか？　聖書や祈禱書についてどのくらい知っているか？　メイクピースは疲れきってもうろうとしていて、何度かまちがえて、グライズヘイズでは正しくてポプラでは誤りになる答えをしてしまったが、リヴウェルのささやきに助けられてどうにかこうにか切り抜けた。

それから、胸をどきどきさせながら、自分の「幻」について説明をはじめた。室内はしんと静まりかえり、ひとことひとことを記録するペンの音だけが響いた。

「王が大きな玉座にすわっているのが見えました。体のわりには大きすぎる玉座でした」不吉そうに聞こえるようにいった。「王が見ていない陰に巨大な犬がいました。王の頭上には、六羽のフクロウが死を思わせる黒い羽を広げて飛んでいました。王はエサを投げてやりましたが、鳥はかわりに王の影を捕まえ、巻物入れに入れて運びさりました」

メイクピースはレディ・エレノアを見られなかった。もし予言者の表情がこわばって疑いや軽蔑に変わったらと思うと恐ろしかったのだ。だが、話をさえぎる者はいなかった。

「つづけて」将校のひとりがうながした。「ほかになにを見た?」

メイクピースは自信がわいてきて、もっと大胆な夢をでっちあげた。疲れていたおかげで楽だった。もう、なにもかもが夢のようだったのだ。

「空から炎が落ちてきて、人々の胸に火がつくのも見ました。人々は世界じゅうを駆けまわり、会う人会う人の胸に炎が飛び火していくんです。そうして、だれもかれもが燃えて……」

あとから考えても、いつの時点から楽しみはじめたのか、はっきりとはわからない。いつしか自分が、兵士たちの前で姿を変えていくような感じがした。もう、泥だらけのぼろをまとった浮浪者ではない。予言者になったとたん、すべてが変わった。あざは殉教者の証。ぼろは、どれだけ長いあいだ荒野をさまよってきたかを示している。

メイクピースはローブをまとうかのように神をまとって、部屋に入ってきたも同然なのだ。

「では、その幻がなにを意味しているかを話してもらおう」いちばん上位の将校がいった。

メイクピースは真っ青になった。急に、自分のしていることの重大さに気づいたのだ。いまあたしは、神が自分を通して語っていると主張している。もし嘘がばれたら、そんな冒瀆(ぼうとく)行為を犯した者はどんな仕打ちを受けるのだろう? それに、信じてもらえたとしたら、あたしの「幻」が戦略に影響する。あたしの軽率で無知なひとことで、多くの人が出陣するかもしれないし、死んでしまうかもしれないのだ。

リヴウェルやジェイムズの軍が、自分のことばのせいで死ぬ。それは力、生々しい力だ。でも、そんなもの、あたしはほしくない。

「わかりません」ぽつりといった。「あたしがここに来たのは、幻の意味がわかるのはレディ・エレノアだけとわかっていたからです」

レディ・エレノアが嬉々として夢の解釈をしてくれたので、メイクピースはほっとした。年上の女予言者が聖書を語りながら恍惚（こうこつ）となっていくかたわらで、口をからからにして震えていた。

ようやく将校たちが納得したとみえて、メイクピースは解放された。レディ・エレノアと部屋を出ながら、どれだけ悪さをしてしまったのか考えていると、すぐ外でコールター軍曹に呼びとめられた。

「ホワイトハロウの幻を見たとき、そこに住んでいる人がだれか見えたか？」軍曹は静かにきいた。「白い髪の若い貴族がいたのではないか？」

メイクピースは首を振ったが、興味をそそられていた。いまの説明にあった人相は、いかにもシモンドらしい。

「もしいまいったような人を幻で見たり、その男が悪いことをしそうだったりしたら、知らせてくれ」軍曹がわけ知り顔で目配せすると、レディ・エレノアがうなずいた。

「軍曹がいっていたのはだれなんですか、マイ・レディ？」軍曹が行ってしまってから、メイクピースはきいた。

「若いフェルモット卿よ」レディ・エレノアは秘密の話をするには大きな声で答えた。

フェルモット卿！　すでにフェルモット家を出た立場のメイクピースでさえ、その肩書を名乗るシモンドの厚かましさには腹が立った。けれども、議会派からしてみたら、シモンドが正当な当主になるのだろう。議会派は一族の残りを告発し、土地をせしめようとしているのだ。

「そのお方はいまホワイトハロウにいらっしゃるのですか？」メイクピースはたいして関心のなさそうなふりをして尋ねた。

「いいえ——将軍のご用で出かけてらして、明日の夜までもどってこないわ。それに、もしわたくしの忠告を聞き入れたのなら、二度ともどれないはずよ」

「信用していないんですか？」

「ええ、できるものですか！」レディ・エレノアはいきおいこんだ。「コールター軍曹もよ。フェルモット卿はわたくしたちの側に加わったというけれど、こちらからすればまだ王の奸臣よ。軍曹はときどき卿の持ち物検査をして、反逆のしるしを探しているわ。

　あなたにもきっとわかるわ。わたくしは名前の謎を解明したの。〝シモンド(Symonde)・フェルモット(Fellmotte)〟の文字は〝ずるい悪魔が敵を溶かす(sly demon melt foe)〟に組み替えられるのよ。そんな男、信用できるわけがないでしょう！」

　メイクピースはレディ・エレノアが立ち去るまで、必死に真顔を保っていた。

あの女。　クイック医師がいった。**完全に頭がいかれてるな。**

そう願いたい。　リヴウェルがむっつりと応じた。

どうして？　メイクピースはびっくりしてききかえした。

あの人は、世界がもうじき終わるといっているんだよ。リヴウェルが答えた。

その日の終わりには、燃えさかる炎、スープの熱い鉢、乾いた寝床で眠れること以上の贅沢はないと思えた。たとえそれが、レディ・エレノアのベッドの足もとの麦わらだったとしても。メイクピースは、クマがスープの鉢をなめまわそうとするのを抑えるのがせいいっぱいだった。

明日、そのシモンドとやらがもどってきたらどうするつもりだ？明かりが消えて、メイクピースが眠ろうとしたときになって、医師がきいた。**どんな手を使って、やつに正体をばらされるのをとめるんだ？**

もっともな質問だった。シモンドとふたりきりで話す必要がある。それも、メイクピースのやりかたで。よほどの理由がなければ、シモンドはこちらの話に耳を貸そうとはしないだろうが、彼の良心や同族意識に訴えてもうまくはいかないだろう。こちらが上に立てるような力が必要だ。

あの勅許状を見つけなければ。シモンドはもって歩いているのだろうか？　そうは思えない。レディ・エレノアの話では、コールター軍曹が定期的にシモンドの持ち物を捜索しているという。王の封印のある書状を見つけられるような危険を冒しているとしたら、とんだまぬけだ。

では、どこに隠した？　たしかめたり、とっさのときに手にとれるように、近くにおいておきたいはずだ。運がよければ、ホワイトハロウのどこかにあるかもしれない。シモンドがもどる前に見つけられたら、優位に立てるだけの力を握れる。

30

あくる日、メイクピースはこそこそと勅許状の捜索をはじめた。

朝目を覚ますと、清潔で見苦しくない質素な衣類が用意されていた。だれからもレディ・エレノアのお気に入りの腰ぎんちゃくだと思われているようなので、メイクピースもその役を演じることにして、新しい「女主人」に朝食を用意しようと厨房に駆けおりていった。そこで料理人たちと話をして、やせっぽちのはちみつ色のネコと友だちになった。「ウィルターキン」という名で呼ばれているらしい。

厨房はグライズヘイズより狭く、ひどく暑かった。メイクピースはすぐに、自分がシモンドだったら、貴重な封蠟が溶けてしまうかもしれないこんな場所に勅許状を隠したりはしないと判断した。

若い予言者が屋敷のなかをうろうろしていても、だれもとめなかった。兵士たちはメイクピースのことを少し怖がっているが、興味はもっているようだ。もしなにか不審な動きを見たら、妙に思って忘れないだろう。なにかを捜しているように見えたら、スパイだと疑われるかもしれない。

三階にシモンドの部屋を見つけた。青い外套、紋章の入った旅行かばんはまちがえようがない。上等なベッドのひとつをあてがわれて、ひとりでいられる部屋だ。そばにはだれもいなかったので、メイクピースは思いきって大急ぎで室内を捜してみた。盗まれた勅許状は見あたらなかったものの、驚くことではない。知恵のまわるシモンドのこと、そんなにわかりやすいところにおいておくわけがないし、そもそも、部屋を捜したのもメイクピースが最初ではないはずだ。

じっさい、すぐに、屋敷のほとんどの場所が捜索ずみだとわかった。破かれ壊され、目ぼしい物はすべて奪われている。背後に空洞があるかどうか見るために羽目板が割られたところもあれば、寝床が切り裂かれているところもある。床という床に破片が散らばっていた。

「この家は母親の仇かなにかなわけ？」メイクピースは、ブーツを磨いている若い兵士にきいた。退屈していて話し相手になってくれそうだったのだ。

「まあ、おれたちはばかにされてんだよ」若者は正直にいった。ちらりとうしろを振りかえり、予言者と噂話をしているところをだれにも見られていないのをたしかめると、メイクピースを手招きして、すぐそばの戸を押しあけた。そのむこうには、大きな四柱式のベッドがあったが、美しい刺繍の垂れ布はほとんどすべてはぎとられていた。「むこうの隠し扉が見えるか？」たしかに、むかい側の壁にドアの形が見える。壁と同じ茶色の布で覆われている。いまは右の角からはがされて、その下の淡い色の木目があらわになっているが、明らかにかつては壁にまぎれるようにドア全体を覆っていたものだ。

若い兵士は部屋を横切っていって、金属の輪を引っぱってドアをあけた。「秘密の部屋があるんだよ」ドアのむこうは、質素な寝床と水差しと椅子だけの小さな部屋だった。

「戦争がはじまったとき、ここに住んでたド・ヴェルネス一家は王の側についたんだ。このあたりにいたおれたちみんな――それと訓練を受けた軍、地元の兵は、議会側を選んだ。それで議会軍が大挙して、この屋敷の騎士を捕まえにやってきた。奥方は屋敷をさしだして、誓って夫はもうここを離れたといい、わが軍を客人として迎えいれた。

ところが夫は秘密の部屋に隠れてたんだ。わが軍に出された食事には薬が盛られてて、夫は夜になると足音をしのばせて、眠りこけた兵士たちのわきを通り抜け、夫婦で逃げだした。運べるだけの宝石と食器類をもって。

それでわが軍は思ったんだろうな。そんな思いがけない秘密が隠されてたんなら、ほかにもあるんじゃないかって。運びきれずに隠された宝があるかもしれない、軍では給料をもらえないかもしれないから、見つけられるなら自分の給料分をいただこうってね。そのために、反逆者の屋敷をめちゃくちゃにできるんなら、なおよしってわけだ」

話の途中で、上官が現れて、兵士に非難がましい目をむけた。メイクピースはすべて承知しているような顔をして堂々とそこを離れた。

ほかにも二、三枚床板をはがされた箇所があったが、下にはなにもなかった。おがくずが散らばっているところを見ると、どこかに秘密の隠し場所があるのではないかと期待して、夢見がちな兵士たちがこじあけたのだろう。

やつらは壁以外、なにもかも盗んでいく気だな。リヴウェルが静かにいった。ちょっとあっけにとられているような声だ。

正義の軍といっても人の寄せ集めだから。メイクピースはなるべくやさしくいった。

リヴウェルは答えない。十字軍の戦士と思っていた仲間たちを新たな目で見ているのかもしれない。あるいは、アックスワース家のニワトリについて、わずかでも気が楽になったのかもしれない。

昼になるころ、メイクピースは必死に知恵を絞って考えていた。グライズヘイズでは、物の隠し場所を見つけるのはお手のものだった。自分が勅許状を隠すとしたらどこにするだろう？

室内なのはたしかだ。どんなに気をつけて包んでおいても、外では濡れてしまうおそれがある。煙突のなかは？　ううん、厨房と同じで熱すぎる。洗濯小屋も氷室も濡れる。それに、シモンドは貴族だから、使用人がつねに立ち働いている場所は避けるだろう。使用人のことはあまり知らないから、どのくらいの頻度で物が使われ掃除され点検されているかわからないのだ。

肝心なのは、戦利品探しにやっきになって家じゅうを解体している部隊のだれもが見落とすような場所、ということだ。調べられたり、こじあけられたり、盗まれたりしそうなところには入れておけない。

もう昼を過ぎたぞ。医師がつぶやいた。**シモンド・フェルモットがいつもどってきてもおかしくない。**

わかってる。兵士たちはぞろぞろと食事をとりにいき、しばらくのあいだほとんどの部屋が無人になった。勅許状を見つけるのなら、このすきを逃すとあとがない。

シモンドはほかの書類のなかにまぎれこませたのだろうか？　ううん、高価な羊皮紙は目につくから、手にとってちらりと見る人が出てくるはずだ。でも、もしかして……

メイクピースはもう一度、表玄関までこっそりおりていった。正面の扉の内側に釘でとめられた文書が、そよ風を受けてひらひらとはためいている。ずる賢い男なら、こういうビラの下にいっときだけ羊皮紙を隠しておくかもしれない。けれども、紙の隅をめくってみても、隠された勅許状は見あたらない。得意になって興奮していたのが、落胆に変わった。一瞬、こんなすばらしい隠し場所を利用しなかったシモンドに不満すら覚えた。

シモンドは森のなかに木を隠してはいなかった。ならば、どこに？

だれも見ようとは思わない場所にちがいない。みながすでに見たと思っている場所だとしたら？　もうすべての秘密が明らかになったと思われている場所？

あわてて探ってみたが、壊れた収納箱に隠し底はないようだった。でも、隠し部屋は？　メイクピースは急いで主寝室にもどり、金の輪を使ってかつての秘密の扉を引きあけた。隠し部屋は徹底的に家捜しされていた。寝床まで引き裂かれ、詰め物が引っぱりだされている。

そのとき、ネコが膝に乗ってくるように、静かにひらめきがしのびよってきた。頭をめぐらせて、押さえていた扉を振りかえる。かつて偽装されていた扉を覆っていた茶色い布が、いまは部分的にはがれている。

ほかのみんなはこの扉を見ても、秘密の部屋を隠していた扉としか思わない。扉そのものに秘密が隠されていようとは、夢にも思わないのだ。

メイクピースは木の扉と茶色の覆いのあいだに注意深く手をさし入れると、下にむけて手を走らせて探っていった。やがて指先が羊皮紙に触れた。

三十分もしないうちに、高い窓から中庭を見おろしていたメイクピースは、馬からおりる男を見つけた。遠くからでも、ひと目見ただけでわかる。シモンド・フェルモットがホワイトハロウにもどってきた。

胸をどきどきさせ、見とがめられないように気をつけながら、シモンドの部屋に急ぐ。ドアが開く直前に、ぎりぎりでそのうしろに隠れることができた。

男が部屋に入ってきて、乗馬ブーツをゆるめようとかがみこんだ。鈍い光のせいで髪は灰色のくたびれた色、日に焼けた小麦みたいな色に見えるが、まちがいない。メイクピースが背後に立ってドアを閉めると、シモンドはとっさに剣の柄に手をのばしながら振りむいた。

「あなたに話があるの!」メイクピースはなにももっていない両手をあげて、小声でいった。

シモンドは凍りつき、剣を鞘(さや)から半分出した状態のまま、メイクピースをじっと見つめた。

「厨房のメイクピースじゃないか」心底信じられないというような低い声だ。

「あたしを殺したら、たいせつな勅許状が二度と見られなくなるよ」メイクピースはあわててぶちまけた。

「なんだって?」シモンドの顔から血の気が引いた。

「秘密の扉で見つけたからとりだしておいたの。いまどこにあるか知ってるのはあたしだけだからね、シモンドさま」

シモンドは顔をしかめ、こすれるような音をたててのろのろと剣を引きだし、メイクピースにむけた。

「おまえはだれだ?」ゆっくりときく。「メイクピースのわけがない」

「あたしだよ」メイクピースはきっぱりといった。「フェルモット家の人たちにはとりつかれてない。そのことを恐れてるのかもだけど。何度もとりつかれそうにはなったんだよ。あなたのせいでね」フェルモット家の幽霊がまったくいないというのはほんとうではないが、あっさりモーガンについて打ちあけるのは得策ではないだろう。「グライズヘイズから逃げだしたの。あの人たちの幽霊が入ってこないようにするには、それしかなかったから」

「ジェイムズはどうした?」シモンドは用心するように室内を見まわした。「やつもここにいるのか? やつと話をさせろ」

「ううん、あたしひとりで来たの。それもあなたのせい」

「ひとりで?」シモンドは激しい動揺から立ち直りつつあるらしい。「愚かな小娘だな! おまえが迷いこんだのは敵の駐屯地だぞ。しっかり武装したぼくの仲間が大勢いる。それで、盗んだっていってたよな。ぼくの勅許状はどこにある? いわないと、おまえの血管に空気を入れてから、スパイだといってつきだすぞ」

「へえ」心臓をどくどく鳴らしながら、メイクピースはいった。「あたしが勅許状のことを話したら、あなたの新しいお友だちはなんていうかしら? まさか見せちゃいないよね。見せてたら、フェルモットの魔術の話が新聞という新聞にのってるはずだもんね。それに、どっちにしたって、本物の友だちじゃないんでしょ？　あなたのこと、王党派のスパイだと思ってる人が大勢いる。王の封印のついた命令書を隠してたと知れたら、みんななんていうだろう？」

一瞬、シモンドの表情が曇り、心底本気で腹を立てているのがわかった。勅許状を失うとわかっていても、切りつけてくるかもしれない、とメイクピースは覚悟した。ところがそれから、シモンドの口の両端がかすかに上下したかと思うと、剣がゆっくりと鞘にしまわれた。

メイクピースは、興奮に血がわきたっているのに気がついた。黄金を運びこんだときと同じだ。

「なぜここにいる？」シモンドは目をすがめて探るようにメイクピースを見た。「なぜぼくのところに来た？」

「同じ敵がいて、彼らが何者かわかってる人がほかにいる？　あたしの話を信じてくれる人がほかにいる？」メイクピースはいまいましそうに小さく笑った。「もうジェイムズさえいないんだもん」

「なにがあった？」シモンドがはっとしてきいた。「死んだのか？」

「生きてる。ある意味では」メイクピースは怒りと悔しさがにじみでないように、一瞬口をつぐんだ。「あなたがサー・アンソニーを刺したせいで、何人かの住処(すみか)が失われてしまって……手近なとこにいたのがジェイムズだった」

シモンドはそれを聞いて両眉をつりあげたが、メイクピースの目には、動揺しているのか、悔やんでいるのか、ただ情報を消化しているのかわからない。

「逃げればよかったんだ」シモンドは静かにいった。

「みんながみんな、仲間をかんたんに見捨てられるわけじゃないんだよ」なじるようにいってしまってから、同盟を結ぼうとしているのに、と自分にいい聞かせた。「心配しないで。復讐しにきたんじゃないから。そうするべきなのかもしれないけど、それより生き延びたい。おたがい好きじゃなくたって、助けあうことはできるよね」いつのまにか、クイック医師のことばをくりかえしていた。

「それで、なにが望みだ?」シモンドはようやく会話をする口調になってきたが、まだ怒りが消えていないのが感じられる。「これは脅迫なのか?」

「ううん。それよりあなたと手を結びたいの、シモンドさま。でも、あなたは仲間にいつも親切だったり正直だったりというわけじゃない。だから、裏切られないように、勅許状を確保した。

あたしは味方がほしい。隠れる場所も。でも、なにより、フェルモット家と幽霊についてもっと知りたい。あなたは跡継ぎだったから、準備をしてきたでしょ――だから、あたしよりずっとよく知ってるはず。あの人たちに対して自分を守る術があるはずだよね。戦う術が」

「ぼくはいまじっさいにあの人たちと戦っている」シモンドはそっけなくいった。「ただ、ぼくのかわりに議会軍にやってもらおうとしているだけだ」

「それだけじゃ足りない」メイクピースは熱っぽくいった。「すでに体のなかにいる幽霊と戦う方法を知りたいの。ジェイムズを助けなきゃ」

「ジェイムズを助ける？」シモンドは首を振った。「手遅れだ。『相続』してしまったのなら、やつは消えている」

「ジェイムズが『相続』したのは五人分の幽霊で、七人じゃない」メイクピースは受けながした。「サー・アンソニーはあなたにおきざりにされて死んだあとで、ふたり分の幽霊を失ったから。ジェイムズはまだ押しつぶされて消えてはいないと思う」

「可能性は低い」シモンドは少し考えこんでいる。

「だけど、賭けてみる価値はあるんじゃない？」シモンドが多少なりともジェイムズに好意をもっていたと期待するしかない。「ジェイムズは小さいころの遊び相手だったんでしょ。いっしょに育ったんだよね。ジェイムズはあなたのことを信用してた。忠実だったから、フェルモット家から盗みを働く手伝いもしたんだよ！」

「あいつといるのはいつでも楽しかった」シモンドは声音を抑えて淡々といった。父親の「相続」の晩の平板で精密な話しぶりを思いださせる口調だ。「あいつと話しているときは、世の中が単純だと思いこめた。鎧を脱ぐみたいな感じだったんだ」ため息をついて、また首を振る。

「ぼくが逃げたとき、あいつも逃げるべきだったんだ。ぼくはあいつの保護者じゃない」

　メイクピースは怒りをのみこんで、攻めかたを変えることにした。若い貴族はもう剣をこちらにむけて振りまわしてはいない。それでも、自分をただ危険な存在と思わせるよりも、役に立つと信じこませたほうが賢明だろう。

「じゃあ、幽霊について知っていることを教えて、シモンドさま。あたしがジェイムズを助けるから。そのかわり、あたしはあなたの友だちになる。あたし、ここでは厨房の下働きじゃない。神の予言者、ペイシェンス・ロットなんだよ。レディ・エレノアまで、あたしを保証してくれてるんだ。いわゆるお友だちがあなたによからぬことを企んでたら、危険を知らせてあげられるし、あなたがよく戦ってるという『幻』を見ることもできるよ」

シモンドの口もとに、いぶかしそうな笑みが浮かんだ。

「上の方たちにはとりつかれていないみたいだが、ずいぶん変わったな。そんな失礼なやつになるとは思わなかったよ」

メイクピースはシモンドをじろじろ眺めまわした。この人のことはよく知らなかったし、いまこうして話していても、冷たくて、なにを考えているのかわからない表面をただなぞっているだけのように感じる。シモンドのほうも、明らかにメイクピースを理解しきれずに困惑している。

「あたしは変わってない。あなたが知らなかっただけ。あなたたちはだれもあたしのことなんか知らなかった」そのときふと思った。自分でも自分を知らなかったのかもしれない。

31

シモンドはベッドのうしろからラム酒のびんをとりだした。木の杯と、彫刻を施された金属の杯も出してきた。

「ぼくがこれをもっているのをあの男たちが知ったら、みんなガチョウみたいに首をのばして大騒ぎするんだろうな」シモンドはひややかにいった。「あいつらみんな、一心不乱に祈っているんだ。ちくしょう、こっちが毒づくたびに、神経症の発作を起こしたみたいになって！　酒も飲めない、毒づくこともできなかったら、兵士をやっていてなにが楽しいんだ？　もちろん軍曹は、ぼくがここに何本かもちこんでいるのを知っている。だけど、ぼくを罰するなら、自分がしょっちゅうこの部屋を探っていることを認めなけりゃならないからな」

シモンドはふたつの杯にラム酒をちょっと注ぐと、木のほうをよこした。木の杯は、ふたりが対等ではなく、シモンドが主人の立場ならば応じよう、という同盟の条件をほのめかしているのだろうか。メイクピースは杯を受けとり、一瞬ためらってから、口をつけた。いまはシモンドに優位だと思わせておいたほうがいいだろう。

「自分の運命について話を聞かされたのは、十歳のときだった」シモンドは杯をのぞきこんだ。「礼拝堂の壁に描かれた大きな家系図の前に連れていかれて、いつの日かほんとうの意味で知ることになる偉大なる先祖たちについて聞かされた。ぼくは『過去からの偉大な流れを保つために切り開かれた新しい水路』なのだとね。

そのときから、訓練がはじまった。あの家の跡継ぎは頭と魂を収縮する練習をする。未来の客を受け入れる余地をつくるためだ」乗馬ブーツのつま先をじっと見つめる。「潜入者は定期的にぼくたちを調べて、ときどき……なかの構造を配置し直す。そうしたほうが、長い目で見たときに満足のいく結果になるらしい。生垣を装飾的に刈りこむみたいなものだ。最後の最後になって、ちょうどの大きさの空間を切り開くよりずっといいんだよ」

「魂を配置し直した？」メイクピースは愕然とした。「それであなたは変わらなかったの？」

「そんなのわかるものか？」シモンドは肩をすくめた。「それがなかったとして、自分がどんな人間になっていたかなんて、わかりようがないんだから」

「ほかにはなにを教わった？」メイクピースは自分が三年間味わった厨房での苦労も、かなりましなほうだったのかもしれないと思いはじめていた。十年も脳を刈りこまれてきたなんて、領主の地位や贅沢をもってしても高い代償だ。

「そうだな、先祖の幽霊と戦う方法は教えてくれなかったよ！　正反対だ。どうやってしたがうかを教わった」シモンドはかすかに苦々しそうな笑みを浮かべた。「この運命はただの義務ではなくて、偉大で栄光あるものだとたたきこまれた。ぼくはそんなでまかせをのみこんで、先祖たちを受け入れるのを待ちこがれるようになった。結局のところ、古の魂の『大河』がなかったら、なにになるんだ？　ただの泥だらけの溝じゃないか。

　でも、いくつか気づいたこともあった。どうして上の方たちがぼくたちを必要とするのか、考えはじめたんだ」

「家のない幽霊は溶けて消えてしまうから」メイクピースは即座に答えた。

「そのとおり。ぼくたちの体が上の方たちを守り、風に飛ばされていくのを防ぐんだ。でも、ほかにもあるんだよ。ぼくたちの体が上の方たちを守り、ふつうの幽霊は動いたりしゃべったり、なにかしたりすればするほど、早く燃え尽きてしまう。それには気づいていたか?」

　メイクピースはうなずいた。クマが自分を苦しめていた男たちに襲いかかったとき、核の部分が蒸発していきかけたのを思いだす。

「生きた人間の体内にすむ幽霊も消耗していくが、彼らは再生できる。生きている人間から幽霊へと力がわたされるんだよ。生きている木から力を得る、ヤドリギの枝みたいなものだ。ぼくらは彼らの避難場所というだけじゃない。食料でもあるんだ」

　考えただけでメイクピースはぞっとしたが、筋は通る。自分のなかの客人たちもときどき活発になったり、眠ったようになったりする。彼らから自分にはない力や技術を借りることがあるが、考えてみると、その後はひどく消耗したように感じる。

「『相続』の現場を見たことがあるか?」シモンドが突然きいた。

　メイクピースはびくっとして首を振った。十二夜に目撃したことは打ちあけたくなかった。

「ぼくはある」そういったシモンドの顔からは、少しのあいだいっさいの表情がなくなった。

「父は」ややあって、また口を開いた。「あこがれの人だった。師であり、人生の目標だった」

「あたし、サー・トーマスが好きだった」メイクピースはやさしくいった。シモンドはとまどったようにぼんやりと振りかえった。メイクピースが好きだろうときらいだろうと、この人にはなんの意味もないのだろう。

「父のことなんて、知らなかったじゃないか」どうでもよさそうにいう。「ほかの人にとっては、率直で楽しい人だったかもしれないが、ぼくに対しては厳格で口やかましかった。それだけぼくたちふたりの会話は重要だったからだ。ぼくは父を恐れ、敬い、喜ばせようとした。家長と跡継ぎの絆は、おまえには理解できないだろう。あんな運命を分かちあうんだ、単なる血を分かちあう以上のものがある。領主であるということは神聖な契約であり、保護の義務を負う――ぼくらが領地と称号を所有するのと同じように、領地と称号がぼくらを支配するんだ。そして、それらは、損なわれることなく引き継がれなくてはならない」少しのあいだ、シモンドが別人のようになったので、メイクピースはサー・トーマスが語っていたことばなのだろうと想像した。

「父はいつでもすべてにおいて最高であれとはっぱをかけてきていて、とうとうその理由を打ちあけてくれた。フェルモット家の全員分の魂が守られるわけではなく、一族にとってもっとも価値があると判断された者だけが生き残れるのだ、と。

だからある日、上の方たちがぼくのところにやってきたときには、自分が天秤にかけられているのだとわかった。ぼくだけの審判の日だ。認められれば、上の方たちとともに永遠に生きることができる。認められなければ、体だけを奪われて、魂は押しつぶされてしまう。すべてを得るか、すべてを失うか。だからぼくは、ぼろぼろになるまで自分をすりへらして、上の方たちに気に入られようとがんばってきた。

そして、父の『審判の日』がやってきた。ぼくの父の。父がどれだけ一族のために努力してきたか、どれだけ博学だったか、どれだけ忠実だったか……」シモンドは首を振った。顔にはそのことばに似合わない静けさをたたえている。「すべてがなんにもならなかった。父は欠陥があるとみなされ、押しつぶされてしまった。ぼくはその場を傍観していた」

メイクピースは耳を傾けながら、どう感じていいかわからなかった。シモンドの話には、同情したくなるところがたくさんある。でも、シモンド自身はハンガードン・ヒルの戦いで同情を示さなかった。いまも、彼の反応はどこか正常ではない。

「どんなだったかききたいか？」不快なほどぞんざいな口調で急にきいた。「ぼくは特等席にいたんだ」

メイクピースはゆっくりうなずいた。自分でも一部は見ていたけれど、シモンドのほうが近くにいた。彼は自分の杯にふたたび酒を注いだ。

「まず『潜入者』が祖父から飛びだしてきた。そして、その女の霊は父の口にするりと入っていった。ほかの霊もひとりまたひとりとついていった。父は最後の最後になって抵抗したんだと思う……でもそれがよくなかった」

メイクピースはなにもいわずに、サー・トーマスの苦悶に満ちた顔を思いだしていた。哀れみで気持ちが悪くなってくる。

「おもしろい話をしてやろうか」シモンドは相変わらずの冷めた口調で話をつづけた。「幽霊はみんな同じではないんだ。潜入者は見た目は小さいが、健康で無傷だ。ほかの霊は大きいが……締めつけられて、変形している。同じ柄から出たふたつのリンゴを見たことがあるか？　たがいに近すぎて、おかしな形になっているんだ」

なるほど、それはおもしろい。メイクピースの脳内で、医師がつぶやいた。

「どうして彼女は小さいの？」メイクピースは興味をそそられてきいた。

「ほかの幽霊よりも頻繁に、殻を突きやぶらなければならないからだ」シモンドがすぐに答えた。「だから、彼女の核はときどき流れでてしまっているのだと思う」

メイクピースはそんなふうに考えてみたこともなかった。「潜入」されるのがあまりにも不快だったので、「潜入者」自身の危険を顧みたりはしなかったのだ。

「だが、それで見た目がちがうのも説明がつくのかもしれない」シモンドは先をつづけた。

「潜入者は体の外で自分自身を保てなくてはならない。ほかの上の方たちにはその必要がない。もしかすると、殻のなかで生きていると、やわらかいままでいられるのかもしれない」

「潜入者についてはなにか知っている？」いつもこそこそしているモーガンは聞いているだろうか、とメイクピースは思った。

「レディ・モーガン・フェルモット」シモンドはすぐに答えた。「上の方の基準でいえば、彼女は歩兵だ。女性であそこに加われたのは彼女でわずかに三人目。しかも彼女はぼくらの血筋ですらない。婚姻によってフェルモット家に入っただけだ。それに最年少に近い。三十歳そこそこで死んでいるんだ。なんでそんなことをきく?」

「上の方たちがどうやって潜入者を選んだのかなと思って」メイクピースはおとなしく答えた。「くじ引きかなにか?」

「最下層の幽霊にやらせているのはたしかだと思う」シモンドはいった。「だれがやりたがるものか? 潜入者は時とともに衰えていくんだ」

「上の方たちの幽霊がやわらかいんだとしたら、どうやって生きてる人の霊を押しつぶすわけ?」メイクピースはきいた。「どうしてサー・トーマスはもちこたえられなかったの?」

「たしかなことはわからない。上の方たちは数と経験で優っている。だが、疑念がないから強い、というのもある。

あの人たちは怪物じみているかもしれないが、自分自身に自信をもっているのだ。自分たちを信仰しているみたいなものだからな」

信念か。メイクピースの頭のなかで医師がいった。**ああ、そうだろうとも**。

「フェルモット一族がぼくの霊を残しておいてくれそうだとはわかっていたんだ」シモンドは静かにつけ加えた。「ぼくを評価してくれていたからね。だけど、あの人たちは気まぐれで自分勝手だから、確実とはいえなかった。たとえ残してもらえても、潜入者として仕えることになるかもしれない。それでぼくは、自分なりのつてをつくり計画をあたためはじめた」

「どうして一度も上の方たちはあなたを疑わなかったんだろう?」メイクピースはきいた。

「あの人たち、だれかが嘘をついたり、隠しごとをしたりしたらすぐわかるでしょ。あたしはとるに足らない存在だったから、ろくに見られてなかったけど、あなたはたいせつな跡継ぎだった。そのあなたが何年も策を練ってたのに、一度も疑わなかったなんて。サー・アンソニーも、わき腹に剣を突きたてられるまで、やられるってわかってなかったんでしょ。なんで？」

「上の方たちはぼくらの考えを読んでいるわけではないんだ。そう思わせておいて喜んでいるけれど。あの人たちはひどく年をとっている、それだけだよ。人の顔やしぐさには決まりがあって、長く生きてきたあの人たちはそれを覚えているんだ。人はちょっとしたことで感情を表してしまう——目をきらめかせたり、声にためらいが出たり、手が震えたり」

「じゃあ、あなたはどうやって感情を読ませないようにしてたの？」メイクピースはきいた。

「ああ、それは単純なことさ。ぼくはここぞと思ったときに、なにかを感じないように自分に強いてきた。何年もかけてその技を身につけたんだよ。人が思うほどむずかしくはないんだ」

メイクピースはゆっくりとうなずいて、じっと考えこんでいる表情を崩さないようにした。生きている人にぞくっとさせられることはまずないが、シモンドは例外だ。なかの構造を配置し直されて、なんらかの問題が生じているとしか思えない。

ずっと気になっていた疑問がもうひとつある。

「シモンドさま。サー・アンソニーに剣を突き刺したとき……どうやってとりつかれずに逃れたの？」

シモンドの顔にじわじわと笑みがもどってきた。この人はあたしのことはとくに好きでもなんでもないけれど、頭がまわっておもしろいとは思っているらしい。

「おまえはまったくのばかではないんだな」シモンドはいった。「お察しのとおり、サー・アンソニーの体からふたりの幽霊が飛びだしてきて、まさにぼくにとりつこうとした。ひとりは、ぼくがなにもできないうちに入りこんできた」シモンドは、メイクピースの仰天した顔を見て笑った。「気絶するなよ。いまこの体にはひとり分の魂しかない、ぼくの分だ」

「じゃあ、やっぱり、どうやってフェルモットの幽霊と戦うか知ってるんじゃないの」メイクピースの気持ちがまた高まってきた。

「ある意味ではね」シモンドはラム酒の残りをあおった。「長い時間をかけて、自分を守る術を見つけたんだ。幽霊は趣味になり研究対象になった。ぼくはなかなかの科学者なんだよ。その幽霊をどうやって追いだしたか、ほんとうに知りたいか？」

メイクピースはうなずいた。

「じゃあ、明日教えてやれると思うよ。狩りで出かけることになっているんだ。狩りがはじまったら、そばについていろ」

「シモンドさま」メイクピースはていねいに問いかけた。「あたしに話してきかせてくださるほうが、かんたんじゃありませんか？」

「いや」シモンドはいまや、ひとりで冗談を楽しんでいるようだった。「予備知識を与えておかないほうがいい。おまえがなにに気づくか見てみたい。そのときが来て、どう対処するかも。おまえがどんな人間かが試されるのだ」

メイクピースは不安を押しのけようとした。予想に反して、ある種の味方ができたらしい。

ずいぶんといろいろわかったし、ジェイムズの例も完全に望みがないわけではなさそうだ。
それでも、話をはじめたときの力みなぎる高揚感は消え去っていた。いまなにが起きているにせよ、支配権は失われていた。

あいつは最低の悪党だな。少しして医師がいった。**だが賢い。**メイクピースは不在に気づかれてはまずいと思い、シモンドとの会話をきりあげた。聖なる予言者が、男の寝室で酒を飲んでいるところを見つかれば、評判に傷がつくだろうと思ったのだ。かわりに、小部屋に引きこもり、「ひとりの瞑想（めいそう）」をはじめた。

あの人、あなたたちには気づかなかったと思う。なんでかわからないけど。

レディ・モーガンは身を隠すのはお手のものだ。クイック医師がいう。**きみのクマは冬眠状態だよ。気づいてなかったかもしれないがね。あのピューリタンとぼくは、おとなしくしていたほうがいいと判断して、できるだけじっと静かにしていた。**

じゃあ、あなたとタイラーさんはおたがいに話をするようになったんだ？

メイクピースは思わずちょっとほほえんでしまった。

どうしようもないじゃないか。医師はふてくされている。**タイラーは自分が地獄に落ちると信じている。ぼくもそう思う。ふたりの意見が一致したのはこの点だけらしい。だが、昨夜きみが眠っているあいだに、ある種の合意に達したんだ。**

シモンド・フェルモットにぼくらのことを話すつもりか？　とくに、怒りに燃えたフェルモ

ット家の女スパイが、きみとシモンドとの会話をぜんぶ聞いていたことを話すのか？

ううん。メイクピースはきっぱりと答えた。あの人は味方として役に立つかもしれないけれど、信用はしない。それくらいなら、毒ヘビの入った桶に手をつっこむほうがまし。

じゃあ、どうしてぼくらはここにいるんだ？　医師が尋ねる。

それは、ジェイムズを救ってくれる毒ヘビの桶がないからよ。メイクピースはため息をついた。

毒ヘビといえば、レディ・モーガンがまだ鳴りをひそめているんだ。医師がいう。とはいえ、彼女がなにか企てはじめるのも時間の問題だろう。

そうだね。メイクピースは声を出さずに答えた。でも、ひとつだけ、あたしたちにとっていいことがある。女スパイのレディ・モーガンはばかなんだよ。

レディはぼくらの話を聞いているかもしれないんだぞ。医師が用心深くいう。

聞いてたらいいのに！　メイクピースは答えた。邪悪な老人の群れに仕えたくてやっきになるなんて、ばかだけでしょ。彼女がすりきれてくたくたになってもおかまいなしの人たちなのに。あの人たちが、シモンドの幽霊を仲間に入れると決めてたら、どうなった？　彼の分の場所をつくるために、だれを押しだしたのかな？

聞いていたとしても、モーガンは反応しない。

いずれにせよ、医師が興奮を押し殺したように先をつづけた。きみの新しい味方は、ひじょうに重要な点について的を射たことをいっていた。あの理屈なら、ぼくが変だと思ったことも説明がつく。

きみに乗っかってるぼくら幽霊は、きみが目をつぶるたびに暗闇に放りこまれる。最初は、きみの目を使って世の中を見ているせいだろうと思っていた。でも、もしきみのクマがきみの目を通して見ているとしたら――それは人間の目だろう――、なんでやつは獣みたいに暗闇で目がきくんだ？

幽霊は謎めいていて自然に反していて、神の法に背いている存在だから。メイクピースは混乱していらいらしながら答えた。筋の通らないこともあるんでしょ。いまのは、魔女がどうやって空を飛ぶのかってきいてるのと同じじゃないの。

おいおい。医師が反論する。ぼくらの存在は悪夢そのものかもしれないが、それでも法則はあるはずだ。シモンド・フェルモットは真実を解明していると思うよ。鍵になるのは期待、信念だ。

幽霊は、生きている宿主の目を借りなくても見えるのだと思う。ただ、かつての自分の体に慣れているから、クマはきみの目があいているときだけ見えると信じているんだろう。同時に、暗闇でも当然見えるものと思っている。

ぼくの推理が正しければ、幽霊が少ないことの説明もつく。死んだ魂が幽霊になるのは、そうなるとわかっているときだけだ。

クマはそんなことわかってなかった！　メイクピースは顔をしかめて考えこんだ。でも……死んだとき、ものすごく怒ってた。自分が死んだのにも気づいてなかったんじゃないかな。

それでクマの魂はとどまったんだな。医師は満足そうにいった。それから、絶望や疑念を抱いて死んでいく者がいる。自分の魂は失われたと思いながら。きみのピューリタンの友人がそれだ。それと、恵まれたフェルモット家の連中は、自分の幽霊に新たな住処(すみか)が与えられると知っていて死んでいく……

あなたは　メイクピースはもうしわけない気持ちになった。先生は、あたしがなれるっていったから、幽霊になれると思ったんだよね。

それは気にするな。医師はぶっきらぼうだがきっぱりといった。フェルモット家の幽霊は、宿主の魂に打ち勝って何世紀も生きつづけている。それは自分たちがそうできる権利があり能力があると信じているからだろう。その自信と狂気じみた傲慢(ごうまん)さが彼らの強みなのだ。

もしやつらの魂を弱らせたいのなら、その自信を打ち砕く方法を見つけることだ。やつらの信念を覆せ。疑いを抱かせろ。

32

翌朝、シモンドはメイクピースを完全に無視したが、それはもっともなことだった。ふたりのつながりはだれにも気づかれないほうがいい。ましてや、ふたりのあごに、そっくりなうっすらとしたくぼみがあることは。

けれども、そのためにメイクピースは、シモンドがいった「狩り」がどんなものなのかわからないままだった。ホワイトハロウでは、狩りとはかけ離れた類の集まりの支度をしていた。舞踏室は掃除され、窓は磨きあげられ、テーブルと椅子はパーティ用にしつらえられた。錫(すず)の皿にはささやかなごちそうがならべられている――タン、子牛肉、ヤマウズラのパイ、パン、チーズ。グライズヘイズの豪華な晩餐とは比べものにならないが、高位の客が来るらしいことはわかる。

「なにがあるの?」メイクピースは舞踊室の燭台(しょくだい)にろうそくをもどしている兵士にきいた。こんな贅沢(ぜいたく)は、重要な催しがあるからだろう。

「結婚式なんですよ、ミス・ロット」兵士はていねいにいった。「将軍の甥御さんがある議員のお嬢さんと結婚するんです。午後に到着しますよ――ご友人とご家族も」

少しは飾りつけをすればいいのにな。医師がむっつりといった。梁(はり)はむきだしのままで、室内には花ひとつ飾られていない。

結婚は神に属するものだ。リヴウェルが冷静にいう。**神はフリルやリボンをお好みではない。**

　メイクピースはリヴウェルの声が聞こえてほっとした。しばらくのあいだ、だんまりだったのだ。気がついたら、自分が逃げだしてきた軍の兵士にとり囲まれていて、いったいどんな気持ちになったのだろう。また自分を引き裂きはじめるのではないかと、メイクピースは心配していた。

　最初に到着したのは、黒ずくめのいかめしそうな三人の男たちだった。驚いたことに、三人は軍曹やほかの将校たちには、ひややかに小さくうなずいただけで、シモンドとわきによって、かなり熱心に会話をかわしはじめた。

　その後もシモンドはいつものよそよそしい雰囲気を保っていたが、メイクピースは興奮している気配を感じていた。するとあるとき、シモンドが袖をつかんできた。

「覚えているな――狩りがはじまったら、近くにいるんだぞ」

「狩りっていつ？　結婚式のあと？　いつかもわからなきゃ、参加する理由もでっちあげられない」

　シモンドは小さく笑った。

「この結婚式全体が狩りみたいなものさ」ささやき声でいう。「あの家族は二、三か月して将軍の領地にもどってから式をあげるつもりだった……だが、いまここであげると、ある客を呼べる。相手は断れない。これが――」ドア越しに広い舞踏室を指し示す。「罠のはじまりだ」

「罠？」

「客のひとりが王のスパイなんだ」シモンドはあからさまに楽しんでいる。「証拠はあがっている。ただ、そのスパイが上流階級の人間でね。屋敷まで行って扉をたたいて逮捕しようとしても、家じゅうの人間でこっそり安全なところに逃がすだけだろう。だから、スパイをこちらにおびきだす。使用人や援軍から遠く離れたところに」

話を聞いて、メイクピースの口にいやな味が残った。シモンドと組むということは、いまは議会派だと表明することを意味する。けれども、わずかな時間とはいえ国王陛下の諜報員とともに過ごしたせいで、疑いもせずにやってくるスパイに不本意ながらも同情を覚えてしまうのだ。

じっとりとした朝もやは、昼食が終わるころには濃くなって霧となり、芝生や離れのようすがよく見えなくなった。軍曹はつぎつぎと兵を私道に行かせて客を屋敷まで案内させた。午後も半ばを過ぎたころ、結婚式の当事者と参列者が到着した。

将軍は手入れの行きとどいたあごひげのある、いかめしい顔の男で、甥は将軍を細くしてひげをなくした若者だった。物静かな花嫁はおずおずとほほえみながら、おしゃべりな母親に伴われて入ってきた。けれども、メイクピースはろくに見ていなかった。

一頭の馬を駆ってきた身なりのいい夫婦に目を奪われていたのだ。女性が男性のうしろにまたがっている。紳士のほうが先におりて、お辞儀をしながら妻に手を貸した。それは、愛情深いというよりは形式ばったしぐさだった。

妻の帽子の下からちらりとのぞく髪はあざやかな赤で、目鼻立ちのはっきりした長い顔には点々と黒い絹のつけぼくろがついている。ヘレンだ。王党派のスパイで冒険家で金の運び屋。

メイクピースはヘレンに見つかる前に、さっと角を曲がって身を隠した。そこから見ていると、ヘレンの夫が将軍と熱っぽく握手をかわしている。ふたりの男は親しい友人らしかった。

ヘレンはここでなにをしているのだろう？　ヘレンはほんとうは議会派で、二重スパイとして王党派のスパイ組織に潜入していたのだろうか？　メイクピースは一瞬、そう考えた。でも、そんなはずはない。議会から送りこまれた二重スパイが、あんなにたくさんの金を王に届けるわけがない。

そうだ、ヘレンはやはり王のスパイで、ふだんは議会派のふりをしているというほうが、よほど可能性が高い。シモンドもいっていたではないか。王党派のスパイの正体はわかっていると。上流階級の出で、使用人のいる屋敷に住んでいると……ヘレンみたいな人だ。

メイクピースの心は沈んだ。ヘレンとの友情は、もともと自分の嘘から生まれた偽物だったとはいえ、それでもこの年上の女性が好きだったのだ。

どうしたらいい？　もっとも安全で合理的な選択肢は、ヘレンの目にふれないようにすることだ。ホワイトハロウにいることを知られなければ、ヘレンが捕まったとしてもメイクピースを道連れにすることはない。けれども、そんな選択肢はいやだ。

じゃあ、なにができる？　正気の沙汰ではないけれど、ヘレンに警告するつもりなら、どうすればいい？　ヘレンには見張りがついているだろうから、見とがめられずに耳もとでささやくなんてむりだ。王のスパイがたがいに危険を知らせあう方法はあるのだろうが、メイクピースにはわからない。

そのときふいに、方法を知っているかもしれない人がいることを思いだした。集中できそうな静かな一角を見つけると、目を閉じて、深く息を吸いこんだ。

レディ・モーガン。頭のなかで念じる。**あなたの助けがいるの。ヘレンに、ここは罠だと教えたい。警告する方法はない？**

気でもちがったのか？医師のきつい声がした。**あの女が生きてここを出ていくときには、きみとシモンドふたりを見ているはずだ。すぐにフェルモットに知らせがいくぞ！**

たしかに、気がちがってるのかも、うん！メイクピースは答えた。**ヘレンがあたしよりも使命を優先するだろうっていうのはわかってる……でも、いざってときには命を賭けてくれるんじゃないかと思う。ねえ、なにもヘレンのために馬を用意しようとか、拳銃を引っぱりだして守ってあげようとかじゃないんだよ。でも……せめて戦う準備だけでもさせてあげたい。**

沈黙がつづく。

モーガン。メイクピースはもう一度試してみた。**あなたはあたしの敵になろうって決めてるのかもしれない。でも、ヘレンはあなたを一度も傷つけなかった――あの人はあなたの仲間でしょ。あなたもスパイだったんだよね、生きてたとき？　ヘレンみたいに生きてたときのこと、思いだせる？**

また間があいたが、脳内の陰になった深みから、耳慣れたぎすぎすした声が聞こえてきた。

人目をひかずに手わたせる紙を見つけよ。モーガンがいった。**レディ・エイプリルから盗んだびんは、アーティチョークの汁。それを使って書けば、文字が見えない。**

メイクピースはあわてて玄関まで行き、扉にとめてあった宗教冊子を何部かとってきて、急いで自分の部屋にもどった。インクのかわりにアーティチョークの汁にペンを浸して、小冊子の欄外に短い伝言をしたためた。

結婚式は罠。できれば逃げて。

いわれたとおり、アーティチョークの汁は紙を湿らせただけで、乾くとなにも残らない。

どうやって読むの？　メイクピースはきいた。

ろうそくの炎にかざすと文字が浮かびあがる。女スパイがいう。**爪で紙の角を少し切っておけば、伝言が隠れているとわかる。**

メイクピースは緊張で手を震わせながら、小冊子の束を抱えて舞踏室に入っていった。配りはじめたときには、変な顔をする人もいたが、それも数人だった。風変わりで宗教じみたふるまいは、予言者にはつきものなのだ。

客のほとんどは小さな窓のそばの席にすわっていた。ちっぽけなガラス窓のむこうは白く曇っている。ヘレンは花嫁ともうひとりのご婦人にはさまれていて、苦もなく会話の中心になっているようだ。連れのふたりが扇（おうぎ）であおぎながらくすくす笑いをこらえているところを見ると、どうやら少々きわどい冗談をいっているらしい。

メイクピースがその近くで足をとめ、そわそわとお辞儀をしてから、ひとりひとりの手に小冊子をおくと、三人はしかたなさそうに受けとった。そのとき、ヘレンがちらりとメイクピースの顔を見た。

ほんのわずかな一瞬、赤毛の女の目がはっと動揺したように燃えあがった。けれどもその表情はすぐに消え去ったので、気づいたのはメイクピースだけだった。少しすると、ヘレンは花嫁がいったことに首をのけぞらせて笑いだした。まるで、メイクピースなどまったく見えていないかのように。

メイクピースはさらに小冊子を配りつづけ、赤ら顔の紳士にふざけていい寄られると、ただ口ごもってぼんやりと受け答えをした。ヘレンはさりげないようすで連れから離れ、部屋を出ていった。

少しして、ヘレンは貼りつけたような笑みを浮かべてもどってきた。赤ら顔の紳士は知り合いらしく彼女に挨拶をし、とうとうとお世辞をならべたて、そばに来て詩を朗読するのを聞いてくれないかと頼みこんだ。けれどもヘレンは男をかわし、そそくさと夫のほうにもどっていった。メイクピースはそのそばを通りすぎて、押し殺したようなふたりの会話を聞きつけた。

「体のなかでなにかがひっくりかえったみたいで」ヘレンはつぶやいた。「ひどく気分が悪いの。あなた……わたし、もう家に帰ったほうがよさそう」

「こんどくらい、ぼくに恥をかかせないようにできないのか」夫はぴしゃりといった。「馬に乗れるなら、じっとしてお愛想をいうくらいできるだろう。それに、きみが馬に乗っていってしまったら、ぼくはどうやって帰ったらいいんだ?」

いかめしい顔つきの黒ずくめの男たちが室内に入ってきた。その男たちには、どことなく祝いごとにはそぐわない雰囲気がある。まるでピクニックの場を練り歩く死神みたいだ。男たちはシモンドと目を合わせてうなずいた。ヘレンは彼らに気づき、真っ青になった。

時間切れだ。三人の黒ずくめの男たちはおごそかに部屋のなかを歩いていく。ヘレンと夫のほうにむかっていき……

……通りすぎ、赤ら顔の男の前で足をとめた。メイクピースにいい寄ってきた男だ。

「サー」ひとりが声をかけた。「同行願います。ほかのかたたちに不快な思いをさせないように」

男は三人を見あげ、食ってかかるつもりか、とぼけるつもりか口を開いた。それからまた口を閉じ、長くゆっくり息を吐くと、恐怖や好奇心、混乱、疑いをもってじっと自分を見つめている周囲のほかの客にむかって、もうしわけなさそうにほほえんだ。

正体を暴かれたスパイはのろのろと立ちあがり、脚つきの杯をぐいっと飲み干すと、いちばん近くにいた敵の顔に投げつけて、ドアめがけて走りだした。まわりはみんなあっけにとられた。メイクピースは、いきおいよく走ってきた男の邪魔にならないように、あわててよけた。

「玄関の扉にかんぬきをかけろ」だれかが叫ぶのが聞こえた。ガシャンという音がした。「窓から逃げた――表の芝生だ」

室内にいた兵が全員駆けだしていき、あとから使用人と客がつづいた。あけ放たれた正面の扉から、みながどっと出ていく。霧をすかして、木の陰にむかって駆けていく男の姿が見える。メイクピースが見ていると、その人影は足をとめ、それからジグザグにべつの方向にむかいはじめた。木々の陰で待ちぶせしていた者たちが飛びだしてきて、男を追う。罠をしかけた首謀者たちが、万一に備えて人員を配置していたらしい。

メイクピースがちらりと振りかえると、結婚式の参列者はほとんどが家の正面により集まっていた。ヘレンは茫然(ぼうぜん)としている。

黒服の男たちのリーダーがシモンドを引き連れて一歩前に出た。リーダーは、飛んできた杯でできた額の切り傷を押さえながら、シモンドにいった。

「あなたのいうとおりだった。やつは逃げようとした。もう少し誇りのあるやつかと思っていたのですが」

「ぼくは思っていなかった」シモンドはいった。黒ずくめの男が歩いていくと、シモンドはメイクピースの目を見てにやりと笑った。

「さあ追跡だ」シモンドはささやいた。「すぐそばにいろよ」

人々が混乱して霧のなかに出てきては、あっというまにおたがいの姿を見失っている。薄闇に叫び声がこだまする。

「あっちだ！　見えたぞ！　とまれ！」

「森まで行かせるな！」

それから、鋭い音が二度響いた。嵐のなかで枝が折れるような音だ。

「反逆者が倒れている。外科医を呼べ」

シモンドが最後の声のしたほうに走りだし、メイクピースもあわててあとを追った。口のなかはからからだ。ふたりの男が立っていて、足もとにもうひとりの男が手足を投げだして倒れている。革のかばんをもった男が家から走ってきて芝生を横切り、倒れた男のそばに膝をついた。外科医にちがいない。

「治せるか？」将校のひとりが呼びかける。「質問に答えてもらわなければならないのだ」

「どこぞの名手が至近距離から頭に銃弾を撃ちこんでくれたからな」外科医がいいかえす。

「脳みそをかき集めるのにひしゃくがいる」

メイクピースは銃弾のにおいをかぎつけた。料理や薪から出る、甘くて、半分生きているような煙とはちがう。苦い、金属のつんとしたにおいで、一瞬、地獄の炎を連想した。

「担架（たんか）を！」兵士のひとりが呼んだ。もうひとりはポケットから聖書を引っぱりだすと、霧でろくに見えないのに、紙面に顔を近づけ声に出して読みはじめた。

シモンドが死体に歩みより、隣にひざまずいた。ネズミの巣穴の前にいるネコを思わせる姿だ。それから彼は、ちらりとネズミのしっぽの影を見つけたネコみたいに、さっと身をこわばらせた。メイクピースにもなにかが見えた。死体の上に、煙ともかすみともつかない、うっすらとした巻きひげのようなものが浮かんだのだ。

幽霊だ。まちがいない。ほんとうにかすかでぼろぼろの幽霊。それはシモンドのなかに避難場所を見つけ、ゆらゆらと彼の顔めがけて飛んでくる。

シモンドがほほえむのが見えるほど近くにいたのは、メイクピースだけだった。幽霊が近づいてくると、シモンドは突然歯をむきだしにして、ひゅうっと深く息を吸いこんだ。まるで、幽霊をまるごと肺にとりこもうとするみたいに。その目は、獲物を前にした興奮にぎらついている。

幽霊はひるんだ。一瞬、混乱して激しく揺れ、それから芝生の上を全速力で逃げだした。通りすぎていったところの草の葉が、かすかにはためく。小さなやぶが、つつかれたかのようにほんの少しだけ震えて、葉から水滴を落とす。気づいているのはメイクピースとシモンドだけで、近くにいるほかの人たちは、死体に注目している。

シモンドがさっと立ちあがって、追いはじめた。メイクピースも少しあとから、見失わないようについていく。シモンドが右左と動くのは、スパイの幽霊が生きていたときと同じく、追手を振りほどこうとしてうねうねと進んでいるからだろう。いまやシモンドは森の入り口をめざして駆けている。幽霊が、生きていたときの最後の望みにしがみついているのだろう。森にたどりつけば助かる、と。

メイクピースがシモンドを追って森に入ると、シダが膝にぶつかった。ときおり露に濡れた枝が急に顔の高さに現れて、あわててかがむ。まだ前方に、木々のあいだを縫って走る、シモンドの淡い色の髪と暗い色の外套(がいとう)が見える。

倒木の上をよじのぼり、メイクピースはころげるように小さな空き地に出た。シモンドが膝をつき、両手で枯葉を握りしめて目を閉じている。

メイクピースが近づいてくる気配に、シモンドは目をあけて、さも満足そうににやりと笑った。

「捕まえたぞ」

ほんの一瞬、顔がけいれんした。その瞬間だけは、べつの人間が恐怖と絶望に苦しんだ瞳で外をのぞきこんでいるように見えた。それから、捕食者の笑みがもどってきて、ふたたびシモンドになる。

「なにしたの？」仰天して、ことばづかいもぞんざいになった。

「反逆者を捕まえた」シモンドは答えた。メイクピースの反応を楽しんでいるようにも見える。

「スパイの幽霊はあなたのなかにいるの？」またしても、小さなけいれんが起きている。「なんで？　なんでそんなことしたの？」

「いいか、見てのとおり、議会軍の『新しい友だち』は要求が厳しいんだ。ずっと、王党派と戦うのに使える情報をもっとよこせとうるさかった。ぼくが正当な権利をもっている財産を相続するためには、やつらを喜ばせておかないとならない。問題は、もう知っていることはほとんど話してしまったということだ。やつらはぼくがスパイになってさらに情報を見つけてくるのを期待しているが、そんなことをしたらこっちの首が危ない。だから、新たに情報を手に入れる、もっといい方法を見つけたんだ。怖いのか？」

メイクピースはのろのろと首を振った。

「よかった。気絶などされて、話を聞きだしてるときに邪魔されては困るからな。さて、こいつが話ができるかどうか見てみよう」シモンドは目を伏せた。つぎに話しはじめたときには、メイクピースにむけて話してはいなかった。

「さてと、よき友よ。魂の重荷をおろしたらどうだ？　仲間の名簿をわたすんだ。それから、書類をどこにしまったかも話して、二、三暗号を解読するのを手伝ってほしい……」

一拍おいて、シモンドは舌打ちして笑いだした。

「いま、やつは恐れおののいて、自分がどこにいて、なぜこんなに暗いのか知りたがっている。たいていそうなるんだ。だが、ぼくが少しずつ魂をのみつづけていくと、ぐっと役に立つようになる。少なくとも、しばらくのあいだは。心が破壊されるまでのことだがね」

「どういうこと？」メイクピースの声はかすれていた。

「いっただろう、幽霊の研究をしていたって。体のなかの幽霊がぼくらの力を吸いとるともいったよな。だけど、もっとおもしろいことを発見したんだ。ぼくらが幽霊より強ければ、逆の方向に働くことがある。ぼくの能力――ぼくらの能力――で孤独な幽霊から力を引きだし、燃料のように燃やせるんだよ。

かなりの訓練が必要だった。最初は、見つけられたなかでいちばん弱くてぼろぼろの幽霊からはじめた。病院はうってつけの場所だった。以来、どんどん強い霊をとりこむようになって、ぼく自身が強くなった。おかげで助かったよ。でなきゃ、サー・アンソニーから出てきた、負傷した上の方にやられていただろうな！

わかったか？　神がぼくらをどうしたいとお考えか？　ぼくらは川が流れこんでくるのを待つ溝ではなく、おとなしくヤドリギを養う木でもない。狩人なんだよ、厨房のメイクピース。捕食者なんだ。おまえがぼくによく仕えてくれたら、その技を教えてやろう」

シモンドは顔を背けたが、その笑みから見ると、ふたたび捕らえた幽霊に注意をもどしたようだった。顔が何度も何度もけいれんする。めまぐるしく変わる表情は、どんどん恐ろしげで苦悶に満ちていく。

怖くなんかない。メイクピースはそういった。数えきれないほど、獣の皮をはいできた。人間の皮膚から壊疽を起こした部分を切りとったときにも、こんなふうに胃がひっくりかえりはしなかった。

邪悪さについては、これまでよく考えたことがなかった。もちろん、地獄に送られる罪はあり、何度となくそうした罪がならべたてられるのを耳にしてきた。恐ろしいことは自分自身にも、たいせつに思う人の身にも、ふりかかってほしくはないが、そうした脅威があるのが世の習いだ。善良さは贅沢で、神は明らかにそんな贅沢をメイクピースに与えてはくれなかった。

けれども、驚いたことに、メイクピースの腹には腹なりの意見があるらしい。この世には耐えがたい悪があることを、いままさにそれを目撃していることを知っていたのだ。

魂の奥底で、クマがごろごろとうなるのが聞こえる。クマは痛みがわかる。苦しみがわかる。

「やめて」メイクピースは声に出していった。「幽霊を放して」あたたかいのに、頭から足まで震えていた。クマの息づかいが耳もとで聞こえる。

シモンドはちょっと軽蔑したような目をむけた。「いまさら、がっかりさせないでくれよ。おまえは役に立ちそうだと思いはじめたところなのに。それに、邪魔もしないでくれ。反逆者の友だちがもうちょっとで壊れそう……」

シモンドがまた顔を背けたすきに、メイクピースは折れた枝をさっとつかんで打ちつけようとした。半分振りかざしたところで、クマの怒りから余分な力が加わった。枝はうなじにあたり、シモンドは前のめりになった。その瞬間、彼からうっすらとした、影の切れ端が漂いでていくのが見えたように思った。囚われていた幽霊が逃げだして溶けていったのだ。

メイクピースは吠えた。目の前が真っ暗になり、もう一度シモンドを打ちつけたくなった。だめだ。もしやったら、殺してしまう。

枝を落としてあとずさりした。シモンドはもう立ちあがりかけて、剣に手をのばしている。

「この哀れな性悪女め」

メイクピースはきびすをかえして走りだした。

霧に包まれた木々のあいだを駆け抜けるあいだも、シモンドが地面や木の葉を踏みつける足音がすぐうしろに聞こえてくる。いまこの瞬間にも、背中を切りつけられそうだ。

森が突然とぎれ、メイクピースはシダのあいだを抜けて草の上を走っていた。大きくてどんよりとした楕円形が目の前に見えてきて、ホワイトハロウの前庭にもどってきたのに気がついた。

芝生のむこうから、三人の人影がそそくさとこちらにむかってくる。近づくと、黒い服が見え、スパイを捕まえようとしていた三人組だとわかった。

「捕まえろ！」シモンドがうしろから大声で叫ぶ。「そいつも仲間だ！　フェルモットの魔女のひとりだ！」

三人の男はたちまち三手に分かれて行く手をふさいだ。メイクピースがあいだをすり抜けようとすると、いちばん背の高い男が腕を引きもどした。こぶしが前に飛んできたと思った瞬間、あごに激しい衝撃が走っていた。世界がはじけて、痛みと闇が広がった。

33

意識をとりもどしかけたとき、しばらくのあいだは、あごの痛みしか感じなかった。太陽のように大きくなって、赤とオレンジに脈打っているようだった。体のほかの部分を確認していくのは、楽しい作業ではなかった。頭が痛み、吐き気がする。目をあけてみると、だれかの書き物部屋らしき場所にあるマットレスに横たわっていた。

よろよろと立ちあがり、ドアをあけようとする。鍵がかかっている。窓には格子がはまっていて、既視感と激しい恐怖に襲われてめまいがした。また囚われの身だ。

みんな無事？　メイクピースは声に出さずにきいた。厄介な旅の道連れたちのことが、急に心配になった。

だと思う。医師が恐ろしいほど落ちついた口ぶりでいった。**さんざん苦労してシモンド・フエルモットを見つけたのに、どうしても杖で殴らなきゃならなかったのか？**

あの男はあのくらいされて当然だ。リヴウェルがいきおいこんでいう。**木一本まるまる使って殴れなかったのが残念なくらいだ。**

囚われの身であごはずきずき痛んだが、メイクピースはおかしくなって小さく鼻を鳴らした。クマの大きなあたたかさも感じられて、ほっとする。

モーガン？　まだそこにいる？　反応はなかったが、それもまた驚くにはあたらない。**ここはどこ？**　かわりにそう尋ねた。
わからない。リヴウェルが答える。**あの野郎にあごを殴られてから、なにも見てないんだ。**
あたしが眠ってても、あなたたちは体を動かしたり目をあけたりできるんだと思ってた。メイクピースはそっと体を起こし、あざになったあごに触れた。
ふつうに眠っている場合はそうだ。クイック医師が説明をはじめた。**だが、完全に意識を失っているときには、ぼくらもまったくなにもできないらしい。すばらしい発見だが、現時点では不都合きわまりないな。**

　メイクピースはベッドによじのぼって、小さな窓から外をのぞいてみた。木々と、そのむこうにホワイトハロウの煙突が見える。どうやら、門番小屋に囚われているらしい。

　ちょうどそのときドアがあいて、メイクピースははっとした。使用人が入ってきた。

「ついてこい」男はいった。

　小部屋を出て、なにもない小さな部屋に案内された。メイクピースを殴った黒ずくめの男が机のそばの椅子に腰かけている。シモンドはいつもの平然とした仮面をかぶり、壁にもたれかかっていた。

　黒ずくめの男は三十歳ほどに見えるが、黒っぽい髪はすでに後退しはじめている。鋭い目をしているのにまばたきが多いのは、長い時間ろうそくの明かりで本を読んでいるからかもしれない。

「重要なことはすべてわかっている」黒ずくめの男は書類から顔をあげた。「あとはおまえが真実を認め、今回の不正行為にほかにだれがかかわっているか話すだけだ」椅子にもたれかかって、メイクピースを見つめる。「ほかのだれかに惑わされただけだと、われわれを信じこませるだけの時間はあるぞ。おまえはまだ若く学もない。悪魔の罠にひっかかるのはたやすいことだ」

　メイクピースはシモンドが叫んだことばを思いだして真っ赤になった。

　魔女。

「悪魔の罠って？」もしかしたら、怯えた少女の役を演じつづけられるかもしれない。「どうしてあたしをたたいたの？　あなたはだれ？　なんであたしはここにいるの？」

「なぜホワイトハロウに来た？」尋問役はメイクピースの質問を無視してきいた。

「レディ・エレノアを探してたんです」メイクピースは挑むように答えた。

「ここにウィリアム・ホーン兵士の報告がある」尋問役は書類をかきまわした。「それによると、ホーンはある日突然、おまえに遭遇したといっている。おまえは全裸に近いかっこうで四つん這いになって暴れていた。獣のように歯をむいて、生きた魚を歯で引き裂こうとしていた」

「スカートをたくしあげて、小川で足を洗おうとしてたんです。そうしたら、運よく魚をすくえたの。土手で四つん這いになってたのは、魚が跳ねて水にもどりそうになったのをとめようとしてたから」思っていた以上にひどい事態になっていた。どうやら敵は、屋敷じゅうの人たちから証言を集めていたらしい。

「ホーンはまた、おまえがやつの頭から記憶をむしりとっていじめてきたといっている。おまえが知るはずのない、やつの思いや脳内の妄想も知っていたというじゃないか」

「幻で見たんです」

「幻のすべてが神によってもたらされるわけではない。弱った心の迷い……それから、邪悪な者に惑わされることもある」

メイクピースの心は沈んだ。女予言者と魔女のちがいは紙一重のようだ。

「それから、動物とのかかわりかたがふつうじゃないと聞いている」尋問者はさらにつづけた。

「ホワイトハロウにはウィルターキンという黄色いネコがいる。だれにでもうなったりひっかいたりするそうだが、おまえと会って五分もしないうちに、ささやきかけるみたいにおまえの顔にすりよったそうじゃないか」

「残り物をやったから」メイクピースは答えた。「ネコですよ。どんなネコだって、ベーコンの皮をひと切れやればなつくんです！」動物といっしょにいるのは大きな喜びなのに、そのことまでもが自分に不利な証拠になっているとは信じられなかった。

「ネコに耳を吸わせたのか？」男は変わらぬ、落ちついたいかめしい声できいた。

「は？」

「魔女は悪魔や自分にさしむけられた使い魔に乳を飲ませる。連中の乳はおかしな場所についていることもある。男の顔をした薄い色のネズミがある女のもとを訪れて、耳たぶにあった乳首から乳を飲んだそうだ」

とうとう出てきた、「魔女」ということばが。メイクピースは肌がざわざわしてきた。

「いいえ」ありったけの軽蔑をこめていい放つ。「あたしの耳から乳を飲んだネコなんていない。あなたがたは、だれかに皿いっぱいに嘘を盛られたんじゃないですか」

「そうなのか?」男はひややかに問いかえす。「われわれはおまえの声を聞いたんだ。森のなかでおまえのなかの悪魔が吠えるのを」

では、この人たちはクマの吠え声を聞いたのだ。霧に包まれた森のなかで。そして、メイクピースが自然な存在ではないと信じこんでいる。尋問者は、メイクピースが嘘をついて自ら首を締めるのを、縄を垂らして待ちかまえている。

男の目は険しくて、寝不足からか少し赤かったが、なにかがきらめいているように見える。美男子でもなければ長身でもなく、はげてもいない。ふつうだったら注意をひくような男ではない。それなのに非常時のせいで、人々はこの男に注目している。神の御業を行っているからだ。

クマは疲れきってうとうとしていたが、目を覚まして、黒ずくめの男のにおいをかぎつけた。いい石けんと人々の痛みのにおいがする。少し若クロウに似たにおいだ。

「おまえがフェルモット卿を殺そうとしたことは知っている」黒の男がいう。「卿から、おまえについてはぜんぶ聞いた。こんどはおまえがフェルモット家について話す番だ」

シモンドは相変わらず静かに傍観していた。ほほえまずにほほえむ、ネコの笑いかたをしている。けれども、ネコでさえ残忍さには限りがある。人はちがう。メイクピースはシモンドを見ただけで、怒りでいっぱいになった。

「フェルモット家の人々は悪魔です」メイクピースは感情をこめていった。「あたしはあの家から逃げてきました。フェルモット卿のところにきたのは、守ってもらえるんじゃないかと思ったから。でも、この人は一族のだれよりひどい！　あたしが大声をあげたのは、この人が怖かったから！」

「彼はおまえの悪魔祓いをしようとしたんだ」黒の男がいう。

「悪魔祓い？」知らないことばだった。

「悪魔を地獄に送りかえすのだ。神はフェルモット卿に偉大なる才能を授けられた——悪魔を追いだし、不穏な魂を永遠の眠りにつかせる能力だ——」

「神が授けた……？」もうたくさんだ。「ばかじゃないの！　この人にいいようにだまされて！　幽霊を眠りにつかせるなんてしてない。この人は幽霊を食べてるの！　食べてるとこを見たんだから。だから、大声をあげたんだよ」

「もう少し感謝の気持ちを見せてもいいんじゃないか」黒の男が厳しくいう。「フェルモット卿はおまえは救えると考えている」ノートになにか書きなぐり、ため息をついてシモンドを見る。「あなたのいったとおり、人に害をなすほどの破滅的な口の悪さだ。まあ、女の魔法使いなんて、たいてい口やかましくて騒々しいものでしょうが。この娘を神の側にとりもどせると、本気で思っているのですか？」

「少しふたりだけにしてくれ」シモンドが重々しくいった。「悪魔を追いだせるかどうかやってみよう」

「いや！　ふたりだけにしないで。あたしの話を聞いて！　この人は幽霊を食べるんだよ！魂を食べるんだよ！」

だが、男たちは聞く耳をもたず、メイクピースはもといた小さな部屋に運ばれた。シモンドがついてきて、番兵に外で待つようにいった。

「こいつらフェルモットの魔女には気をつけたほうがいい」シモンドは番兵にいった。「呪いをまきちらしはじめたら、ぼくは自分の身は守れても、きみたちまでは守れない」

ふたりきりになると、シモンドはほほえんだ。「感謝するんだな。ぼくがあいだに入らなかったら、ここの連中はおまえを正しい道にもどすためにむごたらしい方法を試しただろう」声をあげて笑う。「取引だ。勅許状の隠し場所を教えろ。ぼくはおまえから悪魔を追いだしたと、自称審問官に話す。

そうしたら、おまえはやつらの前で、すべてを打ちあければいい。連中はすでに、グライズヘイズで行なわれていることについて相当な妄想を抱いているからな。フェルモット家の人間はみな魔法使いで、卵の殻とモルタルに乗って田舎じゅうを飛びまわっていると話すといい。一族にむりやりいわれて、丘の斜面で邪悪な者とふざけまわっていたと。ゴートリー夫人から毒薬について教わり、厨房（ちゅうぼう）の犬は二本足で歩いて、おまえの命令にしたがうと。

知ってのとおり、ぼくは板挟みの状態だった。フェルモット家の慣習について少し打ちあけたおかげで、ここの連中の関心と保護を得ることはできた。だが、勅許状をわたさないかぎり、なにも証明はできないし、それをしたら、こんどは一族に対する脅しがきかなくなってしまう。おまえとおまえの告白があれば、証拠として役に立つんだ」

「あたしは告白なんかしない」メイクピースはいった。「勅許状がどこにあるかもいわない。もし教えたら、あたしを生かしておく理由がなくなるじゃないの。だからあたしは口をつぐんどきます、シモンドぼっちゃま」

シモンドは、取引を断られた以上に、ただの「シモンドぼっちゃま」に降格されたことに腹を立てたようだった。

「おまえのなかに幽霊がいるだろう？」シモンドの目が険しくなった。「頭のおかしいやつだ。そいつが吠えているのを聞いた。おまえにはそいつを使うことも追いだすこともできないだろう？　おまえが試験に合格していたら、手を貸してやれたんだがな。

あの連中は、おまえがとりつかれていると思っているが、そのとおりだ。拷問がはじまったら、遅かれ早かれ、証明されるだろう」

ここの人たちは、フェルモット家の人間が魔法使いだという証拠がほしいんだ。シモンドが部屋を出ていってから、リヴウェルがいった。**証拠をわたしたらどうだ？　勅許状のありかを話したら？　いまさら嘘をつきつづけるのはなんでだ？　あんたはフェルモット家を破滅させたいっていったじゃないか。**

うん、だけど、そのときは自分で生きて見届けたい。メイクピースは腫れたあごをさすりながら答えた。それに、ジェイムズを助けるために生きてなくちゃならないの！　もし勅許状をわたしちゃったら、あの人たちはすぐにあたしもフェルモット家の能力者だって気づく。そうなったら、あたしをどうする？　あたしは悪魔と血判で契約なんか結んでないし、耳に乳首もない……だけど、霊との交流はある。あなたもそういってたじゃない。クマは使い魔のように、あたしが行くところどこでもついてくるし。それに、あたしがとりつかれてるのはほんとうだから。

シモンドのたいせつな勅許状を手放したら、あいつはどんなことをしてでもあたしを有罪に見せようとする。もう一度、自由な空気を吸えると思う？

むりだな。医師がきっぱりという。絞首刑にされずに、魂が救われたと祝ってもらえたら、ぼくらは運がいいほうだろうな。

いまのところ、あたしの武器は勅許状だけなの。メイクピースは苦々しくいった。それすらも、はかないもんだけど。

ここにいるのはいい人たちだ。リヴウェルが食いさがる。

そうかな？　メイクピースはききかえした。リーダーは、ほかの人に対して正義を振りかざして楽しんでるみたい。ああいうの、前にも見たことあるよ。それに、クマはあの人のにおいをきらってる。

クマの判断を信じるのか？　リヴウェルは真剣そのものだ。

そうよ。メイクピースは少し考えてから答えた。クマの声を聞けるようになってきたの。クマは野生の獣で、知恵が足りなくてわからないこともいっぱいある。だけど、なにかがおかしいときはわかってる。

じゃあ、ここの人たちは信じないほうがいいんだな。リヴウェルが驚くほどきっぱりといった。どうしたらいいんだ？

クマの力でここから逃げられるか？　医師が期待をこめてきいた。

そんなに単純じゃないの。メイクピースは答えた。だれかに襲いかかるように命令できるわけじゃない。犬とちがうんだよ。クマもあたしも腹を立ててれば……そういうときはとめるほうがむずかしいんだけど。でも、この部屋の戸を突きやぶっていけるわけじゃないし、空中で銃弾をよけられるわけでもない。森のなかには兵士が大勢いて、みんなもう、あたしが魔女として捕まったことを知ってる。

じゃあ、運び屋の友だちのヘレンも知ってるだろうな。医師がいった。彼女が味方になってくれないか？

もしかしたら。メイクピースは答えた。赤ら顔のスパイは、ヘレンの王党派の連絡係だったのかもしれない。メイクピースの警告がなかったら、彼女は出ていってあの男と話をしていて、疑いをかけられていたのではないか。だとしたら、ヘレンが感謝してくれている可能性はある。だけど、彼女に助けを求める方法がない。

ほんとうに？

待って。メイクピースは声に出さずにいった。ううん、ちがう。ヘレンと連絡をとる方法ならある。危険な方法だけど。

いい予感がしないな。医師がいう。

あたしも。メイクピースがつぶやく。でも、ほかに打開策は思いつかない。モーガンと話をしないと。

それがなんの役に立つんだ？　クイック医師が声をあげた。

レディ・モーガン！　メイクピースは声をかぎりに叫ぶつもりで念じた。あなたと話がしたいの。あなたを追いかけようとしたこともあったけど、こんどはそんなことしない。お願い、危ない目にはあわせないから。

返事はない。

あのご婦人はぼくたちを信じていないんだろう。医師がいう。意のままに出てきたり消えたりするのが好きなんだ。消息を知られないように。いまは、隠れ家に隠れてるんじゃないかな。

メイクピースはモーガンを「追跡」しようとしたときに、感情とめった切りの記憶の洪水に襲われたのを思いだした。

あたしの脳内の、ほかから孤立したところに隠れてるっていってたよね。メイクピースは声に出さずにいった。それがどこかわかった気がする。ここ何年か、あたしが見なかった──見ようとしなかった記憶の章がある。

そこがモーガンの隠れ家……どこを探せばいいかわかった。

34

メイクピースは小さなベッドに横たわり、目を閉じて自分の息づかいに耳をすませた。巨大なクマのおなかに横たわる自分の姿を思いうかべ、心を落ちつかせる。クマはホワイトハロウよりグライズヘイズより大きく、毛皮は夏草より長く、息を吸ったり吐いたりするたびにガレオン船のように揺れる。

でも、いつまでもここにはいられない。心のなかの行かなければならない場所があるし、思いださなければならないこともある。挑まなければならない深淵、立ちむかうべき敵がいるのだ。

ここで待ってて。メイクピースはクマにいった。**すぐにもどってくる。これにはひとりで立ちむかわないとならないの。**

けれどもクマは理解していない。いっしょに来ようとする。どうしても来ようとする。少しして、メイクピースは気がついた。ばかだった。もう「ひとり」なんてありえないのに。

深く息を吸いこんでポプラの町を思いだしはじめたとき、心の目に浮かんできた幼い自分のかたわらには、クマの姿があった。その心の風景に、自分自身を沈みこませる。それは記憶で想像で、夢と同じくらいあざやかで力があった。

これだけの時を経ても、くさくてうるさいポプラの町はそのままだった。造船所の喧騒や怒号、揺れるポプラの木々、茶色とクリーム色の牛が草を食む、みずみずしい緑の湿地。あまりにもあざやかで、煙が目にしみて涙が出てくる。日の光を避けてたんすにしまわれていた衣類のように、記憶は色あせていない。いまだに色あざやかだ。

そして……ポプラ自体は小さいことを、メイクピースは知った。オックスフォードやロンドンよりずっと小さい。茎についた草の種みたいに、通りにそって家が数軒ならんでいるだけだ。

空想のなかで、メイクピースは三年前と同じようにその道をたどってロンドンに出た。だれも十二歳の子どもには目もくれないし、かたわらにいるクマにも気づいていないようだ。大きな大きな夕日が沈み、空が暗くなっていく。一歩進むごとに、空気がどんよりと不快になってくる。それでも、見つけなければならない人がいる。

クマはまだかたわらにいる。周囲の群衆の怒号しか聞こえなくなっても、手をのばせばクマの毛に触れられる。走りだすと、クマも四つん這いになって隣を走りだした。

いつしか、徒弟たちの暴動のまっただなかにいた。怒りくるった悲鳴があがり、銃声が闇を切り裂く。ぬっと立ちはだかる大人たちの体が、あわてふためいてどっと動きだし、メイクピースを右に左に押しやり、視界をさえぎる。メイクピースはある顔を見つけたくて、必死にあたりを見まわした。

どこにいるの？　どこ？　どこなの？

あそこ。すぐそこだ。

母さん。

顔の輪郭がはっきり見える。帽子からこぼれた、魔女を思わせる髪。星々と謎をたたえた、深くくぼんだ瞳。マーガレット。

不用意に振りまわされたこん棒が、むきだしの額にむかってきた……

でも、あたしとクマとで防いでみせる！　ここにいるんだから、とめてみせる！　クマの前足がこん棒をはねかえす。

ところが、近くでびんが割れ、破片がマーガレットの顔めがけて降ってきた……

想像のなかのメイクピースが母をかばおうとして、腕を振りあげる。けれども、こんどはだれかの手から鍬がたたき落とされ、その刃がマーガレットのほうに飛んできた。投げられた石も壁にはねかえってくる。やみくもに発砲された銃弾は、執拗にこめかみをめざし……

母が悲鳴をあげた。

それから、メイクピースの前に立ちはだかった。青白い顔の半分を覆うように、黒っぽい血がしたたっている。死にそうな顔をゆがめて、メイクピースをじっと見つめてくる。

「近寄らないで！」母は叫び、世界を揺るがさんばかりの力でメイクピースの顔を殴った。

「あっちにお行き！　あっちに！」とてつもない力で娘を押しのける。

メイクピースはよろけてべつの暗闇に倒れこんだ。まわりはアザミだらけで、見あげると星が見えた。そこは草が生い茂った小さな空き地で、そばに生えたアシが風に揺れてささやきかけてくる。体を起こすと、そう遠くないところに、楕円形のくぼ地が見えた。母の墓だ。ポプラの湿地のへりにある。

クマは子グマになっていて、やわらかい鼻を不快そうに小さく鳴らしている。自分が死んだのはこの湿地だと、クマもわかっている。メイクピースはクマを抱きあげて、自分も寒さと恐怖に震えているのを感じた。

空き地のむこう、アシの茂みのなかに、煙ったような女の影が見える。じっとしているが、ほどいて広がった髪だけが風にあおられて揺れている。

「母さん」メイクピースはあえいだ。

母さんを苦しめないで。風が、アシが、ひそやかに音をたてて流れる小川がささやく。母さんを苦しめないで。

「ごめんなさい、母さん！」ことばはすすり泣きになった。「口ごたえをしてごめんなさい！逃げだしてごめんなさい！」

女の人影は動いていないのに、急に近づいたようだった。相変わらず顔はなく、いかめしい。苦しめないで。さびしげな沼地がささやく。苦しめないで。

「助けようとしたの！」目が涙でうずく。「助けようとしたんだよ！　だけど、母さんに押されて……あの男の人に運ばれて……」

苦しめないで。風が強くなって、女の髪がうねる。女は突然、空き地の端に立っていた。無言で不気味で、顔はまだ陰になっていて見えない。

すぐにその人影がメイクピースに襲いかかってきて、ぼんやりとした恐ろしげな顔が見えたかと思うと、耳のなかで脳をこじあけようとする音が長く響いた。それでも恐怖よりも、苦痛と切なさのほうがずっと大きい。

「どうして助けられなかったんだろう?」人影にむかって叫んだ。たったいま離れてきたばかりの場面を、致命的な一撃から母を守ろうとしたのにむだに終わったことを思いかえす。「どうしてああならなきゃいけなかった? どうしてとめられなかった?」

わかったのは、胸の奥底ではすでに答えを知っていたということだ。

「運が悪かっただけだよね?」ささやくと、涙が顔を伝うのがわかった。「あたしにはどうしようもなかった」

腕のなかのクマはあたたかくずっしりしている。守るように身をかがめ、ざらざらの毛に頬を埋めた。

「なんであたしを押しのけたの?」苦しい思いで尋ねる。「助けられたかもしれなかったのに。家に連れて帰れたのに」メイクピースは、母が自分を憎むあまり、助けられるのにすら耐えられなかったのではないかと恐れていた。

けれども、ようやくわかったのだ。

「ああ、母さん。母さんは怖かったんだね。あたしのことを心配してくれていたんだ。あたしを憎んでたんじゃない。命が終わるとわかって、自分の幽霊があたしにとりつくのを恐れてた。あたしを守ろうとしたんだよね。いつだってそうだった、いつだってあたしを守ろうとしてくれた」

いまになって、自分を育ててくれた激しくて秘密めいた母のことがわかりはじめたような気がする。マーガレットはあまりにも頑固だったが、ほかにどうしようもなかったのだ。少しでも意志が弱かったら、フェルモット家から逃げおおせることなどできはしなかった。

それでも母は娘を愛していた。フェルモット家から逃げたのは、メイクピースのためだった。家庭というものに背をむけ、身を粉にして働いた。羽のはえそろわないひなを巣から追いだして試す母鳥のように、残酷なほどの純粋さで娘を愛した。娘のためになると思うことはなんでもした。正しかったこともあれば、まちがっていたこともあったが、いずれにしてもあやまろうとはしなかった。

「母さんはあたしをだいじに思ってくれていた」メイクピースはやっとの思いで声に出していった。

夜が長い長い息をついたような気がした。そのあとには、風に吹かれたアシの声はしなくなり、湿地はただ暗く寒いだけで、悪意や痛みのたぎる場所ではなくなっていた。空き地の端にはまだ女の影がいたが、輪郭が変わったように見える。視界が開け、その女がだれで、だれでないかが見えてきた。

「こんにちは、レディ・モーガン」メイクピースは声をかけて、ゆっくり近づいていった。クマが大きく重くなったので、下におろした。

モーガンは煙と銀の針にくるまれた、ぼんやりとした女性の姿だったが、近づいていくと、賢そうな細面の顔、眠たげな目、高い額、かすかに曲がった口もとが見てとれた。それとわかるけがはなさそうだが、それでもちょっと曲がったカードに描かれた絵のように、ほんの少し体が傾いている。最初にクマと戦ったときからじゅうぶんに回復していないのだろう。

「いい隠れ場所だったね」メイクピースは素直に認めた。「あたしが母さんの死とむきあえないのを知ってたんだね。あなたやクマやほかのみんなにとりつかれてても、あたしはだれよりも母さんにとりつかれてるんじゃないかと思ってしまう。でも、母さんは幽霊にさえならなかったんだよね？」

モーガンがため息をついた。

「そうだろう」ありえないほどつまらなそうな声でいう。「彼女の幽霊がランベスだか湿地だかから、そなたの家までもどってこられたわけがない。そなたを襲うためになど。あれはただの悪夢だ。ほんとうに愚かな娘だこと」

潜入者はうんざりしたように首を振った。

「わたくしがこの基地をなつかしむことはない」モーガンは話をつづけた。「ほかの人間の記憶のなかで時を過ごしていて困るのは、いつしか自分の記憶のように感じはじめること。そして、もう少しで、その記憶をたいせつに思いはじめてしまうことだ」

雲が割れて細い月が顔を出すと、モーガンの銀色の目、真珠（しんじゅ）をちりばめた飾り襟、指輪がちらちらとまたたいた。

「くだらない話はもうたくさん」モーガンはぴしゃりといった。「わたくしの隠れ家のひとつを見つけたようだが、この戦いはまだ終わっていない。使える場所はほかにいくつもある。人間とは己の脳のことをよく知らぬのが常。そなたにも、人並みに見えていないところがあるのだ」

「じゃあ、なんでここであたしを待ってたの?」メイクピースはきいた。「なんでつぎの隠れ家に逃げなかったの? 強がってるだけなんでしょ。あなたはけがをしててひとりぼっち。あたしにはあなたを見張っててくれる友だちがいる」

「ふたりきりで話がしたかったからだ」モーガンはいった。「そなたの無条件降伏を要求する。わたくしに、われわれを捕えた人間と話をさせてもらいたい。かならず、解放の交渉をしてみせよう。しかるべき相手と話をして、身代金を設定させれば、フェルモット家が支払いをしてわれわれを無事に連れもどしてくれる」

「だめ」メイクピースはいった。

「では、なぜここにいる? ああ……わかった」モーガンはちらりとクマを見た。いままではずっとクマらしい大きさになっている。「獣(けもの)を連れて、わたくしをしとめにきたのか」

「ううん。味方になってほしいと頼みにきたの」

「はあ? ほんとうにどうしようもない。妄想がすぎる。どうしてわたくしが、わが一族を裏切ってそなたの味方になるのか?」

「だって、あなたはずっと苦労して一族に仕えてきたのに、ゴミのようにあつかわれていた。いまだって、ゴミあつかい。潜入者って、上の方たちが冒したがらない危険を一手に引きうける役なんでしょ? 体から滑りだして調査をしたり、跡継ぎの脳を刈りこんだりしなきゃいけないんだよね？　たとえそれで自分の魂がすりへっていくとしても。そんなの拷問みたいじゃない。それを何度も何度もさせられるんでしょ。一族のためにそれだけ尽くしてきたのに、それでもいまだにあなたは使い捨ての存在で、それはぜったいに変わらない。

だいたい、ほかの上の方たちのこと好き？　好きだったことある？　好きじゃないなら、傲慢で自分勝手で冷血漢のいやなやつらと同じ頭のなかに閉じこめられてるなんて、あたしからしたらちっとも不滅って感じがしない。まるで地獄じゃない」

「どうしてわたくしがあの方たちとそんなにちがうと思うのか？」モーガンがきいた。

「ちがうかどうかははっきりわからないけど」メイクピースは答えた。「でも、あなたはヘレンに警告するのに手を貸してくれた。もしかしたら、ヘレンが生き延びて、あたしとシモンドを見たことを報告してほしくてしたのかもしれない。でも、スパイの仲間が危ないのを見て、守ってやりたいと思ったのかも。

それに……このことをぜんぶ知ってたんでしょ」メイクピースは闇のなかの墓や湿地やポプラのほうに手を振った。「あたしのいちばん暗い秘密と悲しみを知ってる。それを使ってあたしを苦しめて、弱らせて、心を打ち砕くことだってできた。でも、あなたはしなかった。

あなたはどうしようもないひねくれ者だけど、賢くて勇敢で、なにかを勝ちとることの意味を知ってる。そこが、ほかの上の方たちよりいいところだよ。あたしはあなたを壊したくない。あなたについて知りたいし、あなたから学びたい。降伏する気はないけれど、協力してくれるなら、ここにあなたの場所はある」

「そんなことをいうのは、わたくしになにかしてほしいからだろう?」

「助けてほしいのは、ほんとう。だけど、本気でいってるんだよ。モーガン、あなたはあたしの二倍くらいの年だよね。人が嘘をついてたらわかるし、あたしの頭のなかにいる。だから、あたしがほんとうのことをいってたらわかるでしょ。あなたを信用するのは賭けなんだよ。あなたがあたしを裏切るのなんて、たやすいことなんだから。だけど、もし裏切られたところで、とっくにひどいことになってるあたしの立場はもう悪くなりようがないんだよ」

「いつだってフェルモット一族が勝つ」モーガンはいった。煙のような影に小さな稲妻(いなずま)が弱々しく揺れる。「わたくしはあの方たちにお仕えしている。でなければ、すべてを失ってしまうかもしれない。わたくしはそういう世界に生きている」

「じゃあ、その世界が終わるとしたらどうする?」メイクピースは問いかけた。「なにかが起ころうとしてるよね? なにもかもがひっくりかえりそうで、だれもがそれを感じてる。もし明日この世が炎に包まれて終わったとしたら、あなたは最後までフェルモット家の忠実なしもべだったことに感謝する? それより、一度でいいから、反乱を起こしてみたかったとは思わない? すべてを賭けて、その悪知恵を絞って、あの人たちに立ちむかってみたいとは?」

モーガンの顔は賢そうだけれど、幸せそうではない。

「約束はしない。だが、計画について話したいのなら話すといい」

35

シモンドのいったとおりだった。魔女狩り人たちはもはや手加減する気はないらしい。小さな窓は袋の端切れ（はぎ）で覆われ、細いすきまから光が入ってくるだけだ。ベッドは運びだされた。

メイクピースはひとりきりでとり残された。忘れ去られてしまったのだろうかと思いはじめたころ、けたたましくドアを三回たたく音がした。メイクピースはびっくりして飛びあがった。なんでノックする人がいるのだろう？　さらにわけがわからないことに、ドアをあける人はなく、足音が遠ざかっていった。

少しすると、また同じことが起こった。一時間ほどして、もう一度。奇妙なノックが時計がわりになった。光がないと、すぐに時間の経過がわからなくなる。

食べ物も飲み物も届かない。クマが飢えて落ちつかなくなり、うろうろしだしたが、メイクピースにはとめられなかった。

小さな牢獄が夜にのみこまれ、かすかなフクロウの震える声が冷気を波立たせるようになると、メイクピースは部屋の隅に落ちついて眠ろうとした。けれども、何度も何度もノックの音がして、そのたびにはっとして目を覚ました。暗闇で目をあけてとまどうたびに、クマの夜目がどこにいるか教えてくれた。

やがて大きな音とともにドアがあき、室内にランタンが入ってきて、メイクピースは目をしばたたいた。引っぱられて立ちあがらされ、小さな書斎に引きずられていった。そこには黒服の物静かな男が待っていた。

男は尋問をはじめた。フェルモット家は敵に呪いをかけていたのか？　石壁を通り抜けられるのか？　体に軟膏をすりこむと飛べるのか？　飛んだことはあるか？

絵も見せられた。魔女の使い魔の木版画だ。グライズヘイズでこんなものを見たことがあるか？　跳びはねる黒ウサギ。しかめっつらの女の顔をした魚の走り書き。ヘビのようにとぐろを巻いたしっぽの牛。さじで血を飲まされている、赤ん坊ほどの大きさのとげだらけのカエル。

「いいえ」メイクピースは答えた。「いいえ」脳内では黒い影と激しい怒りでふくれあがったクマが動きだし、うしろ脚で立ちあがって男たちの首をはねたがっている。「だめ」メイクピースがいったのを、黒ずくめの男たちは自分たちが話しかけられていると思ったようだ。

まだだめだよ、クマ。

メイクピースは独房にもどされて、暗闇におきざりにされた。またノックの音がした。男たちは睡眠を奪って意志を弱らせる気なのだと、メイクピースにもわかってきた。飢えよりも喉の渇きがきつい。頭が痛み、口が張りつく。

ろくに眠れないままの夜が終わり、鳥のさえずりが聞こえてきて、朝が来たにちがいないと思ったころ、シモンドがやってきた。

部屋の隅で丸くなっているメイクピースのみじめな姿を見て、シモンドはあからさまに喜んだ。小部屋のむっとする空気を避けるように、わざとハンカチーフを顔にあてる。

「そろそろ話す気になったかと思ったが、休息を楽しんでいるようだな。ぼくは出かけて、二、三日したらもどってくる……」

「待って！」メイクピースはできるだけ悲しげな訴えるような声音でいった。「行かないで！話すから！　勅許状の隠し場所――」

「シーッ！」シモンドはそそくさとドアを閉めて鍵をかけた。「声を落とせ！」それから、メイクピースが期待していたとおりに、話を聞こうと近づいてきた。

　シモンドは、ぎりぎりのところでメイクピースの体に緊張が走るのに気づいて反応しかけたが、その前に彼女のほうが飛びあがるように立ちあがった。クマがシモンドのにおいをかぎつけていた。投げつけられた石、引っぱられた鎖、血と残虐さのにおいだ。

　メイクピースはクマが吠えるのにまかせた。その声が森じゅうに響きわたる。顔を殴りつけると、シモンドはうしろむきに倒れて壁に頭をぶつけ、ずるずると崩れおちた。

　シモンドの襟首をつかむ。そのまま、首を折ってしまいそうだったが、すぐにわれにかえって、計画を思いだした。

　いまだよ、モーガン！

　耳につまっていた薄布が引きだされたかのように、一瞬ぞっとするような衝撃が走った。煙のようなしなやかな影がメイクピースの腕をうねうねと這いおりて、シモンドの顔にむかっていく。

部屋の外でくぐもった悲鳴と、ドアを蹴破ろうとする大きな音が聞こえた。モーガンの霊がシモンドの口まで到達し、いまにも呼吸とともにのみこまれそうになったところで、木が折れる衝撃音がしてドアが割れた。

新たにやってきた男たちは、シモンドをメイクピースからもぎはなし、部屋から引きずっていった。だが、すぐにメイクピースをとり押さえるような愚かなまねはせず、四人集まるのを待ってようやく独房に入ってきて、彼女の頭から毛布をかぶせて縄で縛りあげた。

男たちは、少ししてメイクピースが落ちついたと見ると、リーダーのところに連れていった。縄で縛ったままなのは、邪悪な者の力を迷信深く信じているからなのだろう。

「こちらに選択肢はほとんどない」黒ずくめの男がいった。

「釈放すればいい」メイクピースは急に大胆になっていった。「あたしは、ひとりにしてくれればそれでいいの。釈放してくれたら、だれも傷つけないと誓います」

「それはできないとわかっているはずだ」男は答えた。「おまえが見せたような力は、邪悪な者からしか得られないし、悪を招くだけだ。われわれはおまえを救わなければならない。そして、おまえからほかの者たちも救うのだ」

それから、身をのりだして指をからみあわせた。「手にやけどがあるな。鍋やヤカンでできたのだろう。われわれの皮膚は一インチでも焼けたら、ほんの一秒でもひどく痛む。その手が一秒ではなく十秒間、真っ赤に燃えるヤカンに押さえつけられたらと想像してみろ。まるまる一分間、手をひっこめられず、ただ自分の肌が黒く焦げていくのを見ているしかないとしたら？　その苦しみを想像してみるといい。

さあ……焼けつくような痛みが体の隅々を貫くところを想像してみろ。それが一週間、一年、一生、何万回もの人生分もつづくとしたら？　想像してみるといい。これや、あまたの拷問にけっして終わりがないと知ったときの絶望感を。真実の幸福を知りえたかもしれないのに、それを永遠の恐怖と交換してしまったと知ったときの悲しみを。

それは地獄でしかない」

腕に鳥肌が立ってくる。この男はどこか、ポプラの牧師を思わせる。刃のように鋭い信念をもっているが、自分自身よりも他人を切りつけそうな信念だ。

「親切かもしれないぞ」男は先をつづけた。「おまえの手をろうそくの火に押しあてて、悪を退ける決意をしなかった場合に受ける苦しみを味わわせてやろうといっているんだ。魂を失うより、手を失うほうがましではないか」

「聖書は、木はつけた実によってわかる（ルカによる福音書6‐44）、といっています」メイクピースは心もち鋭く答えた。「もし手を焼き落とされたら、あなたをどう思えばいいでしょう？」

「苦痛はときとして最大の恵みになる」魔女狩り人は冷静に答えた。「子どもは書物だけでなく鞭からも学ぶものだ。人生の悲しみは教訓となり、われわれを清めてくれる」

「あなたに多くのお恵みが与えられますように」メイクピースは男に聞こえないくらいの小さな声でつぶやいた。

「おまえも救われるかもしれないぞ」男はさらにいう。「ふたたび清らかに自由になりたいとは思わないか？　魂はうたわないのか？」

　メイクピースは男のことばを考えているふりをして、長いあいだ黙りこくっていた。それから、いきなりすすり泣きをはじめた。どうかほんとうらしく見えますようにと祈りながら。

「うたうでしょう」泣きながらいった。「ああ、もしそんなことができるのなら！　あたしのなかに悪魔がいる——ほんとうです——だけど、あたしが望んだわけじゃない！　フェルモット一族があたしを苦しめようとして送りこんだの」

「やつらはどうしてそんなことをするのだ？」

「それはあたしが……」メイクピースはもう一度目を伏せて口ごもった。「あたしが……逃げだすときに盗みを働いたから。羊皮紙だけど、あの人たちが黄金よりもだいじそうにあつかってたから、売れるんじゃないかと思って盗ったんです。だけど、見てみたら、怖くなっちゃって——飾り文字で書いてあって、一族が霊とやりとりしてるとかいってて。それに王の署名もあったんです。トチの実くらいの大きさの封蠟（ふうろう）も」

「ほんとうなのか？」尋問者の顔から血の気が引いた。その目に狂喜と困惑の表情が浮かんでいる。まるで、マスを釣るつもりでクジラを釣りあげてしまって、岸まで引いていく羽目になった男みたいだ。「王の署名？　いまどこにある？」

「ある友だちに送って保管してもらってます」メイクピースはさらりと嘘をついた。

「どこに？」

「オックスフォードシャー——ブリルから遠くないとこ」

男の顔が曇った。メイクピースが重々承知しているとおり、ブリルは両軍にはさまれた危険地帯だ。けれども男は危険を計算し、賭けに出る価値があるかどうか推し量っている。王と魔女を結びつける文書なのだ！

「その友人の家はどこだ？　どうすれば見つかる？」

「ああ、友だちはあたしにしかわたしてくれませんよ」メイクピースはすぐさまいった。「ほかに捜しにきた人がいても、フェルモット家のスパイだろうといってあるので。どんなかっこうしてても、って」

「では、おまえもいっしょに来るしかないな」男はむっつりといった。「これはおまえの贖いの第一歩であり、悔い改めている証になる。一刻もむだにはできない。フェルモット家もその書類を捜しているだろう。やつらの手下が捜索の手助けをしているかもしれない。今日出発しよう――フェルモット卿が馬に乗れるくらいまで回復したらすぐに」

数時間後、メイクピースはあたたかい服を着せられて、異様なほど明るく見える日の光のもとに引きずりだされた。人間というのはなんて奇妙な動物なのだろう？　メイクピースは思った。どんなことにもすぐに適応してしまう。きっと、地獄にだって慣れるのだろう。

シモンドと同じ馬に乗らなければならないのは残念だった。あちらも喜んではいないようだ。あごには嵐を思わせる暗い色のあざがあるが、もう薄くなりかけていて濃くなってはいない。食事に幽霊を加えているから、傷の治りも早いのかもしれない。

メイクピースはシモンドの前に横ずわりさせられて、手首と足首をふたたび縛られた。どんな危険も冒したくないらしい。尋問者と同僚ふたりはそれぞれ自分の馬に乗った。

どこまでモーガンに頼れる？ 医師がきいた。

フェルモット家の人たちに、あたしがブリルに連れていかれたと伝えるように頼んである。

メイクピースは声に出さずに答えた。**あたしたちを裏切るかどうかは決めてなくても、それはやってくれるはず。** 運が味方していれば、あのずる賢い女スパイは眠っているシモンドの体を使って暗号の手紙を書きおえ、ヘレンが見つけそうなところにおいているはずだった。

まずい手札しかもっていないメイクピースは、ほかの人の手札をひったくるしか望みがなかった。希望がないよりは、混乱のほうがまだましだ。

「なにを企んでいるか知らないが、うまくはいかないぞ」シモンドのつぶやきがメイクピースの思いに厚かましく割りこんでくる。「遅かれ早かれ、おまえはぼくを友人として必要とするようになる。なんらかの方法で勅許状をわたしてくれたら、許してやるよ。だが、ほかのだれかの手にわたったら、魔女としてサンザシの木から吊るされるのを見届けてやるからな。そして、おまえの幽霊を追いかけてやる。おまえの意識を一度に一枚ずつ、まるまる一週間かけて、最後に哀れな泣き声だけになるまで引きはがし、永遠にとっておいてほかの幽霊を脅すのに使ってやるさ。壁に狩りの獲物を飾るようにな」

メイクピースはなにもいわずに、できるだけ背筋をのばして馬の広い背中にまたがっていた。シモンドにゆっくりと消化されていくのは、地獄の炎以上に地獄らしく思えた。

第七部　世界の終わり

36

長い移動のあいだ、手首と足首の縄に注目が集まり、メイクピースは見世物になった気分だった。細く弱々しい雨が首筋を伝い、まつげにしずくがたまっても、拭うこともできない。目の前では、シモンドの手袋をはめた手が手綱を握りしめ、馬の首が小刻みに上下している。

その動きを見ているうちに、眠気を催してきた。クマが眠りたがっていたので、メイクピースは好きにさせてやった。いまはなにもできないし、あとになったら覚醒していなければならないのだ。まぶたが落ちるままにして、馬から落ちないようにするのも敵にまかせることにした。

つぎに目が覚めたときには、小さな川辺の村にいた。斜面の森には、軍隊、馬、野営用の天幕があふれかえっている。尋問者は何人かの兵士と話をしていた。

「人は何人か貸せるが、馬はむりだ」将校のひとりがいった。「あの休戦協定の邪魔なことといったら、おてんば娘の裾みたいだ。王は平和を語っているが、まともな頭をした人間はみないっている。王は王妃がもっと軍隊を集めてわれわれを木っ端みじんにするまでの時間稼ぎをしているだけだと。王の約束などなんの役にも立たん」

四人の兵が一行に加わった。ふたりはマスケット銃をかつぎ、小さな木製の火薬入れをいくつもつけた弾薬帯を巻いている。メイクピースは馬からおろされ、足首の縄を解かれた。ここからは歩きだ、と告げられた。

一行はひとりを先に行かせ、生垣に張りつくようにしてついていった。人目につかないようにしているのだろう、とメイクピースは思った。

とうとう前方に、アックスワース一家の小屋が見えてきた。ニワトリがいなくなっているのを見て、一家はここを離れたのだろうとほっとする。手押し車もなくなっている。その下に隠されていた哀れな遺体も。

「あれが友だちの家です」メイクピースはいった。

「ずいぶん静かそうだな」尋問者は小屋をじっと見て、どうするか考えている。「来い――ふたりで戸口まで行く。おまえが友人と話をしろ」

「これで?」メイクピースは縛られた手首をもちあげた。「あたしが捕まったってわかっちゃうけど」

男は見るからにいやそうに、手首の縄をほどいた。それから入り口まで歩いていき、戸をたたいた。案の定、だれも出ない。

さらに何度かたたいてから、尋問者は戸をあけて、兵士をふたり引き連れてなかに入った。数分後、ふたたび外に出てきた。

「家は空だ」

「じゃあ、出かけてるんでしょう」メイクピースはすぐさまいった。「待ってたら、もどってきますよ」

男はメイクピースの腕をつかんで、入り口からなかに引き入れた。

「そうかな？　わたしの目には、ここは空き家に見える」

小さな小屋はもぬけのからだった。持ち運びのできる家具はもとより、白鑞の器も、灯心草ろうそくの台も、炉辺の薪もたきつけもすべてもちさられている。メイクピースの患者がすわっていた椅子も消えていた。

「どういうこと！」メイクピースはあらかじめ練習しておいた、心からとまどったような顔で尋問者を見た。「友だちは、ここであたしを待っていってたのに」

「その者は勅許状をこの家に隠したのか、それとももっていったのか？」

「あたしが知るわけないでしょう」メイクピースはいいかえした。

「家捜ししろ」尋問者は兵士たちに命じた。「窓辺と外の木のところにひとりずつ見張りを立てろ」兵士たちは床板をもちあげ、壁に穴をあけ、煙突に棒をつっこんでいる。「梁と屋根も忘れるな」

メイクピースは戸の近くにとどまって、なにか動きがないか畑のほうを見張っていた。うしろから、物がぶつかる音や、ときにはののしりことばが聞こえてくる。尋問者が「ことばを慎め」と兵士たちを叱りつけるのも、同じくらいいらついて聞こえた。いたるところに怒りがある。表面下に潜んでいる。メイクピースはいつのまにか、空中の怒りをかぎつけられるようになっていた。

「じきにおまえにでたらめを吹きこまれたのに気づくぞ」シモンドがメイクピースの耳もとでいった。「むだ足を踏まされたとわかったら、どんな反応をするかわかってるのか？　庭でおまえを射殺しないといいきれるのか？」

シモンドのいうとおりだ。時間がなくなりつつある。

畑のむこうでうろうろしているチョウゲンボウが目についた。生垣の上のほうで、体を傾けたりはばたいたりしているのは、すぐ下に小さな目立たない生き物が隠れているからだろう。それから鳥は、まっすぐおりてくるかわりに、長いあいだ低く斜めになって飛んでいった。獲物に急に逃げられたかのようだった。同時に、同じ区画の生垣から、小さな鳥が二羽、反対方向にすばやく飛び去るのが見えた。

「あそこになにかある」メイクピースは小声でいった。

「なんだって？」シモンドはいぶかしそうな声を出した。「なんの話だ？」

怒ったような足音がとどろき、メイクピースが振りかえると、尋問者が立っていた。

「お嬢さん、この小屋を隅から隅までひっくりかえしたが――」

「あそこになにかある」メイクピースはこんどは大きな声でくりかえした。「あそこの生垣のむこう、シモツケの近くに」

「ずる賢い小娘のいうことは無視するんだ」シモンドが軽蔑したようにいった。「また嘘をついている」

「なにが見えた？」尋問者は眉をひそめた。

「なにも」メイクピースは答えた。「でも、鳥には見えてた。なにかを怖がってた」尋問者の警戒心と疑念と不快感がせめぎあっているのがわかる。

「マスケット銃を用意しておけ」同僚にむかってつぶやいた。「火縄に火をつけろ」

兵士のひとりが忙しそうに火打石と火打金を打ちあわせている。火縄がくすぶりはじめると、銃を構えた男たちに手わたされた。

「なにか見える！」外の木にいる見張りが声をあげた。「あそこ、ニレの木の――」

ドスンという音がして、男が木から落ちた。後頭部に深い傷を負っている。かたわらに重い岩がころがっていた。

「家の裏から来たぞ！」だれかが叫び、べつのだれかが「あそこだ！」と声をあげる。

大きな音とともにマスケット銃が発砲されて、部屋じゅうが煙でいっぱいになった。だが、銃声が鳴り響く直前に、クマはべつのにおいをかぎつけていた。なつかしいにおいが、上のほうから……

「屋根！」メイクピースはそれだけ叫ぶのがやっとだった。一行の半数はそれを聞きつけて顔をあげた。残りの半数がなにもできないうちに、ジェイムズのなかにいる上の方が剣を抜き、ぼろぼろの屋根を突きやぶって部屋の真ん中におり立った。

ヘビのごとき、チョウゲンボウのごときすばやさだった。突進して、発砲していないマスケット銃兵を突き刺し、もうひとりの兵士の喉を切り裂き、黒ずくめの男のひとりの顔に切りつける。倒れた三人の男から細い幽霊がゆらゆらと漏れだして、波打ちながら消えていった。

だが、メイクピースの警告のおかげで、ジェイムズは全員をしとめることはできなかった。尋問者はうしろによろけたために、切りつけられて目を失うところを帽子を飛ばされただけですんだ。もうひとりの黒服の男も必死によけた。生き残ったマスケット銃兵は弾ごめの途中で槊杖(さくじょう)をとり落としてうしろに飛びのき、銃のむきを変えてこん棒のように握りなおした。そのあいだにシモンドはさっとメイクピースの背後にさがり、彼女の肩ごしに手をのばして、至近距離からジェイムズの頭めがけてピストルを発砲した。

引き金が引かれた瞬間に、ジェイムズはわきによけた。銃弾はそれて、背後のレンガが砕けたが、ジェイムズはうなり声をあげて、右目のまわりの火薬で赤くやけどした皮膚を押さえた。ピストルからの煙に目をくらまされたのが、彼にとっては致命的だった。その一瞬にメイクピースが前に飛びだし、剣を握ったジェイムズの手をつかんで柄をもぎとった。銃兵が銃の握りで顔を殴りつけて、ジェイムズを床に倒した。

「殺せ！」シモンドが叫んで、一歩うしろにさがった。

「やめて！」メイクピースが大声をあげる。いまこそ、最大の賭けに出るときだ。メイクピースは訴えるように尋問者を見た。「生かしておけば、仲間を降伏させられる！　それに……あたしはこの人を知ってる！　魔法使いなんかじゃなくて、あたしと同じで、ただ悪魔に呪われてるだけ。フェルモット卿に悪魔祓(ばら)いをしてもらわないと」

「耳を貸すな！」シモンドががなりたてる。

「フェルモット卿！」尋問者がしびれをきらして声をあげた。「捕らえた男の悪魔祓いを！」

シモンドは心から憎しみのこもった目でメイクピースを一瞥(いちべつ)した。剣をおいて、短剣をとりだすと、切っ先をジェイムズにむけたまま、じりじりと近づいていく。ゆっくりと慎重にしゃがみこみ、ジェイムズの肩に片手をのせた。

　そのとたん、だれもがはっとした。シモンドの右手が小さく奇妙な具合にけいれんしたかと思うと、短剣が部屋のむこうに飛んでいったのだ。

　上の方を宿したジェイムズがすぐさまシモンドの肩をつかんで押さえこみ、自分の口を大きくあけた。とぎれとぎれにうめくような音をたてながら息を吐きだす。メイクピースにだけは、その喉から煙のような幽霊がシモンドの顔めがけて飛びだしたのが見えた。

　シモンドは衝撃を受けてしわがれた声で短くわめいた。目、耳、鼻孔、口から霊がしみこんでいく。やがて、さまざまな恐怖の発作で、いつもの仮面じみた顔がどうしようもなく震えだした。

　メイクピースは静かに壁にもたれかかった。恐怖で肌が粟立(あわだ)つ。半分目が見えない囚われの身の私生児と、じゅうぶんな訓練を受け、手に剣をもっている跡継ぎ。ふたつの選択肢を得て、幽霊はより高い地位を手にできる、またとない機会に飛びついたのだ。メイクピースもそうなるのを願ってはいたが、その光景は吐き気を催すようなものだった。

　ジェイムズがシモンドを放し、茫然(ぼうぜん)とうしろに倒れこんだ。シモンドはふらふらと立ちあがると、腕をけいれんさせながらよろめくように部屋を横切っていく。

「フェルモット卿」尋問者のあいている手がポケットを探っている。聖書を探しているのだろうか。「フェルモット卿……だいじょうぶですか?」

シモンドはしゃがみこんで短剣を拾いあげ、背筋をのばした。一瞬足がぐらついたので、尋問者が手をのばしてささえてやった。つぎの瞬間シモンドは、短剣を力いっぱい尋問者の腹に突き刺した。

それから異様なすばやさで剣を抜くと、残っていたマスケット銃兵の首を横からたたき切った。最後の兵士は悲鳴をあげたと同時に、刺し貫かれていた。

外で乱れた足音がして、入り口の戸が大きく開いた。白クロウが飛びこんできた。かたわらにフェルモット家の軍服を着た若い兵士を連れている。ふたりともすぐさま、シモンドに武器をむけた。

「ああ、それをしまえ」シモンドのなかの上の方がぴしゃりという。「わからないのか、ぼくがだれだか――」

なにかが割れる音がして、シモンドは耳を澄ますようなかっこうで凍りついた。額に丸く黒い穴があいている。メイクピースは煙のにおいをかぎつけた。発砲後の金属的な煙と同じ、業火のにおいだ。

「ああ、おまえがだれかわかっているさ」若い兵がいった。「ヒキガエルをなめる反逆者め」手にしたピストルのまわりを筋状の煙がとり巻いている。シモンドは床に崩れおちたが、まだぎゅっと集中したような表情をしている。

「ばかめ!」白クロウが叫んだ。「シモンドさまは生け捕りにする予定だったのに」

「後悔はしません。絞首刑になるほうがましです」若い兵士は心の底からいった。「兄があの戦争で死んだんだ。こいつのせいでね」うしろからほかの兵士も集まってきて、ひと目で状況を見てとると、メイクピースに武器をむけた。

「けがはひどいですか、だんなさま?」白クロウがジェイムズのかたわらにしゃがみこんだ。

ジェイムズは疲れきったぼんやりとした目をメイクピースにむけた。ああ、そうだ、ようやくジェイムズが、本物のジェイムズがもどってきた。その手が自分のほうに動きだしたのを見て、メイクピースはあわてて小さく首を振った。わかって、と祈りながら。すぐにジェイムズがすべてを察した顔になったので、メイクピースはほっとした。

ジェイムズはかわりにぼんやりと白クロウを見て、首を振った。

「火薬でやけどをしただけだ」かすれた声でいう。「たいしたことはない」上の方として使っていた声を完全に再現できてはいなかったが、用は足りた。「片方だけで助かった……少しのあいだ」

「だんなさま、馬車までお手伝いします」白クロウはジェイムズの腕を自分の肩にかけさせて立ちあがらせると、外に連れていった。「娘を連れてこい」振りかえっていう。

メイクピース以外、だれもシモンドの死体には目もくれない。白クロウの部下は特殊な能力をもちあわせていないのだ。脳をこするような、かすかな霊の悲鳴など聞こえないし、幽霊が汚水よろしくシモンドの体から流れでていくさまも見えないのだろう。

だが、メイクピースは乱暴に戸口へと連れていかれながら、そのようすを見ていた。幽霊は舞いあがり混じりあい、よじれたり震えたりしながら、煙のように空中に溶けていく。あれが、母が備えろといっていた「オオカミたち」なのだ。じきにメイクピースに気づき、その核にある隠れ家の存在を感じとる。そして、こちらにやってくる。

でも、モーガンをおいてはいけない。

そばにいるふたりの幽霊が争いはじめ、おたがいからぼんやりとした筋を引きずりだしている。大きいほうはすでにぼろぼろだ。おそらく、シモンドの攻撃にさらされていたのだろう。小さいほうはほかの幽霊とはようすがちがって、より速くしなやかに動いている。

モーガン。

メイクピースはつまずいたふりをして兵士の腕を逃れ、床に倒れこんだ。強い意志の力で片腕を投げだし、指先で「潜入者」の幽霊に触れようとする。モーガンの霊は争いを離れ、渦巻きながらさっと腕にあがってきた。メイクピースは深呼吸をして、震えをこらえながら女スパイの幽霊を吸いこんだ。

兵士がメイクピースを立ちあがらせて小屋の外に連れだすと、もうひとりの幽霊がいっきに頭にむかってきた。ぼんやりした、ゆがんだ顔がちらりと見える。つぎの瞬間には、すべてが恐ろしげに照らしだされて、霊が目から入ってこようとした。

ところが、この幽霊はびくびくして震えている。墓地での寝ずの行によって鍛えられた、メイクピースの防御には太刀打ちできないのだ。彼女の頭のなかの天使たちにも。なにより、クマに。メイクピースの視界がふたたび晴れたときには、攻撃してきた幽霊の破片が黒い薄布のように空中を漂っていた。

けがをした？　メイクピースは脳内にモーガンがいる感覚をつかもうとして、すぐにきいた。兵士たちは彼女を急がせて、白クロウとジェイムズを追っていく。

少し不自由なだけ。おなじみのモーガンのぎすぎすした声が皮肉っぽく答えた。**そんなことをきかれたのは、ほんとうにひさしぶりだ。**

　メイクピースは不安な思いで小屋を振りかえり、ほかに追ってきている霊がいないかどうか探った。

追ってはくるだろうが、彼らもけがをしている。モーガンがつぶやいた。**それに、彼らはたったいま潜入者を失った。**

　白クロウの声がした。「急げば、敵の援軍が来る前にグライズヘイズに着いて、闇にまぎれて包囲線を抜けられる。運がよければ、フェルモット卿はまだ生きておられる。まにあうようにあの娘を連れていけるかもしれない」

　ジェイムズとメイクピースはびくっとして目を見かわした。どうすればいい？

「案内をつづけろ」ジェイムズがかすれた声で命じた。

　計画を立てて苦労して逃げだしたのに、結局またグライズヘイズにもどることになるらしい。グライズヘイズは、傷ついた鳥を前にしたネコよろしく、しかるべき時がくるまでメイクピースの奮闘（ふんとう）を見守ったあげく、けだるげに長い前足をのばして、しとめにかかっているのではないか。一瞬、そんな思いにとらわれた。

37

ジェイムズとならんでフェルモット家の馬車に押しこめられて、ようやくメイクピースは口を開く気になった。

「だれか聞いてる?」声を落としてささやく。

「聞いてないんじゃないか」ジェイムズがささやきかえした。「御者には聞こえないし、ほかのみんなは馬に乗ってる」

「そういう意味じゃなくて」メイクピースはジェイムズの目を見て片眉をつりあげた。

メイクピースの意図を理解するのに、少し時間がかかった。ジェイムズは悲しげな顔で首を振った。

「いまここにいるのはおれだけだ」

「じゃあ、目を見させて」メイクピースがささやくと、ジェイムズが顔を見せてくれた。頬の皮膚がぽつぽつと焼け焦げ、眼球が真っ赤で痛々しい。

「こっちの目はちゃんと見えないんだ」ジェイムズが落ちつき払ったようすでつぶやいた。

「なにもかもぼんやりしてて……」

メイクピースは少しのあいだ、黙ったままでクイック医師に相談した。

「目は治るって」ジェイムズにいった。「一日か二日で。あたしの友だちが、前にそういうのを見たことがあるっていってる。それと、やけどは洗って包帯をしておけば、二、三週間できれいになるって」

「友だち？」ジェイムズの両眉がびっくりしたようにあがった。「メイクピース——おまえ、なにをしたんだ？」

「あたし？　あんたはなにをしたのよ？」メイクピースは思わずジェイムズの腕をきつくたたいてやらずにはいられなかった。「あの勅許状を隠すのに、あたしを利用したじゃない！　そのあとで、あたしをおいて逃げて！　あの切株のところでずーっと待ってたんだよ。あんたが捕まって絞首刑になったんじゃないかと思ったんだから」

「ずっと、もどってくるつもりだったんだ！　だけど、短いあいだにいっぺんにいろいろ起こったもんだから。シモンドには計画があったんだ——勅許状を使って家族を脅し、いずれもらうことになってる財産を早めにもらうって。そうしたら、『相続』や幽霊が関係ない自分の荘園をもって、おれたちも呼んでくれるって。あの勅許状をもっているかぎり、だれにも煩わされることはないからってね」

「あたしにもいってくれたらよかったのに」

「黙っているように約束させられたんだ」ジェイムズはそれだけいった。「約束を破る男は死んだも同然だからな」

「だけど、あたしとの約束は破ったよね。フェルモットの幽霊がどっさりいるところに、顔から倒れるなんて！」メイクピースは、幼い子どもどうしみたいに、きゅっときつくつねってやった。いらだちを声に出していくのには、腹立たしくなるような喜びがある。

「ごめん！」ジェイムズはささやき声でいった。心からあやまっているようだ。「やり直せるものなら、やり直したいくらいだよ！　けど、おまえもあの日あの場にいたら、わかると思うよ。サー・アンソニーが血を流して地面に倒れてるのを見つけて、呼びよせられたとき……神の意志のように感じたんだ。おれの生まれた日の星が、あの瞬間を運命づけていたような。運がめぐってきたと思った、なにかすごいものになれるって……

じっさい、すごかったんだよ、メイクピース！『相続』したら、どんなことができるか、おまえにはわからないだろう。頭のなかにいろいろな言語が飛びこんできて、剣さばきが急にうまくなって、織りあげられたクモの糸みたいに、目の前に宮廷でのやりとりが広がってるんだ。命令を出すだけで、物事が片づいたり、ドアが開いたり、なんでもできて――」

「州ふたつと半分、身内を追いかけてきたりね」メイクピースはぴしゃりとさえぎった。

ジェイムズはメイクピースの肩に腕をまわして、ぎゅっと力をこめ、頭のてっぺんに口づけた。

「わかってるよ」メイクピースの帽子にむかってつぶやく。「おれはとんだ愚か者だった。相続しても、自分自身のままでいられる、すべてを変えられると思ってたんだ。けど、おれはただのあやつり人形だった。ケーキのなかの豆って、おまえ、そういってたよな？　王さまになる遊びのために自由を投げだしたって」

ジェイムズはため息をついた。

「それに……あの人が気の毒になっちまったんだ」恥ずかしそうに打ちあけた。「サー・アンソニーだよ。あの人も悪魔のひとりにはちがいないけど、血まみれで怯えきって倒れてた姿は、ただの死にかけの人間だった。とても、いやだとはいえなかったんだ。わかってるさ、ばかげた理由だよな」

「うん」メイクピースは、ばらばらになりかけたリヴウェルの幽霊を救いたくてどうしようもなかったときの気持ちを思いだした。「ばかげた理由だね。だけど、ばかげてても最悪じゃない」

メイクピースはジェイムズを抱きしめかえして、ため息をついた。

「グライズヘイズに着いたら、もう一度ご主人さまゲームをするんだよ」小声でいった。「本気で無礼講の王を演じるの。うまくやってよ。でないと、あたしたちふたりとも鍋に入れられちゃうからね」

「おまえはどうなんだ？」ジェイムズは心配そうに顔をしかめてメイクピースを見つめた。「おまえこそ、自分になにをしたんだ、メイクピース？」

「心配しないで」メイクピースはジェイムズの手をぎゅっと握ると、しっくりくることばを探した。「あたしは自分の意思に反してとりつかれたわけじゃない。新しい友だちを何人かつくっただけ」

「じゃあ、おまえのなかに幽霊がいるのか？」ジェイムズは思いがけない話に必死についてこようとしているようだ。

「ジェイムズ」こんどはメイクピースが裏切りを打ちあける番だった。「あたし、ずっととりつかれてたんだ。知りあったころからずっと。グライズヘイズに来たときから、ある幽霊を連れてたの。だれにも気づかれなかったけどね。あんたには話しておくべきだった。話したかったんだよ。だけど、あんたのいうとおり、ときどき臆病になっちゃって。人を信じるのが、痛みより怖くって。

その幽霊はあたしの友だちで、戦友でもある。おたがいに強く結びついてるの。彼のこと、あんたにもわかってほしい。そうすれば、あたしのこともわかってもらえる。これから、彼の話をするね」

うんざりするほど長い道中、馬車はときどきとまって馬を替えたが、休みはしなかった。ときおり、外から誰何（すいか）の音やくぐもった話し声が聞こえてきた。合ことばが交わされているときもあれば、硬貨や新聞、ときには銃弾が交換されているときもあった。

メイクピースはどうしようもない思いで、来たときとは逆に変化していく風景を眺めていた。みずみずしい野原が荒れ野に変わる。湿った子ヒツジが黒い顔のヒツジを追って、ハリエニシダの茂みのあいだの小道をたどっている。どこもかしこも見覚えがありすぎて、胸が痛む。この風景や色彩は、慣れた鎖のごとく、メイクピースの心を縛りつけている。

日が暮れてまもなく、一行は小さな雑木林のなかでとまった。御者と兵士がひとり、馬車と馬の見張りに残った。白クロウ、メイクピース、ジェイムズは、フェルモット家の制服を着た五人の兵につきそわれて、徒歩で先を進んだ。兵士のうちの二、三人は近くの村で見たことがある男たちで、たしかひとりからはひしゃくを買ったことがある。けれども、戦争によって彼らの役目も変わっていた。いまは新しい衣装を着て、新しい役を演じている。

白クロウはジェイムズのために黒い布でできた眼帯を見つけてきた。ありがたいことに、けがをして半分目が見えないジェイムズには、だれも隊の指揮をとれとはいわなかった。もし指揮をとらされていたら、もう上の方の技術や知識を使えないことにじきに気づかれてしまっただろう。

遠くにグライズへイズが見えた。スミレ色に揺れる夕暮れどきの光のなかに、塔の影がくっきりと浮かびあがっている。けれども、目の前に見えたのは屋敷だけではなかった。

屋敷のまわりに広がる暗がりは、前はなにもない平坦な土地だった。その地中から、いまにも崩れそうな寄せ集めの町が出現している。灰褐色の帆布の天幕がいくつもかたまって顔を出し、そのあいだで、散らばったおき火のようにかがり火が燃えている。野営地は三日月形で、曲がって先が細くなった部分がグライズへイズを抱くような形になっていた。だが、大きな邸宅全体をすっぽりと囲んではいなくて、いちばん近い天幕と古い灰色の壁のあいだには、ようすを窺うようにかなりの距離があけてある。

ほんとうだ。グライズへイズが包囲されている。

ひとりの兵士が先に斥候として暗闇に消え、すぐにもどってきた。

「〈未亡人の塔〉にいるわが軍の守備隊がこちらのランタンの合図を見て、合図をかえしてくれました」兵はいった。「われわれがここにいるのがわかったので、出撃門から入れるように準備をしてくれます」

「もし敵が塔からの合図を見ていたら、屋敷から暗闇にいるだれかにむけて合図をしているのがわかったはずだ」白クロウはいった。「敵はこちらの動きを見張るだろう。死んだように静かにするんだ。敵は、闇に目を慣らそうとして、かがり火から離れて野営地の外に斥候を出してくる」

一行は白クロウを先頭に、慎重に闇を抜けて野営地の端をまわりこんだ。もう少しで、敵のマスケット銃兵の群れにぶつかりそうになったが、すんでのところで気がついた。弾薬帯がたてるかすかな音と、火縄の先端が光っていたおかげだ。

メイクピースは一瞬、ジェイムズの手をつかんで、見ず知らずの敵のもとに駆けよって降伏しようかと考えた。そうすれば、グライズヘイズから逃れられるかもしれない。でも、撃たれる確率のほうが高そうだった。

ようやく野営地の三日月の先端部分を突破すると、屋敷の壁とのあいだには、暗く広がるでこぼこの地面だけになった。階段の上に、小さな出撃門のアーチ形の輪郭が黒く浮かびあがる。

「走れ」白クロウがいった。「なにがあってもとまるな」

扉にむかって走りだすと、野営地の方角から大きな声があがった。あてずっぽうに一発発砲されたが、銃弾は大きくそれて闇に消えた。ほかの面々といっしょに落とし格子までたどりついてから、ようやくメイクピースはうしろを振りかえった。天幕のほうから、何人か黒い影が走ってきたが、上の塔から投げられた石につまずいている。

　落とし格子が急いで引きあげられ、半分あがったところで、メイクピースもほかの人たちも大急ぎで下をくぐった。その先は、明かりのついていない短いトンネルだった。背後で格子がガチャンと音をたてて落ちる。すぐにトンネルの奥の扉が開き、若クロウがランタンを手に現れた。

「おかえりなさいませ、だんなさま」若クロウはいった。「レディ・モードとごいっしょのご帰還をお待ちしておりました」

「ご主人さまの容態は急速に悪化しています」若クロウは到着した面々を礼拝堂へとせきたてた。「今夜は越えられないでしょう――あと一時間もつかどうか」

　メイクピースはまたしてもフェルモット卿のもとへと急がされた。自分の殻に幽霊たちを押しこまれるために。

　なにが起こるのかわからない。メイクピースは声を出さずに、目に見えぬ仲間たちに話しかけた。**ジェイムズに計画があるのかどうかも。クロウたちはあたしたちを縛りつけて、フェルモット家の幽霊たちを注ぎこむかもしれない。戦わないとならないかも。**

　そうか、ぼくたちがたがいに争いあってきたのが、役に立つかもしれないな。クイック医師がいった。

はじめより敵を気持ち悪くさせられたら。リヴウェルが皮肉っぽくいう。**今日はいい日だ。**

クマは音をたてなかったが、メイクピースは脳内にその存在を感じとり、心強く思った。モーガンも黙っている。こんな戦いになれば、女スパイはまた寝返って昔の仲間に加勢するのかもしれない。もしそうなったら、そうなったまで。メイクピースは自分にいい聞かせた。それまでは、あの人を信じよう。

途中で若クロウは、包囲戦の状況について手短に説明した。

軍隊はおよそ一週間前から外に陣どっている。包囲軍の大きな武器は三つ——大きな石や火をつけた擲弾を飛ばす臼砲二門と、より狙いが正確なデミカルバリン砲一門。古い塔は何度か攻撃を受けて、いまでは尖塔のいくつかが歯抜けのようになっている。それでもグライズヘイズの厚い壁は、最悪の損傷を免れていた。

「当然のことながら、連中は何度もわれわれの降伏を要求してきています」若クロウがいう。「女子ども、民間人は立ち去ってもよし。その後に降伏の条件を交渉する、というおきまりの申し出です。もちろん、レディ・エイプリルがそのたびに拒絶しています」

レディ・エイプリルがグライズヘイズにいる。よくない知らせだ。メイクピースは、ほかの上の方たちがこの屋敷にいなければと願っていた。

「レディ・エイプリルはどうだ?」ジェイムズが用心深くきいた。同じことを考えているのだ。

「ああ、まだおけがは治りきっていません」若クロウはメイクピースをひややかに一瞥した。「必要とされるとき以外は、床についておられます」

「ほかの親族は？」ジェイムズがきいた。

「サー・マーマデュークが隊を率いて包囲網を突破しようと考えておられますが、敵に援軍が来る前に到着できるかどうかは神のみぞ知るところです」若クロウが答える。「主教は北部にいて、民衆の心を勝ちとろうとしています。サー・アランはまだロンドンで、差し押さえの件について裁判所で争っています」メイクピースも前に聞いたことがある、フェルモット一族の有力者たちだ。ありがたいことに、べつの場所で忙しくしているらしい。

メイクピースは若クロウの説明を聞いて、少しほっとした。レディ・エイプリルがまだ部屋にこもっていて、ほかの上の方たちが留守だとすれば、ジェイムズがとりつかれていないことを見抜ける人に直接会わずにすむかもしれない。

「ここの地下貯蔵庫には火薬のたくわえがじゅうぶんにありますし、食料も二か月分あります。必要な水は井戸からくめます」若クロウはいつもよりやせこけて、少しくたびれたかっこうをしている。「塔には、地元で訓練を受けた隊と、猟師と猟場の番人のなかで優秀な者たちを配置してあります。敵が壁に近づきすぎたときには、いつでも石や熱した油を落としてやれます。反乱軍は工作兵を配置して、野営地から西の壁まで塹壕（ざんごう）を掘ろうとしています。屋敷の土台に地雷をしかけるつもりでしょうが、そこまで到達するころには、サー・マーマデュークの軍がもどってきてわれわれを解放してくれるでしょう。グライズヘイズは過去にも包囲されてきましたが、この壁は一度だって壊れたことがない。山にむかってサクランボを投げるようなものです」

メイクピースはふたたび、古い屋敷が自分にのしかかってきて、思考や意志が花のように押しつぶされそうになるのを感じた。本気で、この場所が力を失うだなんて思っていたの？

礼拝堂の扉がいきおいよく開いた。大きな椅子で、フェルモット卿がメイクピースを待ちうけていた。まるで、彼女が旅立ったときから動いていないかのようだ。

その隣の椅子には、すわった人の手首と足首を拘束する金属の枷がついている。この家の人たちは、もう縄や木材だけでは信用しきれないのだろう。

「レディ・エイプリルは、われわれがもどりしだい知らせるようにとおおせでした」白クロウはそういうと、そそくさとお辞儀をして歩きさった。ジェイムズとメイクピースはあわてて目を見かわしたが、白クロウを引きとめる口実が見あたらない。

老クロウは礼拝堂でフェルモット卿の世話をやいていた。フェルモット卿は前よりも灰色でやせて見える。血だまりのなかにおいたハトのつがいの死体の上に、むきだしの足をのせている。死が目前になったときに、病を引きだそうとする窮余の策として使われる、昔ながらの望みの薄い治療法だ。

一行が入っていくと、老執事は顔をあげ、メイクピースとジェイムズを見たとたん、ほっとして涙を流さんばかりに見えた。

「ご主人さま、ご主人さま、その娘を捕まえたのですね！　すぐに薬をとってまいります！」

「だめだ！」ジェイムズが、上の方らしい険しい声でいうと、礼拝堂にこだまして、よけいに仰々しく響いた。「薬はいらない。娘を椅子に縛りつけろ」

「ですが……」執事は口ごもり、息子と目を見かわした。「この娘のなかには怪物がいます。前回――」

「わたしのことばが聞こえなかったか?」ジェイムズは冷たく恐ろしげな声音（こわね）できいた。

すぐに命令どおりにことが運んだ。メイクピースは椅子まで引きずられていき、むりやりすわらされた。手首と足首にはめられた枷の冷たさにぞくっとしたが、なんとか恐怖を抑えこむ。

「席をはずせ!」ジェイムズは命じて、若クロウの手から鍵をとりあげた。「全員だ!」

クロウ家のふたりはぎょっとしてジェイムズを見つめた。メイクピースは、若クロウの目にかすかに疑念がちらつくのが見えたように思った。

「さあ!」ジェイムズがどなる。

驚きと疑いの表情を浮かべたままで、クロウ一家は兵士を引き連れて礼拝堂を出ていった。ジェイムズはすぐさま扉にかんぬきをかけると、メイクピースに駆けよって枷の鍵をあけた。あわてて手が震えている。

「クロウ一家は、なにかがおかしいと気づいてる」ジェイムズは小声でいった。「あの連中は上の方には歯むかえないが、レディ・エイプリルがここに来れば、すぐにそちらに群がりはじめる。それでも、しばらくはあの扉がやつらを押しとどめてくれるだろう」

「ジェイムズ」メイクピースは枷をはずしながらささやいた。「ここにはいられない! フェルモット卿がいまにも死んでしまうかもしれない!」

はっとしたように兄の表情が変わっていく。もしフェルモット卿が死んだら、住処（すみか）を失った七人の古い幽霊が解き放たれ……魅惑的なふたつの入れ物が同じ場所に閉じこめられているのを察するだろう。メイクピースには守ってくれる幽霊の仲間がいて、反撃するくらいはできるはずだ。でも、兄には仲間がいない。

ジェイムズは礼拝堂にふさわしくないことばをつぶやいた。

「ちくしょう、どうしろってんだ?」

38

兄と妹は病んだ男の弛緩した顔と、敵意にたぎるまなざしを見つめた。

「ここを出ないと」メイクピースはいった。

ステンドグラスの窓は小さすぎる。必死にあたりを見まわすうちに、ある考えがひらめいた。

「ジェイムズ、べつの出口がある」礼拝堂の後部にある、高くなった桟敷席を指さした。「あのうしろに扉があって、家の人たちの部屋につづく廊下がある。あそこにあがって、あたしがのぼれるようになにかおろして」はじめて会ったときに、ジェイムズが塔をのぼって訪ねてきたのを思いだした。

「おまえをその人のそばにひとりでおいとけない」ジェイムズは死にかけている家長を指さした。

「もしまたとりつかれたら」メイクピースはきつい口調でいった。「あんたはあたしを裏切る。あたしのために、あんたこそその人から離れて」

「おまえ、これからことあるごとに『とりつかれてたとき』の話を出して、おれをいいまかすつもりなんだろう？」ジェイムズは不満そうにいいながら、石棺によじのぼり、壁からつきだした大理石の像に慎重に足をかけた。体を預けたとたん、像はすぐさま折れて床に落ち、けたたましい音をたてた。

礼拝堂の表の扉の外で、とまどったような声がする。ふつうの「相続」では、物が壊れたりはしないのだろう。老クロウが大声で問いかけてくる。それから、やかましく執拗に扉をたたく音がしだした。

ジェイムズは壁にぶらさがったまま、毒づいている。

メイクピースは、大きな椅子にぐったりともたれている人影に視線を走らせた。いまだに、やさしかったサー・トーマスの顔が青ざめて病んでいるのを見ると胸が痛む。

「ごめんなさい、サー・トーマス」もう殻だけになっているのはわかっていながら、ささやきかける。「大好きでした。ちゃんとした場所で死を迎えられなくてお気の毒に思います。こんな形でおきざりにしてごめんなさい。あなたが一族のために死んだことはわかってます……でも、あのとき、あの人たちをとめたらよかった。永遠に」

サー・トーマスの顔のなにかが変わっていた。光が消えている。メイクピースがあとずさりをはじめるやいなや、口の端から最初の幽霊が煙のように漂いだした。

「ジェイムズ！　来る！」

ジェイムズはちょうど桟敷席の手すりを乗りこえたところだった。うしろの壁に飾ってあった掛け布を引きはがし、片方の端を手すりに結びつけると、反対の端を下に垂らした。

「のぼってこい！」

メイクピースは駆けよって布をつかみ、不安定な壁の足場を使ってよじのぼりはじめた。背後の空気が、ささやき声で濃くなってくる。

どうにかこうにか壁面の細い出っぱりに足をかけたと同時に、影のようなものが顔をめがけて飛んできた。蛾のように耳をくすぐりながら、入りこんでこようとする。メイクピースは左足を滑らせて、手でつかんだ布のロープだけでぶらさがるかっこうになった。

のぼるのはおれにまかせて。リヴウェルが必死の声でささやく。

そうするしかない。ひとりでは、戦いながらのぼることはできない。メイクピースはリヴウェルに手足をゆだねて、自分は戦いに身構えた。

だれかはわからないが、上の方の幽霊がメイクピースの脳をこじあけて入ってこようとしている。おたがいの意識がぶつかりあって、記憶の断片が見え隠れする。嵐雲のように空を暗くする無数の矢、燃えさかる船、ひざまずく主教たち、大聖堂ほどもある書斎。この男の自信が破城槌(はじょうつい)のごとく打ちつけてきて、メイクピースの意志を揺さぶる。

なにをしている？　運命を拒絶して？　どうして、何世紀分もの記憶を失ってもいいと思える？　樹齢千年もある木を切り倒すようなものではないか。

けれども、その木の根はからまりあって息も絶え絶えだ。メイクピースは自らを守るために過去を殺そうとしていた。

ごめんなさい。上の方の幽霊に語りかける。**あなたの魂がつぎにどこに行くにしろ、救いがありますように。でも、あたしは与えてあげられない。**

それから、攻撃してきた幽霊を意識で打ちのめす。クイック医師が意志の力を貸してくれている。クマは地獄の炎のごとく荒れ狂っている。だが、この幽霊は弱々しいかすみではない。力が強くずる賢く、メイクピースの防御の弱いところにずれてきて、かぎ爪を立ててくる。

そのとき、モーガンが立場を決めた。突然隠れ家から飛びだしてきたかと思うと、上の方のそばに立ち、彼の力に自分の力を加えようとしたのだ。上の方が気がついて大喜びするのがわかったが、すぐに恐怖がとってかわった。女スパイが幽霊を引き裂きにかかったのだ。

悲鳴をあげて幽霊の断片が溶けていくのを聞きながら、モーガンがいった。**これは一度しか使えない技なのだ。**


メイクピースが手すりをつかむと、ジェイムズが桟敷席に引きあげてくれた。ふたりは大急ぎで扉をあけて廊下を駆けだした。背後の空気が細い音楽的な摩擦音で震え、フェルモット卿からさらに霊が出てきて追ってくる。兄と妹は、暗い廊下から廊下へと走っていき、〈地図の間〉に飛びこんで息をついた。

「考えるんだ！」ジェイムズがこぶしをこめかみに押しあてて息を吐いた。「グライズヘイズからは出られない。どこもかしこも番兵がいるし、鍵がかかってる。だけど、長い時間走りつづけていれば、放たれた幽霊は溶けて消えていく。それからなら、捕まったとしても、とりつかれることはない」

「だけど、殺されるかもしれない！」メイクピースがいう。「フェルモット卿の幽霊を蒸発させちゃうんだから。そんなこと、この一家が許すと思う？」

「おれたちは貴重な替えだ。それにおまえは、勅許状の隠し場所を知っている唯一の人間だろう」ジェイムズが反論する。「少なくとも、取引はできる！　連中はいま味方がほしい、それはおれたちもおんなじだ。外の軍隊のほうが、おれたちみんなにとってずっと恐ろしい敵だからな。気に入らないかもしれないが、おれたちはみんな同じ側に立っているんだ」

「ちがうよ、ジェイムズ！」メイクピースはいきおいこんでいった。「同じ側じゃない！」

「じゃあ、どうする？」

メイクピースは決意をかためた。

「あたしたちは敵の工兵がやりたがってることをやる。外壁の穴を吹っ飛ばす。グライズヘイズを降伏させる」

数秒のあいだ、ジェイムズは恐れおののき信じられないというようにメイクピースを見つめていた。

「だめだ！」ようやくひきつった声でいう。「そんなの反逆じゃないか！　フェルモット家を裏切るだけじゃない、王を裏切ることになる」

「そんなことどうでもいい！」メイクピースは吐きだすようにいった。「あたしがだいじなのは、このあたりに住んでる人たちのことだけ！」

荒い息をつきながら、思いをことばにしようとする。

「サー・マーマデュークがもどってきて包囲を突破するかもしれない」重ねていう。「だけど、議会軍はこの地域をどうしても手に入れたい。だから、きっとまた大軍を送りこんでくる」

「そうなったら、どうなるんだよ?」ジェイムズはわめいた。「われわれの壁がどれだけがんじょうか、おまえも見ただろう」誇らしげに聞こえるのは聞きまちがいではないだろう。メイクピースは『われわれ』ということばを聞き逃さなかった。

「そうしたら、また包囲される。長いあいだね。グライズへイズの食料が足りなくなって、人々は犬やネズミや馬を食べはじめる。外の軍はまわりの村じゅうから食料を奪う。そうしないと、自分たちが飢えてしまうから。冬が来て、だれもが飢える。木々が切り倒され、薪の奪いあいになる。人々が伝染病で死にはじめる。

いまなら、敵は喜んでグライズへイズを降伏させてくれる。それなら、ここのみんなが生きて出られる。でも、降伏しなかったら、女子どもやお年寄りがどうなるか? どっちにしたってあの壁は壊されるんだよ」

「そう……なったら、ひどいことになるだろうな」ジェイムズは顔をしかめて同意した。くわしく語ろうとはしない。

「フェルモット家は降伏する気はない」メイクピースはいった。「だいたい、あの人たちは王のことだってどうでもいいの! ここにいる全員を犠牲にしてでも、グライズへイズを守りたいだけ。なぜなら、グライズへイズこそが、あの人たちの心臓だから。あたしはそれを壊してやりたい」

ふたりはすぐ近くの階段に番兵が立っていなかったのでほっとして、足音をしのばせて大急ぎで階段をおりた。厨房(ちゅうぼう)の周囲の暗い通路はしんと静まりかえっている。燃料倉庫の薪の山の隣に、使えそうな樽がいくつか見つかった。

「これを爆発させられるのか？」ジェイムズはささやいて、樽をひとつ、そっと部屋からころがした。

工兵が準備しているのを見た。リヴウェルがメイクピースにいった。**たいした仕掛けじゃない。むずかしいのは、敵に撃たれずにどれだけ壁に近づけるかだ。**

　メイクピースはひとりうなずいた。

「それは問題なさそう」ジェイムズにいう。

「そのちょっとした間。おれに聞こえない声を聞いてるときだ。相変わらず、いらいらする」

ふたりは樽をワイン貯蔵庫まで運び、西の壁の土台の部分に立てかけた。

リヴウェルの指示にしたがって、樽のわきからコルクを引き抜き、短い導火線をつっこむ。

「この上に物を積みあげる必要がある」メイクピースはリヴウェルのことばをくりかえした。

「土、岩、重い物」ふたりはそのまわりをほかの樽で囲んでから、上に積める物を探しに厨房にしのびこんだ。

　厨房にもどり、かつてメイクピースの毎日を忙しくして、手を荒れさせた物を見るのは不思議な感じがした。犬たちは、メイクピースが家を離れたことなどなかったかのようにまとわりついてきた。クマは自分の留守中にべつのにおいがしはじめたのを察して警戒している。テーブルに肩をぶつけてもう一度自分のにおいをつけようとする。

いまはだめよ、クマ。

ジェイムズとメイクピースは、重い鍋と穀物袋、塩の入った桶をネズミ入らずから運びおろした。それをぜんぶ小さな樽が埋もれるくらいまで上に積みあげ、導火線だけ飛びだすようにしておいた。

メイクピースが手を震わせながら火をつけると、導火線の先端が赤く光った。

グライズヘイズを崩壊させるしかない。それが、フェルモット家の恐ろしいほどの自信を打破する、唯一の方法だ。グライズヘイズは一族の傲慢(ごうまん)さでできた岩。彼らが積みあげた数世紀の証。この屋敷が、彼らは永遠の存在だと告げている。

「さあ、ここを出よう！」ジェイムズがささやいた。ふたりは貯蔵庫の階段を急いであがっていったが、階段の上に立つ六人の人影を見て足をとめた。

白クロウと若クロウは剣を抜いている。そのまわりには、武器を手にした使用人が三人。さらにうしろに、レディ・エイプリルの金属的な白い顔が毒を放つ月のように光っている。

なんでわかったの？　メイクピースは不思議に思った。いまさらながら、クマが落ちつかなかったのを思いだす。厨房、とくにあのテーブルにちがうにおいをかぎつけて――かすかに怯えていた。

そうか。メイクピースがいなくなって、グライズヘイズでは夜の火の番に、新たに厨房の下働きの少年か娘を雇ったのだ。今夜その子どもは、侵入者が台所で火薬の話をしながら荷物を運んでいるあいだ、恐ろしい思いで横になっていたのだろう。そうして、逃げだせるときが来たら、いのいちばんに知らせに走ったのだ……

ごめんね、クマ。あなたの声を聞こうとしなかった。

ジェイムズはためらわなかった。すぐさま背筋をのばすと、えらそうにあごをそびやかす。

「この騒ぎはなんだ?」上の方らしい、ひどくいらついた声音で尋ねた。

「どうか……いっしょに来ていただけませんか……」若クロウはむりやりへつらうような、同時に攻撃的な声を絞りだした。

「その剣はどういうことだ?」ジェイムズはにらみつけた。「むきだしの剣をフェルモット卿にむけるのか!」そういって、メイクピースを指し示す。

「それはフェルモット卿ではない」レディ・エイプリルがひややかにいった。

わたくしに話をさせて。モーガンが申しでた。

わかった。メイクピースはすぐに同意した。

前にも、モーガンに喉を支配されて声を出されたことはあったが、今回は少なくとも事前におうかがいがあったし、喉が締めつけられそうな感じはしなかった。

「ガラミアル・クロウ」モーガンがメイクピースの口からとげとげしい声を出した。「自分の主もわからぬとは、われわれがおまえの父親に与えた教育費はとんだむだだったということだ。おまえの二十歳の誕生日に与えた忠告もむだだったのか?」

メイクピースは自分の体の動きまで変わっていくのを感じた。姿勢が、以前のオバディアのように前かがみになった。表情が変化していくのがわかり、たとえようもなく奇妙な感じがする。しかめっつらになり、口がめったにしたことがないような動きかたをする。

「だんなさまだ」若クロウが声をあげて、剣をおろした。

「おまえもだ、マイルズ・クロウ」モーガンがまたしてもメイクピースを通して話しだした。

「われわれがグラッドン・ビーコンでおまえという人物についてうけおった日のことを忘れたのか？」

白クロウは剣をしまいかけてためらった。その目は、小さな串回し犬に釘づけになっている。ちょうど、メイクピースの足もとにむかって階段をとことことおりてきたのだ。メイクピースは無意識のうちに、片足をあげてつま先で犬のあごの下をなでてやっていた。癖になっていたしぐさだが、家長の癖ではない。白クロウは迷いと疑いに曇った目でじっと見つめている。

「捕まえろ」レディ・エイプリルが命じた。

「だめだ！」若クロウはジェイムズとメイクピースの前に立ちはだかった。「お許しください、レディ・エイプリル」震える声でいう。「なにがあろうと、あなたさまに歯むかうことがあろうとは夢にも思いませんでした。ですが、わたしがいちばんの忠誠を捧げるのは、フェルモット卿です」

「階段の上の守りをかためろ」ジェイムズが命じると、ふたりの男がいわれたとおりに動いて、若クロウとならんで立った。白クロウは動かない。レディ・エイプリルの側にいた男が若クロウの剣を払いのけようとして、たちまち狭苦しいところで小競りあいがはじまった。刃がぶつかりあい、壁にあたって火花が散る。

この混乱に乗じて、ジェイムズはメイクピースの手をつかんで走りだし、貯蔵庫への階段をおりはじめた。退路はそれしかない。ふたりはならべた樽の陰に身を潜めた。

「あと時間はどれくらいだ？」ジェイムズがささやいた。燃えだした導火線のことをきいている。

「わからない」メイクピースが答える。「何分か、だと思う」ほんとうは火薬が爆発する前に、貯蔵庫から遠く離れた場所まで逃げおおせているつもりだった。いまならまだ、導火線を消せるかもしれない。でも、その後になにが待ちうけているのだろう？　負けて捕まるだけ？

どのくらいの爆発になるかはわからないんだ。リヴウェルが正直に打ちあけた。**おれたちみんな吹き飛ばされるかもしれない。だけど、やるしかない。**

もうこんな悪の巣窟（そうくつ）はたくさんだ。賛成するよ。クイック医師は、そういった自分に驚いているような声だった。

モーガンがとてもひそやかに笑っている。

燃やそう。

「グライズヘイズを倒そう！」メイクピースがいった。

「ああ、わかった」ジェイムズがくすくす笑った。「やつらの呪いの目につばを吐きかけてやる」

階段の上からは叫び声や武器がぶつかりあう音がしていたが、いつのまにかやんでいて、レディ・エイプリルが命令をくだす声が聞こえてきた。意志の力か武器の力かわからないが、若クロウとその一味に打ち勝ったらしい。

「おれたちを捕まえにくるぞ」ジェイムズがささやいた。

「来させればいい」メイクピースはぴしゃりと答えた。「人が多いほうが、火薬が爆発したとき楽しくなる」ランタンの火を消して、あたりを闇に沈めた。

目を見開いているところからすると、ジェイムズにはなにも見えていないのだろう。

「あたしたちを信じて」メイクピースはささやいた。

「聞こえるか？」レディ・エイプリルが階段の上から呼びかけた。「あがってきて降伏しろ。でなければ、犬をさしむける」

ふたりは身をこわばらせた。またしても自分たちを追って、グライズヘイズの犬たちが解き放たれるのだ。でもこんどは、逃げこむ荒れ野もない。ふたりはまさに、追いつめられた獲物だった。

それでも、ふたりはなにもいわず、降伏しようと動きだしもしなかった。

一秒また一秒と過ぎ、階段の方向から、かぎ爪のかすかな音が聞こえてきた。おがくずみたいにざらざらと荒い息づかい。垂れさがった下あごの肉が揺れる音。

メイクピースは一頭一頭をにおいで覚えていた。かまれたら恐ろしい、大きなあごの巨大なマスティフ。長い腱で大きな獲物を追い求めるウルフハウンド。地上の鷹よろしく、敏捷で狙いをはずさないグレイハウンド。ワインをかぐようにメイクピースの恐怖をかぎつけるブラッドハウンド。

メイクピースにも、犬たちのいきおいよく流れる血や狩りへの飢えのにおいがかぎとれた。かぎ爪が床をかすめる音が近づいてくる。暗闇に深いうなり声がひと声響きわたったかと思うと、吠え声の不協和音が貯蔵庫じゅうにこだました。

「シーッ」メイクピースは隠れ場所から立ちあがった。心臓が激しく打ち、かまれることを覚悟して肌がちりちりする。「ネロ――スター――キャッチャー――カリバン！　あたしだよ」

暗闇に白っぽく浮かびあがった犬たちの影がこわばったように見えた。それから、ひとつの大きな影が近づいてきた。湿った鼻をメイクピースの手に押しつけて、舌でてのひらをなめてくる。

犬たちはメイクピースのにおいを知っている。肉汁をくれていた人だ。群れの仲間なのかもしれない。それに、ひどく気性の荒い獣(けもの)でもある。あまり試すようなまねはしないほうがいい。

「結局はあがってこなければならなくなるのだ」レディ・エイプリルが上から呼ぶ。

「なんでだ？」ジェイムズが歯をがたがたさせながら叫んだ。「ここには仲間がいて、楽しくやれるだけのワインもある。何曲か歌でもうたうかな」

「明日、あなたがたの敵がグライズヘイズを落とすまではもちこたえられるでしょ」メイクピースがいった。

「たわけたことを」レディ・エイプリルがぴしゃりという。「わたくしたちは、必要とあらば、戦争が終わるまで包囲に耐えてみせよう！　二か月まるまるもつだけの食料と弾薬がある」

メイクピースは大声で笑った。「戦争が二か月で終わると思ってるの？」

「王妃が国王の大義のために、金と武器と軍隊を連れて国にもどってくる」レディ・エイプリルはきっぱりといった。「ロンドンはいずれ心臓を失う。反乱軍はすでに崩壊しつつある」レディの信念は、大理石のように冷たく重々しかった。

「ううん、ちがう！」メイクピースは声をはりあげた。「ロンドンはたけり狂ってる。争い好きで、混乱のにおいがぷんぷんしてる。だけど、絶対的な意志をもってるんだ。あんたたちがどれだけ古くて頭がいいのかなんてどうでもいい。戦争がすぐに終わると思ってるなら、目が見えていないんだよ」

「よくもそんなことを！」レディ・エイプリルの声は怒りに満ちているが、メイクピースはそこにほかのなにかが潜んでいるのを察した。

「今日、目の前でふたりの上の方が死んでいった」メイクピースは大きな声でいい放った。衝撃で沈黙が血だまりのように広がっていく。「サー・アンソニーの幽霊がシモンドにとりついたけど、あんたたちの兵のひとりがシモンドを殺した。幽霊たちは――賢くて物知りの幽霊たちは――そうなるのに気づいていなかった。その兵士のこと、まったく気にとめていなかった。その兵士がハンガードン・ヒルで兄を亡くしてたことも。それで、兵士はシモンドの頭を撃った。

あんたたちはだいじなことを見逃しつづけてきた。あんたたちが存在にも気づいてなかった人たちがいる。もう手遅れなんだよ。あんたたちが戦ってきた、これまでの戦争とはちがう。知恵や何世紀分もの経験も、こんどばかりは役に立たない。新しい戦いなの。この世の終わりなんだよ、レディ・エイプリル！」

「もうたくさん！」レディ・エイプリルががなりたてた。「もうこちらのがまんも限界だ」

男たちが用心しながら階段をおりてくる。そのうちのふたりが手にしているろうそくが、下から顔を照らしだしている。そのうしろから、恐ろしげな短剣を二本構えて、レディ・エイプリルがおりてきた。

ジェイムズは慎重に小さめの樽を肩にかつぎあげると、ろうそくをもった男のひとりをめがけて放りなげた。樽が男の手にぶつかり、ろうそくは壁にはねかえされて消えた。もう一本のろうそくも、なにが起こったかと持ち手があわてて振りかえった拍子に消えてしまった。あたりは大混乱に陥った。

「なにかが飛んできた」

「ろうそくが消える前になんか見えたぞ！　赤い炎が十二の目に映ってた！　ぜんぶ犬のわけはない！」

「暗がりになにか潜んでる！　うなり声が聞こえる！」

「それが聞こえるなら」レディ・エイプリルが甲高（かんだか）い声をあげた。「どこにいるかわかるだろう！」

けれども、うなっているものは動いていた。メイクピースはごく自然にクマになりきっていた。四つん這いになると、それがとても楽で必要なことに感じられた。クマの鼻が自分の鼻になり、自分の目がクマの目になった。喉が震えて、深い恐ろしげなうめきが出るのにまかせた。

クマは、ご機嫌をとらなきゃならない子どもじゃない。鎖につなげておかなければならない乱暴者じゃない。クマのことを恥じたり、恐れることはない。クマはあたし。何者かわからないけど、あたしたちはひとつだ。

ひとり目の男は、横から払いとばされて意識を失った。ふたり目はメイクピースのうなり声のするほうに剣を振りおろそうとして、マスティフとグレイハウンドにはねとばされた。三人目は明るい階段のほうに逃げようとして、樽の山のなかに放りだされた。

「男のほうを捕まえた！」突然、白クロウが叫んだ。争いあう音がする。

メイクピースはよろよろと騒ぎのほうに行こうとして、突然、ほっそりした力強い指に頭をはさまれ、髪の毛をぎゅっとひっつかまれた。

「雑種のくせに！」レディ・エイプリルのきつい声が耳もとできんきん響く。「恩知らず！」飛びだしてきた霊が、斧を振るうように脳の防御にかみついてくる。メイクピースは悲鳴をあげた。ふいをつかれて、身構える間がなかったのだ。

前にも幽霊に攻撃されたことはあったが、どれも、メイクピースのなかに住みつこうとしている幽霊だった。でも、この幽霊はちがう。これは砲撃で、レディ・エイプリルはなにを破壊しようとおかまいなしだ。メイクピースは抵抗しながら、秘密の仲間たちもいっしょに戦っているのを感じた。

あたしたちみんな。ようやく、いっしょに戦うことを覚えたんだね。意識の殻がひどく裂けたのを感じても、仲間を思うと悲壮な喜びがある。同時に、上の方たちのいらだちも伝わってきた。こちらが劣勢なのはたしかだが、敵が思った以上にもちこたえているのだろう。

　そのときメイクピースは、自分のものではない恐怖をかぎとった。レディ・エイプリルの大理石の魂に、髪ひと筋ほどのかすかな疑念が走るのを感じたのだ。

「奥さま」白クロウが心配そうに声をかけた。「ここになにかあります。あかあかと燃える星です。火がついた導火線のようにも……」

　メイクピースの脳への攻撃がぱたりとやみ、体が投げだされた。

「愚か者め！」レディ・エイプリルがわめいた。「火薬だ！」年老いた女はグレイハウンドさながらの速さで闇を駆け抜け、火のついた導火線のあかあかと燃える真っ赤な星めがけて突進し……


　その赤い点が、世界の崩壊の震源だった。

　耳をつんざくような爆発音がとどろき、その衝撃にメイクピースはとり落とされたトランプの札のように放りだされた。どっと熱が押し寄せ、それからたくさんの物がまわりに降りそそいだようだった。空中には煙と小麦粉が充満している。咳をしながら体を起こすと、ギザギザになった壁の一部や天井が崩れてきて、床板にどさりと落ちた。

　仰天したように青ざめた空が、天井のすきまからのぞく。ジェイムズがつまずきながらがれきを越えてきて、手を貸して立たせてくれた。少し離れたところで、白クロウが埃まみれになって茫然（ぼうぜん）とすわっている。レディ・エイプリルのなにかが残っているとしても、崩れおちたがれきの山の下だ。

ジェイムズが口を動かしてなにかいおうとしている。幽霊みたいにかすかな声で、きんきんしているメイクピースの耳にはよく聞こえなかったが、なんとかわかった。ふたりで大急ぎで階段をあがり、若クロウのぐったりした体を注意深く踏みこえて、壁に現れた美しい裂け目に目をみはった。

ちょうどふたりの若者がすり抜けるのにぴったりの幅で、ふたりは外の草の上に倒れこんだ。犬たちは、もっと楽々とそのあとをついてきた。

39

数時間後、午後になってから、メイクピースとジェイムズは丘の上の小さな木立のそばで休むことにした。古い時代には砦だった場所だが、いまは周囲の景色を見わたせる奇妙な形の小山があるだけだ。

ふたりは体の外もなかも打ちのめされて疲れきっていたが、それがいまになって響いてきていた。ジェイムズは、五人の傲慢(ごうまん)なフェルモットの幽霊を住まわせていたあいだに片隅に押しやられていた状態から、まだ復活しきれていない。メイクピースは上の方たちの幽霊との戦いでぼろぼろになり、少しふさぎこんでいた。幽霊たちは、焼け焦げた蛾の灰のような、わずかな記憶を残していった。そのせいでいまは、見るものすべてがちがった趣を帯びている。

ジェイムズもメイクピースもみごとにあざだらけで、その部分は肌が虹色に見える。それに、メイクピースの腕は、串回し犬を抱えていたために痛んでいた。犬の短い脚は、ほかの犬たちの脚より先に疲れてしまったのだ。

「あれは?」ジェイムズがいった。

遠くに、巻きひげのような灰茶色の煙が高くあがっている。煙突やかがり火の煙にしては大きすぎ、薪の煙にしては色がおかしい。切株を焼き払う時期ではない。

メイクピースは二枚折りの日時計をとりだして、羅針盤(らしんばん)を見た。かつて丹念にはぎあわせた地図を思いだそうとしていたが、心のなかではすでに、煙の出どころがどこかわかっていた。

「グライズヘイズだ」ジェイムズがささやいた。衝撃のあまり麻痺(まひ)したように見える。きっと自分も同じ表情をしているのだろう、とメイクピースは思った。

難攻不落のグライズヘイズ。何世紀分もの時がフジツボのように貼りついた、永遠のグライズヘイズ。世の中という川のなかで揺らぐことのない岩。メイクピースとジェイムズにとっての牢獄、敵、隠れ家、家。

グライズヘイズが燃えている。

「世界が終わるのか?」ジェイムズがかすれた声できいた。

メイクピースは近づいて、打ち身だらけの腕をまわしてジェイムズをぎゅっと抱きしめた。

「そう」

「おれたちはどうすりゃいい?」

「歩く」メイクピースはいった。「食べ物と、寝られる場所を探す。明日もまた同じことをする。そうして生き延びる」

世界は終わることもある。メイクピースはだいぶ前から知っていた。母が死んだ暴動の晩に、自分の世界がきれいさっぱり崩壊して塵と消えたときから。

犬の一頭が、木立になにかを見つけてうなった。メイクピースはあわてて立ちあがったが、小さな影がのしのしと下草のあいだを縫っていくのが見えた。とがった顔にくすんだ白い筋がある。アナグマだ。戦争などないみたいに、いつもどおりに動きまわっている。

メイクピースは魅入られたようにそれを見つめていた。グライズヘイズで読んだ動物寓話集でアナグマについて知ったことを思いだす。アナグマは斜面を動きやすいように、片側の脚が長い……。

……でも、そうじゃない。アナグマが日の光のあたったところをのろのろと通ったとき、はっきり見えた。その短い脚は四本とも、同じくらい短くてがっしりしていた。

古い教えは、もうどれも真実ではないのかもしれない。世界は完全に新しくなって、法則も新しくなるのかもしれない。アナグマの体は傾いていない、ペリカンはひなに自分の血を与えたりしない、ヒキガエルの頭に宝石などなく、子グマはクマの形をして生まれてくる。城が焼け落ち、王が死に、破られない規則などない世界。

「あたしたちは生き延びる」メイクピースはもう一度、さっきより力強くいった。「この世界がまだやわらかいうちに、なめて形を整えてあげるの。あたしたちがやらないと、ほかの人にやられてしまう」


新聞でグライズヘイズの崩壊を伝える記事を読んだのは、だいぶたってからだった。

真夜中の爆発は、壁のすぐ近くに火薬が保管されていたためだとされていた。夜明けとともに、グライズヘイズの胸壁から白い布が垂らされて、話しあいに応じる意思が表明された。クロウという男が降伏の交渉のために現れた。

包囲を指揮していた司令官は、民間人全員を外に出し、食料や持ち物までもたせてやった。もともと平和な時代には不親切な人間ではなく、包囲の期間も比較的短かった。司令官の戦闘意欲が憎しみに変わるほどの時間はなかったのだ。

グライズヘイズを占拠した議会軍が貯蔵庫を襲撃するまもなく、サー・マーマデューク率いる王党派の大軍が一日もかからないところまで近づいているという知らせが入った。

包囲の司令官は厳しい判断を迫られたが、即座に決定をくだした。屋敷は焼いてしまったほうがいい。そうすれば、二度と利用されることはない。壊れた状態で、国王軍の拠点にされる恐れもなくなる。

記事によると、サー・マーマデュークは先祖代々の屋敷が炎に包まれているのを見て、心が死んでしまったという。革の防護服を着るのを拒み、騎兵隊を率いてやみくもに戦った。その後、両軍はサー・マーマデュークの武勇をほめたたえた。だがそれは、死者のほうが生き残った者よりもほめるのがたやすいだけのことだった。

新聞はすべての戦闘を伝えてはいなかったし、じっさいの戦闘は大がかりなものばかりでも、厳しい司令官の指揮のもとで整然と行われたものばかりでもなかった。数か月が過ぎたが、まだ平和は訪れていない。ときおり、雌雄を決するのではないかという大きな戦闘もあったが、どういうわけか、決着はつかなかった。

人間とは奇妙な適応力のある動物で、結局はどんなことにも慣れてしまう。どんなにありえない、耐えがたいことでも。そうして、想像を絶するようなことがふつうになっていく。

ある森のなかの村に住む人々は、傷の手当てができる人が訪ねてきて大喜びだった。飾り帯をつけた武装部隊に攻撃を受けた村だった。銃が発砲され、殴りあいもあった。最後には、村人たちは教会のなかに隠れてよそ者に石を落としつづけ、敵が建物に火をつけるのに飽きて立ち去るのを待った。その部隊が、雇われた隊なのか、山賊だったのか、はたまた略奪目あての脱走兵の群れだったのか、はっきりしたことはだれにもわからなかった。

村人たちは支払いのかわりに寝床と食事、犬用の骨を提供することしかできなかったが、メイクピースとジェイムズにとってはどれもありがたいものばかりだった。ジェイムズがおもに話をする役だった。放浪者のくせに、不思議とりっぱに見えるのだ。

ぼくの治療だったら、いくらとれたか考えてしまうよ。クイック医師がぶつぶついった。メイクピースの最後の患者が、頭に清潔な亜麻布(あまぬの)を巻いて戸口から出ていったところだった。医師がそういうことで愚痴(ぐち)をいうのも、ここのところは少なくなってきていた。金持ちの患者は、生活がやっとの人たちより感謝の気持ちが薄かったのだろう。**相変わらず、情にもろいな。**

損得勘定よ。情じゃない。メイクピースは手を洗いながらいった。**いく晩か泊まれる宿がいるでしょ。**

ここの人たちを助けてやるだけのりっぱな理由があるんだな。医師がいう。**きみはいつだってそうだ。**

戦争前に知っていたある外科医の話、したことがあったかな？　やつは飛ぶ鳥を落とすいき

おいで、同業者よりずっといい常連の患者がついていた。だがある日、やつの執刀で子どもが死んだ。親友の娘だった。それ以後、やつは希望を失ったんだ。急に、だれからの依頼も断らなくなった。くたくたになって駆けずりまわり、あらゆる患者を診た。支払いの見込みがない患者もだ。いつも、もっともなすばらしい理由をあげて、そうしたほうがいいんだといっていた。その少女を救えなかった痛みをやわらげるために、だれもかれも救おうとしているのを、けっして自分で認めようとはしなかった。

それで、その先生は心が楽になったの？　メイクピースはきいた。医師がいおうとしていることは、じゅうぶんに承知していた。

そんなのだれにわかる？　ぼくが知っているかぎりでは、そいつはまだ生きている。そうだな、いつの日か楽になるのかもしれん。それまで、愚かな男はたくさんの命を救いつづけるんだ。

今日はもう少し書く？

時間と紙がやりくりできればな。

メイクピースは機会を見つけては、物々交換で紙を手に入れた。安く手に入ることはめったになく、たいていは片面が埋まっている。それでも、クイック医師が戦場での外科手術についての発見や理論を書き留めるのには使える。

メイクピースも二通、手紙を書いた。グライズへイズが陥落してそれほどたっていないときだ。一通目は、ノリッジのチャリティ・タイラーあてだった。彼女の兄の祈禱書をかえし、そってていたこと、心から妹をたいせつに思っていたこと、を書いた。リヴウェルが、王党派の拠点の壁を突破する手助けをし、多くの命が犠牲になったかもしれない包囲戦を終わらせたことも知らせた。それが、彼の死後に起きた事実にはふれなかった。

リヴウェルはじきに消えゆくだろうと、メイクピースは確信していた。いまの彼には、どこか落ちつき払ったところがある。ある日目覚めてみたら、歯が欠けたあとみたいに、脳内に穴があいているのかもしれない。

おれは精いっぱい、自分の魂に磨きをかけたからな。最近、リヴウェルはそういった。**長くとどまれば、また傷がつくじゃないか。**

二通目は、モーガンの助けを借りて書いた。それは、ヘレンにあてたもので、子どもたちがはしかにかかったという、ひじょうにつまらない手紙だった。けれども裏面に、アーティチョークの汁で目には見えないふたつ目の暗号文が書かれていた。

ヘレン

きっといまごろ、わたしについて奇妙な話を耳にしていることでしょう。真実はそれ以上に奇妙な話です。あなたと出会ったときのわたしは、フェルモット家に仕えてはいませんでしたが、あなたの敵のために動いていたわけでもありません。わたしはあなたの友人で、それを証明しようとしています。

あなたがたが捜していた勅許状はホワイトハロウにあります。シモンド・フェルモットは、勅許状を主寝室の秘密の扉の詰め物のあいだに隠していました。それをわたしが移したのです。でも、すぐ近くに。勅許状はいまも扉の詰め物のなかにあります。ただし、上の隅のほうに針でとめてあるのです。シモンドには、べつの場所に隠したといいました。ほんとうになくなったかどうか、シモンドは自分が隠した下のほうを探ってみるだろうとは思ったけれど、扉のほかの部分は見ないだろう、それよりは家のほかの場所を必死に捜すだろうと見こしていました。人が捜し物をするときは、遠いところを捜しがちで、近くはめったに見ないものです。

もし神のご意志があれば、またお会いすることもあるでしょう。そのときに、まだ友だちでいられたらと願っています。

あのときの名はジュディス

王の勅許状のことを聞いたときの魔女狩り人の目の輝きを、メイクピースは覚えていた。そして、王のスパイに見つけられて、ひそかに処分されるほうがいいだろう、と考えたのだ。魔女狩り人を世界から排除することはできないが、彼らにエサを与える必要はない。よく知らないとはいえ、魔女狩り人は飢えた種族だった。

それに、ヘレンが手袋にメイクピースの手紙を隠したまま、なにも疑っていない議会派の夫とさりげない会話を交わしているところや、夜になって、王のために冒険と諜報活動に出かけていくところを想像すると楽しくなった。

幽霊についての研究も書き留めておきたいな。クイック医師がいった。**異教徒として火あぶりにされなければだけど。**

ときどき、きみの一族はとんでもないまちがいを犯していたのではないかと思うんだ。幽霊を目にすればするほど、自分たちがかつて生きていたのと同じ魂なのか自信がなくなってくる。わかっているのは、本物の魂は幸いにも創造主のもとに召され、あとにぼくたちが残されたってことだ。ときどき、ぼくたち幽霊は……記憶なのではないかと思うときがある。こだま、印象。ああ、ぼくたちも感じたり考えたりはできる。過去を悔やみ、未来を恐れる。だが、ほんとうに自分が思っている存在なのだろうか？

それでなにか変わるの？　もはやメイクピースは、幽霊の仲間たちのことを友だちとしか思えなくなっていた。

わからない。医師は答えた。**自分は何者でもなくて、だれかの意識によって命を与えられている、ただの思考や感情や記憶の塊かもしれないという可能性を考えると、うぬぼれが打ち砕かれるようだ。だが、それでいうなら、本も同じだな。ぼくのペンは？**

メイクピースは医師に手を使わせて書かせてやった。前から考えていることだが、この医師もいつか去っていくのだろうか？　死後の命を、ある程度生きたと感じられたら。

でも、クマはちがう。クマはけっしてあたしから離れない。

どこまでが自分でどこからがクマなのか、つなぎ目すらわからない。はじめてその魂を不器用に抱きしめたときから、ふたりはどうしようもなく結びついてしまったのだと思う。なにが起ころうと、メイクピースと出会い、メイクピースがどこに行こうと、つねにクマはいっしょだ。これからどんな人がメイクピースと出会い、好意をもったり愛したりしてくれるかわからないけれど、その人はクマを受け入れるしかない。

いまではメイクピースも、自分がクマだとわかって、少し自分を愛せるようになっていた。

死から数日がたって、ハンナはひどく混乱していた。

愛ゆえに、そして同じくらいせっぱつまった思いから、ハンナは前線にやってきた。トムが伯爵の軍とともに行軍しなくてはならないといいだしたのはいいけれど、もし生まれてくる赤ちゃんとふたりだけでおいていかれたら、どうやって食料を手に入れたらいいの？　どこに行けばいいの？　そこでハンナは荷造りをしていっしょに前線に出た。もうおなかが大きくなりはじめていたのに。

ハンナだけではなかった。軍隊の荷馬車部隊にはほかにも女性がいた。妻、恋人、そのほか――みんな料理や看護、使い走りをしていた。ハンナはそんな女性たちが好きだった。だいたいの人は。泥まみれになって長い道のりを歩かなければならなかったが、ハンナは若く、ときには危険な行軍がわくわくする旅みたいに思えてはしゃぎたくなったりもした。よく教会でほめられていた歌声は、かがり火のそばではもっとすばらしく聞こえた。

　ところがあるとき、火薬を積んだ荷車が爆発し、トムが死んだ。衝撃のあまりハンナは倒れ、赤ん坊を失った。その後、トムのいない故郷の町にもどる気はなくなった。もう家はないのだ。でも、どこに行けばいい？　それに、トムの兵士としての収入がなくなって、どうやって食べていけばいい？

　べつの女性がささやきかけてきた。男のかっこうをして見張り役をやる気なら、志願して兵士の給料をもらえるかもしれない、と。野営地には、ほかにもそういうふうにしている人がふたりいて、将校は見て見ぬふりをしているという。

　そこでハンナはハロルドになった。やせすぎていて、槍兵といっしょに行軍するのはむりだったので、銃のあつかいを教わって、マスケット銃兵の列に加わった。

　大きな戦闘のさなかに、マスケット銃兵の列が乱れ、敵が荷馬車隊を攻撃してくると叫ぶ声が聞こえた。野営地の後方に走っていったハンナは、火薬の煙と混乱のなかで、馬に乗った男たちが野営地の女たちを追いまわし、剣で切りつけているのを目にした。ハンナは兵のひとりを撃ち、べつの男に剣でけがを負わせたが、背後から切りつけられてその奮闘も命も潰えてしまった。

　やだ！　死にながらハンナは思った。やだ！　やだ！　早すぎる。ひどい。ようやく新しい人生を見つけて、うまくやっていたのに。

　その後の二、三日、ハンナにあるのはその思いだけだった。彼女は暗闇にいた。そこはあたたかで、奇妙に暗く、ひとりとは思えなかった。

ときおり、だれかが話しかけてきた。若い男の声で、最初はトムが天国に導いてくれるのかと思った。でも、ちっともトムの声には似ていないし、なまりがちがう。

ようやく、目が見えるようになった。頭上の青い空を見あげると、ほっとして泣きたくなった。けれども、泣けない。歩いているようなのに、自分の体を制御できない。見おろしてみると、自分の体ではなかった。男の服を着ているのは同じだが、こんどは本物の男のように見える。

「見えるのか?」しつこく聞こえていた声が、少し心配そうにきいた。「おれの声が聞こえるか? おれはジェイムズだ」

なにが起きたの? ハンナはききかえした。**ここはどこ?**

「あんたは無事だ」声が答えた。「まあその……じっさいには死んでるんだが、無事なんだ……ある意味ではな。メイクピース、おまえ、彼女と話ができるか? おれはこういうのに慣れてないから」

ハンナが使っている目が連れのほうを見た。ハンナより少し年下の少女だ。市場で見かける、どこにでもいるような子で、色あせた毛織物の服に亜麻布の帽子をかぶっている。ただ、その瞳は、わけ知りふうで真剣そのものだ。まるで、すでにハンナの人生をすべて見てきたかのように。

頬にふたつ、うっすらと天然痘(てんねんとう)の跡がある。雨のしぶきかと見まちがいそうなほど小さな跡だ。それを見ているうちに、トムの頬のちょうどその位置にあった大きなふたつのそばかすを思いだし、ハンナはいい兆しだと受けとめた。必死だったから、どんなものでもいい兆しがあれば信じたかった。

「いたくなければ、ずっといなくてもいいんだよ」メイクピースと呼ばれた女の子がいった。「だけど、あたしたちといっしょに旅したかったら、好きなだけいてくれていいからね。あたしたちは、二度目の運命を信じてるんだ。ふつうの人は手に入れられないものだけど。仲間もいっしょだよ、ハンナ。ここがあなたの家になるんだよ」

謝辞

以下のみなさまと著作に感謝を捧げます。自分自身の遅れによるストレスでぼうっとなっていたわたしに対して超人的な辛抱強さと落ちつきを見せ、暗がりからクマを誘いだす手助けをしてくれた編集のレイチェル・ペティ。頼もしくて楽しくて、いつも味方でいてくれたマクミランのビー、キャット、キャサリン。知恵と常識をくれたナンシー。執筆と編集でものすごく忙しかった時期を耐え、わたしが朝の四時、五時まで仕事をしていたときだけやさしくからかってくれたマーティン。プロット・オン・ザ・ランドスケープ。リアノン。王立内科院のサー・トーマス・ブラウンに関する展示に連れていってくれたサンドラ。チャスルトンとそのすばらしい隠し部屋を紹介してくれたエイミー・グリーンフィールド。ハムハウス。ボズウェル城。ウォーダー城。"The English Civil War: A People's History" by Diane Purkiss; "The King's Smuggler: Jane Whorwood Secret Agent to Charles I" by John Fox; "The Weaker Vessel: Woman's Lot in Seventeenth-Century England" by Antonia Fraser; "Family Life in the Seventeenth Century: The Verneys of Claydon House" by Miriam Slater; "Women in Early Modern England, 1500-1700" by Jacqueline Eales; "Her Own Life: Autobiographical writings by seventeenth-century Englishwomen" edited by Elspeth

Graham, Hilary Hinds, Elaine Hobby & Helen Wilcox; "55 Days" by Howard Brenton; "The History of England Volume Ⅲ: Civil War" by Peter Ackroyd; そして、正しくあろうとするばかりにほとんどすべての人をいらだたせたという、不人気な自称予言者のレディ・エレノア・デイヴィス。

それから、国王チャールズI世にも謝罪いたします。物語のなかの王に、きわめて不名誉な文書に署名をさせてしまいました。王が許してくれることを祈ります。どうか、仕返しにスパニエルの霊をさしむけてわたしを追わせるようなことはなさいませんように。

訳者あとがき

フランシス・ハーディングの『影を呑んだ少女』をお届けします。本作は、『嘘の木』で日本に紹介された英国のファンタジー作家ハーディングの邦訳二作目。原作は二〇一七年秋に刊行された *A Skinful of Shadows* で、著者の作品としては『嘘の木』の次の八作目にあたります。『嘘の木』がコスタ賞全部門の最優秀作品に選ばれ一躍脚光を浴びた約一年半後、注目が集まるなかで発表された作品でした。もちろん、ファンの期待が裏切られることはなく、ファンタジー、YA作品の読者をおおいに喜ばせたことはいうまでもありません。『カッコーの歌』『嘘の木』に引きつづき、英国の優れた児童文学に与えられるカーネギー賞の二〇一九年最終候補作になり、英語圏のSF・ファンタジー文学を対象としたローカス賞の二〇一八年YA部門最終候補にも選ばれました。

舞台は十七世紀の英国、母を亡くした少女メイクピースが、内乱（ピューリタン革命）で騒然とする世の中を生き延びるために、ある特殊な能力を武器に奮闘します。この能力というのがじつに奇妙で不気味なものです。なんと、霊を自分のなかにとりこむ、いえ、霊にとりつかれる能力なのです。メイクピースの母は、娘の父親の一族に受け継がれるこの力をひどく恐れ、身重の身で逃げだして、遠くの町でひっそりと娘を育ててきました。墓場に置き去りにするという、子どもにとって苛酷な仕打ちをしたのも、娘にこの能力を御す力をつけさせるためでした。けれども、その苦労も虚しく、母は暴動に巻きこまれて亡くなり、メイクピースは父の一族に引きとられます。やがて、一族が邪な目的で自分を利用しようとしていることを知った彼女は、自由を求めて逃げだしました。

　そこからがじつに波瀾に満ちています。なにしろ、国を二分する動乱の最中のこと、大きな戦いはもちろん、あちこちで小競り合いが発生し、あいだを縫うように両軍のスパイが暗躍します。土地は荒れ、疫病がはやり、農民、商人、徒弟といった市井の人々が翻弄されています。そんななかを十五歳の少女がたったひとりで、追手をかわしながら生き延びようというのですから、相当の困難が待ちうけていることは容易に想像がつくでしょう。それでもメイクピースは、何度も絶体絶命のピンチに陥りながら、ときに慎重に、ときに大胆に、難局を切り抜けていくのです。

　ハーディングのほかの作品同様、本作も読む人によってさまざまに読みとれる作品です。主軸はメイクピースという少女の成長の旅ですが、イギリス内乱という時代を背景に据え、霊にとりつかれる力という仕掛けを加えたことで、歴史ファンタジーでもあり、幽霊が出てくるゴシックファンタジーでもある、多様に楽しめる物語にしあがっています。

　背景となるイギリスの内乱――ピューリタン革命については、学校の歴史で習ってはいても、あまりなじみがないかもしれません。内戦が勃発するのは一六四二年ですが、その火だねとなる国王と議会の対立は、一七世紀初頭のジェームズ一世のころから息子のチャールズ一世の代へと受け継がれ、深刻さを増していました。一六二八年、議会が国王の権力を抑えようとして「権利の請願」を提出すると、翌年チャールズは議会を解散し、以後十一年間議会を開きませんでした。ところが国教会制度への反発から、スコットランドで一六三九年に反乱が起こり、イングランドはスコットランドと戦争状態に突入します。一六四〇年、チャールズはやむなく議会を招集しますが、議会から批判を浴びて、わずか三週間でふたたび解散。対立はさらに深まり、一六四二年初頭、議員を逮捕しようとして失敗したチャールズがロンドンを離れます。そうして、その年の夏にとうとう内乱がはじまりました。

作品のあちこちにはさしはさまれた史実を照らしあわせると、本作は一六三八年から一六四三年のあいだのことだとわかります。第二章のロンドンでの暴動から、メイクピースがグライズへイズに引きとられていったのが一六四〇年のことです。その後二年ほどで開戦、メイクピースがグライズへイズを飛びだしたのは、その翌年、四三年の初夏でした。

本作で描かれているのはそこまでですが、やがて司令官オリヴァー・クロムウェルを擁する議会軍が勝利をおさめ、一六四九年にチャールズは処刑されます。そして、その後の十年は、国王不在の共和政の時代になりました。

著者のハーディングさんに、なぜこの時代を背景として選んだのかとお尋ねしてみました。すると、内乱の時代は英国史上一、二を争うほどの激動の時代であり、フェルモット家の伝統という古く強大なものにたちむかう主人公を描くのに、かつてない大きな変動があったこの時代がぴったりはまったのだ、というお答えをいただきました。

古い時代を描くにあたっては、綿密な調査を重ねたようで、さまざまな史実、当時の思想、風物、慣習などが作中に盛りこまれています。主要な舞台となるグライズヘイズとその主、フェルモット家は架空の存在です。ですが、グライズヘイズの屋敷は、何年ものあいだに著者が訪れた数々の古い建物から発想を得て描かれています。主だった特徴を参考にしたのは、十二世紀ごろからダービシャーにあるハドンホール（Haddon Hall）、十七世紀初頭にロンドン近郊に建てられたハムハウス（Ham House）。やはりダービシャーにあるボルゾーヴァー城（Bolsover Castle）。ウィルトシャーに十四世紀ごろに建てられたウォーダー城（Wardour Castle）は、じっさいに内戦中に二度、包囲戦が行われたところです。

議会派の拠点ホワイトハロウについては、オックスフォードシャーにあるチャスルトンハウス（Chastleton House）を部分的にモデルにしたそうです。十七世紀初頭に裕福な毛織物商人ウォルター・ジョーンズが建てた屋敷で、隠し部屋があり、じっさいに作中で伝わっていたようなエピソードがあったといわれています。王党派としてチャールズ二世のために戦っていたウォルターの孫のアーサーが、一六五一年のウスターの戦いでの敗戦後、クロムウェルの軍から逃げかえり、隠し部屋を使ったのです。以上の建物については、ナショナルトラスト（https://www.nationaltrust.org.uk）、イングリッシュ・ヘリテッジ（https://www.english-heritage.org.uk）などのサイトで、外観、内部、庭園のようすが出ていますので、ぜひご覧になって雰囲気を味わってみてください。

建物だけではありません。実在の人物をモデルにした登場人物もいます。後半メイクピースと不思議なつながりをもつヘレンは、王党派のスパイだったジェーン・ホールウッドがモデルとなっています。スコットランド出身だったことや、「赤毛」「あばた」などの外見の特徴も共通していますが、なにより彼女はチャールズ一世のために働き、ひそかに資金を届けるなどの活動をしていました。内戦の後半には、囚われの身となった王の救出を計画したといわれています。計画は失敗に終わりましたが、ジェーン自身は戦後まで生き延びたということです。それから、ホワイトハロウの女予言者レディ・エレノアは、レディ・エレノア・デイヴィスという実在の人物がもとになっています。作品中のエレノアとよく似ていたようですが、彼女の予言はおおむねあたっていたとか。ただし、戦争の行方だけははずしたそうです。

このふたり以外にも、当時は王党派、議会派にかかわらず、重要な役割を担っていた女性が多かったようです。包囲された城や館を守った女性もいれば、議会派のスパイとして暗躍した女性もいました。ハーディングはそのすべてを作品にとりいれることはできませんでしたが、ヘレンとレディ・エレノアによって時代の女性像を表現したようです。このように、実際のできごとや物や人物にヒントを得てふくらませ、物語に落としこんでいく著者の手腕はじつにみごとで、はるか昔の世界が、生き生きとあざやかに再現されています。

本作はひとことでいえば、幽霊が出てくるファンタジーなのかもしれませんが、ただの怖い幽霊のお話で終わらないのは、「霊にとりつかれる力」というユニークな仕掛けゆえでしょう。「とりつかれる」場面は何度も登場し、物語の行方を左右します。霊が出てくる場面はおどろおどろしくて怖いかもしれません。でも、作品全体を考えたとき、「とりつく」「とりつかれる」には、もっと深い意味があるようにも思えます。とりつくのは霊ばかりではなく、人は、自分の内にある考え、思想、信念、悲しみなどに囚われている（とりつかれている）ことが多いものです。メイクピースも霊とともに、母への想い――後悔や悲しみ、執着、なつかしさ――を抱えていました。霊をやみくもに恐れるのではなく、自分の意思でつきあえるようになってから、メイクピースは自身がとりつかれていた内なるものとむきあい、前に進めるようになりました。

そういう意味での「とりつかれ」は、メイクピースだけでなく、作品に登場するほかの人々にも見られます。熱心なピューリタンは信仰に、フェルモット家の人々は古（いにしえ）の伝統や過去にとりつかれ、極端ともいえる行動をとっています。古い時代の話を読むとき、現代のわれわれはそんなばかげたことがと思いがちですが、人間の根の部分は案外同じで、自分もなにかに囚われて執着しているのでは、と考えずにはいられません。とくに危機的状況においては、それが色濃く出るのではないかと。メイクピースは自らのなかにいる霊の後押しを得て、過去とむきあうことができましたが、霊のいないふつうの人間はどうしたらいいのか。ハーディングはあるインタビューで、頭のなかに聞こえる複数の声について、親や師の助言、批判など、人は影響を受けた周囲の声を内なる声として自分のなかに蓄積していて、それらがさまざまな機能を果たすのであり、内なる声のすべてが否定的なものではない、と語っています。この考えからいけば、霊の代わりに自らが蓄積した声が、ふとしたときにべつの視点をもたらして、囚われた心を解放してくれるのかもしれません。

ちょうどこのあとがきを書いているいま、世界は新型コロナウィルスの猛威にさらされ、数か月前まで想像もしなかったような恐ろしい状況に陥っています。先日、ハーディングさんとメールのやりとりをしたときに、イギリス内乱の時代はかつてないほどの大変動の時代だったけれど、じつはいまもそうで、わたしたちはいままさに激動の時代を経験しているのではないか、という話になりました。本書が執筆されたときには予想もしていなかったことでしょうが、はるか昔の革命の時代を生き抜こうとする少女の物語には、いまのわたしたちにも通じるメッセージがこめられているようにも思います。

最後になりましたが、ロックダウンのさなかに質問に丁寧に答えてくださった作者のフランシス・ハーディングさん、原文とのつきあわせをしてくださった中村久里子さん、編集を担当してくださった小林甘奈さんに、心から感謝いたします。

一日も早い終息を祈りつつ。

二〇二〇年四月

※単行本のあとがきを再録しています。

解説

杉江松恋

これはフランシス・ハーディングの最高傑作かもしれない。

初めて『影を呑んだ少女』を読んだとき、そんな考えが頭をよぎったことを思い出した。単行本の奥付を見ると二〇二〇年六月十九日初版となっている。本国での刊行は二〇一七年で、邦訳がある中では最も新しい。その年のカーネギー賞最終候補にも選ばれたそうだ。

急いで書いておくと、ハーディングの新作を読むたびに、これが最高傑作ではないか、と私は感じるのである。二〇一七年の邦訳第一作『嘘の木』（原著刊行は二〇一五年。創元推理文庫）は別として、二〇一九年に出た『カッコーの歌』（二〇一四年。創元推理文庫）、二〇二一年の『ガラスの顔』（二〇一二年。東京創元社）のいずれを読んだときも同じ感想を抱いた。新しい翻訳が出るたびに、前作を上回るおもしろさだ、と思ってしまう。

かといって最初の『嘘の木』がそれ以降の作品に劣るかというとそんなことはなく、読み返すたびに新鮮な驚きがあって、ああ、これがいちばん好きかもしれない、と思うのだから困る。全作がオールタイム・ベスト級なんて作家、他にはそういないだろう。

『影を呑んだ少女』は、最初の一ページから最後の一行まで力強いうねりが途切れることない物語だ。これが魅力の第一である。小説の主人公はメイクピース・ライトフットという名前で、彼女が十歳のとき、夢にうなされて目を覚ましたことで母親のマーガレットから叱責(しっせき)される場面から物語は始まる。悪夢を見たために叱られるなんて理不尽な話だが、マーガレットはメイクピースが自分の身を守ることができるようにあえて厳しくしているのである。

母親は娘を古い墓地に連れていき、今は使われていないレンガづくりの礼拝堂に閉じ込めて独りで一晩過ごすように命じる。そこには目に見えない死者がいて、メイクピースの中に入ってこようとする。それに抗(あらが)い、自分を守り抜かなければならないのだ。

苛酷な体験である。この一夜をもってメイクピースの少女時代は終わりを告げる。

——母さんがすることにはすべて理由がある。ずっとそう思ってきたけれど、はじめて母を許せないと思ったし、その後はもとどおりにはならなかった。

揺籃(ようらん)期の幸せは何かと言えば、誰かと一体でいられ、そのことに疑いを持たずに済むことだろう。メイクピースは、否も応もないやり方でその安らぎを奪われ、一人立ちさせられる。その辛さ、その痛みが物語の基底にある。言いようのない孤独である。

心が引き裂かれ、孤独のどん底に落とされる場面がまず描かれる。年端もいかない少女にとっては、どれほど辛いことか。過去に邦訳された作品すべてに共通することだが、ハーディングは主人公が投げ込まれることになる試練を最初に描く。父親が変死したことによって遺された家族が破滅の危機を迎える『嘘の木』、ある日突然自分の意識に異変が起き、居場所を奪われてしまう『カッコーの歌』、身よりのない自分を拾ってくれた人を心ならずも裏切ってしまうばかりか、その行為のために命を脅かされることになる『ガラスの顔』など、どれも心を揺さぶられるような展開がまず描かれる。それらは単に読者の興味を引くために書かれているわけではなく、主人公の根幹に関わる問題だから最初に提示されているのである。たとえば『嘘の木』では、女性の地位があまりにも低かった十九世のイギリスを舞台にしており、主人公であるフェイス・サンダリーがいかにその理不尽さを跳ね返していけるか、が主眼となる。冒頭の危機は小説の主題に直結し、主人公が担う役割を規定するものなのだ。

本作はメイクピースの孤独を描く物語である。彼女は孤独であることを受け入れ、それに耐え、慣れなければいけない。読み進めていけばわかることだが、母親の行為には意味があった。孤独でいなければ生き残ることができない不幸な星の下にメイクピースは生れついていたのだ。後にメイクピースは住み慣れたポプラの町を離れ、父母ゆかりの地であるグライズヘイズのとある館で生きていくことになる。そこでは見せかけの安寧が訪れるのだが、彼女は真の平和を手に入れるため、周囲になじまず根無し草の心でその館に居続ける。「ここはあたしの家じゃない。何度も何度も何度も、自分にいい聞かせ」ながら。

ハーディングは分類するとすればファンタジー作家で、これまで邦訳された作品にはすべて超自然の要素が含まれている。それが現実からどの程度離れているかの違いはあり、たとえば『ガラスの顔』は地下空間を舞台とした、完全に別の世界の物語だ。逆に『嘘の木』は、不思議な植物が出てくるという以外にほぼ超自然の要素はなく、時代小説と言っていい内容である。『影を呑んだ少女』は後者に近く、描かれる事柄はほぼ史実に基づいている。訳者あとがきに詳しく書かれているように、一六三〇年代後半から一六四〇年代にかけてイギリスで起きた出来事が物語の重要な背景として使われているのである。イギリスは何度か内乱で大きく揺れたが、その中でも国のありようを最も大きく変えたのはこの時代に起きた清教徒革命である。宗教戦争というだけではなく、王と議会のいずれに国家の主権があるのかが争点になった内戦で、国は二分され、激しい闘争が続いた。

　こうした時代設定はもちろん意図的に採用されたものである。分断が人の命を脅かすほどの苛烈さに至る、極限の状況を作者は必要としたのだ。メイクピースが少女時代を過ごしたポプラはピューリタンが暮らし、議会派が正義と考えられる町だが、移り住んだグライズヘイズを統べるフェルモット家の人々は王党派に与（くみ）する貴族の血筋である。二つの町のありようを見聞したメイクピースは、正義や価値が決して一つではないこと、違う信条を持つ人々の間に起きる諍（いさか）いが愚かなものであることを知っていく。

「ふたつに分かれた国は、驚くほどギザギザに割れて、だれが味方でだれが敵なのかわからなくなる。家族はばらばらになり、友人どうしで武器をつきつけあい、同じ町でも隣人どうしで争うようになった」というありようはもちろん十七世紀イギリスを指したものなのだが、現代の世情にも重なって見える。ＳＮＳなどで時折起こる感情的な論争は、この社会が「驚くほどギザギザに割れて」しまっていることを表していはしないだろうか。

　歴史的過去を描いてはいるが、そうした形で我が身に引きつけて読みたくなる小説である。ハーディング作品に備わった魅力の第二はここで、これは自分自身の物語だと感じる読者は多いはずだ。前述したように、本作では物語をとりまく大きな状況として社会の分断が描かれている。さらに細部を見ていくと、分断を成り立たせているのが人々の不寛容や、現実を見ようとせず、因習や既得権益などをそのまま受け入れている愚かさだということがわかってくるのである。たとえば、グライズヘイズにやってきたメイクピースが若クロウという従僕から鞭打たれる場面がある。「おれだって好きでやってるわけじゃないんだ」「おまえのためだ」と言いながら暴力を振るう若い従僕は、自分ではそれが真実だと信じこんでいる。だがメイクピースは「この人はいままでだれかに対してこれだけの力をもったことがないのだろう」と的確にその本心を見抜くのだ。暴力を自己正当化する者は、もっと大事なことから目を逸らしている。現在でもうんざりするほど繰り返されている図式であるが、ハーディングはこうした場面を現実に通じる窓として置いているのだと思われる。

　ここまであらすじをほぼ書かずに来たのは、予備知識があまりない状態で読んだほうが楽しめる小説だからである。本作は狭義のミステリではないが、技法にそれを取り入れている。冒頭で提示される謎は、メイクピースが持っているらしい不思議な能力はいったい何かということだ。物語が進展すると、この体質が周囲にどのような影響を及ぼすか、というような周辺事情が少しずつ判明していき、そのことによってさらにさまざまな関係が見えてくる。架空の設定によって現実を変形させ、その結果生み出された世界に主人公を放りだしてどうなるかを示すという、ハーディングの多用する技法なのである。

　第一章「子グマをなめる」は前述したようにメイクピースが少女時代と訣別して自らの能力

がどのようなものかを知るという内容であり、彼女が負わされた苛酷な運命が判明したところで切れ場となる。そこから二年余の歳月が過ぎ、少しだけ成長したメイクピースが本格的な闘争を開始するのがゴシック・ロマンスの雰囲気がある第二章「ゴートリーのネコ」で、第三章「モード」で絶体絶命の危機が訪れる。ハーディングは絶対に読者を退屈させない書き手なので、物語を水平のままにはしておかず、しかるべき量の情報を与えたところで大きな山場を持ってくるのだ。それを切り抜けた第四章「ジュディス」から、新たな要素が付け加わる。新たな、というか、そういうふうに発展させていくのか、というか。

前半が嵐の前でひたすらメイクピースが耐え忍ぶしかない受け身の展開だとすれば、後半は攻めの物語だ。ここからはひたすら熱い。前半で運命に翻弄(ほんろう)されるしかない主人公の姿を描いておいて、後半で一気にそれを逆転させる。そう、ハーディングの小説は熱いのである。これが第三の魅力だ。主人公の内側から湧き起こってくるもの、怒りや哀しみ、自分と同じような境遇の者に対する連帯といった感情をすべて熱に転化させる。世界を転覆してしまえるほどの熱量をこの作家は文章で完全に制御し切るのだ。

『影を呑んだ少女』は、一口で言えば裏切りと連帯の物語である。母に無理矢理少女時代を終わらせられてしまったメイクピースは、そのために内なる孤独を抱え込んでいる。身を守るためには誰にも心を許せないという事情もある。出会う人々もことごとく彼女を裏切る。もしくは、初めからメイクピース自身が相手を欺くつもりで人と会うこともある。物語の中盤で主軸になるのは、この騙し合いだ。分断が常態であり、誰もが誰かに牙を剝いている時代ではやむをえない処世だ。だが、そのために彼女の心は深く傷ついてもいる。物語の中盤である人物が自分の敵に回ったとメイクピースは知る。彼女は、その人物を大好きだったが「一度だって心から信じてはいなかった」のだと気づき「他のなにより悲しく」なる。

ひとりぼっちのメイクピースなのだが、彼女のまわりには世界の網目から零れ落ちて、周囲の者からはないがしろにされる者が集まってくる。ある者は「煙みたいで、けがをして」いて「ひどく腹を立てて怯えてもいる」。そうした立場の弱さはメイクピースも同じだ。社会的な地位がどの程度あるかということが評価軸になる世界においては、彼らの価値はゼロに近い。そのゼロの者たちが力を合わせることによって何事かを成し遂げるのは可能か、という挑戦が後半における物語の焦点となっていくのである。ハーディング作品には、意外な者同士が手を組んで困難に立ち向かうという展開がよく見られるが、本作もその一つだ。中でも意外さという意味では随一だろう。ええっ、この人とも手を結ぶの、という驚きを味わっていただきたい。メイクピースが逆襲するやり方は非常にトリッキーなものなので、ミステリー読者にはそうした部分も楽しんでもらえるはずだ。

作者プロフィールについて触れる余裕がなくなってしまった。訳者あとがきや、『カッコーの歌』の深緑野分氏解説などをご参照いただきたい。とにかく、まずは小説を。右に書いたとおり、驚くほどうねっていて、切なくて、ひたすら熱い。それが『影を呑んだ少女』だ。これが物語というものだろう。現実に拮抗しうる虚構の力というものだろう。

本書は二〇二〇年、小社より刊行されたものの文庫化である。

訳者紹介　東京都生まれ。国際基督教大学教養学部社会科学部卒。英米文学翻訳家。主な訳書にハーディング『嘘の木』『カッコーの歌』『ガラスの顔』、マーティン&ニブリー『ベートーヴェンの真実』などがある。

検印
廃止

影を呑んだ少女

2023年8月31日　初版

著者　フランシス・ハーディング

訳者　児玉敦子

発行所　(株)東京創元社
代表者　渋谷健太郎

162-0814/東京都新宿区新小川町1-5
電話　03・3268・8231-営業部
03・3268・8204-編集部
URL　http://www.tsogen.co.jp
DTP　フォレスト
暁印刷・本間製本

乱丁・落丁本は，ご面倒ですが小社までご送付ください。送料小社負担にてお取替えいたします。

ISBN978-4-488-15109-6　C0197